KB104797

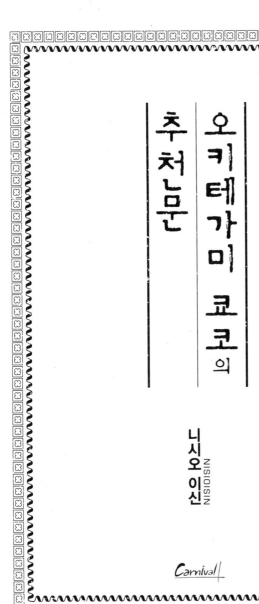

오키테가미 쿄코의
추천문

니시오 이신
NISIOISIN

Carnival

Okitegami Kyouko no Suisenbun

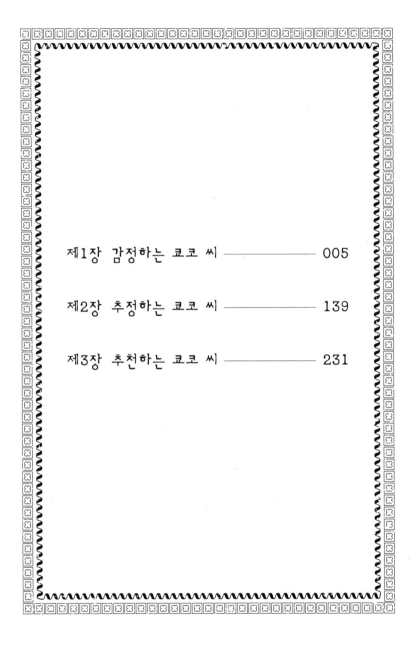

제 1 장

감정하는 쿄코 씨

1

인생의 전기轉機가 어디에 있는지는 모른다. 살다 보면 공연히 자기 인생의, 이른바 앞날 같은 것이 보이는 일이 있는데, 그런 것은 완전한 착각이다.

이를테면 바로 나, 오야기리 마모루親切守의 인생이 그러했다. 솔직히 취직이 결정되었을 때, 그것도 희망하던 대로 대형 경비 회사에 취직이 결정되었을 때, 그때까지의 힘겹고 고통스러운 취업활동을 완전히 잊어버릴 정도로 기쁨을 느낀 동시에, 아직 아무것도 시작되지 않았는데도 어딘가 자신의 인생이 '마무리되었다'라는 느낌이 든 것도 사실이었다.

앞으로의 인생이 결정되었다.

이제 앞으로 내 인생에는 자리가 바뀌는 일도, 반이 바뀌는 일도, 그리고 졸업도 없다. 이제부터 줄곧 나는 '무언가를 지키는' 일을 계속해야 하는구나, 그렇게 생각했다. 나에게 지킨다는 뜻의 '마모루守'라는 이름을 지어 준 할아버지, 그리고 쓸데 없을 만큼 튼튼한 몸을 물려준 아버지와 어머니는 바라 마지않던 일일 테고, 그분들의 기대에 부응할 수 있어서 진심으로 자랑스럽게 생각하지만, 한편으로는 인생의 마지막이 될 선택을 끝내고 장래로 방향을 잡아, 이제 여기서부터 앞으로는 일직선 외길이라는 생각을 하니, 씻을 수 없는 일말의 허전함이 느껴졌다.

하지만 나는 착각을 했었다.

인생은 취직을 한 정도로는 결정되지 않는다.

어디서든, 얼마든지 변할 수 있다. 앞날의 전망은 거의 신기루나 마찬가지다. 아니, 신기루라면 언젠가 실체가 나타날지도 모르지만, 장래의 비전이란 있을지 없을지조차 불확실한 일이다.

그렇기 때문에 인생의 전기는 어디에 있는지 알 수 없다. 실망할 것은 없다. 사람은 언제든지 변할 수 있고, 미래에 어떤 일이 기다리고 있을지 항상 두근거리며 기대해도 되니까 말이다. 몇 살이 되든, 어떤 하루이든, 모험의 시작인 것이다.

단, 문제는 그 전기가 '넘어지는 기회'일지도 모른다는 점이다. 무엇에 다리가 걸릴까, 누구에게 다리가 걸릴까 하고, 항상 우리는 조심하며 걷지 않으면 안 된다는 것이다. 텔레비전에서 방송되는 사건과 사고를 '나와는 관계없는 일'이라고 생각하면 따끔한 맛을 본다—라고, 나 같은 풋내기가 그런 교훈을 그럴 듯하게 말해 봐야 설득력이 전혀 없을지도 모르지만, 아무튼 들어 줬으면 한다. 이것은 활자로 배운 교양으로서의 미사여구美辭麗句가 아니라, 내가 고통스럽게 실제로 경험을 하여 배운, 반성을 담은 교훈이니까.

부디 나의 이야기를 넘어지지 않게 해 줄 지팡이로 삼길 바란다.

그래야 나는 비로소 넘어져도 그냥은 일어나지 않은 남자였다는, 그런 위로의 말을 들을 자격을 얻을 수 있을 테니까.

2

일단 사건에 대해 이야기를 하기 전에, 겨우 취직을 한 것 정도로 선인仙人처럼 깨달음을 얻은 것만 같았던 내 인생에 뜻하지 않은 전기를 마련해 준 등장인물 세 사람을 소개하고자 한다. 전기를 마련해 주었다고 해야 할지, 더욱 정확하게 말하자면 순풍만범順風滿帆의 인생을 걸어온 나를 넘어지게 만든 세 사람이 되겠지만, 그런 식의 말투는 삼가겠다.

하나는 그 사람들이 악의가 있어서 내 인생을 뒤엎은 것도 아니고, 또 하나로 그 사람들은 손님이었다. 손님은 신이라고 하기엔 너무 나간 듯하지만, 손님은 손님이다. 원망하는 듯한 말을 해야 할 대상이 아니다.

하지만 그 사람들은 나의 손님, 즉 경호 대상은 아니었다. 내가 배치된 어떤 미술관의 손님이었다. 일 때문에 배치된 것이 아니라면, 나 같은 남자는 평생 인연이 없었을 이른바 현대 미술관의 소중한 손님이다. 게다가 그중의 한 명은 엄밀히 따지면 손님이 아니었지만, 아무튼 내관來館한 사람임엔 틀림없다.

한 사람은 백발白髮인 여성이었다.

빈번하다고 할 정도는 아니었지만, 그럭저럭 자주 미술관을 찾아와 쭉 회화繪畫를 감상하고 돌아갔다. 그중에서도 내 경호 구역에 있는 그림 한 장에 애착이 있었던 듯, 한 시간 정도 그림 앞에서 걸음을 멈추고 진지하게 바라보았다.

다른 구역에서도 같은 행동을 하는가 싶어 동료에게 물어보았지만, 그렇게 오랫동안 바라보는 그림은 그 한 장뿐인 듯했다.

그렇다면 그 여성은 그 그림을 보기 위해 미술관을 찾는 것인지도 모른다. 앞서 말한 대로 나에게는 미술에 대한 소양이 전혀 없기 때문에, 그 여성이 바라보는 그림이 뭐가 좋은지 잘 모르겠지만, 자신의 경호 대상에 그토록 감동을 받는 사람을 보는 것은 기분이 나쁘지 않은 일이었다.

내가 지켜야 할 가치가 있는 물건을 지키고 있다는 생각이 들어 자랑스러운 기분이 들었다. 그런 것으로 으쓱해하는 것도 이상한 이야기이기는 하지만, 그 여성이 그렇게 넋을 잃고 그림을 바라보는 것처럼, 나도 무심코 그림을 바라보는 그 여성의 등을 넋을 잃고 바라보는 일도 있었다.

실제로 그만큼, 서 있는 모습은 그림이 되었다.

단, 그렇게 가만히 계속 서 있으면 얼마나 힘든지를 나는 잘 알았다. 아무리 감동해서 무아지경인 상태라도 가만히 서서 꿈쩍도 안 하는 자세를 유지하면, 나름대로 근육을 소모한다.

매일, 중간중간 휴식을 취하긴 하지만 여섯 시간씩, 그곳에서 그렇게 계속 서 있는 내가 하는 말이니 틀림없다. 예를 들어 전

철 안에서 어르신에게 자리를 양보하려고 하면, 그것이 결과적으로 상대를 격노하게 만들기도 한다. 나도 몇 번인가 경험이 있다. 물론, 노인 취급을 받아서 싫다는 그 마음을 이해해 주지 않는 것은 확실히 상상력이 부족하다고 지적을 받아도 할 말이 없는 일이다. 그래서 내가 마련해 둔 기준은 '흰머리를 염색했는가 안 했는가'이다. 흰머리를 염색한 사람은 자신을 젊게 봐 주길 원한다고 생각하는 것이다. 물론 예외가 얼마든지 있는, 케이스 바이 케이스의 룰이지만. 그런 의미에서 곱고 온통 하얀 머리를 한 그 여성을 배려하는 데 주저할 이유가 없었다.

그곳은 배리어 프리가 잘 적용된 미술관이었기 때문에, 절차를 밟아 신청하면 의자를 대여해 준다는 걸 알리기 위해 나는 그 여성에게 말을 걸었다. 하지만 그 일은 경비원의 직무 범위를 일탈했다는 문제 이전에, 잘못된 행동이었다.

내가 있던 각도에서는 그냥 몸집이 작은 뒷모습으로밖에 보이지 않았던 그 여성은, 노부인이기는커녕 나와 거의 다름없는 또래인 20대 초반 정도의 여성이었다. 그 여성은 안경 너머의 이지적인 눈으로 의아하다는 듯이 나를 올려다보았다.

"저, 저어⋯."

말을 걸어 놓고도 해야 할 말을 잃어버린 나는 자신의 성급함을 저주했다. 그 사태는 예상외였지만, 여하튼 그곳은 미술관의 일각이었으니, 예상을 했어야 하는 일이라고 한다면 예상을 했어야 할 일인지도 모른다. 나처럼 벽창호 같은 가치관을 초월하는, 독자적인 미적 감각을 지닌 사람들이 찾는 장소이다. 갈색 머리나 금발이 아니라, 새하얀 머리라는 패션의 여성이 있어도 이상하지 않다. 염색이라든가 가발이라고 하기엔 너무나 자연스러운 백발이긴 했지만….

생각해 보니 이 여성은 지금까지 적어도 내가 보는 한, 이 미술관에 똑같은 옷을 입고 나타난 적이 없다. 터틀넥 니트에 스톨을 걸친 롱스커트라는 오늘 같은 차림도 처음 본다. 백발이 그렇게 패셔너블한 이 여성의 스타일의 일환이라니, 무슨 소설에 나오는 명탐정도 아니고, 나에게 추리를 하라고 해도 너무 난이도가 높지만… 그래도 얼굴도 확인하지 않고 말부터 걸었다는 것은 그야말로 얼빠진 실수였다.

게다가 뒤를 돌아본 그 얼굴이 예쁜 누님의 그것이었다는 점이 영 좋지 않았다. 실패를 어떻게 해서든 만회해 보려고 애쓰는 내가, 마치 미인을 앞에 두고 갈팡질팡하는 헌팅남 같았다. 그렇다고 해서 당신을 노파로 잘못 보았다고 솔직히 이야기하는 것이, 이 자리의 미덕이라고는 생각하기 어려웠다.

"자, 자주 오시는군요. 이 그림이, 그렇게 마음에 드셨나요?"

순간적으로 이래저래 고민을 한 끝에 내가 꺼낸 것은 그런 말이었다. 마치 미술관 관계자 같은 대사였지만, 사실 나는 외주 경비원이다.

"자주… 오시나요? 제가?"

새하얀 머리의 여성은 고개를 살짝 갸웃했다.

흐음~ 하고, 남의 일이라는 듯이 중얼거렸다.

마치 내 말을 듣고서야 그 사실을 처음으로 알게 되었다는 듯한 모습이었다.

"……? 자주 오시잖아요…. 그리고 항상 이 그림 앞에서 영혼을 빼앗긴 사람처럼 서 계시고요."

"네에."

"벌써 몇 번이나 본 그림인데도 그때마다 처음 봤을 때와 똑같은 감동을 전해 주는 걸 보면, 분명 당신과 감성이 아주 잘 맞는 멋진 그림이겠죠?"

"네에…."

미적지근한 대답이었다.

물론 나도 '분명'이라든가 '이겠죠?' 하고 애매한 말투를 사용했으니, 서로 마찬가지인지도 모른다. 나는 이 그림을 모른다고 자백하고 있는 듯한 말이었으니—실제로 그곳에 걸려 있는 그림은 추상화라고 해야 할지, 나에게는 파란색, 흰색, 녹색, 갈색이 가득 칠해져 있는 한 장의 캔버스로밖에 보이지 않았다.

그림 옆쪽 벽에 붙어 있는 플레이트에는 작가명과 제작 연월일, 소재와 화법, 그리고 크게 '어머니'라는 타이틀이 적혀 있었지만, 이 그림의 어디가 어머니인지, 나는 전혀 이해되지 않았다. 어설픈 지식으로 무심코 추상화라고 말했지만, 그것조차도 확실하지는 않다.

"그렇군요, 제가 이 미술관에 몇 번이나 왔었나 보네요. 그리고 이곳에서 항상 멈춰 섰던 거군요. 후후. 뭐, 당연하다면 당연한 일이지만요."

"……? 네에….."

뭐가 재미있는지 키득거리며 웃는 새하얀 머리의 여성을 보고 나는 예의상 따라 웃었지만 사고思考는 혼란스럽기만 했다. 역시 미적 감각이 날카로운 사람은 일상 대화를 할 때도 별난 센스를 발휘하는 것일까… 하는 생각을 하는데,

"전 항상 얼마나 이곳에 서 있었나요?"

하고, 점점 더 이상한 질문을 했다.

그렇게 끊임없이 사람이 내관하는 메이저한 미술관은 아니지만 너무 오래 자리를 비울 수는 없었기 때문에, 상대가 도움을 줘야 하는 어르신이 아니라는 사실을 안 이상, 이렇게 냉정하게 회상해 보면 얼른 대화를 끊어야 했지만, 여성의 구김 없는 태도는 나에게 조금 더 이야기하고픈 충동을 선사하기에 충분했다. 질문 내용은 이상할 뿐이었지만.

"대충 한 시간 정도일까요…. 시간을 잊고 무아지경에 빠진 것처럼."

"시간을 잊고, 무아지경에 빠진 것처럼."

무심코 한 내 말을 되뇌는 여성. 그리고 생긋 웃었다.

"한 시간 정도, 인가요? 후후후, 그런 정도이겠죠. 네, 틀림없이 오늘도 그 정도 시간 동안 멈춰 서 있었을 거예요. 이 작품은 오늘이라는 하루의 한 시간 정도를 투자해도 좋을 정도로 매력이 있으니까요."

"여, 역시 그렇군요."

오늘이라는 하루의 한 시간이라니, 유난히 에두른 표현이었지만, 아무튼 '지인이 그린 그림이라서 봤다' 같은 결론이 아니라서 나는 가슴을 쓸어내렸다. 반복해서 하는 말이지만, 자신이 경호하는 물건에 그만큼의 가치가 있다는 보증을 받으면 무척이나 기쁘다. 자신이 그 가치를 잘 알지 못하는 이번 같은 경우는 더욱더.

경비원이 지킬 대상을 선택해서는 안 되지만, 경비원은 시스템이 아니라 사람이다. 희로애락을 느끼는 것은 어쩔 수 없는 일이다. 기왕이면 분노보다는 기쁨을 동기로 삼고 싶었다.

하지만 가치와 값어치라는 면에서, 이어지는 새하얀 머리의 여성이 한 말은 실로 직접적으로 그 점에 대해 파문을 일으키는 것이었다. 진심으로 찬사를 보내듯이, 마음이 담긴 말투로,

"이 작품, 2억 엔이나 하거든요."

라고 말했기 때문이다.

2억 엔.

현대 일본의 회사원들이 평균적으로 받는 평생 임금이자, 복권의 당첨금에 상당하는 금액으로, 말할 것도 없는 거금이다. 물론 이곳은 미술관이기 때문에 작품 개요가 적힌 플레이트에 역시나 가격까지는 적혀 있지 않았지만, 2억 엔이라는 말을 들으면 보는 눈이 확 바뀌고 만다.

나에겐 그때까지 의미가 불분명할 뿐이었던 그림이 갑자기 유독 반짝반짝 빛나는 것처럼 보이기까지 했다. 아니, 예술 작품의 가치를 가격으로 판단하는 짓을 원래는 해선 안 되지만… 가격으로 판단하는 듯한 말을 꺼낸 사람은 이 여성 쪽이었다.

"2… 2억 엔이나 하나요… 이게?"

"네. 보면 알잖아요?"

여성은 멍한 표정으로 이상하다는 듯이 그렇게 말했다. 경호를 하고 있는 주제에 그런 것도 모르냐고 혼이 난 것 같은 피해망상에 사로잡혔다. 물론 공부 부족이라는 지적을 받아도 할 말이 없긴 하다. 크게 반성하자.

"굉장하네요, 2억. 2억 엔이 있으면 뭘 할 수 있을까요? 반은 저금하고 반은 통 크게 확 써 버리는 그런 느낌일까요? 지갑 사정은 생각하지 않고 사고 싶은 옷을 전부 다 살 수 있겠죠?"

"아, 네…."

황홀하게 상기된 투로 말해서 그냥 넘어갈 뻔했지만, 지금 이여성은 상당히 속물적인 말을 했다. 물론 그렇다고 뭐라 할 건

못 되지만, 그림을 그린 화가도 그렇게 가격만으로 평가받길 원하지는 않지 않았을까? 무엇보다 이 여성이 하는 말은 애초에 돈 이야기였다. 물론 정가定價라는 게 없는 세계이니, 가격이 그대로 가치의 기준이 되는 것도 당연한 이치이긴 하지만….

"아니, 정말로 회화의 세계는 굉장한 것 같아요. 코스트 퍼포먼스가."

"코, 코스트 퍼포먼스? 요?"

"네. 화구畵具든 뭐든, 원가는 뻔하잖아요? 그런데 몇 십 억, 몇 백 억이라는 가격이 붙을 때도 있고, 소설가나 만화가와는 달리 작품을 만든 뒤에도 인쇄비나 제본비가 들지 않으니까요. 오히려 대량생산이라는 비용을 들이지 않고도, 가치를 끌어올리죠. 꼭 한 수 배우고 싶은 비즈니스 모델이에요."

"……."

조금 전과는 다른 의미로 할 말을 잃었다.

비즈니스 모델이라니, 미술관 안에서 하기엔 가장 어울리지 않는 말 중 하나가 아닐까? 이때 내가 배치된 미술관도 입장이 무료가 아닌 이상에야 비즈니스인 건 맞지만… 말에는 뉘앙스라는 게 있다. 이 여성의 말투는 마치 입장료를 내고 2억 엔짜리 지폐 뭉치를 보러 온 것 같다. 2억 엔을 앞에 두고 멈춰 서서 한 시간이나 무아지경의 시간을 보내다니, 속물을 넘어 그냥 괴짜다. 그것도 상당한 라인 오버다.

"어머. 혹시 기분 나쁘셨나요? 걱정 마세요, 저도 잘 알고 있으니까요. 이 세상에 단 하나뿐이라는 그 희소가치를 지키기 위해 유지와 관리에 얼마나 많은 비용을 들이는지를, 저는 무시하려는 게 아니에요."

얼굴에 드러난 듯한 나의 당혹감을 과연 이 여성이 어떻게 받아들였는지는 모르겠지만, 그렇게 뚱딴지같은 위로를 해 주었다. 뚱딴지같다고 해야 할지, 어딘가 시치미를 떼고 있는 것 같기도 했다.

논점을 회피하고 말을 얼버무린 것처럼 느껴졌다고는 해도 그런 식으로, 걸핏하면 미술관의 경관을 흐린다는 매정한 말을 들을 때도 있는 나 같은 경비원의 존재를 확실히 인지해 주고 있다는 사실은 솔직히 기쁘기도 했으니, 복잡한 기분이었다.

"그건 그렇고 좋네요, 2억 엔은. 정말 2억 엔은 굉장해요. 2억 엔 정도의 2억 엔은, 그야말로 2억 엔이죠? 이렇게 아름다운 2억 엔을 봐서 그런지, 오늘 하루도 열심히 살아야겠다는 생각이 들어요."

"너, 너무 2억 엔, 2억 엔이라고 연호하지 마셨으면 하는데요… 저, 그런데 무슨 일을 하시나요?"

나는 이야기를 다른 방향으로 돌리기 위해 그런 질문을 한 것이지만, 완전히 관계없는 질문은 아니었다. 왜냐하면 나는 문득이 사람은, 어쩌면 미술상인가 뭔가 하는 직업이 아닐까 하는 생각이 들었기 때문이다.

그렇다면 미술품의 가치를 가장 먼저 가격으로 판단하는 것도 이해할 만하다. 오히려 꼭 그래야만 했다. 냉엄하게 정당한 가치 판단을 하는 것이야말로, 바로 비즈니스이니까. 둥실둥실한 분위기인 이 여성은 솔직히 능력 있는 미술상 같은 느낌이 들지 않았지만, 그와 비슷한 직업을 가진 사람일 가능성은 충분히 있었다. 자주(스스로도 기억하지 못할 만큼 자연스럽게?) 미술관에 오는 것도, 그게 일의 일환이라면 이해할 만했다.

하지만 그 예측은 완전히 빗나갔다. 아무래도 이 여성이 앞에 있으면 리듬이 흐트러진다. 추리가 전혀 맞지 않는다.

"탐정이에요."

여성은 태연하게 그렇게 말한 뒤, 나에게 명함을 내밀었다. 그 명함에는 이렇게 적혀 있었다.

'오키테가미置手紙 탐정 사무소 소장 掟上今日子'.

"쿄코今日子 씨…이신가요?"

여성을 갑자기 성姓이 아닌 이름으로 부르는 것은 예의가 아니라고 생각했지만 '掟上'라는 성을 읽을 수 없었기 때문에 어쩔 수 없었다. 그런 무례에도 불쾌해하지 않고, 여성은 "네, 쿄코예요. 오키테가미掟上 쿄코입니다."라고 이름을 밝혔다. 그 말을 듣고 비로소 나는 '掟上'를 '오키테가미'라고 읽는다는 사실을 알았다. 살았다. 아니, 내가 못 읽는다는 것을 눈치채고 일부러 그렇게 읽는 법을 말해 준 모양이었다.

추리라고 한다면, 그야말로 탐정다운 추리력이었다. 잠깐. 탐정이 추리를 하는 것은 소설에서만 그런 것 아닌가? 현실의 직업 탐정은 어디까지나 조사나 보고가 일이니까. 단지, 그래도 '소장'이라니.

"지, 직위가 높으시네요."

그런 코멘트를 하고 말았다.

직위로 사람을 판단하는 것은 가격으로 그림을 판단하는 것보다 훨씬 속물적인 행동이었지만, 아무래도 눈앞의 정숙해 보이는 여성과 '소장'이라는 높은 직위가 잘 어울리지 않았다.

"아~ 아니요. 특별히 높은 직위는 아니에요. 개인 사무소거든요. 정확하게 말하면 소장 겸 경리 겸 사무 겸 잡무 담당이에요."

겸손을 떠는 듯한 말을 하는 여성―쿄코 씨였지만, 아무튼 그 나이에 사업체의 주인이라니, 그건 그거대로 아주 대단한 일이다. 오키테가미置手紙 탐정 사무소. 오키테가미라고 하는 사무소의 이름으로 볼 때, 바지사장은 아닐 테고 말이다.

"의뢰인의 이익을 지킨다는 점에서는 오야기리 씨와 동업자나 마찬가지예요. 그러니 혹시 무슨 일이 있을 때는 연락 주세요."

그렇게 말하며 깊숙이 백발의 머리를 숙이는 쿄코 씨. 그 모습을 보니 아무래도 영업직도 겸하고 있는 듯했다. 다소(정도는 아니지만) 유난스러운 금전 감각도, 그렇다면 충분히 이해할 만했다. 하지만 탐정과 경비원은 상당히 직종이 다르다는 생각이 드는데… '지킨다'라는 점으로 연결시킨 것도 상당히 무리가 있다.

어? 근데 나는 아직 자기소개도 하지 않았는데… 어떻게 내 이름을? 아아, 그래, 유니폼 가슴에 클립으로 고정시켜 놓은 내 명찰을 본 거겠지. 이것도 탐정이라 눈치가 빠르기 때문인가… 그렇지만 '오야기리親切'라는 성도 '오키테가미掟上'와 마찬가지로 결코 읽기 쉬운 것은 아닐 텐데.

"그럼 실례하겠습니다. 시끄럽게 해서 죄송해요. 저는 조금 더 이 2억 엔을… 이 작품을 볼 생각이니, 오야기리 씨는 부디 일하는 곳으로 돌아가 주세요."

"아… 네, 실례했습니다."

나는 완전히 자리를 떠날 타이밍을 놓치고 있었기 때문에, 이렇게 쿄코 씨가 먼저 끝을 맺어 준 것은 솔직히 고마웠다. 미련이 없는 사람이라고 해야 할지, 뒤끝이 없는 사람이라는 생각이 들었다.

나는 인사를 하고 그 자리를 떠나 내가 있어야 할 자리로 돌아갔다. 선언한 대로 쿄코 씨는 그 그림을 한동안 바라본 뒤, 이윽고 떠나갔다.

이것이 쿄코 씨와 나의 첫 번째 접근 조우였지만, 물론 그것 하나만으로는 인생의 전기가 될 수 없고, 아무런 교훈도 얻을 수 없다. 기껏해야 '누군가에게 말을 걸 때에는, 제대로 상대를 확인해 보자'라는 표어를 얻을 수 있는 정도일 것이다.

일을 하다가 범한 하잘것없는 실수 중 하나로 기억될 만한 일이긴 하지만, 그런 실패담이라면 그 외에도 얼마든지 비슷한 사례는 있었다. 나는 완전함과는 거리가 먼 인간이라 수많은 실수는 어쩔 수 없는 일이다.

하지만 쿄코 씨에 대해서는 하나 더, 미리 전 단계에 덧붙여 두고 싶은 에피소드가 있다. 그 뒤에도 여전히 그 2억 엔짜리 회화 작품을 보러 온 쿄코 씨였지만, 물론 나는 더 이상 말을 걸려고 하지 않았다.

가뜩이나 미술관에서는 조용히 하는 것이 매너다. 평소대로 직분을 일탈하는 일 없이, 그림을 바라보는 모습이 그림이 되는 백발 여성의 뒷모습을 뒤에서 바라보기만 했다. 그 루틴은 쿄코 씨의 패셔너블한 의상이 변한다는 것을 빼면 전혀 무너지는 일이 없었지만, 어느 날 이변이 일어났다.

그것은 갑작스러운 이변이었다. 그렇긴 하지만 쿄코 씨의 외모에 급격한 변화가 있었다든가(예를 들어 머리카락이 검게 변했다든가, 본 적이 있는 옷을 입었다든가) 하는 그런 이변은 아니었다.

그 미술관에 드나드는 쿄코 씨의 모습을 계속 봐 왔던 나이기에 알아챌 수 있었던 위화감. 간단히 말하면, 영원하고 불변하며 이제는 일상이라고 생각했던 루틴이 아무런 예고도 없이 갑자기 붕괴되었던 것이다.

쿄코 씨가 그 그림 앞을 그냥 지나간 것이다. 항상 그 앞에서 한 시간을 보냈던 그림인데 힐끗 보기만 하고 그냥 지나쳤다. 거의 걸음을 멈추지도 않았다.

"자… 잠깐 기다려 주세요."

반사적으로, 나는 무심코 불러 세우고 말았다.

이것은 지난번과는 달리 자신의 직분과는 눈곱만큼도 관련이 없는, 변명의 여지가 없는 월권 행위였지만, 그것을 충분히 알면서도 나는 쿄코 씨에게 말을 걸 수밖에 없었다.

덧붙이자면 이날의 쿄코 씨는 파란 데님으로, 흰 셔츠 위에 조끼를 입었다. 그에 대해서는 뭘 입어도 어울리는 사람이라고 새삼 깨달은 정도지만, 지금 바로 알고 싶은 것은 쿄코 씨가 자택에 얼마나 거대한 옷장을 가지고 있는가가 아니었다.

"아, 안 보시나요? 이 그림."

"네?"

느닷없다는 듯이 대답하는 쿄코 씨.

그 표정에는 완벽하게 '넌 누구야?'라는 말이 적혀 있었다. 아무래도 나를 잊어버린 모양이다. 유니폼을 입은 경비원은 다들 똑같아 보이니까 이상할 것은 없었지만.

하지만 지난번에 체험한 쿄코 씨의 빠른 눈치를 생각해 보면, 내 얼굴 정도는 기억하고 있어도 이상하지 않은데. 이지적인 분위기와는 달리 의외로 기억력이 별로 좋지 않을지도 모른다.

하지만 특별히 흑심이 있어서 말을 건 것은 아니다. 쿄코 씨가 내면으로 인식하는 내 인상의 농담濃淡은 아무래도 상관없다. 문제는 쿄코 씨가 내면으로 인식하는 그 그림에 대한 인상의 농담이다. 왜 지금까지 예외 없이 계속 감상했던 그림을 오늘만 유독 그냥 지나치려고 한 것인가?

그게 신경 쓰여 참을 수 없었다.

지금까지 계속 애착을 느꼈던 대상, 그냥 아예 2억 엔이라고 말해도 괜찮지만, 그것을 단계를 밟지도 않고 갑자기 보고 싶어 하지 않다니, 과연 있을 수 있는 일일까?

"봤는…데요?"

쿄코 씨는 경계하는 듯한 모습으로 그렇게 대답했다. 맞물리지 않는다고 해야 할지, 내가 하고 싶은 말이 무엇인지 전혀 전해지지 않은 듯했다. 생각해 보면 지난번에도 대화의 시작은 뒤죽박죽이었던 것 같기도 하지만….

"어… 그게 아니라, 평소처럼 꼼꼼하게 보지 않으실 건가요? 평소에는 더 오래 보셨잖아요. 그런데."

말을 하면서도 이래서는 꼭 스토커 같다고 생각하며 반성했다. 루틴워크가 붕괴되었다고 규탄을 하듯이 달려들다니, 하는 짓은 경비원이 아니라 거의 경계 대상이었다.

여성이라면 무서워 떨면서 도망쳐도 할 말이 없을 만큼 내 행

동은 수상함 그 자체였지만, 그래도 쿄코 씨는 주눅이 드는 법 없이 오히려 흥미로운 듯,

"헤에?"

하고 입꼬리를 올렸다.

그것은 그야말로 '매력적인 수수께끼를 만난 명탐정'이 떠올 릴 법한 미소였다. 느긋해 보이는 분위기와는 달리, 오히려 공격 적이라 해도 과언이 아닌 표정이었다.

"흥미롭네요. 자세히 말씀해 주시겠어요?"

"자, 자세히라니… 저어, 그러니까…. 평소에는 시간을 들여 보던 그림을 오늘 쿄코 씨는 왜 그냥 지나가시냐는…."

전에 한 이야기를 상대가 깜박했을 때, 이쪽이 그걸 언급하는 건 껄끄럽다. 그래서 그때의 일은 그냥 다 잘라 버리고, 나는 요 점만 이야기했다. 마치 그 그림을 '평소에 봤었다'는 사실마저 잊어버린 듯한 쿄코 씨의 행동에는 위화감을 느낄 수밖에 없었 지만….

막상 말을 해 보니, 애당초, 내관할 때마다 똑같은 그림을 넋 놓고 바라보는 모습이 이상하다고 하면 훨씬 더 이상하다는 생 각도 들었지만, 본인인 쿄코 씨가 신경 쓰인 점은 그런 것이 아 닌 모양이었다.

"흐음. 당신이 신경 쓰이는 점은 '왜 제가 오늘은 유독 이 그림 을 그냥 지나쳤는가'인 듯하지만, 제가 신경 쓰이는 점은 '왜 제

가 지금까지 이 그림에 그토록 감동했는가'예요. 당신, 전에도 저와 대화를 한 적이, 있죠?"

갑작스럽게 그런 지적을 받았다.

지적을 받으니, 지금껏 적당히 이야기를 맞추고 있던 내가 불성실하게 행동한 것 같은 기분이 들었다. 그다지 연기력에 자신이 있는 것은 아니었지만(오히려 연기력에는 자신이 없다), 어떻게 간파를 한 것일까.

"조금 전에, 아직 이름을 말하지도 않았는데 '쿄코 씨'라고 하셨잖아요."

"아아…."

아차. 뻔하다고 해도 과언이 아닐 정도의 내 본 헤드*였지만, 역시 탐정은 눈치가 빠르다며 나는 혀를 내둘렀다. 물론 이것은 전에 이야기했던 상대를 잊어버린 쿄코 씨 자신의 불완전한 모습에서 발생한 문제이기 때문에, 조금 매치 폼프* 같은 느낌도 들지만.

"네, 있습니다. 그때 이 그림에 대해 열정적으로 말씀을 하셨기 때문에 더 이상하다는 생각이 들어서…."

"열정적으로? 제가 그렇게 말을 했다면, 묘화描畵 기법이 어떤

※본 헤드(bone head) : 잘못된 판단으로 어이없는 플레이를 하는 것을 일컫는 야구 용어.
※매치 폼프 : 일본에서는 성냥을 주로 영어인 match로 쓴다. 그것과 네덜란드어인 pomp(펌프)를 조합한 말로, 자신이 성냥에 불을 붙여 놓고 펌프로 불을 끈다는 뜻. 자신이 소동을 일으켜 놓고 상대에서 소동을 수습해 주겠다고 제의하여 부당한 이익을 추구하는 것을 뜻한다.

지가 아니라, 이 작품의 가격에 대해서 열정적으로 말했을 것 같은데요?"

제가 그렇게 말을 했다면, 이라니. 이것도 마치 남의 이야기를 하는 것처럼 말하는 쿄코 씨. 아무래도 쿄코 씨는 과거의 자신을 마치 남처럼 따로 떼어 놓고 생각하는 경향이 있다.

"아, 그게…."

네, 그렇습니다, 라고는 말하기 힘들었다. 하지만 아니요, 라고 말하는 것은 불성실하다는 생각이 들 만큼, 그날 쿄코 씨는 그 그림의 시가時價를 계속 연호했다. 결국 머뭇거리다가, 그러니까 결국 속일 방법이 생각나지 않아서, 나는 "2억 엔이라고 말씀하셨어요."라고 너무 정직하게 대답해 버렸다.

이럴 때 1억 엔이니, 5천만 엔이니, 가격을 낮춰 부른다고 무슨 의미가 있는 것도 아니고, 반대로 과장을 한다고 해도 아무런 의미가 없다.

"2억 엔. 헤에… 이 작품이, 말이죠?"

그렇게 말을 하면서 쿄코 씨가 그림 앞에 섰다.

그 자세, 서 있는 위치만을 보면, 그야말로 평소의 '그림이 되는 쿄코 씨'였지만, 어디가 어떻게 바뀐 것도 아닌데, 그 모습에서 느껴지는 뉘앙스는 완전히 딴판이었다.

그림을 감상하는 눈이 아니라.

그 내부에 노골적으로 간섭하는 듯한.

사정없이 다른 사람의 비밀스런 사생활을 폭로하려는 탐정 같았다.

아니, 그러니까.

'탐정 같았다'가 아니라, 탐정인가.

"후후. 물론 그리는 사람의 영혼이 담긴 멋진 그림이지만, 2억 엔은 좀 지나치네요. 3백만… 아니, 현실적으로 보면 2백만 정도일까요?"

그런 말을 했다.

놀랐다. 가격이 100분의 1까지 내려갔다. 투자였다면 목을 매야 할 만큼 엄청난 폭락이다.

대체 무슨 일이 있었던 거지?

이렇게 보기로는 캔버스에 상처가 났다든가, 물감이 벗겨졌다든가, 그런 눈에 보이는 손상이 그림에 생긴 것은 아닌데. 물론 감정인이 다르면 값도 달라질 수 있겠지만, 이 그림을 2억 엔이라고 말한 사람은 다름 아닌 쿄코 씨였다. 대체 뭐가 뭔지. 그림이 아니라 쿄코 씨 내면에 변화가 있었다고 말할 수밖에 없었다.

"아니요, 제 내면에는 아무런 변화도 없어요. 그건 보증할게요. 제가 이런 말을 하긴 뭐하지만, 너무 변화가 없어 탈이라고 해도 좋을 정도예요."

"그, 그런가요…."

그토록 자신감 넘치게 말하니, 수긍할 수밖에 없었다. 그렇다기보다는 반론을 하기가 어려웠다.

"확인을 하고 싶은데요, 오야기리 씨."

쿄코 씨가 그렇게 내 이름을 불렀다.

내 이름을 기억해 낸 것이 아니라, 이것도 가슴의 명찰을 봤기 때문인 듯했다.

"이 그림에 변화가 없다는 말은 정말인가요? 제가 이전에 봤을 때와 조금도 달라진 점 없이 똑같나요?"

"또… 똑같습니다."

그렇게까지 새삼 확인하니 당연히 불안해지기도 한다. 조금도 달라지지 않았다고 보증할 수 있을 리가 없었기 때문이다.

하지만 새삼 그림을 다시 봐도 무언가 다른 점은 발견할 수 없었다. 경비원인 내가 할 일은 수상한 사람을 감시하는 것이지 그림 감상 그 자체가 아니지만(오히려 그림이 좋고 나쁜 점을 의식해서는 안 된다), 지정된 자리에 서 있으면 자연히 눈에 들어오는 위치에 그 그림이 걸려 있으니, 큰 변화가 있었으면 틀림없이 발견했을 것이다.

그렇다면 그림 자체가 아니라 배경에 변화가 있었던 것일까? 꺼림칙한 이야기이지만, 예술 작품은 작가가 사망하면 가치가 뛰어오르기도 한다. 그건 가격이 폭등하는 경우이지만, 반대로 폭락하는 경우도 있을 테지. 예를 들어 이 그림의 작가가 사실은 다른 사람으로 판명되었다든가… 그렇다면 그림 자체에는 변화가 없을지 몰라도, 가격은 변할 수 있다.

하지만 그런 뉴스가 나오면 가격이 상하로 출렁이는 것을 떠나, 그 작품을 전시하고 있는 미술관이야말로 상하로 출렁일 만큼 대소동이 벌어진다. 외부 인력인 경비원의 귀에도 그 소동과 관련된 이야기가 틀림없이 들려온다.

계속 걸려 있던 그림의 내력이 잘못됐다는 사실이 공표된다는 것은, 그림의 전시를 중지하거나, 미술관을 임시 휴관해야만 하는 규모의 스캔들이었다.

"네, 맞아요. 하지만 배경이 다르다는 점은 좋은 지적이에요. 예술이란 그 주변까지 포함해, 예술이니까요."

"…작가와 작품은 별개다, 라는 말도 있는데요?"

"아하하. 오락으로서 본다면 그렇게 따로 떼어 놓아도 되겠지만, 예술로 본다면 분리해서 보긴 어렵죠. 예술은 예술가가 본체라고 할 수 있는 부분도 있으니까요."

물론 그건 이번 일과는 관계없어요.

하고, 쿄코 씨가 말했다. 관계없는 건가?

그런데 조금 전부터 묘하게 확신에 찬 말투인데, 혹시 쿄코 씨는 변화가 없는 그림의 가격이 변한 이유를 벌써 짐작하고 있는 것일까?

용기를 짜내 물어보니,

"네, 짐작이 간다고 하자면 짐작이 가요. 증거가 없으니, 그냥 근거 없는 추측에 불과하지만요."

역시 쿄코 씨는 그렇게 말했다. 그리고 그림 앞에서 물러나 "그럼 실례합니다." 하고 나에게 인사를 한 뒤, 그 자리를 떠나 갔다.

"자, 자자, 자자자, 잠깐만요."

"……? 왜 그러시죠?"

"아, 안 가르쳐 주실 건가요? 어째서 얼마 전에는 2억 엔이라고 한 그림을 오늘은 2백만 엔이라고 했는지."

"제가 전에 이 작품을 2억 엔이라고 했다는 말은 사실이겠죠. 하지만 오늘은 2백만 엔이에요. 그렇다면 1억 9천 8백만 엔만큼의 변화가 일어났다는 것은 명백해요. 하지만 그것을 이곳에서 설명하는 것은 조금 어울리지 않을 것 같네요. 이곳은 수수께끼가 아니라 예술에 대해 이야기를 하는 장소예요. 애초에 저는 오늘, 오프이기도 하고요."

꼭 알고 싶다고 하신다면, 하고 말하며 쿄코 씨는 명함을 내밀었다.

그것은 이전에 받은 명함과 그야말로 조금도 다르지 않은, '오키테가미置手紙 탐정 사무소 소장 掟上今日子'라고 적힌 명함이었다.

"의뢰를 해 주세요. 저는 그냥은 추리하지 않아요."

3

그렇게 해서 결국, 2억 엔짜리 그림이 왜 어느 날 갑자기 2백만 엔으로 폭락했는지, 그 수수께끼는 내 안에서, 미술관 안에서 미궁에 빠지고 말았다.

물론 신경은 쓰였지만, 그렇다고 호들갑스럽게 돈을 내고 탐정에게 의뢰를 할 만큼 알고 싶은 수수께끼라거나 이상하다고까지는 생각하지 않는다. 탐정 의뢰비의 시세는 견문이 좁아 잘모르지만, 결코 싸지는 않을 것이다. 그렇게 많은 옷을 소유한 쿄코 씨가 내 여유자금으로 돈을 낼 수 있을 만큼 낮은 요금으로 일을 해 줄 거라고는 생각할 수 없었다.

게다가 2억 엔이라느니 2백만 엔이라느니 하는 것도 어디까지나 쿄코 씨가 값을 매긴 것으로, 말하자면 쿄코 씨의 주장일 뿐이다. 수수께끼를 만든 사람은 거의 쿄코 씨 자신이나 마찬가지였다.

신종 사기 수법이라고까지는 생각하지 않지만, 그게 탐정으로서의 적극적인 영업 활동일 가능성은 충분했다. 그런 수법에 걸려 큰돈을 쓰는 것도 별로 내키지 않는다.

나의 고용주인 미술관 관계자에게 그 그림에 대해 자세히 물어본다는 방법도 물론 있기는 했지만, 왜 그런 걸 묻느냐고 반대로 추궁을 받을지도 모른다. 추궁을 받으면 업무 중에 내관한 사람과 이야기를 했다는 직무 태만이 밝혀질 가능성이 있다. 그런 일은 가능하면 피하고 싶다.

그래서 결국 답답한 마음을 안은 채, 나는 그다음 날 이후로도 아무런 변화도 없이, 아무런 변화도 없는 그림을 바라보며 일을 계속했다. 쿄코 씨의 모습을 그 후로도 몇 번인가 미술관에서 보게 되었지만, 쿄코 씨는 더 이상 문제의 그 그림 앞에서 발걸음을 멈추는 일이 없었다.

내가 말을 거는 일도 없었다.

물론 쿄코 씨가 나에게 말을 거는 일도 없었다. 또다시 나에 대해서 잊어버렸는지도 모른다.

그래서 쿄코 씨와 다음에 접점을 가진 것은—내가 유니폼 주머니에 넣어 둔 채 꺼내지 않았던 명함 두 장을 떠올린 것은, 사건이 일어난 뒤였다.

그러면 계속해서 내 인생에 전기를 마련해 준 세 사람 중 두 번째 인물을 소개하겠다. 인물. 그렇게 말하기는 좀 호들갑스럽지만, 그 사람은 열 살 정도 되는 소년이다.

어린아이에게서 교훈을 얻다니, 어른으로서 체면이 말이 아니지 않나 싶었지만, 그 아이는 이른바 천재이기 때문에, 그건 꼭 나 한 사람이 느낄 수밖에 없는 콤플렉스 같은 건 아니다. 이따금 재능이 있는 사람은 재능이 없는 사람을 싫어하는 경향이 있는 법으로, 그 소년도 역시나 나를 시종일관 건방진 태도로 대했다. 그런 의미에서 나는 그 소년에게 별로 좋은 인상을 가지고 있지 않지만, 그래도 그 재능만큼은 인정을 할 수밖에 없었다.

그 '그림' 재능은 이론의 여지가 없다.

내가 그 소년을 처음으로 인식한 때는 쿄코 씨와 처음으로 이야기를 하여, 그 그림의 가치가 2억 엔이라는 말을 들은 뒤였던 것으로 기억한다. 확실히 미술관에서는 관장님의 주선으로 신작이 입하되기로 하여, 전시 방법을 둘러싸고 꽤나 시끌시끌했던 무렵이라고 생각한다.

그쪽으로 사람이 모여들어 평소보다 한산했던 내 경호 구역에 스케치북을 든 까까머리 소년이 나타났다. 물론 정규 요금(어린이 요금)을 내고 내관했으니 그런 일로 뭐라 할 여지는 없었다. 어린이도 어른과 마찬가지로 예술을 즐길 권리가 있다. 하지만 소년은 경비원으로서 그냥 방치할 수 없는 문제 행동을 했다.

아니, 정확하게는 잘 몰랐다.

미술관의 일각, 한쪽 구역을 맡았을 뿐인 현장의 일개 경비원으로서, 그것은 판단하기 어려운 문제였다. 취식 금지, 관내에서는 조용히, 작품에는 손을 대지 말아 주세요, 사진 촬영 금지.

그런 규칙이라면 관내 이곳저곳에 명문화되어 있어, 경비원으로서 제지하는 데 망설임이 없었다. 경비원으로서 나는 눈을 번뜩이고 있었다. 특히 마침 휴대전화의 보급으로 사진을 찍는 일이 일상의 일부가 된 현재, 악의 없이 촬영을 시도하는 손님에게 부드러운 목소리로 주의를 주는 것이 나의 주된 일이라고 할 수 있었다.

하지만 그 경우에는 어떻게 하면 좋았을까?

즉, 하나의 그림 앞에 죽치고 앉아 스케치북을 펼치고 연필로 슥슥 모사하기 시작했을 경우에는.

"……?"

너무나도 당당하게 그 아이가 그런 사생寫生을 시작해서, 무심코 '원래 그래도 되는 것'이라는 생각이 들었다. 확실히 관내의 그 어디에도 '이곳에서 그림을 그리지 마세요'라고는 적혀 있지 않다.

그곳은 미술관이니, 예술혼이 환기된 방문객이 천천히 연필을 꺼내 들고 싶다고 해도 이상할 것은 없었다. 아니, 이상하다. 애당초, 처음부터 스케치북 같은 화구畵具를 들고서 그림을 그리기로 작정을 했다는 듯이 그 아이는 다가왔으니까 말이다.

무엇보다 초등학생이 올 시간이 아니었다. 정확한 요일까지는 기억나지 않지만, 그날은 분명히 평일 대낮이었다. 초등학생의 견학 같은 것인가 하고 주위를 둘러봤지만, 그 외의 비슷한 아이들은 물론 인솔하는 선생님도 보이지 않았다.

그렇다고는 해도 아이들 지도는 내가 해야 할 일이 아니지만. 학교에 가지 않고 미술관에 왔다는 것이 어딘가 예사롭지 않은 사정이 있는 것 같은 낌새가 느껴지기도 하는데, 자, 어떻게 할까. 그림을 그림으로 베껴 그리는 일은 어쩐지 사진 촬영 금지 규칙의 맹점을 찌른 것 같은 느낌이지만, 냉정하게 생각해 보니 역시 간과할 수는 없는 일이었다.

그렇지만 어린아이이니, 따뜻한 마음으로 넘어가 주고 싶은 생각도 없었던 건 아니었다. 그때에는 쿄코 씨는 물론 주변에 따로 내관한 사람들도 없었으니 누군가에게 민폐를 끼칠 일도 없었고, 오히려 어린아이가 열심히 그림을 그리는 모습 그 자체만 보면 흐뭇한 풍경이었기 때문이다.

상사나 고용주의 판단을 들어 봐야 하나 말아야 하나 판단을 망설이면서도 일단 소년에게 다가가 보았는데, 그런 흐뭇한 미소는 경직되어 버리고 말았다.

스케치북에 그려진 '모사'는, 뭐라고 해야 할지… '모사'라는 단어에서 크게 벗어나 있었기 때문이다. 내 어휘에서 어울리는 말을 찾자면, 그것은 '복제'라고 해야 했다. 아니, 엄밀하게는 '복제'라고도 말하기 힘들었다. 왜냐하면 벽에 걸린 그림은 유화용 물감으로 그린 것으로, 뭘 그린 것인지는 확실하지 않았지만 파란색, 흰색, 녹색, 갈색으로 칠해져 있다는 사실만큼은 틀림없었다. 반면에 소년이 사용한 그림 도구는 연필 하나였다.

애초에 완벽한 재현은 불가능했다.

하지만 마치 수묵화처럼 소년은 검은 농담만으로 눈앞의 추상화(?)를 재현하려고 시도했는데, 그 시도는 대략적으로 성공이라 해도 좋았다.

어디까지나 초심자의 감상이기 때문에 그런 표현을 화가가 들으면 모멸적이라고 말할지도 모르지만, 색채가 넘치는 회화를 흑백으로 복사하면 이런 느낌이 되지 않을까 할 만큼 정밀한 재현도였다.

그야 복사기라면 기계니까 그게 가능하겠지만, 사람이 자신의 손기술로 그것을 실현하다니, 솔직히 말해 섬뜩하기만 했다.

하지만 나는 복사기가 그림 한 장을 복사하는 것과는 다르다는 점을 알아챘다. 이것은 내가 민감해서가 아니라, 아무리 둔해도 눈치챌 수 있는 것이었다.

미술관 경호를 하기 시작하고서야 비로소 알게 된 사실이지만, 그림은 결코 평면적인 것이 아니다. 캔버스에 물감을 덧칠하면 어쩔 수 없이 오목함과 볼록함이 생긴다. 물감을 덧칠하면 그곳은 그것만으로도 튀어나오고, 연하게 칠하면 그 흐름은 높은 곳에서 낮은 곳으로 흐른다. 또 필압이라는 것도 있다.

힘차게 붓을 내려쳤을 때와 부드러운 터치로 붓의 끝을 캠퍼스에 댈 때는 화면에 전달되는 이미지도, 그리고 강도強度도 달라진다. 그런 것들은 세월이 지남에 따라서도 변할 수 있다. 알기 쉽게 비유하자면 붓을 들고 임하는 회화란, 조각의 한 장르다. 일종의 조각이다. 그것이 CG로 그린 묘화描畫와의 큰 차이라고도 할 수 있었다.

복제가 불가능하다는 말은 그런 의미이기도 하고, 그렇기에 사진 기술이 아무리 발달해도 사람들은 미술관을 찾아 실물을 보려고 하는 것이다. 그곳에는 평면적으로 인쇄된 것으로는, 또 모니터에 비친 영상으로는 전해지지 않는 리얼한 감동이, 혹은 만지지 않아도 느낄 수 있는 감촉이 있다.

각설하고, 그 소년의 스케치북이다. 놀라지 마시라, 라고 하기보다는 꼭 놀라움을 공유하고 싶은데, 그 소년은 필압을 포함해 오목함과 볼록함까지, 연필 하나로 재현해 냈다.

그래서 흑백이라든가, 유화 물감이 아닌 연필을 사용했다든가 하는 것에 관계없이 마무리에 차이는 있을지언정, 보는 나는 완벽하게 재현되었다고 느낀 것이다.

미술관의 규칙을 잘 모르는 작은 어린아이가 예술가의 동료가 된 기분이 되어 주제도 모르고 그림을 베꼈다, 하는 수준이 아니었다.

이 아이는 대체 뭘 하는 거지?

어떤 의미에서는 사진을 찍는 것보다도 더 터무니없는 짓을 하고 있는 것 같았다. 회화 그 자체가 아니라, 회화의 알맹이를 빼내는 것 같은 느낌이다. 그 구역을 담당하는 경비원으로서, 적어도 나는 그것을 그냥 보고 넘어가긴 힘들었다. 왜냐하면 나는 이미 쿄코 씨에게 그 그림의 가격이 '2억 엔'이라는 말을 들은 상태였으니까.

2억 엔짜리 명화名畵를 도둑맞고 있는 장면에 입회하고 있는 듯한 기분이었다. 아르센 뤼팽도 울고 갈 정도로 대담한 절도다.

"잠깐만 너, 지금 뭐 하는 거지?"

힘이 좀 많이 들어갔는지, 의외로 부르는 목소리가 너무 굵어 져 버렸다. "으아악!" 하고 비명을 지르면서 소년이 스케치북을 바닥에 떨어뜨렸다.

연필은 떨어뜨리지 않았다. 이유는 소년의 연필 쥐는 방법이 잘못되었기 때문이었다. 소년은 연필을 마치 유아幼兒처럼 움켜 쥐듯이 쥐고 있었다. 아니, 그렇게 쥐고도 그 정도의 그림을 그 정도의 속도로 그렸으니, 그걸 '잘못'이라고 단정하는 것은 일종 의 교육적 편견에 가득 찬 것이라 할 수 있었다. 그렇게 검이라 도 쥐듯이 잡는 편이 올바르다고 이 아이가 주장한다면, 우리는 반론할 수 없을지도 모른다. 실제로도 그렇게 쥐고 있었기 때문 에 소년은 연필을 떨어뜨리지 않을 수 있었던 것이기도 하고.

"뭐, 뭐야…? 응? 아저씨, 언제부터 거기 있었어?"

몰두해 있던 소년은 가까이 다가온 내 존재를 전혀 깨닫지 못 한 모양이었다. 변성기가 오기 전의 그 높은 목소리와 지르퉁한 말투는 그야말로 겉모습 그대로의 어린아이였다.

나는 아직 아저씨라고 불릴 만한 나이가 아니었지만, 나도 소 년 또래였을 때는 스무 살을 넘은 어른을 그런 식으로 불렀을지도 모른다.

"갑자기 말 좀 걸지 마. 깜짝 놀랐잖아."

"아, 으응. 미, 미안."

그렇게 말하면서 나는 소년이 떨어뜨린 스케치북을 주웠다. 지금까지 이런 상황과는 인연이 없었기 때문에 아이를 어떻게 대해야 할지 잘 몰랐다. 미술관은 부모님이 쉽게 아이를 데리고 올 수 있는 곳도 아니다. 하물며 어린아이 혼자서 올 수 있을 만한 장소는 절대 아니다.

그래서 주의를 줘야 할 입장인데도 무심코 반사적으로 사과를 했지만, 그 덕에 조금 안심이 되기도 했다. 겉모습 그대로의 어린아이 같은 태도를 보고, 결코 요괴가 변신한 상대가 아니라는 사실을 실감했기 때문이었다.

하지만 그 직후, 그런 실감實感은 허감虛感이었다는 사실을 알게 된다. 허감이라는 단어가 실제로 있는지는 확실하지 않지만, 아무튼, 집어 올린 스케치북의 페이지가 그 사이에 넘어가 안쪽이 슬쩍 엿보였다.

플립 북처럼 보였기 때문에 한 장 한 장 똑똑히 보지는 못했지만, 하지만 그만큼 순간적이고 직감적인 위협에 가슴을 꿰뚫린 결과가 되었다. 논리가 아닌 감각으로, 나는 소년의 말로 표현하기 힘든 그림 실력을 확실히 깨닫게 되었다.

지금 여기서 그리고 있던 그림뿐만이 아니라, 소년이 지금까지 그려 온 수많은 연필화도 보는 사람을 압도하기에 충분했다. 모든 그림이 모사는 아니겠지만, 그래도 소년이 베껴 그린 원본을 봤다고 하더라도 이 정도의 충격을 받지는 못하지 않을까 하는 생각이 들었다.

떨어뜨렸을 때 스케치북이 접히지 않아서 정말 다행이라고, 그런 엉뚱한 생각을 했다.

나는 주운 스케치북을 건네주면서 소년의 온몸을 관찰했다. 까까머리로, 햇볕에 탄 피부가 그대로 드러나는 티셔츠와 짧은 반바지, 무릎 근처의 까진 상처, 그리고 샌들을 신고 있었다.

그 모습만 보면 들판을 뛰어다니는 건강한 야구 소년 같은 느낌도 들었다. 적어도 겉모습에서는 예술가 같은 인상은 받을 수 없었고, 텔레비전에 나오는 '천재 소년' 같은 뉘앙스도 없었다. 아니면, 텔레비전의 연출적인 요소를 빼고 보면 '천재 소년'이란 의외로 이런 느낌인 걸까? 재능과 자질이라는 모호한 기량器量이 눈에 띄게 밖으로 드러난다는 것도 생각해 보면 이상한 이야기다….

"아저씨, 근데 무슨 일이야? 난 지금 바쁘거든?"

주눅 든 모습도 없이 소년이 그렇게 말했다. 주눅이 들기는커녕 거의 막말이라고 해도 좋을 태도였다. 물론 초등학생(?)에게 제대로 경어敬語를 쓰라는 것은 지나친 요구이고, 이렇게 그림을 잘 그리는 소년에게 나는 대체 어떤 이유로 존경尊敬을 받으면 좋을지도 문제였다.

"여기서 그림을 그려선 곤란해. 스케치북과 연필을 넣어 주면
안 될까?"

"뭐어~?! 그런 말이 어디에 적혀 있는데?"

아니나 다를까, 소년은 불만스럽다는 듯이 말했다. 그냥 고개
를 끄덕이고 물러나 주었으면 그보다 편한 이야기는 없었겠지
만, 역시 그렇게 뜻대로는 잘 안 될 모양이었다.

"적혀 있진 않지만, 다른 손님들한테 민폐가 되니까."

"다른 손님?"

그렇게 말하며 소년은 주변을 둘러보았다. 타이밍 나쁘게도
평일 낮. 아직 다른 손님은 보이지 않았다. 쿄코 씨가 만약 이곳
에 있었다면 뭐라고 말했을까 하는 생각이 들었지만.

"그럼 다른 사람이 오면 그만둘게. 그럼 되지?"

말을 한 뒤, 다시 스케치북 위에서 연필의 심을 움직이는 소
년. 그렇게 쉽게 이야기를 정리해 버리면 곤란하다. 상대가 어린
아이라고, 또는 천재라고 그냥 물러서서는 경비원 일을 못 한다.

"이런 건 그림을 보고 생각난 사항을 메모장에 적어 두는 거랑
다름없잖아. 그것도 안 된단 말이야?"

"으음…."

그런 말을 들으니 뭐라 할 말이 없었다.

물론 이곳에 이젤을 세우고 캔버스를 펼친 뒤, 물감을 사용한

화필畵筆을 잡은 거라면, 그야 상식선에서 제한할 수 있다. 그 정도 수준의 기행이라면 문명화되었든 안 되었든 대략 이해할 수 있겠지.

하지만 소년이 사용하는 것은 연필과, 크기도 별로 크지 않은 휴대 가능한 스케치북이다. 이걸 제한하기 시작하면 대체 어디까지 제한을 해야 하는 걸까.

그러니 나도 소년 이외의 아이가, 또는 어른이라도, 그림 앞에서 슥슥 그림을 그리는 모습을 보았다면(그런 경험은 없지만 봤다고 가정했을 때), 망설인 끝에 그냥 넘어가거나 자신이 판단할 일이 아니라고 생각해 윗선에 상의를 했을 것이라 생각한다.

이렇게 독단적으로 움직인 이유는 어디까지나, 소년의 실력이 섬뜩할 정도로 굉장히 뛰어났기 때문이다. 실력자였기 때문에 간과할 수 없었다. 하지만 그걸 어떻게 설명하면 좋을까? 너는 그림을 너무 잘 그리는 모양이니까, 그런 식으로 베끼지 말아줘…라고 해야 하나? 아니, 논리로 보자면 그건 그렇지만, 그런 주장은 어린아이에게 너무 불합리한 일을 강요하는 것 같다는 생각도 들었다.

달리기가 빠른 아이에게 모두와 속도를 맞춰 뛰라고 말하는 것과 큰 차이가 없다. 그렇다고 반에서 가장 빠른 아이를 커리큘럼의 기준으로 삼을 수는 없는 법이다.

예를 들면 서점에서 팔고 있는 책의 내용을 메모장에 베껴 써서 가면 안 되잖아? 그것과 마찬가지로… 마찬가지가 아니구나. 미술관과 서점은 성격이 다른 시설이다. 굳이 따지자면 비슷한 시설은 도서관이다. 도서관이라면 글을 베껴 쓰는 것을 추천한다. 이렇게 되고 보니, 결국 '아무튼 안 된다'라고 주장할 수밖에 없는 상황이었다. 결국 이러지도 저러지도 못하게 된 나는.

"너 학교는? 안 가도 돼?"

라는 식으로, 다른 각도에서 접근할 수밖에 없었다. 이런 곳에서 그림을 그리지 말고 성실하게 학교에 가라는 논법이다.

물론 어떤 사정이 있을 거란 생각이 어렴풋이 들기도 했고, 그렇지 않더라도 이런 아이가 평범한 학교에 적응할 수 있을 거라고는 생각하기 어려웠지만.

"안 가도 돼. 의무교육이란 뭐냐, 부모가 아이를 학교에 보내야만 하는 의무이지, 아이가 학교에 가야 하는 의무가 아니잖아 ~?"

그건 그렇지만, 역시 어린아이 같은 논리였다. 그런 입바른 논리가 그대로 통한다면, 고생할 일이 없을 거란 생각이 들었다.

"그럼 부모님은? 어디 계셔? 같이 온 거 아니야?"

"보면 알잖아. 진짜 시끄럽네."

그렇게 말을 하면서도 소년은 연필을 계속 움직였다. 스케치북이 검게 물들며 2억 엔짜리 그림이 완성되어 갔다.

말릴 방법이 없는 이상, 나는 그 모사가 완성되는 것을 그냥 가만히 지켜보는 수밖에 없었다. 아무래도 어린아이를 상대로 힘을 사용하는 짓은 할 수 없었다. 물론 상대는 내 몸의 반도 안 될 만큼 몸집이 작은 남자아이이니까 연필을 빼앗는 정도는 하려고 하면 얼마든지 할 수 있겠지만, 그런 지나친 경호가 미술관의 책임 문제로 발전하면, 본말전도本末顚倒도 그런 본말전도가 없다. 정말 아무것도 지키지 못한다.

"보면 안다니… 그럼 혼자 왔구나. 이름은 뭐야?"

이건 더 이상 자신이 감당할 수 없는 안건이라 판단한 나는 그렇게 탐색을 시작했다. 보고서만이라도 만들어 고용주에게 보고하자는 복안이었다.

이 정도의 기술을 지닌 아이이니, 어쩌면 내가 지금까지 우연히 몰랐을 뿐, 미술관 내에서는 유명인일지도 모른다. 그렇다면 이럴 때 어떻게 행동해야 한다는 대처 매뉴얼이 있을지도 모른다.

소년은 연필을 계속 움직이면서 무뚝뚝하게 대답했다.

"이름은 하쿠이 리쿠."

"하쿠이?"

"……."

그렇게 되물은 나에게 실망했다는 듯이, 마치 자신의 이름을 모르는 상대는 교양이 없는 사람이라는 듯이, 소년은 아무 말 없이 스케치북 다음 페이지에 한자를 적었다.

'剝井陸'.

그것은 그림을 그리는 필치筆致와는 대조적, 아니, 비교할 수도 없이 매우 거친 악필로 해독하는 데 고생을 했지만.

"아, 하쿠이 군이구나."

"물어봐서 가르쳐 주긴 했지만, 너무 친근하게 자꾸 부르지 마. 좋아하는 이름이 아니니까. 하쿠이剝井도, 리쿠陸도."

불만스럽게 대답한 뒤, 소년은 스케치북의 페이지를 다시 되돌렸다. 리듬이 깨져서 짜증이 난다는 듯한 동작이었다. 그러나 페이지를 넘기는 동작은 난폭했지만 연필의 움직임은 조금 전과 마찬가지로 매우 정확했다. 지휘계통이 머릿속에 두 개가 존재하는 것 같았다.

하쿠이도 리쿠도 모두 싫다면, 대체 뭐라고 부르면 좋을지 모르겠는데. 내가 어떻게 반응해야 할지 난처해하자 하쿠이 군은,

"아저씨, 당신은? 사람한테 이름을 물었으면 자기 이름도 가르쳐 줘야지."

라고 말했다.

하쿠이 군이 내 이름에 무슨 흥미가 있을 거라고는 생각되지 않았지만, 아마 '그림 그리기'를 방해한 것에 대한 복수 같은 것이겠지. 쿄코 씨와는 달리 명찰을 보고 내 이름을 확인하는 빠른 눈치는 없는 모양이었다. 화가와 탐정은 직종이 완전히 다르지만, 관찰력은 필요한 것 아닐까. 아니, 하쿠이 군은 나를 제대

로 보지도 않고 있으니, 어쩔 수 없다.

"나는 오야기리야. 오야기리 마모루."

"오야기리? 그거 한자로 어떻게 쓰는데?"

"그냥 그대로야. 부모님親을 자르다切. 의외로 난 이 이름이 마음에 들어."

"부모님親을 자르는切 걸 좋아한다…. 아, 아니, 친절親切이라고 쓰는 건가. 흐~응."

뒤를 돌아 겨우 내 명찰을 본 듯, 하쿠이 군은 납득했다는 듯이 고개를 끄덕이고는, 다시 스케치북의 페이지를 넘겼다. 그리고 '剺井陸'라고 적힌 곳 아래에 새로 '親切'라고 역시 악필로 적어 넣었다. 아무래도 나는 천재 아이에게 성姓으로 임팩트를 안겨 주는 데 성공한 듯했다. 단 '마모루守'라는 흔하디흔한 이름은 무시당한 것 같았지만.

그리고 곧장 볼일은 다 끝났다는 듯이, 다시 '그림 그리기'로 돌아간 하쿠이 소년. 나도 더 이상 하쿠이 군에게 할 말도 물어볼 말도 없었다. 자리로 돌아가 일의 자초지종을 무선으로 보고하면 그만이다. 의견을 물어 정식으로 판단을 내릴 수 있는 사람에게 정식 판단을 받으면 된다.

쿄코 씨도 그렇지만 미술관에는 다양한 손님이 찾아오는 게 당연한 거겠지. 나는 대단한 말을 할 수는 없지만, 미래의 예술가는 이런 식으로 자라나는지도 모른다. 아니, 내가 '하쿠이 리쿠'라는 이름을 모른다는 사실을 알고 의외라는 듯이 쳐다봤던 것을 보면, 사실 미술관을 넘어 이미 미술계에 알려져 있는 아이일 가능성도 있다. 예술에 나이는 관계없다는 말은 그저 듣기 좋은 말에 불과한 것 같기도 하지만, 파블로 피카소는 여섯 살 때부터 그림을 그렸다고 하니….

하지만 그러다 나는 문득 신경이 쓰이는 점이 있어 걸음을 멈췄다. 할 말도, 물어봐야 할 것도 더는 없었지만, 이 기회에 물어보고 싶은 것, 가르쳐 줬으면 하는 것이 하나 있었다.

쿄코 씨에게는 체면도 쑥스러움도 있어서 물어보지 못했던 것이다. 즉, 이 그림은 대체 무엇인가? 라는 의문이었다.

'어머니'라는 타이틀인데, 이 그림의 어디가 '어머니'인가, 어떤 의미가 담긴 추상화(?)인가, 전혀 모르겠다. 그것은 원래 그런 것이라고 본 그대로 이해하면 되는 일이기도 할 테고, 초심자가 해석하려고 하는 것이 잘못된 일이겠지.

그렇게 생각했지만, 그래도 쿄코 씨가 '2억 엔'이라고 가르쳐 준 것이 계속 마음에 남아 있었다. 이 이해할 수 없는 그림이 2억 엔이라니, 역시나 마음이 개운하지 않았다.

하다못해 무엇을 그린 그림인지는 알았으면 하는 막연한 기분이 들었다. 조사하면 금방 알 수 있는 일인지도 모르지만, 나는 조사해서 알 수 있는 사실을 알고 싶은 것이 아니었다.

정확하게 이해하고 있는 사람이 가르쳐 줬으면 했다.

그래서 기회가 있으면 고용주에게 물어보려 했지만, 그런 기회가 찾아오지 않을 거라는 사실도 어렴풋이 알고 있는 상황, 바로 그때 하쿠이 군이 나타난 것이다.

보통은 어린아이에게 물어볼 만한 일이 아니었지만(특히 2억 엔 운운하는 돈 이야기는 해선 안 된다), 그래도 오목하고 볼록한 곳까지 그림을 재현하는 모사 기술을 지닌 하쿠이 군이라면 이 그림의 심오한 점까지 이해하고 있지 않을까.

그래서 나는 "있잖아, 이 그림 타이틀이 왜 '어머니'인지 알아?" 하고 질문했다. 답은 기대하지 않고.

"뭐야? 아저씨는 그런 것도 몰라?"

일단은 그런 점을 애매하게 숨긴 채로 답을 들을 수 있지 않을까 하는 의도의 질문이었지만, 그런 어른의 수법이 어린아이에게는 통하지 않는 듯, 하쿠이 군은 그렇게 되물었다. 나는,

"응, 모르겠어."

하고 솔직히 인정했다.

그게 좋았던 건지 하쿠이 군은 "아, 그래?" 하고 냉담하게 대답하면서도, 스케치북을 이번엔 한 장 더 넘겼다. 조금 전의 페이지는 '剝井陸'와 '親切'를 쓴 것으로 끝인 모양이었다. 아까운 페이지 사용법이지만, 아무래도 그런 것에 구애되지 않는 성격인 듯했다. 그리고 하쿠이 군은 나타난 새하얀 스케치북에 사사삭 하고 재빨리 연필을 움직였다.

"여기. 이거면 알기 쉽지?"

보여 준 그림은 확실히 일목요연했다.

그림자가 진 원, 그 구체는 초심자의 눈에도, 아니, 누가 봐도, 교과서나 도감에서 많이 볼 수 있는 태양계의 세 번째 위성, 즉 지구였다.

불과 수십 초 만에 아무런 도구도 사용하지 않은 프리핸드로 지구를 그려 낸다는 점에서, 새삼 하쿠이 소년의 그림 실력을 깨닫는 장면이었지만, 그건 그렇고, 지구?

나는 스케치북에서 고개를 들고 벽면의 그림, '어머니'를 바라보았다. 즉, '어머니'란 '지구는 우리의 어머니'라는 의미였던 걸까? 캔버스 가득 칠해진 물감은 지구를 암시하고 있었던 건가. 아니, 그런 말을 듣고 봐도 전혀 그렇게는 안 보이는데.

"그러면 역시 추상화인 거구나?"

"아저씨가 추상화라는 말을 어떤 의미로 사용하는지는 모르겠지만, 이건 풍경화야."

"응? 풍경화?"

"응. 물론 엄밀하게는 아니겠지만, 풍경은 풍경이야. 경치를 그린 거지."

그런 스케일로 '풍경'이라는 말을 파악한 적은 없지만, 확실히 지구도 풍경이라고 한다면 풍경이긴 하다. 하지만 하쿠이 군이 스케치북에 그린 그림이라면 몰라도, 전시된 그림은 도저히 그렇게는….

"아, 우와…. 클로즈업을 한 거구나, 이거."

"그런 거지."

그 말을 했을 때는, 이미 하쿠이 군은 자신의 작업으로 돌아가 있었다. 그래서 더 이상은 설명을 요구할 수 없었지만, 일단 눈치를 채고 보니 왜 몰랐을까 하는 생각이 들어 부끄럽기도 했다. 이건 수수께끼였다.

파란색, 흰색, 녹색, 갈색.

마구 뒤섞인 대리석 무늬 같은 그것은 바다와 구름과 나무, 땅으로, 우주에서 본 지구의 모습 중 그 일부를 잘라 클로즈업하여 표현한 것이었다.

그렇다면 추상화가 아니라 풍경화다.

아니, 작가는 더 심오한 의도가 있어 예술적 표현을 한 것이라고 생각한다. 지구를 일부러 이렇게 그리고 거기에 '어머니'라는 타이틀을 붙인 걸 보면, 나 같은 사람은 도저히 미치지 못할 생각이 있었기 때문일 테니, 그것은 함부로 언급할 일이 아니었다.

하지만 그 상황에서, 그것을 알게 된 상황에서 그림을 보니, 조금 전보다 훨씬 후련한 기분으로 감상할 수 있는 듯했다. 이 그림 앞에서 멈춰 섰던 쿄코 씨는 가격에 대해서만 이야기했지만, 그거야 쿄코 씨의 입장에서는 무엇이 그려져 있는가 하는 건 말할 것도 없이 명백했기 때문이었겠지.

극단적으로 말하면 고성능 카메라나 현미경으로 물체를 클로즈업하여 촬영한 뒤, '이것은 무엇일까요?'라고 묻는 퀴즈 같은 것이었지만, 작가는 실물을 보지 못했을 테니, 엄밀하게 말하면 풍경화가 아니라는 하쿠이 군의 말도 이해가 되었다.

"작가는 위성사진인가 뭔가를 보고 이걸 그린 걸까…?"

"어쩌면 완전히 상상일지도 몰라. 함부로 사진을 봐서 이미지를 너무 좁게 만들 필요는 없으니까."

내가 중얼거린 소리를 듣고 하쿠이 군이 그렇게 말했다.

"어쩌면 작가가 우주 비행사였을지도 모르지."

"저, 정말?"

"그럴 리가 없잖아. 뭘 진심으로 받아들이는 건지."

자기가 말을 해 놓고 화가 난 듯 톡 쏘아붙인 뒤, 하쿠이 군은 스케치북을 탁 하고 닫았다.

"아, 미안. 정신 사나웠어?"

나의 그 대사는 좀 이상했다. 나는 원래 그가 이곳에서 그림을 못 그리게 하려고 했었다. 처음부터 방해를 하려고 했으니, 미안도 뭐도 없다. 하지만 나 정도로는 천재 아이의 창작 의욕을 방해할 수 없었던 듯, 하쿠이 군은 "다 그렸을 뿐이야."라고 쌀쌀맞게 말했다.

다 그려? 마지막에는 유난히 나랑 이야기를 많이 해 준다 생각했는데, 그렇다면 그럴 여유가 생겼기 때문이었구나…. 하지

만 한 시간 정도 만에(기묘하게도 쿄코 씨가 멈춰 서 있던 시간
과 거의 비슷한 정도이지만), 모사를 완료할 수 있는 건가?

"조… 좀 보여 줄 수 있어?"

"괜찮지만."

그린 그림을 보여 주는 것 자체는 상관없어도 닫은 스케치북
을 여는 건 귀찮다는 듯이, 느릿하게 페이지를 열어 나에게 건네
주는 하쿠이 군.

나는 그것을 내걸듯이 들고 실물과 나란히 하여 보았다. 비교
해 보았다. 역시 풀 컬러와 흑백이라 그런지, 이렇게 보니 세세
한 부분의 차이는 몇몇 있어서 완벽한 복사본이라고는 말하기
어려웠지만, 그래도 기묘할 만큼의 정밀함을 자랑하는 재현도
였다.

감탄을 할 수밖에 없었다. 아니, 그보다는 그 넘치는 재능이
무시무시하다는 생각이 드는 한편으로, 이렇게까지 그릴 수 있
는데 왜 이런 일을 하고 있을까 하는 의문이 솟아났다. 이것도
역시 초심자의 근거 없는 인상론印象論이었지만, 모사는 화가에
게 있어 연습 단계 아니었던가? 이렇게까지 그릴 수 있으면 얼
른 다음 단계로 넘어가면 되지 않을까, 하는 생각이 들었다. 나
는 스케치북의 다른 페이지를―조금 전에 플립 북을 보듯 살짝
봤던 다른 그림을 멋대로 보면서,

"이것도 전부 원본이 있는 그림들이야?"

하고 물어보았다.

"으응…. 원본이라고 해야 할지, 견본이라고 해야 할지… 아무튼 모델이야. 여기저기 미술관을 돌아다니면서….

아무래도 설명을 하기가 어려운 모양이었다.

초심자에게 말을 해 봐야 아무 소용이 없다는 듯한, 노골적인 분위기도 느껴졌다. 확실히 설명을 듣는다고 알 수 있을 만큼 나에게 이해력이 있을 거라고는 생각하기 어려웠다.

"자신의 그림은 안 그려? 아, 자화상을 말하는 게 아니라….

"알아, 그 정도는. 물론 그리기는 하는데… 난 아직 그 정도 수준이 아니라고 선생님이 말해서."

선생님? 아니, 학교 선생님일 리가 없다. 그림 스승이라는 의미겠지. 이렇게 건방진 어린아이도 누군가 선인先人을 사사師事하고 있는 거구나. 그런 생각을 하니 마음이 편안해졌다. 하지만 이 정도의 그림 실력을 자랑하는 소년에게 아직 수준이 안 된다고 하다니, 엄격한 선생님이다.

"내가 보기엔 굉장한 재능인데."

무심코 그렇게 응원이라고 해야 할지, 위로하는 듯한 말을 하고 말았다. 나 같은 사람한테 위로를 받아 봐야 그냥 굴욕일 뿐일 텐데, 하쿠이 군은,

"그거 참 고맙네."

하고, 건성이긴 하지만 인사를 해 주었다. 그리고 이어서 "아

저씨. 재능이란 뭐라고 생각해?"라고 물었다.

　그것은 지금까지 생각한 적도 없는, 이렇게 누군가가 묻지 않으면 계속 생각해 보지도 않았을 질문이었다. 재능이란 무엇인가? 아주 평범한 대답이 되어 버리지만, 그것은 하늘이 주신 것. 현실적으로 말하자면 부모님, 또는 선조에게서 물려받은 유전이 아닐지.

　나로 말할 것 같으면 이 건장한 신체가 재능으로, 그것이 취직까지 결정해 준 셈이다.

　하지만 역시 이건 초심자의 의견이었다.

　하쿠이 군의, 정확하게는 하쿠이 군의 '선생님'의 의견은 완전히 차원이 달랐다.

　"선생님이 그러는데, 재능이란 더 고도의 노력을 할 수 있는 자격 같은 거래. 난 천재니까 남들보다 100배는 노력해야 한다고 하더라고. 그러니까 학교에 다닐 틈이 없어."

　"……."

　"아저씨, 민폐 끼쳐서 미안. 여기서의 노력은 끝났으니, 이제 안 올 거야. 안심해. 만약 뭔가 문제가 된다면⋯."

　소년은 그렇게 말하며 뭐라고 말해야 할지 모르는 내 손을 잡았다. 악수라도 하려는가 싶었는데, 그게 아니라 하쿠이 군은 연필로 내 손에 숫자를 쓰기 시작했다. 맨살에 연필로 쓰는 거라 제대로 쓰이고 있다고는 하기 힘들었지만(애초에 악필이기도 하고), 아슬아슬하게 알아볼 수 있는 열 자리 숫자, 아니, 전화 번호인가.

"여기로 전화하면 돼. …어쩌면 머지않아 이쪽이 먼저 전화할지도 모르지만."

"……? …너희 집 전화번호야?"

"아, 집이라고 해야 할지, 내 보호자인… 아무렴 어때?"

또 설명하기가 귀찮아진 듯, 하쿠이 군은 말을 멈추고 내가 들고 있던 스케치북을 낚아채듯이 빼앗았다. 연필도 정리하고 그림 앞에서 떠나가려고 했다.

하지만 한 걸음 내디디려다가,

"…아저씨, 이제 만날 일도 없을 테니, 내가 이 그림에 대해 까놓고 하나 물어봐도 될까?"

하고, 벽의 그림을 가리키더니 말했다.

"응? 물론 괜찮지만… 난 초심자인데?"

"초심자의 의견을 듣고 싶어서 그래. 초심자의 편견 없는 의견을 듣고 싶어. 우주 비행사 얘기가 나왔지?"

"으, 응… 근데 그건 농담이라며?"

"응. 이 그림의 화가가 우주 비행사였다는 건… 단지, 가가린이었나? '지구는 푸른빛이었다'라고 한 사람."

"응… 아마 그럴 거야. 그게 왜?"

"그 말이 좋은 예인데, 다들, 가가린 말고도 여러 우주 비행사들이 지구를 보고 한결같이 뭐라고들 했잖아. 아름다운 행성이 어쩌니 저쩌니 하고. 아저씨는 그런 말을 어떻게 생각해?"

"어떻게 생각하냐니… 뭐, 말 그대로가 아닐까 하고 생각하는데. 굳이 그런 거 가지고 거짓말을 하진 않을 거 아냐."

나는 우주 비행사가 아니기 때문에 도저히 비슷하게는 말을 할 수 없지만, 그래도 위성사진 같은 걸 보면 비슷한 감상을 갖게 된다. 누구나 우주에 나갈 수 있는 시대가 와서 누구나 예전의 우주 비행사들처럼 지구 전체의 모습을 직접 볼 수 있는 시대가 오면, 지구의 아름다운 모습을 알면, 환경오염이나 자연파괴에 제동이 걸리지 않을까 하는 의견에는 나름 일리가 있다고 생각한다.

하지만 하쿠이 군이 "흐~응." 하고, 일반적이라고밖에 할 수 없는 나의 대답을 시시하다는 듯이 흘려보낸 뒤에 한 대사는, 그런 의견과 정면으로 대립하는 것이었다.

"나는, 처음으로 지구의 위성사진을 봤을 때, 첫인상이 더럽다였어."

"더… 더러워?"

"응. 더러워~ 라고."

내뱉는 듯한 말투였다.

"많은 색이 반점처럼 마구 뒤섞여서, 끈적거리는 것 같은 게 진짜 더럽겠다고. 이런 행성을 왜 우주 비행사들이 아름답다느

니, 예쁘다느니, 그것도 모자라 푸르다느니 하면서 그렇게 칭찬
했는지 난 하나도 모르겠어…. 나였으면 아마 보자마자 막 토했
을걸? 그걸 본 순간, 나는 우주 비행사만은 되지 말아야지 하고,
어린 마음에 결심했어."

"……."

어린아이가 일부러 비뚤어진 소리를 하며 어른을 놀리고 있다
고 해석을 하기엔, 그 시니컬한 어조가 너무나도 박력 넘쳤다.
다른 사람과 가치관이 다른 자신에게 취해 있는 것도 아니었
다. 정말로 이 아이는 우주 비행사들이 하는 말을 이해할 수 없
는 것이다. 하쿠이 군이 하는 말을 내가 거의 이해할 수 없듯이.

"동시에 그런 감각이 내 화풍의 원점이기도 해. 크로키라서 연
필의 검은색으로만 그리는 게 아니야. 색이 기분 나빠서 그러는
거지. 컬러풀보다 흑백이 좋거든… 그러고 보니 고흐 씨도 경치
가 다른 사람들과 달랐다고 했었나? 나도 그런가? 만약 그렇다
면 그것도 재능이겠네?"

고흐의 시각에 관한 여러 설이라면, 유명하기 때문에 문외한
인 나도 들은 적이 있다. 그런 것보다도 고흐에게 '씨'를 붙여 부
르는 이 소년이 연필 한 자루로 그림을 따라 그린 것은 미술관
에서 허용되는(것일지도 모르는) 범위를 일탈하지 않기 위해서
라고 생각했는데, 연필뿐만이 아니라 색연필도 사용하려고 하지
않았던 것은 아무래도 '색'이라는 것을 근본적으로 하쿠이 군이

혐오하고 있기 때문인 듯했다.

"다른 사람이 보는 풍경과 자신이 보는 풍경이 일치하는지 어떤지를 어떻게 알겠어? 그림이라면 얼마든지 베껴 그릴 수 있지만 시야는 공유할 수 없으니, 라고 나는 생각하는데, 당신은 쉽게 우주 비행사에게 공감할 수 있구나. 부러워."

천재는 얼마나 노력을 해야 범인凡人들의 뒤를 쫓을 수 있을까. 마지막의 그 대사만은 장난스럽게 중얼거리면서 소년 화가는 미술관을 떠났다.

4

이제 안 올 거라고 했지만, 경비 담당자로서는 그 말을 그대로 믿을 수 없었기 때문에, 나는 그날 있었던 일을 당연히 상사에게 보고했다. 하쿠이 군이 내 손에 적어 준 전화번호를 포함해서.

하쿠이 군을 나무라지 않고 그냥 보내 주어서 나도 질책을 받을지도 몰랐지만, 그렇다고 해서 자신의 일을 소홀히 할 수는 없었다. 하지만 각오를 한 것과는 달리 따로 호출은 물론, '다음에 그 아이가 나타나면 이렇게 대처하라'라는 통지조차도 없었다.

이렇게 되고 보니 마치 내가 제출한 보고서가 묵살된 것 같아서 영 개운치가 않았다. 확실히 선언한 대로 하쿠이 군은 그 뒤로 미술관을 찾아오지 않았기 때문에, 내가 또 궁지에 내몰리는 전개는 일어나지 않았지만.

하쿠이 리쿠.

이제 만날 일은 없을 거라는 그 소년의 말과는 달리, 내가 하쿠이 군과 재회한 장소는 이 미술관이 아니라고 멋을 부리는 건 이쯤하고, 이제는 드디어, 내 인생의 전기가 된 세 사람 중, 최후의 한 명을 소개하고자 한다.

실제로 가장 심하게 내 다리를 걸어 버린 인물이니, 뜸을 들이지 말고 그 사람이야말로 가장 먼저 소개해 두었어야 할 사람인지도 모르지만, 모든 것에는 순서라는 것이 있는 법이다.

쿄코 씨나 하쿠이 군과의 만남이 선행되었기에 비로소, 그 세 번째 사람과의 만남이 그렇게 돼 버린 거니까….

그야말로 너무나도 기묘한 사람의 인연.

물론 그 후의 사건은 일어나야 할 일이 일어난 것이겠지. 내가 관련되어 있든 관련되어 있지 않든 필연적으로 일어났겠지. 그 사건이 나 때문에 일어났다고 주제넘은 말을 할 생각도 없고, 그렇게까지 책임을 짊어질 만큼 나는 착한 사람도 아니다.

각설하고, 쿄코 씨를 맨 처음에 도움이 필요한 노파라고 착각한 나였는데, 세 번째인 그 사람은 틀림없는 노인이었다. 흰머리를 물들이고 있긴 했지만, 지팡이를 짚고 미술관을 찾았기 때문에 틀림없었다. 하지만 염려해 주고 싶은 기분이었다고 해도, 접근하기 힘든 오라를 풍겼다. 한마디로 말하면 상당히 완고해 보이는 분위기.

그 사람도 역시 그 그림 앞에서 걸음을 멈췄다.

쿄코 씨가 멈추어 섰고, 하쿠이 군이 모사를 시작한, 그 그림 앞이다. 그렇긴 하지만 하쿠이 군은 더 이상 미술관에 오지 않았고, 쿄코 씨도 '2억 엔'이 아니라 '2백만 엔'짜리 그림 앞이라 걷는 속도를 늦추지 않게 됐을 무렵의 일이지만.

나는 여전히 그곳에 계속 서 있어야 했기 때문에, 어쩔 수 없이 그 그림이 시야에 계속 들어왔는데, 그러나 이 위치에 맨 처음 서 있기 시작했을 때는 나에게 있어 '뭐가 뭔지 알 수 없는 추상화'였던 것이, '2억 엔짜리 명화'가 되었고, 그 후에 그려진 것이 '지구의 풍경화'라는 사실이 밝혀지고, 그 후 어쩐 일인지 가격이 100분의 1인 '2백만 엔'으로 폭락하는 자초지종을 겪다 보니, 어떤 식으로 마주하면 좋을지 몰라 서 있는 위치가 불안정해졌다.

그래서 그 하카마* 차림의 노인이 그림 앞에서 걸음을 멈추었을 때, 이번엔 대체 무슨 일이 일어날 것인가 은근히 흥미를 가졌던 것은 부정할 수 없다. 다음엔 어떤 반전이 기다리고 있을

※하카마(袴) : 일본 전통의상의 정장으로, 주름이 잡힌 하의.

것인가 하고 기대를 한 것이다. 일하는 중에 품어선 안 되는 마음이니 크게 반성해야 할 일이긴 하지만, 아무리 그래도 그때 나에게 떨어진 천벌은 너무 지나치게 컸다.

터무니없는 수난. 아니, 수난이라고 하면 나보다도 그 그림, '어머니' 쪽이 훨씬 더 수난을 당한 건지도 모른다.

그렇지 않아도 천재 아이에게 알맹이가 다 드러나고, 백발 미녀에게 값이 100분의 1로 깎여 버린 그 그림은 최종적으로 수수께끼의 노인이 휘두른 지팡이에 맞아 찢어지게 된 것이었다.

"앗…!"

하고 내가 반응했을 때에는 이미, 노인의 두 번째 지팡이 공격이 캔버스에 작렬했다. 슬프게도, 그려져 있던 지구는 마치 영화처럼 운석에 직격당하기라도 한 듯이 부서져 흩어지고 말았다.

"그… 그만하세요! 이보세요, 뭐 하는 겁니까?!"

갑작스러운 일에 경직되었다가 제정신으로 돌아올 때까지, 물론 말이 그렇다는 거지 아주 잠시였을 뿐, 그곳까지 뛰어가기까지 2초도 걸리지 않았다. 하지만 그 사람은 나이가 무색할 정도로 민첩하게, 그런 틈새 시간마저 활용하여 벽에서 떨어져 나와 바닥에 떨어진 캔버스를 그냥 두지 않았다. 지팡이로 마구 쳤다.

다리와 허리의 힘이 약해서 사용하는 것이 아니라, 집을 나올 때부터 이러려고 가지고 나온 게 아닐까 할 만큼 멋지게 지팡이를 다루었다. 하지만 감탄하고 있을 때가 아니다.

내가 뒤에서 겨드랑이 사이로 팔을 넣어 노인을 붙잡았을 때, 회화는 이미 액자까지 수리 불가능한 상태가 되어 있었다. 그래도 여전히 만족을 못 했는지, 그 사람은 노인이라고는 생각하기 어려운 엄청난 힘으로 나에게 저항했다. 방심하면 빠져나갈 것 같았지만, 상대가 노인이라 내가 할 수 있는 일이라고는 겨드랑이 사이에 팔을 끼우고 붙잡고 있는 정도가 다였다. 아무리 그래도 바닥에 세게 내동댕이칠 수는 없는 노릇이다.

"이거 놔라, 이 무례한 자식아!"

하지만 노인의 열기는 전혀 식을 줄을 몰랐다. 그것도 모자라 뒤꿈치로 내 정강이를 약하게 차기 시작했다. 노인이 신은 것이 구두가 아니라 옛날식 게타였기 때문에, 모퉁이 부분이 각각 하고 닿아 그 통증은 약하지 않았다.

그림이 벽에서 떨어져 당연히 경보도 울렸고, 이 정도나 되는 소동이 일어났으니 곧장 지원도 오겠지만, 그때까지 이 노인을 다치게 하지 않는 선에서 제압하고 있을 자신이 없었다.

"진정하세요…. 왜 이러시는 거죠?"

"왜 이러냐고 하는 건가?!"

제대로 된 대화는 기대할 수 없다고 생각하면서도 물어봤는데, 의외로 일단 대답을 해 주었다.

"어찌 이렇게 웃기지도 않은 짓을 할 수 있지?! 아앙?!"

그렇게 말하며 노인은 나를 노려보았다. 무심코 압도당해 명령대로 손을 놓을 뻔했다.

"아, 아무튼 진정하세요. 난폭하게 굴지 않으면 놔드릴 테니까요…."

"시끄럽다! 일단은 시키하라敷原를 불러!"

시키하라? 누군가 했는데, 미술관 관장님이 그런 이름이었다. 즉, 이 사람은 관장님을 부르라고 한 건가? 굳이 따지자면 불러내야 할 사람은 이런 폭거를 저지른 이 노인 쪽이어야 한다고 생각하는데. 하지만 횡포를 부리면서도 경칭을 생략하고 관장님을 부르는 이 사람의 풍격은 쉽게 무시할 수 없었다.

노인은 히스테리라고 하기에는 기세 이상으로 위엄이 있어서, 방심했다간 하라는 대로 따르게 될 것만 같았다. 관장님을 부를 뻔했다는 건데, 하지만 여기서 시키는 대로 한다면 경비원은 있으나마나 한 존재나 다름없다. 경호 대상이 망가져 버린 이상 이미 경비원은 있으나마나 한 존재나 다름없지만, 그래도 자신의 직분을 내팽개칠 수는 없다.

"이야기라면 제가 듣겠습니다…."

"웃기지 마라! 자네처럼 눈을 장식으로 달고 다니는 초심자에게 대체 무슨 말을 하란 말이냐?!"

"장식? 장식이라니…."

외부인인 경비원에게는 말해 봐야 소용없다고 욕을 하는 거라면 몰라도 눈을 장식으로 달고 다니는 초심자라니, 무슨 말이지? 내가 그런 의문은 품은 틈을 놓치지 않겠다는 듯이, 노인은 내 구속에서 한쪽 팔을 뿌리치고 그에 더해 지팡이를 치켜들었다. 나이를 가늠할 수 없게 하는 활동적인 모습에 혀를 내둘렀다. 동시에, 대체 어떤 충동이 이 사람을 이렇게까지 움직이게 한 것인지 따져 보지 않을 수 없었다.

내려치려고 하는 지팡이를 붙잡으면서,

"다, 당신은, 지구에 무슨 원한이라도 있으세요?!"

하고 외친 순간.

그 순간, 노인이 얌전해졌다. 힘을 빼고, 다리도 더 이상 버둥거리지 않았다. 갑작스러운 변화에 기세가 지나쳤던 내가 오히려 그 자리에서 넘어질 뻔했다.

"놔라."

이번엔 조용하게 노인이 말했다. 저항을 그만둔다고 해서 이런 폭거를 저지른 장본인을 놓아주는 것은 터무니없는 이야기였지만, 이미 노인은 나보다 먼저 지팡이를 손에서 놓은 상태였다. 무장을 포기한 형태다.

반쯤 노인을 공중에 들어 올린 형태가 된 지금, 발버둥을 더이상 치지 않자 상당히 밀착된 상태여서, 노인의 메마르고 가벼운 체격이 여실히 느껴졌다. 비상사태여서 꺼졌던 경로우대 정신이 다시 되살아났다.

망설인 끝에 나는 노인의 메마른 나뭇가지 같은(그런 것치고 조금 전까지의 발버둥은 파워풀했지만) 몸에서 손을 뗐다. 물론 다시 발버둥 치기 시작하면, 그에 걸맞은 대처를 할 수 있도록 긴장을 늦추지 않고.

"흥!"

하지만 일단 그런 염려는 필요 없었던 듯, 자유로워진 노인은 흐트러진 전통복장의 옷매무새를 가다듬었다. 이렇게 보니 내가 몸집이 크다는 점을 고려하지 않더라도, 노인은 몸집이 작은 편이었다. 그러나 그런 생각이 들지 않을 만큼 노인의 눈빛은 날카로웠다. 뭔가, 내가 방해했기 때문에 저항을 그만두고 항복한 것처럼은 전혀 보이지 않았다.

"지구라고? 자네는 이 그림을 알겠나?"

"어…."

날아든 질문을 듣고 나는 얼떨떨할 뿐이었다. 무슨 말일까. 아, 조금 전에 순간적으로 내가 한 말. '지구에 무슨 원한이라도 있으세요?!' 때문에 그러는 거구나.

아니, 그림을 아는가 모르는가를 따진다면, 나는 모른다고 말할 수밖에 없었다. 지구 이야기는 하쿠이 군에게 들은 말을 그대로 다시 한 것이다.

2억 엔이라는 말을 들으면 2억 엔으로 보이고, 지구라는 말을 들으면 지구처럼 보이고, 2백만 엔이라는 말을 들으면 2백만 엔처럼 보인다. 나의 감정안鑑定眼은 겨우 그 정도에 불과하다.

그러나 지금은 진정됐다고 하지만 노인의 거친 기질을 생각해 볼 때, 여기서 솔직히 그렇게 대답하는 것이 적절하다고는 생각하기 힘들었다. 성실함과는 거리가 먼 대처이긴 했지만….

"아, 네. 우주에서 지구를 본 풍경화, 맞죠? 그래서 '어머니'라는 타이틀을 붙인 거고요."

"……."

용케도 이렇게까지 어린아이의 의견에 편승한다는 생각이 들었지만, 그게 효과가 있었는지 노인은 "그렇군." 하고 의미심장하게 말하며 고개를 끄덕였다.

"아무래도 그 눈이 완전히 장식은 아닌 모양이군. 하지만 그렇다면 더욱 자네는 어리석은 자라고 할 수 있어. 보는 눈이 있는 만큼 슬프기까지 하군."

"어, 네? 그, 그게 무슨 의미인가요?"

"…좋아."

내 질문에는 어떤 대답도 하지 않은 채 노인은 빤히, 거리낌 없이 나를 바라보며,

"애송이. 자네, 이름은?"

하고 물었다.

애송이…. 키가 180센티미터를 넘은 뒤로는 그렇게 불린 적이 없었기 때문에, 순간 자신을 가리키는 것이라고는 생각도 못 했

다. 결국 가슴의 명찰을 보고 내 이름을 눈치채 준 사람은 쿄코
씨뿐인가. 이 명찰, 아무런 의미가 없는 거 아닌가?

"오야기리 마모루입니다."

"그런가. 그럼 마모루. 자네를 한번 테스트해 보지."

붙잡힌 무뢰한이면서—나중엔 경찰에 인계될 몸일 뿐이면서,
노인이 위풍당당한 분위기를 내뿜으며 말했다. 굉장히 거만한
말투라 그것만으로도 강한 저항감이 느껴졌지만, 테스트라는 말
을 듣고 나는 어째서인지 흥미가 생겼다.

대체 뭐가 마음에 걸렸던 걸까?

그건 알 수 없었지만… 여전히 알지 못하는 상황에 노인은 바
닥에 흩어진 캔버스를 가리켰다.

"이 그림에 가격을 매겨 봐라."

"…가, 가격이요?"

"그래. 대략적으로라도 괜찮아. 끝수는 잘라 내고, 번뜩 떠오
른 대로 가격을 매겨 보게."

"……."

그야말로 값을 매겨 보겠다는 듯한 눈으로 나를 강하게 노려
본 채로, 그런 명령을 내렸다. 나는 사방으로 흩어진 캔버스의
파편을 하나씩 하나씩 차례로 바라보았다.

가격… 그런 질문을 받고 내가 떠올린 사람은 당연히 쿄코 씨
였다. 맨 처음에 이 그림을 2억 엔이라고 감정했다가, 그 후 그

랬던 일 자체를 망각했다는 듯이 2백만 엔이라고 새로 가격을 매긴 새하얀 머리의 여성을.

하쿠이 군의 의견에 편승한 것처럼, 이번에도 나는 쿄코 씨의 의견에 편승해야만 하는 걸까. 하지만 그렇게 한다고 하더라도 쿄코 씨의 의견은 두 가지였다.

한 시간이나 멈춰 서서 바라볼 정도인 2억 엔인가, 슬쩍 보기만 하고 그냥 지나가 버릴 수준밖에 안 되는 2백만 엔인가. 이런 경우엔 어느 쪽의 가격을 말해 주어야 맞는 걸까? 맞고 맞지 않고 이전에, 애당초 이렇게 성격이 비뚤어진 노인의 질문에 과연 정답이라는 것이 있을까? 무슨 대답을 하든 트집을 잡아서 정답이 아니라고 할 것 같은 낌새를 느꼈다. 이 그림이 지구의 풍경화라고 대답한 것도, 내 의견이 아니라는 사실을 어렴풋이 느끼고 있는 것은 아닐까. 그래서 테스트해 보는 건지도? 시험해 본다기보다는 내 가면을 벗겨 내려고 하는 것이 아닐까? 그렇다면 섣불리 그런 트랩에 걸려들 수는 없었다.

하지만 쿄코 씨의 말을 그대로 빌릴 수는 없고, 그렇다면 진짜 내 의견을 말하려 한다 해도 그런 것은 조금도 가지고 있지 않다.

"왜 그러는가? 대답 못 하겠나? 모르겠으면 그냥 모르겠다고 하면 그만이네."

대답을 못 하겠다는 것도 사실이고, 모르겠다는 것도 그 말대로였지만, 그냥 모른다고 솔직히 대답하기에는 노인과 비교해 내가 너무 젊었다. 나에게도 오기라는 것이 있다.

생각하자.

감정하지 말고, 추리를 하면 된다.

가령, 쿄코 씨가 매긴 값을 기초로 생각하면 선택지는 2억 엔과 2백만 엔의 양자택일이지만, 이런 경우 순리대로 생각한다면 후자를 선택해야 한다.

그거야 그렇다. 시간에 따른 순서의 문제이니까.

2억 엔이라고 말한 날의 쿄코 씨와 2백만 엔이라고 말한 날의 쿄코 씨. 어느 쪽의 감정안을 더 신용할 수 있는가의 문제가 아니라, 어느 쪽이 더 최신 정보인가가 기준이어야 한다.

그 후, 또 쿄코 씨가 의견을 바꾸었다면 몰라도, 그 후에도 쿄코 씨는 그 그림 앞에서 걸음을 멈춘 적이 없었다. 만약 그림의 가치가 2억 엔으로 되돌아왔다고 한다면, 분명히 쿄코 씨는 이전과 마찬가지로 한 시간 정도 걸음을 멈춘 채 서 있었을 것이다.

나는 알 수 없는 어떠한 변화가 있어서 가격이 폭락했다는 사실을 탐정답게 재빨리 눈치챈 쿄코 씨이니, 그 후 또 변화가 있었다면 놓칠 리가 없다. 하지만 세세하게 따지자면 쿄코 씨도 매일 이 미술관에 오는 것은 아니었다. 실제로 최근에는 일주일간 오지 않았다. 그 사이에 그림에 변화가 일어나지 않았을 거라는 보증은 없는 것으로….

하다못해 쿄코 씨가 뭘 근거로 가격을 다시 매겼는지 알았다면, 이런 곳에서 주저하지 않았을 텐데, 쿄코 씨가 그것을 알려주지 않았기 때문에 선뜻 대답할 수 없었다. 그냥은 추리를 해줄 수 없다고 했던가.

이럴 줄 알았으면 정식으로 의뢰를 해서 가르쳐 달라고 했어야 하나? 아니, 그 시점에서 앞으로 이런 일이 일어날 줄 누가 알았을까. 애당초, 쿄코 씨가 매긴 가격이 절대적인 것은 아니다. 그것은 어디까지나 쿄코 씨의 개인적인 의견이다. 그것을 이 노인이 마음에 들어 할 것이라고는 확언할 수 없었다.

함부로 말을 해서 자극하면 또 난폭하게 굴기 시작할 수도 있으니, 그것보다는 역시 아무 말 하지 않고 버티거나, 모르겠다고 고개를 숙이는 것이 역시 어른스러운 판단이라 할 수 있을까? 그건 분하기도 했고, 또 부아가 치미는 일이기도 했지만, 실제로 나는 이 산산조각 난 그림의 가격도 모르고, 몇 개월간 시야의 귀퉁이로 계속 바라봤으면서도 그림의 변화를 눈치채지 못했으니….

"……."

아니… 잠깐만?

변화?

변화라고 한다면, 지금까지의 몇 개월보다도 지금이 더 크게 변한 거 아닌가? 조금 전의 모습과는 비교하기 힘들 정도의 극적인 변화가 지금 일어난 거잖아. 노인의 지팡이에 얻어맞아 액자까지 산산조각이 난 그림. 설령 어제까지의 값어치가 2억 엔이었든 2백만 엔이었든.

바닥에 이리저리 흩어진 지금은.

그런 값어치가 남아 있을 리 없었다.

'희소가치를 지키기 위해 유지와 관리에 얼마나 많은 비용을 들이는지를….'이라고 쿄코 씨는 말했었다.

그래서, 나는 말했다.

"…0엔입니다."

"……."

"이런 상태가 되어서는 더는 가격을 매길 수 없어요…. 게다가 요즘 같은 세상이니 무료로는 거둬 가지 않을지도 몰라요."

물론 이 그림을 그린 작가의 고생과 열의까지 무가치해지는 것은 아니고, 오히려 물체가 사라져 그런 것은 가치가 더 올라갈지도 모르지만, 회화로서의 물질적 가격은 완전히 사라졌다.

변화란, 경년변화*인 동시에 순간적인 변화이기도 하다. 제행무상이라는 말을 할 것도 없이, 언제나 완전히 똑같은 질을 유지할 수 있는 것은 없다.

인생의 전기가 언제든 찾아올 수 있는 것처럼, 물건의 값어치

※경년변화(經年變化) : 재료의 성질이 시간의 경과와 함께 서서히 변화하는 일.

도 사회적 가치관도, 이리저리 바뀐다. 죽지 않는 사람은 없고 망가지지 않는 물건도 없다.

노인이 지팡이로 내리친 순간, 이 그림은 가치를 잃었다. 그것은 즉, 2억 엔이었든 2백만 엔이었든 간에, 그때까지는 누가 뭐래도 양보할 수 없는 확실한 가치가 있었다는 증거이기도 했다.

아니나 다를까, 노인은 사악하게 씨익 웃더니,

"흥. 의외로 재치 있는 소릴 하는군. 합격이라고 해 두지."

하고, 나에게 손을 내밀었다.

아무래도 지팡이를 내놓으라고 요구하는 듯했다. 주저하긴 했지만, 이 지팡이를 그림 파괴를 위해서만 가지고 왔다고 단정할 만한 근거도 생각해 보면 빈약했다. 정말로 다리와 허리가 약하다고 한다면, 노인에게서 지팡이를 빼앗은 채 돌려주지 않는 것은 너무 모양 사나운 일이었다.

나는 지팡이를 내밀었다. 지팡이를 받자마자 노인이 그것으로 바닥을 짚고 체중을 기울인 걸 보면, 내 판단이 틀리지는 않은 듯했다.

그건 그렇고, 노인의 말투를 보기로 내 대답은 결코 만점짜리가 아닌 듯했다. 하지만 기발한 꾀를 낸 덕에 아슬아슬하게 합격점을 받은 정도인 모양이었다.

물론 재치라고 한다면 재치이다.

그런 이야기를 하는 게 아니라고 호통을 쳤어도 이상하지 않은 장면이었다. 노인이 완전히 마음을 가라앉혀 준 것은 단순한 행운, 그 이상도 이하도 아닐 것이다.

실제로 노인은 재치에는 재치로 대답해야 한다는 듯이,

"그럼 나는 이만 돌아가겠네. 0엔인 그림을 부순 것뿐이니, 당연히 나는 책잡힐 게 없는 것이니까."

하고, 시치미를 떼며 관람 루트를 따라 지팡이를 짚으며 걷기 시작했다. 아니, 잠깐! 그런 논리가 통할 리가 없잖아?! 나는 급히 노인 앞으로 달려가 양손을 벌리고 길을 막았다.

"뭔가? 0엔이라고 한 사람은 자네 아닌가?"

"그, 그건 그렇지만, 그런 뜻으로 한 말이 아니잖아요. 아무튼 여기서 움직이지 마세요. 바로 사람을 부를 테니까요."

"뭘 모르는 녀석이군. 그러니까 처음부터 시키하라를 부르라고 했잖나. 와쿠이和久#가 왔다고 하면 알 거네."

"와, 와쿠이요?"

"그래. 얼른 전달하게."

"아, 네."

드디어 이 노인의 이름이 밝혀졌지만, 그런 것보다 말투로 볼 때 이 사람 마치 이 미술관 관장님과 아는 사이 같잖아.

그렇다면 시종일관 불손했던 태도도 설명을 되겠지만, 설마 이 노인, 와쿠이 옹翁은 미술계의 중진인 걸까? 확실히 그런 풍격은 있었지만, 미술계의 중진이 미술관을 이렇게 엉망으로 만들 수도 있는 건가? 상식적으로 생각하면 그렇다고는 도저히 생각하기가 힘들었지만, 이 사람이 상식적인 범주에 들어가는 사람이라고는 지금으로선 생각할 수 없었다.

그러는 사이에 겨우 소동을 눈치챈 다른 구역의 경비원과 미술관 직원들이 다가왔다. 내가 그 사람들에게 일의 자초지종을 보고하는 사이에, 와쿠이 옹은 별실로 이동한 듯 어느새 사라지고 없었다.

경비원 중에는 없었지만 미술관 직원 중에는 와쿠이 옹을 아는 사람이 있었던 모양으로, 경로우대 정신이라고 하기에는 너무나 정중한 그 사람들의 태도를 보니 역시 와쿠이 옹은 대단한 사람인 듯한데, 아무튼 나는 문제가 일어난 구역의 담당자로서 바쁘게 뒤처리를 해야 했다.

그래서 대체 그 노인이 어떤 사람이었는지, 그리고 결국 무슨 동기 때문에 그 사람이 그림을 파괴하는 행동에 나섰는지에 대해 알려면 내일 이후가 되어야 하겠구나—그렇게 나는 심각한 듯하면서도, 아직도 한참 낙관적으로 생각하고 있었다.

예상도 하지 못했다.

이날 사건이 원인이 되어 내가 직장을 잃을 것이라고는… 그래서 그것이 내 인생의 전기轉機가 되었다.

전락轉落, 이라고 표현해야 할지도 모른다.

5

요약하면, 결국 세상을 너무 달콤하게 생각했다. 달콤하게 생각한 것은 물론 그걸 핥기까지 했다. 아이스크림도 아니고, 이렇게 달콤한 것을 좋아하냐고 자신을 책망하고 싶다. 물론 달콤한 걸 싫어하는 것은 아니지만, 그것으로 인해 시고 매운 것까지 핥게 될 줄은 꿈에도 몰랐다.

그 와쿠이 옹이 관장님의 지인이라면, 특별취급을 받은 것도 같고 하니, 은밀하게 이야기가 원만히 잘 진행되지 않을까 어슴푸레 기대를 하고 있었던 것은 부정할 수 없다.

경호 구역의 담당자로서 처벌은 면할 수 없다고 하더라도, 기껏해야 미술관 내에서 배치가 바뀐다든가, 최악의 경우라도 근신에 그칠 것이라고 생각했다. 그런데 설마 해고를 당할 줄이야.

그렇게 원했고, 그만큼 고생을 해서 얻은 일자리를 순간의 방심 때문에 잃게 되다니, 믿을 수가 없었다. 마치 악몽이라도 꾸는 듯한 기분이었다.

그런데 차분하게 생각해 보니, 지켜야 할 것을 못 지킨 경비원인 이상 내쫓겨도 할 말이 없다. 하물며 한때는 2억 엔이라는 값이 매겨진 회화가 파괴되는 모습을 근처에 있으면서도 막지 못한 나를 계속 고용할 이유가 어디에 있을까.

경비회사로서는 손해 배상 청구를 당해도 이상하지 않을 이야기였다. 그런데도 나를 감싸 주지 않을까 생각한 것이 잘못이었다.

아니, 노동 계약서를 숙독하고 변호사의 도움을 받아 싸우면 저항은 할 수 있었을지 모른다. 다행히 이 나라는 적어도 표면적으로는 노동자의 권리를 보장하고 있다. 싸우려고 한다면 충분히 싸울 수 있었으리라 생각한다.

하지만 그래선 기운이 빠지는 전개였다.

이렇게 된 이유가 내 잘못이라는 찜찜함도 있었지만, 그렇게 원해서 취직한 회사와 법정에서 진흙탕 싸움을 해야 하는데, 나의 약한 멘탈로 버틸 수 있을 것이라고는 도저히 생각하기 힘들었다.

상상만 해도 지긋지긋하다.

게다가 말이 해고지, 회사는 내가 원해서 퇴직한 걸로 처리해 주었다. 즉, 퇴직금이 나왔던 것이다. 그렇다면 그 자금을 밑천으로 다음 직장을 찾는 것이 훨씬 긍정적인 삶의 자세였다.

다 연결되어 있는 업계라 내가 일으킨 사건도 순식간에 퍼져 나갈 테니, 같은 업계에서는 더 이상 취직하기 어려울지도 모르지만….

그건 그렇고 신경 쓰이는 것은 그 회사에서 지급된 퇴직금이었다. 입금되었다는 것만 해도 놀라운데, 그 금액은 정식 규정보다 적기는커녕 오히려 웃돈을 얹어 준 듯했다.

이런 경우를 일본에서는 색을 칠해 둔다고 표현하는데, 색이 싫다고 말한 사람은 하쿠이 소년이었지만 이 착색에 대해서는 나도 기분 나쁘다고 해야 할지, 어딘가 마음이 썩 개운하지 않았다.

직장을 잃은 내가 길거리에 나앉지 않게 증액해 준 거라면, 그건 당연히 감사해야 할 일이지만, 나는 역시 그렇게 스위트한 관점으로는 볼 수 없었다.

오히려 그 금액은 입막음 비용이 포함된 것이라고 생각할 수밖에 없었다. 왜 그렇게 생각하냐면, 결코 규모가 작지 않은 미술관에서 일어난 전시물 파괴라는 폭거였는데도 불구하고, 그 사건은 전혀 뉴스로 보도되지 않았기 때문이다.

미술관의 이름도, 와쿠이 옹의 이름도, 당연히 내 이름도, 전혀 신문 지면을 장식하는 일은 없었고, 텔레비전에도 나오지 않았다. 물론 예술이란 넓은 세상으로 보면 한정된 문화이니 뉴스로서 그만큼의 가치가 없었다고 한다면 그 말 그대로였기 때문에, 그때는 별로 신경을 쓰지 않았다. 아니, 그 당시에는 내가 직장을 잃어 인생 최대의 재난에 처한 상황이었기 때문에 그 일에 대해 깊이 생각할 여유가 없었다.

하지만 시간이 지나 당시의 일을 돌아보니, 입금된 퇴직금의 액수도 그렇고 아무래도 이상했다.

커다란 힘이 작용해 일이 원만하게 마무리되었다. 그야말로 내밀하게 일을 처리한 것이 아닐까. 하지만 나를 제외하고 내밀하게.

이제 와서 그런 소리를 해 봐야 이미 늦었고, 그 당시 그런 생각에 다다랐다고 해서 뭘 어떻게 할 수 있었던 것도 아니지만, 생각해 보니 이렇게 된 것이 아닐까 한다. 사건을 은폐하기 위해서는 속죄양이 필요한데, 영광스럽게도 내가 그것에 선택되었다는 것.

실제로 큰 피해가 생긴 이상, 누군가는 처벌을 받아야 했다. 고액의 퇴직금은 회사 측이 나에게 안고 있던 찜찜함을 나타내 주는 것일지도 모른다.

아무런 증거도 없지만, 그렇게 추리하면 모든 것이 딱 들어맞는다. 현장 담당이었던 나 한 사람을 퇴직시킨 덕에 일이 원만하게 수습된 것이다.

경사구나, 경사로세.

정말 그런지 어떤지는 알 수 없고, 불리한 역할을 떠맡았다는 기분은 아무리 노력해도 떨쳐 낼 수 없지만, 그래도 회사 측이 나를 가능한 한 배려해 주었다는 것은 사실이었다.

이미 끝나 버린 일은 어쩔 수 없다.

하지만 마음을 다잡고 다시 앞으로 나아가려고 해도, 자꾸 걸리는 것이 있었다.

미술관과 경비회사, 그리고 와쿠이 옹을 원망하고 싶다는 생각이 들지는 않았지만, 그래도 왜 자신이 이렇게 괴로운 일을 당했는가를 알고 싶었다. 그 이유를 모르면 다음에 이런 일이 벌어졌을 때, 이런 일을 당했을 때, 대처할 수 없다.

도대체 왜 그 노인은 그림을 그렇게나 집요하게 때려 부수었는가. 그리고 결국 그 그림의 가격은 얼마였는가. 애당초 그 노인은 누구고, 왜 모두 그 소동을 은폐하려고 했는가.

너무나도 수수께끼였다.

그런 어찌할 도리가 없는 수수께끼에 사로잡힌 채 앞으로의 인생을 살다니, 정말 딱 질색이었다.

지팡이가 필요했다. 회화를 난폭하게 때려 부수기 위한 지팡이가 아니라, 인생의 전기를 맞았을 때 제대로 맞서며 넘어지지 않게 해 줄 지팡이가. 그런 생각을 했을 때 떠오른 것이 새하얀 머리인 그 여성의 대사였다.

'저는 그냥은 추리하지 않아요.'

그래.

모든 것에는 적당한 가격이 있다. 회화에도, 일에도, 퇴직금에도, 그리고 수수께끼 풀기에도.

그때는 돈을 내면서까지 그 그림에 대한 불가사의를 풀고 싶은 마음이 없었지만, 그 결과가 이 꼴이니, 내가 잘못 생각한 것이다. 확실히 밝혀야 할 수수께끼를 그냥 선반에 방치해 두었던 탓에 그것이 시간을 넘어 머리 위로 떨어져 내린 것이다. 그때 가격이 왜 요동쳤는지 대답을 들었으면, 이렇게 되지는 않았을 것이다.

물론 이런 말을 해 봐야 소 잃고 외양간을 고치는 일이고, 애당초 그때 나에게는 프로 탐정인 쿄코 씨에게 지불할 만큼의 여유자금이 없었으니, 하나 마나 한 이야기다. 하지만 난 지금, 자금이 있었다.

내가 모은 자금은 아니고 공돈.

위로금, 이라고 하기에는 너무나도 많은 금액.

물론 이것은 어디가 될지 모르지만, 다음 직장을 찾을 때까지의 소중한 활동자금이라 낭비해서는 안 된다. 밤을 넘길 때까지, 새벽이 오기까지, 품에 꼭 넣어 두어야 한다.

그걸 아주 잘 알면서도, 나는 두 장의 명함을 꺼냈다. 어수선한 상황이 이어져 미처 돌려주지 못한 유니폼의 주머니 속에 계속 넣어 두었던 두 장의 명함을.

오키테가미 탐정 사무소 소장— 오키테가미 쿄코.

아마 나의 두 번째 취업활동은 쿄코 씨에게 전화를 거는 것에서부터 시작될 것이다.

6

"오래 기다리셨습니다, 오키테가미입니다. 의뢰인이신 오야기리 씨 맞으시죠? 처음 뵙겠습니다."

쿄코 씨는 그렇게 말하며 카페에 나타났다. 이렇게 얼굴을 맞대고 만나는 건 오랜만이지만, 이 새하얀 머리를 잘못 볼 리가 없었다.

그런데 '처음 뵙겠습니다'라니, 쿄코 씨는 또다시 나를 잊어버린 것인가. 나는 그렇게나 인상이 옅은가? 아무튼 이야기하는 것은 이것으로 세 번째이니, 자세히 설명하다 보면 분명 생각이 날 것이다.

오늘 쿄코 씨의 패션은 연한 블루 셔츠에 재킷, 타이트스커트에 스타킹, 그리고 펌프스로, 포멀한 차림이었다. 미술관에 있을 때와는 달리 일하는 중이어서 그런가?

온오프를 확실히 나누는 사람인지도 모른다. 반면에 나는 경비원 유니폼을 벗은 뒤로 계속 오프가 되어 버리자 마치 자아를 잃어버린 듯한 기분이 되었는데, 그래서 유니폼을 미처 돌려주지 못한 게 아닐까 하는, 그런 생각이 들었다.

"네. 오야기리입니다. 잘 부탁드립니다."

아무튼, 오늘은 명찰을 달지 않았다. 물론 지금은 무직이라 건네줄 명함도 없었기 때문에, 나는 일어서서 그런 식으로 그냥 이름을 말해 줄 수밖에 없었다.

"하하~ 말씀대로 멋진 체격이시네요. 한눈에 알아봤어요. 오야기리 씨, 무슨 운동이라도 하시나요?"

구김 없이 웃으면서 쿄코 씨가 그렇게 예의상 말을 걸어왔다. 그 분위기는 이전에 미술관 관내에서 이야기했을 때와 다르지 않았다.

일을 할 때와 개인적인 볼일을 볼 때는 패션의 경향을 전환하는 듯하니 말투도 바꿀지 모른다고 생각했는데, 그렇지는 않은 모양이었다.

"특별히 운동을 하는 것은 아니지만…. 일단 직업상… 아니, 이제 직업은 없지만…."

전화로는 아직 자세하게 이야기하지 않았다. 아니, 일사천리로 일이 진행되어서 자세하게 이야기할 틈이 없었다고 하는 편이 정확했다. 단단히 결심을 하고 오키테가미 탐정 사무소로 전화를 걸었는데 당일 저녁에 바로 약속이 잡히고 만 것이다.

지정한 카페에서 기다려 주세요, 라고.

당연히 다음 날 이후에 약속을 잡을 생각이었던 나는 그 일사천리에 당황했지만, 아무래도 오키테가미 탐정 사무소는 당일 예약만 받는 모양이었다. 그런데 그래서는 예약이 불가능하다는 것과 똑같은 의미 아닌가? 그렇게 해서 탐정 사업이 성립될 수 있을지… 의문을 품으면서도 빠르면 빠를수록 좋다는 생각에 얼른 복장을 갖추어 입었다.

쿄코 씨가 주문을 끝내길 기다린 뒤(새하얀 머리와는 반대로 설탕도 밀크도 거절하고 블랙을 주문했다) 나는,

"…저, 사실은 이전에도 쿄코 씨와 이야기를 해 본 적이 있는
데… 기억나시나요?"

하고 말을 꺼냈다.

"네에?"

쿄코 씨는 어안이 벙벙한 표정으로 고개를 갸웃했다. 전혀 짚
이는 데가 없는 듯했다.

"쿄코 씨가 자주 다니시는 미술관 있잖아요? 저는 거기서 경
비원으로 일했습니다…. 유니폼을 입고 있지 않아서 잘 기억이
안 나시는 걸까요?"

"……."

질문을 들은 쿄코 씨는 침묵한 채로 나를 가만히 바라보았다.
뭐지? 내가 경비원 유니폼을 입고 있는 모습이라도 상상하는 건
가?

"제가… 자주 다니는, 미술관."

"아, 네. 어… 그 지구 그림 앞에서… 아니, 그 그림은, 이제
전시되어 있지 않지만, 눈치채셨나요?"

"네에…."

"제가 사정이 있어서 지금은 그 미술관을 그만둔 상태인데, 쿄
코 씨, 요즘에는 안 다니시나요?"

"으음… 글쎄요."

"……?"

생각 이상으로 맞물리지 않는 느낌이다.

내 입장에서는 직장이었기 때문에 강한 인상이 남았을 뿐, 쿄코 씨에게는 미술관 방문이 기억에도 남지 않을 만큼 일상의 아주 작은 부분에 지나지 않는 것일까? 아니, 적어도 한 시간이나 멈춰 서 있었을 때는 그렇지 않았을 텐데. 스물네 시간 중 한 시간을 투자해도 좋다고, 그런 완곡한 표현을 사용했었다.

인상이 옅었다고는 도저히 생각하기 힘들었다.

"오야기리 씨. 일단은 그대로 이야기를 계속해 주셔도 돼요. 의뢰 내용에 제가 포함되어 있다는 점은 부디 신경 쓰지 마시고, 가능하면 처음으로 만난 사람에게 설명한다는 생각으로요. 그리고 제가 오키테가미 쿄코라는 사실은 잊으시고, 오야기리 씨가 직면한 재난의 개요를 하나도 빠짐없이 세세하게 알려 주세요."

블랙커피가 나와 그것을 한입 머금은 뒤, 쿄코 씨가 그렇게 말했다. 내 이야기가 제대로 이어지지 못하는 상황에서 도움의 손길을 내민 형태이지만, 아무리 그래도 이상한 이야기였다.

쿄코 씨가 쿄코 씨라는 걸 일단 잊으라니…. 그런 식으로 알맞게 기억을 리셋할 수는 없다고 생각하지만, 어쩌면 탐정으로서 객관적으로 사건을 파악하기 위한 기법技法인지도 모른다. 관찰자 효과라고 했었나? 그쪽 방면에 대해 배운 적은 없기 때문에 잘 알지는 못하지만, 아무튼 전문가의 방식에 참견해서는 안 된다.

그래서 나는 요 몇 개월간 자신의 직장에서 일어난 사건에 대해 이야기를 했다. 하쿠이 군에 대해서는 언급하지 말아야 하나 생각도 했지만, '빠짐없이 세세하게' 말해 달라고 요구했기 때문에 일단은 이야기를 해 두기로 했다. 그게 아니더라도 무시하기에는 너무 임팩트가 큰 소년이었다.

하지만 쿄코 씨에게 맨 처음 말을 걸었을 때, 할머니인 줄 알고 말을 걸었다는 이야기는 하지 않았다. 얼굴을 맞댄 상태에서 그런 이야기를 하는 것은 너무 섬세하지 못한 일이었다. 하지만 그래서는 말을 건 이유를 설명할 수 없었기 때문에 그 부분은,

"뒷모습이 너무 매력적이어서 말을 걸 수밖에 없었습니다."

라고 하며 얼버무렸다. 일을 땡땡이치고 열심히 헌팅을 하는 경비원이라니, 그야 물론 잘려도 할 말이 없다고 생각할지 모르지만, 그 일에 관해서는 진실을 숨기는 게 나았다.

다행히, 나쁜 인상을 받지는 않은 모양으로,

"어머, 그러시면 안 되죠."

라며 살짝 나무라는 정도에 그쳤다. 그 부드러운 미소를 보면, 의외로 내 진의를 다 꿰뚫어 보고 있을지도 모른다. 그런 생각이 들게 만드는 무언가가 쿄코 씨에게는 있었다.

그 후에도 쿄코 씨가 재촉하는 대로 나는 일의 전모를 계속 이야기했다. 이렇게 사람에게 설명을 해 보니, 누군가에게 일의 자초지종을 이야기하는 것은 생각해 보면 이게 처음이었지만, 어

느 정도 앞뒤가 맞는다고 해야 할지, 자신이 생각했던 것만큼 기묘한 체험은 아닌 것처럼 느껴졌다. 하지만 어떤 식으로든 그것은 '어느 정도' 이상의 정리를 해야 한다는 것이 내 인상이었다.

쿄코 씨는 어떤 감상이었을까?

그렇게 생각하며 리액션을 기다리고 있는데, 이야기를 하는 사이 텅 비어 버린 컵을 들고 "저는 한 잔 더 마시려고 하는데 오야기리 씨는 어떻게 할 생각이신가요?"라고, 쿄코 씨는 타이밍이 어긋난 소리를 했다. 물론 너무 이야기를 한 탓에 목이 마른 것은 사실이었다.

그 배려는 고맙게 받아 두자는 생각에 나는 아이스티를 주문했다. 쿄코 씨가 두 번째로 주문한 커피는 에스프레소 더블이었다. 그것을 주문할 때도 "설탕도 우유도 필요 없어요."라고 말했다. 대체 어떤 혀를 지닌 사람일까.

"제가 도움을 드릴 수 있을 듯해서 마음이 놓이네요. 오야기리 씨는 모르시는 것 같지만, 저는 탐정으로서 꽤 특화된 타입이라 전문 분야가 한정되어 있어요. 그래서 만약 해결하기 힘들다고 판단되면, 동업자를 소개해 드려야 했는데… 기껏 들어온 의뢰를 라이벌에게 통째로 넘기는 건 역시 부끄러운 일이니까요."

주문한 음료의 도착을 기다리는 사이, 쿄코 씨는 그런 말을 했다. 전문 분야?

"저, 전문 분야라니요?"

"전문 분야라는 표현은 정확하지 않을지도 몰라요. 해결할 수 있는 안건과 그렇지 않은 안건이 있다는 의미예요. 건네 드린 명함에 적혀 있지 않았나요?"

"으으음, 그런 말이 적혀 있었나…?"

그 말을 듣고 나는 혹시 몰라 가지고 온 쿄코 씨의 명함을 꺼냈다. 하지만 겉을 봐도 뒤를 봐도 그럴 듯한 주의사항은 적혀 있지 않았다.

"적혀 있어요. 보세요, 여기."

"……?"

몸을 앞으로 내밀면서 쿄코 씨가 손가락으로 가리켰다. 예상보다 훨씬 거리가 가까워서 조금 가슴이 두근거린 나는 반대로 몸을 뒤로 젖혔지만, 쿄코 씨가 가리키려 했던 문면文面은 발견했다.

'여러분의 고민을 하루 만에 해결해 드립니다!'

거의 의식을 하지 않았지만 '오키테가미 탐정 사무소'의 로고 아래에 그런 기세 넘치는 광고 문구가 적혀 있었다. 그런데 이게 어떻게 전문 분야를 가리키고 있다는 거지? 이건 마음가짐이라고 해야 할지, 소신표명이라고 해야 할지, 사무소의 캐치프레이즈 같은 것 아닌가? '하루 만에 해결'이라는 말이 너무 호언장담을 하는 것 같긴 한데… 주의사항은커녕, 오히려 믿음직했다.

"아니에요. 이건 '하루 만에 해결할 수 있는 사건 이외에는 담당할 수 없습니다'라는 의미예요. 저는 다름 아닌 망각 탐정이니까요."

"망."

그 익숙지 않은 단어에 나는 잠시 어쩔 줄을 몰라 했다.

"망각, 탐정?"

"네."

쿄코 씨는 어딘가 자랑스럽다는 듯이 고개를 끄덕였다.

"제 기억은 하루마다 리셋되거든요. 오늘 일어난 사건은 모두 내일이 되면 깨끗하게 잊어버려요."

7

쿄코今日子 씨에게는 오늘今日밖에 없다.

오키테가미 탐정 사무소의 가장 강조되어야 할 특징을 모른 채 의뢰를 하고 만 나였지만, 어쨌든 그 이야기를 듣고 겨우 지금까지 왜 대화가 맞물리지 않았는지 이해가 되었다. 쿄코 씨는 나를 기억 못 할 뿐만 아니라, 미술관에 내관했다는 사실은 물론, 어제까지 있었던 일을 모두 싹 잊어버리고 있었다.

그러니 당일 예약밖에 못 받을 수밖에…. 다음 날 이후의 일을 맡아 봐야, 약속을 한 그날에는 이미 해당 약속을 잊어버렸기 때문이다.

기억력이 나쁘다든가 건망증이 있다든가, 그런 일상적인 수준의 이야기가 아니었다. 바로 믿기는 어려웠지만, 쿄코 씨가 그런 거짓말을 할 이유가 있다고도 생각하기 어려웠다. 하루 이상 걸리는 일은 맡을 수 없다는 그런 단점을, 사실이 아니라면 명함에 굳이 적어 둘 필요가 없다. 계속된 조사를 전제로 움직이는 탐정에게 그것은 그야말로 치명적인 특성이 아닌가.

"아니요, 꼭 나쁜 일만 있는 것은 아니에요. 오히려 그런 점들 덕분에 자주 찾아 주시는 분들이 많은 모양이에요. 탐정에게 전제 이상의 대전제인 기밀 유지, 비밀 엄수, 프라이버시 보호라는 관점에서 보면, 더 이상의 신뢰는 없을 테니까요."

"네… 그렇군요."

확실히 조사하는 본인이 잊어버린다면 정보가 유출될 일이 없다. 조사 내용은 물론이고 의뢰를 받았다는 사실도, 의뢰인이 누구인지도, 쿄코 씨는 다음 날이 되면 잊어버리니까.

반대로 말하면 쿄코 씨 본인 역시, 알아서는 안 되는 국가 레벨의 비밀 정보를 알았다고 해서 위험에 처할 가능성은 없다는 말이다. 아주 짧은 시간의 경과와 함께 잊어버린다면, 상대가 그런 리스크를 범하는 것은 의미가 없으니까.

어떤 기밀이든 부담없이 발을 들여도 되는 탐정이라면, 그야 자주 찾는 것도 이해가 된다. 아무것도 모르고 의뢰를 했지만, 이야기를 들어 보니 느긋한 분위기와는 반대로 쿄코 씨는 스타

일도 스탠스도 일반적으로 떠올리는 탐정의 모습과는 상당히 떨어져 있는, 꽤 독특한 탐정인 듯했다.

국가 레벨의 비밀이라는 이야기까지 나와서 그런지, 나 같은 사람의 거취를 둘러싼 의뢰를 해도 괜찮은가 하는 생각이 들어, 뒤로 물러나고 싶은 충동에 휩싸였다. 아주 작은 인연을 의지해 이렇게 작은 의뢰를 하는 것은 실례가 아닐까.

그런 기척을 눈치챘는지,

"아, 그렇게 신경 쓰지 마세요."

라고, 쿄코 씨가 얼굴 앞에서 손을 저었다.

"설령 제가 지금까지 어떤 사건을 담당하고 해결해 왔든, 오늘의 저에게는 오야기리 씨가 첫 번째 의뢰인이고, 이게 저의 첫 번째 일이니까요. 할 수 있을지 없을지의 문제는 있을 수 있지만 일을 고르는 짓은 하지 않아요. 기억은 잃지만, 그 덕에 초심은 잃지 않는답니다."

제가 미덥지 못한 게 아니라면 부디 의뢰를 물리지 말아 주세요. 쿄코 씨는 그렇게 말하며 깊이 고개를 숙였다.

있다고 생각했던 일이 사라졌을 때의 괴로움을 나는 실제로 체험을 통해 알고 있고, 또 '초심을 잃지 않는다'는 말을 듣고는 느낀 바가 있었다. 어쩌면 나는 그 초심을 잃어버렸기 때문에, 그 노인의 폭거를 막지 못했던 것이 아닐까.

원해서 선택한 일인데, 어느새 당연한 것으로 받아들이며, 그곳에 서 있는 것을 당연하다고 생각했기에, 예측할 수 없는 사태에 대처하지 못했던 것이다.

항상 오늘이 첫날이라고 생각하고, 동시에 마지막 날이라고 생각하며 임하는 자세야말로, 노동에 가장 필요한 마음가짐이 아니었던 걸까.

"너무 거창하게 받아들이시면 곤란해요. 경험이 축적되지 않는다는 의미에서 생각해 보면 저는 배우지 못한다는 것일 뿐이니, 다른 누구보다도 루틴워크에 따라 행동하고 있을지도 몰라요. 같은 작품을 보고 똑같이 감동한다든가 말이죠."

"하아, 그런 거였군요."

질리지도 않고 미술관에 올 때마다 한 시간씩, 그 그림을 넋 놓고 바라보았던 것은 지난번에 봤을 때의 일을 잊어버렸기 때문이었다. 미술관을 빈번히 찾았던 것도 그만큼 흥미와 관심이 있었기 때문이 아니라 그때까지 미술관을 찾았던 '이력'이 소거되었기 때문이었던 것이다.

모든 것이 '처음 보는 것'이라면, 그거야 당연히 감동이 퇴색될 일이 없다. 항상 신선한 기분으로 예술을 접할 수 있다는 점은 나름 나쁘지 않을지도 모른다.

재미있는 영화를 다 본 뒤, 그 감동을 머릿속에서 완전히 지우고 한 번 더 처음부터, 제로베이스에서 맛보고 싶은 욕구는 누구나 가져 본 적이 있겠지만, 쿄코 씨는 실제로 좋든 싫든 그것이 가능한 것이다.

두 번째로 말을 걸었을 때, 그리고 세 번째인 오늘도, 쿄코 씨가 나를 처음 본 사람처럼 대했던 것은 절대 내 인상이 옅었기 때문이 아니라 이미 그 기억이 리셋되었기 때문으로, 2억 엔이라고 칭했던 것을 잊어버린 것처럼 보였던 것도, 정말로 잊어버린 것일 뿐이었다.

그러나 행동이 축적되지 않아 루틴화된 것이라면, 한 번 2억 엔이라고 말했던 그림을 후에 2백만 엔이라고 말한 것은 그 설명에 크게 반한다.

쿄코 씨가 한 번 '2억 엔'이라고 감정한 그림은 다른 날, 다른 '오늘'에 감정해도 역시 '2억 엔'이 되어야 한다.

아니, 그렇지도 않은가?

설령 쿄코 씨의 내면에 경년변화가 없어도, 환경이나 상황, 대상은 매일 변화한다. 날씨 하나만 봐도 하늘이 똑같은 날은 하루도 없다. 그날, 하늘의 모습을 보고 미술관에 가자고 생각하는 날도 있고 오늘은 집에서 책을 읽자고 생각하는 날도 있을 수 있다.

오히려 한 번 '2억 엔'이라고 감정했다는 자신의 판단을 잊어버렸기에, 허심虛心 없는 눈으로 '그날의 가격', '시가時價'를 꿰뚫어 볼 수 있는 것은 아닐까.

그렇다면 그 그림은 역시 어떤 변화가 있었다는 말이 된다. 계속, 매일같이 그 그림을 봐 왔던 나도 눈치채지 못한 미세한 변화가….

"단지, 만약에 변화가 있었다고 해도, 말씀드렸듯이 이미 그 그림은 산산조각으로 파괴되어 버려서… 확인할 방법이 없습니다. 지금 말을 해 봐야 소용이 없는 일이겠지만, 아무리 생각해도 그날 그때 쿄코 씨에게 수수께끼를 풀어 달라고 부탁을 했으면 일이 이렇게는…."

"아니요, 그건 그날 그때의 제 기량器量이 너무 좁았기 때문일 뿐이에요. 오야기리 씨가 반성하실 필요는 없답니다. 그날의 제가 반성할 일이에요. 책망을 받아야 할 사람은 의미심장한 언급만 하고, 다른 분들에게 말을 하지 않았던 그날의 저예요."

그날의 저, 그날의 저라고 계속 말을 하지만, 내가 보기엔 모두 똑같은 쿄코 씨인데…. 과거를 깔끔하게 잊고 분리할 수 있어서인지 거침없이 할 말을 한다.

"게다가 아직 늦지 않았어요. 말씀드렸잖아요? 제가 도움이 될 것 같다고요."

"네?"

아, 그렇지.

말했다. 전문 분야의 범위 내라고.

그렇다면 필연적으로 쿄코 씨는 이 사건을 하루 만에 해결할 수 있다고 판단했다는 말인데, 그게 가능한가? '오늘'이라고 해 봐야 이제 저녁이니 거의 시간이 남아 있지 않은 것 같은데….
바로 미술관에 간다고 해도 폐관 시간이 얼마 남지 않았다. 현장
을 조사하려고 해도, 관계자에게 이야기를 들어 보려고 해도….

"아니요, 여기서 움직일 필요는 없어요. 수수께끼는 이미 풀렸
으니까요."

"네?"

"어? 그것도 모르셨나요? 반대로 그런데 용케도 저한테 의뢰
를 할 생각을 하셨네요. 아, 제가 의미심장한 말을 하면서 영업
활동을 한 결과일까요. 그날의 저도 상당히 무시하기 어렵네요.
네, 저는 사실 가장 빠른 탐정이라는 평판을 얻고 있답니다."

쿄코 씨는 태연한 표정으로 그렇게 말했다. 가, 가장 빠른?

물론 벌써 수수께끼를 풀었다면 더 이상의 스피드는 없겠지
만, 나한테 출제 문제를 듣고 그 자리에서 암산으로 푼 것이나
마찬가지다. 암산이라고 해야 할지, 망각 탐정이라는 입장상 메
모나 기록을 할 수는 없었겠지만, 그런 게 아니라.

"그, 그럼, 쿄코 씨는 벌써 답을 알고 계신 건가요?"

"답이라고까지는 할 수 없어요. 현재로선 그냥 추리네요. 순서
상 증거는 이제부터 수집하겠지만, 아마 틀림없을 거예요."

"괴, 굉장하네요."

칭찬이라고 하기에는 너무 그대로라고 해야 할지, 평범한 감
상을 흘렸을 뿐인 나였지만, 쿄코 씨는 겸손하게 "아니에요."라

고 말하며 어깨를 으쓱 들어 올렸다.

"오야기리 씨가 제공해 준 정보가 세부까지 색채가 넘쳐서, 그 이야기만으로 현장의 모습이나 상황을 쉽게 이미지로 떠올릴 수 있었을 뿐이에요. 자칫 부실하게 수수께끼를 풀었다는 오해를 살 수 있는 안락의자 탐정 같은 수법은, 굳이 따지자면 제 방침에 어긋나거든요. 신발 바닥이 닳을 만큼 현장을 많이 찾아다니는 탐정이 되고 싶어요. 하지만 이번 경우는 이미 현장인 미술관에 몇 번이나 가 본 적이 있으니, 특별히 넘어가는 걸로 하죠."

내 이야기가 상세해서 수수께끼를 풀 수 있었다는 말을 들으니, 혹시 그게 예의상 한 말일지는 몰라도 가슴이 뜨거워졌다. 나를 눈을 장식으로 달고 다니는 초심자라고 야유한 와쿠이 옹이지만, 적어도 감시역인 나는 눈을 장식으로 달고 다닌 것이 아니었다는 말이니까.

하지만 정작 본인인 내가 눈치채지 못했으니, 역시 눈을 장식으로 달고 다닌다는 비난은 피할 수 없지만….

"하, 하지만, 그럼 쿄코 씨."

"왜 그러시죠?"

"그날, 그냥은 해 주지 않았던 추리를 오늘은 그냥 해 주시겠다는 건가요?"

만약 그렇다면 너무 미안하다, 라고 말을 계속하려고 했는데,

"그럴 리가 없잖아요?!"

하고, 쿄코 씨는 깜짝 놀란 듯이 중간에 말을 자르며 테이블에 손을 짚었다. 나는 그 태도가 너무 험악해서 깜짝 놀랐다.

"그냥 추리라는 것은 그런 의미가 아니에요. 그날 그냥은 해 주지 않았던 추리를 오늘 그냥 해 줄 리가 없잖아요? 무슨 말씀을 하시나 했더니."

"아, 네."

"요금은 규정대로 받겠습니다. 1엔도 깎아 드릴 수 없어요."

"……."

상대의 말꼬리를 잡아 의뢰비를 깎으려고 했던 건 아니었지만, 과거의 자신을 비난하는 듯한 말을 하기에 그런 것이 아닌가 생각했는데, 그 '너무 좁았던 기량'을 반성할 생각까지는 없었던 듯, 기량은 너무 좁았던 대로 밀고 나갈 생각인 모양이다.

그림의 감정을 했을 때부터 알고 있던 일이긴 하지만, 알고 있던 것 이상으로 쿄코 씨는 돈에 깐깐한 사람인 듯했다. 간단히 가장 빠르게 추리를 했다고 해서 요금이 내려가는 일도 없는 것 같다.

물론 이의는 없다.

오르면 올랐지, 일이 빨라서 보수가 내려가다니, 생각해 보면 이상한 이야기다. 그렇게 생각했을 때 주문한 에스프레소와 아이스티가 도착했다. 에스프레소를 블랙으로 마시는 사람은 처음 봤는데… 쿄코 씨는 그 씁쓸한 맛에도 얼굴을 찌푸리기는커녕,

오히려 카페라테라도 마시는 사람처럼 행동이 우아했다.

　나처럼 세상을 달콤하게 보지 않고, 세상의 씁쓸함을 속속들이 알고 있는 탐정이기 때문인가. 아니, 신맛 단맛을 다 봤다고 해도 쿄코 씨는 그 맛을 모두 잊어버리는데.

　"그럼 수수께끼를 풀기 시작할게요. 준비는 되셨나요?"

　"주, 준비라니… 뭔가가 필요한가요?"

　"아니요. 특별히 필요한 건 없어요."

　잔뜩 긴장한 나에게 헛물을 켜게 만든 망각 탐정.

　"굳이 말하자면, 마음의 준비가 필요해요."

8

　"가정으로서 처음에 제시해 두고 싶은 것은 물건의 가치는 유동적이고, 영원히 변하지 않는 '정가'란 경제에는 존재하지 않는다는 것이에요. 화폐가치도 결코 절대적인 게 아니고요. 2억 엔이라고 하면 큰돈이지만, 만약 일본의 국력이 100배 정도 향상되면, 그 가치는 상대적으로, 환율을 생각해 봤을 때 2백만 엔까지 하락할 거예요."

　"네… 그렇군요."

　고개를 끄덕이기는 했지만 갑자기 이야기가 전문적이 되어서, 사실은 잘 이해가 되지 않았다. 즉, 예를 들어 환율을 달러로 환산했을 때, 1달러가 100엔인 시대에는 2억 엔이 2백만 달러이지만, 1달러가 1엔이면, 2백만 엔이 2백만 달러가 되어서, 상대적으로 2억 엔과 2백만 엔이 같은 액수가 된다, 인가?

"네, 이론상으로는 그래요."

"그렇다면… 쿄코 씨가 그 그림에 매긴 가격을 바꾼 날에는 환율이 그만큼 크게 움직였다, 라는 말씀인가요?"

"아니요, 전혀 아닌데요?"

조마조마한 마음으로 물었지만, 단번에 부정당했다. 심각한 이야기가 시작됐다고 생각했는데 분위기를 누그러뜨리기 위한 농담 같은 거였던 모양이다.

아무래도 심중을 파악하기 힘든 사람이다.

"확실히 그거라면 제가 말한 2억 엔과 2백만 엔이 정확히 똑같은 의미가 되겠지만… 환율이 그렇게 크게 움직였다면, 일본 국민으로서 그런 사실을 모르기가 더 힘들지 않을까요?"

"그, 그야 그렇지만요."

"꼭 그 가능성을 검토하고 싶다고 한다면, 그날의 환율을 조사해 보는 것도 가능하다고 생각하는데… 어떻게 하시겠어요?"

쿄코 씨가 배려하려는 듯이 그렇게 말했다.

나는 그냥 이야기를 맞춰 주려고 한 것 뿐이었는데. 아니, 그렇게 글로벌한 이유가 있었는가 싶어 긴장한 건 사실이니, 꼭 농담이 통하지 않았기 때문만은 아니다….

"괜찮습니다. 그런데, 진짜 이유는 뭐죠?"

"너무 서두르지 마세요. 그야 설명을 하려고 하면 어떤 수수께끼도 어떤 불가사의한 일도 한 줄로 설명할 수 있겠지만, 그래서는 가장 빠르다기보다는 태만한 거예요. 제대로 순서를 밟아 풀지 않으면, 결국엔 화근을 남기게 되니까요. 오야기리 씨에게 있어 이 의뢰는 답을 알면 그만인 성격의 이야기가 아니잖아요?"

"어, 저기."

"이야기를 들어 보면, 다음 취직을 하기 위한 피할 수 없는 통과의례인데요. 그렇다면 조금 형식적이라 답답할지는 모르겠지만, 탐정의 입장에서 하는 연출의 일부로서 받아들여 주셨으면 좋겠어요."

그래, 확실히 그 말대로다.

나는 특별히 수수께끼나 퀴즈의 답을 알기 위해 쿄코 씨에게 전화를 한 것이 아니다. 단순한 호기심이었거나 순수하게 지식욕을 채우기 위한 것이었다면, 다른 방법도 있었을지 모른다.

그런데도….

"……."

"괜찮으신가요? 그럼 계속할게요. 물건의 가치는 상대적이란 이야기를 했었죠? 그건 금전적인 가치뿐만이 아니에요. 예를 들어 저는 백발인데, 이건 시가지에서는 눈에 잘 띄어요. 지금도 시선이 느껴질 정도로요. 하지만 만약 저처럼 머리카락이 새하얀 여성이 100명 정도 모이면, 그 희소성은 운산무소雲散霧消해 버리겠죠. 집결하면 운산무소해 버린다는 것도 이상한 이야기이긴 하지만, 오히려 그 100명 중에 머리카락이 검은 사람이 참여하면 시선을 받는 것은 그분 쪽일 거예요."

"다수파와 소수파… 같은 이야기인가요?"

아직 본론과는 거리가 먼 것 같지만, 그게 순서라고 한다면 흘려들을 수는 없다. 필요한 것이라고 생각하며 주의 깊게 듣지 않으면 다음으로 연결되지 않는다.

지금 충족되면 그만이 아니라, 다음으로.

그렇다면 그냥 이야기를 듣기만 해서는 안 되고, 나는 나대로 생각을 해야만 한다. 쿄코 씨도 그러라고 재촉하는 것처럼 보인다.

"즉… 주변 상황에 따라 값어치… 그리고 의미가 변한다라. 수요와 공급, 시장 원리…. 저와는 인연이 없는 세계의 이야기이지만, 확실히 투자를 위해 그림을 사는 사람도 있다고 하더라고요."

"아하하. 그 경우, 2억 엔짜리 그림이 2백만 엔이 되면 굉장한 쇼크겠네요."

굉장한 쇼크 정도로는 끝나지 않겠지.

쿄코 씨는 그냥 지나치는 듯했지만, 그렇게 큰 가격변동이 있었다는 것 자체가 화제가 될 테니, 만약 내가 내관한 사람이라면 오히려 그 그림을 보고 싶어 할 것 같다. 속물근성이라고 할 수도 있지만, 혹시 이건 그냥 불행에 직면한 그림을 보고 싶은 나쁜 심보인 걸까? 만약 그렇다면 나는 당장에 천벌을 받아도 할 말이 없다.

"아니요. 그건 그거대로 평범한 감각이에요. 필요 이상으로 찜찜하게 생각하실 필요는 없어요…. 가격이 내려가 주목을 받고, 그런 주목을 스프링 삼아 다시 가격이 상승하는 중력 턴 같은 사례도 시장에서는 찾아볼 수 있으니까요."

다정하게 위로해 주는 쿄코 씨. 고맙긴 하지만, 그런 것에 기대고 있을 때가 아니다.

"하지만 오야기리 씨, 미술관에서 실제로 그런 일이 벌어지지는 않았죠? 미술관 내관 인원이 그날 이후로 갑자기 급증했다든가, 그런 일은 없었던 거죠? 그렇다면 역설적으로 그 그림의 시장가치가 변화했다는 대대적인 뉴스는 없었다는 말이에요."

"네… 그렇게 되네요."

조금 전에 엔고라든가 엔저라든가 하는 이야기는 너무 호들갑스러운 예였지만, 그날 쿄코 씨와 이야기를 할 때도 그림의 '배경'에 관한 이야기가 나오기는 했었다.

그때도 그림의 가치가 폭락했다는 사실관계가 밝혀졌다면 미술관이 휴관을 하는 등 소동이 벌어졌을 것이다, 같은 결론을 내렸던 것이다.

그것도 가미해서 생각해 본다면, 역시 세간의 사정이 변화해서 상대적으로 그림의 가격이 하락했다는 가설은 그냥 버려도 좋을 듯했다. 정말로 구체적으로 말하자면, 공개적으로 밝혀지지 않았어도 '알 만한 사람은 다 아는', 정보통만이 파악하고 있는 뒷사정이 있을지도 모르지만, 하지만 그것을 그날의 쿄코 씨가 알고 있었을 거라고는 생각하기 힘들었다.

그런 기밀에 가까운 정보를 전혀 기억하지 못하기 때문에, 망각 탐정인 것이다. 즉, 그날 쿄코 씨가 감정한 '2백만 엔'이라는 가격은 상대적인 판단이 아니라 절대적인 판단이었던 셈이 된다.

그림 그 자체. 그것만으로 판단했다는 것.

"오야기리 씨, 그런데 꼭 그렇다고는 말할 수 없어요."

"네?"

"그러니까, 반복해서 말하지만 그림 하나로 절대적인 판단을 하기란 어려워요. 흐림 없는 눈으로, 편견 없는 눈으로 보려고 해도, 객관시客觀視란 그러려고 한다고 할 수 있는 게 아니거든요. 그건 어제까지의 기억을 이어받지 못하는 저도 마찬가지예요."

관찰이란 프로인 탐정에게도 어려운 일이에요, 라고 말하는 쿄코 씨.

"하물며 감정을 하는 것이라면 평범한 방법으로는 어렵죠."

"그런가요…? 하지만 쿄코 씨는 실제로 간단하게 감정을 하셨는데요. 2억 엔 때도, 2백만 엔 때도."

"아무래도 제가 가격을 매긴 것이 오야기리 씨의 기준이 되어 버려서, 편견을 가지게 되신 것 같은데, 부디 잊어 주세요. 오야기리 씨가 봤을 때, 그림 그 자체에는 변화가 없었죠?"

망각 탐정에게 '잊어 주세요'라는 말을 듣다니 면목 없는 일이지만, 대체 무슨 소리지?

"그럼 이번에도 상대적으로, 제가 매긴 가격이 정확했는지 어떤지를 생각해 보죠. 회화의 배경에도, 회화 그 자체에도 변화가 없었는데, 과연 가격이 변할 수 있을까요? 예를 들어 단순한 제 착각일 가능성은 없는 걸까요?"

"하지만 그래서는 대전제가 무너지는데요…."

수수께끼는 처음부터 아예 없었다는 괴담의 결말 같아져 버린다.

"이것도 사고 실험이에요. 모든 가능성에 대해 고려해 보는 거죠. 워밍업이라고 생각하고 임해 주세요."

"워밍업이군요…."

사건의 진상을 받아들이기 위한 지반 다지기라고 한다면, 역시 소홀히 할 수는 없다. 또 눈앞에 있는 사람을 의심하는 것은 실례라는 양식良識이 아무래도 작용하고 마는데, 생각해 보면 대전제를 무너뜨리지 않기 위해서도 그 점에 대해서는 먼저 생각해 둘 필요가 있었다.

물론 쿄코 씨가 망각 탐정이 아니라면 이건 필요 없는 수고이 겠지만, '오늘의 쿄코 씨'의 입장에서는 어느 날의 그 자신도 다른 사람이나 마찬가지이며, 관여할 수 없는 남의 일이자, 어디까지나 제삼자였다.

"단순히, 그런 거짓말을 할 필연성이 쿄코 씨에게 있을 거라고는 생각할 수 없다… 라고, 저는 생각했습니다만."

"사람은 필연성이 없어도 거짓말을 해요."

"하지만 그 자리에서 우연히 만난 경비원에게, 그렇게 의미 없는 거짓말을 할까요?"

"마음에 드는 남성이 말을 걸어 주어서, 놀리려고 했을 가능 성은 있지 않을까요? 2억 엔이라고 의미심장한 말을 해서 관심을 끌려고 했다든가요."

"그, 그렇군요."

마음에 드는 남성, 같은 말을 태연하게 해서 당황했지만, 이 거야말로 '놀리는' 것이겠지. '매력적인 여성이 있어서 말을 걸었다'고 얼버무린 나에 대한 복수일지도 모른다.

"아니면, 순수하게 예술로서의 회화를 넋 놓고 바라보고 있는데 말을 걸어서, 쑥스러움을 숨기려고 돈 얘기를 꺼냈다와 같이, 꾸미려고 마음만 먹으면 이유는 얼마든지 붙일 수 있겠네요."

"하, 하지만 만약 그렇다고 해도 그건, 어느 날 2억 엔이라고 했던 그림을 다른 날에 2백만 엔이라고 한 이유는 안 되지 않나요?"

"양쪽 다 거짓말이었다면 그건 지레짐작에 지나지 않아요. 처음에 2억 엔이라는 말을 꺼내서 상대적으로 소액으로 보이지만, 2백만 엔도 꽤 거금이에요."

그건 그렇다. 뜻하지 않게 고액의 퇴직금이 입금된 나지만, 그런 예측할 수 없는 사태가 일어나지 않았다면 쉽게 볼 수 있는 통장 잔고가 아니었다. 그만큼의 돈을 모으기 위해 사람이 몇 개월이나 일에 절어 살아야 하는지 아는가, 같은 이야기다.

"네. 2백만 엔을 받을 수 있다면 저는 뭐든지 할 거예요."

"뭐, 뭐든지요?"

그것도 엄청난 가치관이다.

하지만 농담이라면 그 정도 말을 할 수 있을 정도의 금액이라는 건 사실일 것이다. 반대로, 만약 자신이 2백만 엔이나 빚을 지고 있다면 하고 생각하니, 상상하는 것만으로도 망연자실해지려 했다.

"아하하, 그러네요. 제가 망각 탐정이 아니라 수완 좋은 사기꾼이었다면 그런 일도 있었을지 몰라요. 맨 처음에 2억 엔이라고 말한 그림을 두 번째에는 2백만 엔이라고 말해서 오야기리 씨의 구매 의욕을 부추기려고 했을지도 모르겠네요. 지금 구입하면 이득이라고 하면서 말이죠."

그렇다고 한다면 2백만 엔은 절묘하게 매긴 가격이라 할 수 있었다. 고액이기는 하지만, 대출을 활용하면 나 같은 젊은 사람이라도 아슬아슬하게 구입할 수 있는 금액이기 때문이다.

"모든 것을 의심해 보겠다는 자세를 관철한다면, 그 가능성을 계속 숙고해 보는 것도 나쁘지 않겠지만, 그렇게 해 보시겠나요?"

"아, 아니요. 그건 좀…."

그렇게 장난스럽게 미소 짓는 모습을 보니, 쿄코 씨에게라면 속아 넘어가도 좋지 않을까 생각하게 될 것 같았지만, 그 미소를 제쳐 놓고 생각해도 일단 그것이 사기였을 가능성은 아마 없겠지. 내가 근무하던 곳은 미술관이지 화랑畵廊이 아니었다. 설령 구매 의욕이 자극됐다고 해도, 또 설령 아무리 구입하는 것이 이득이라 해도 나는 시도조차 할 수 없었을 것이다.

그에 비하면 2억 엔도 2백만 엔도 거금이라는 사실은 변함이 없으니, 쿄코 씨가 그날의 기분에 따라 무심코 거짓말을 했을 가능성은 아직 있었다. 그럴 경우엔 그때까지 계속 멈춰 서서 바라봤던 그림을 그냥 지나친 사실에 대해 추가적인 설명이 필요해지겠지만….

"그러네요. 2억 엔이라고 감정한 날에는 미술관에 들어가기 전에 연봉이 2억 엔인 야구 선수에 관한 보도를 봤을지도 몰라요. 2백만 엔이라고 감정한 날에는 월세 2백만 엔짜리 고급 아파트가 정보 프로그램에서 소개되었을지도 모르고요. 그런 것에 영향을 받은 그때그때의 '거금'이라는 가치관으로, 그런 판단을 했을 가능성도 있겠네요. 그런데 오야기리 씨. 그런 설명을 납득하실 수 있겠나요?"

"납득은….."

할 수 없지만, 그럭저럭 논리적으로 말이 되는 이야기라고 생각한다. 쿄코 씨에게 거짓말을 해야 할 이유가 있었다고 가정한다면, 그렇게 심플한 수수께끼 풀이도 없다. 마음에 드는 남성 운운은 아슬아슬한 농담이었다고 하더라도, 미술관에서의 한때를 만끽하고 있을 때, 눈치 없게도 말을 건 경비원을 떼어 놓기 위해 대충 적당한 말을 했다… 정도의 라인이라면 나로서는 본의가 아니었지만, 있을 수 있는 일인지도 모른다.

하지만 어디까지나 그것으로 해결된 것은 내가 품고 있던 의문의 전반 부분 정도에 지나지 않았다. 내가 쿄코 씨에게 의뢰한 수수께끼 풀이에는 그에 이어지는 후반 부분이 있다.

굳이 따지자면 그쪽의 비중이 더 큰데, 쿄코 씨가 그냥저냥 엉터리 감정을 했다고 했을 때, 그것이 와쿠이 옹의 폭거에 대한 설명이 되느냐 하면 전혀 그렇지가 않았다.

물론 쿄코 씨의 감정과 와쿠이 옹의 파괴 행위가 관계없다고 생각할 수도 있지만, 아무런 근거 없이 그렇게 판단하기에는 너무나도 초점이 잘 맞았다.

그림이 아니라 본인 자신이 특이했던 하쿠이 군만은, 이 경우 관련이 없을지도 모르지만….

"그럼 작품의 가격에 대해서는 이쯤하고, 이제부터는 그 후반에 일어난 일에 대해서 논해 볼까요? 오야기리 씨가 직장을 잃게 되는 직접적인 원인이 되는 일인데요. 만약 제가 오야기리 씨와 같은 입장이었다면 어땠을까 생각하니 마음이 아프지만, 이번엔 그렇기에 더욱 오야기리 씨가 아니라 와쿠이 씨의 입장에서 생각해 보죠."

"와쿠이 씨의 입장에서… 말인가요? 네…."

그렇게 말한다 해도 솔직히 내키지 않는다고 해야 할지, 그 기질이 거친 난폭한 노인과 자신 사이에는 공통점을 발견하기가 어려워서, 그 사람의 마음은 상상이 가지 않는다는 것이 솔직한 심정이었다.

하지만 지금은 책을 보는 것이 아니다. 설령 쿄코 씨가 미스터리 소설에서 묘사된 것 같은 명탐정이라고 하더라도, 여기서는 어디까지나 등장인물의 측정하기 어려운 속마음도 포함해 추리를 해야 한다.

미흡하나마 나도 같이 생각해 보았다. 대체 어떤 동기가 있어야 사람은 미술관에 전시된 그림을 지팡이로 때려 부숴 버리고 싶어지는 것일까. 그 노인은 대체 무엇을 하고 싶었던 것일까?

"네. 그러니까 그것을 생각해 보죠. 이것도 사고 실험인데요. 오야기리 씨라면, 어떤 일이 있었을 때 미술관에 장식된 작품을 파괴하고 싶다는 생각이 들까요?"

터무니없는 설문이다.

잘린 몸이라고는 하지만 경비원이 생각할 일이 아니다. 하지만 그럼에도 불구하고 억지로라도 생각해 본다고 하면, 으음… 아무런 증거도 없고 즉흥적인 생각이지만.

"그 노인이 사실은 그 그림을 그린 작가로… 그림의 완성도에 불만이 있어서 사람들 앞에 전시되는 것이 마음에 안 들었다. 그래서 충동적으로 그림을 때려 부숴 버렸다, 라든가…."

증거는 없지만 하다못해 근거다운 것을 든다고 한다면, 그런 폭거가 현장의 경비원 한 명만 직장에서 잘리는 것으로 수습된 것을 봤을 때, 범인과 피해자가 동일인물일 가능성은 있을 법한 이야기였다.

그릇의 완성도가 마음에 들지 않아 땅에 내던지는 도예가 같은 것으로, 그 노인이 유명한 화가였다고 하면 관장님과 아는 사이였다는 것도 이해가 간다.

금전가치의 감정 이전에 회화라는 예술 문화의 가치를 그 누구보다도 잘 알고 있을 화가가 그림을 그렇게 파괴할지 의문이긴 했지만, 그런 화가이기에 그림을 파괴할 자격이 있다, 라는 논법도 그럭저럭 성립하지 않을까 한다.

아니, 어디까지나 정론을 말한다면 아무리 그림을 그린 본인이라 하더라도 미술관에 전시된 예술품을 파괴할 자격은 없지만 말이다.

"그러네요. 와쿠이 씨가 화가일 가능성은 살펴보는 것도 좋을지 몰라요. 본인의 그림이 아니더라도, 형편없는 제자의 작품을 때려 부숴 버린다는 교육적 이유, 또는 마음에 안 드는 라이벌의 작품이 전시되어 있다는 사실을 질투해서 만행을 저질렀다고도 생각해 볼 수 있겠네요."

라이벌을 질투해서 만행을 저질렀다는 것은 아무리 그래도 나잇값을 너무 못 하는 것 아닌지…. 하지만 가능성만을 본다면 없지는 않다고 해야 하나? 일반적으로야 어쨌든 적어도 그 와쿠이 옹은 나이가 들어 둥글둥글해졌다고는 보이지 않았으니까.

"단지, 오야기리 씨가 그 그림을 귀여운 천재 소년의 조언에 따라 '지구의 풍경화'라고 간파한 시점에 조금 냉정해졌다는 것을 생각하면, 그림이 마음에 들지 않아 파괴했다는 이야기는 조금 위화감이 들어요."

"네… 그러네요."

그림의 완성도가 마음에 들지 않았다면 내가 그것을 어떻게 평가하든 무엇이 그려져 있다고 생각하든, 그런 거야 아무래도 상관없겠지. 오히려 어설픈 이해理解를 늘어놓으면 더더욱 격노하게 만들 수 있다.

실제로는 그냥 들은 것을 말했을 뿐이지만, 눈을 장식으로 달고 다니는 초심자라고 생각했던 내가 그렇지 않은 면을 보여 준 덕에, 와쿠이 옹이 날뛰는 걸 그만뒀다고 한다면….

"게다가 가설이긴 하지만, 만약 와쿠이 씨가 작가였다면 오야기리 씨는 알 수 있었을 거예요. 그림 옆에 붙은 플레이트에 적힌 작가명을 오야기리 씨는 몇 번이나 보셨을 테니까요."

확실히 그렇다. 그곳에 적혀 있는 이름이 '와쿠이'였으면, 역시 눈치챘겠지. 엄밀하게 말해 작가명이 무엇이었는지 기억하고 있는 것은 아니지만, 이름이 같다면 그렇다는 걸 알았을 것이다.

"그렇지만 그래도 완벽하게 가능성이 없다고는 할 수 없으니, 만약 와쿠이 씨가 화가이고 그런 이유로 문제의 그림을 파괴하려고 한 것이라고 생각해 볼게요. 하지만 그 경우, 타이밍이 꽤 이상하네요."

"타이밍… 말인가요."

"네. 왜 파괴 행동에 나선 날이, 그날이었던 걸까요? 오야기리 씨의 이야기를 들어 보면, 그 그림은 이미 전시된 지 오래되었잖아요? 그런데 왜 전시되자마자가 아니라, 그날에 결행하신 걸까요?"

"……."

듣고 보니, 그 가설에는 큰 구멍이 있다. 어떤 이유이든 간에 그 그림이 전시되는 것이 싫었다면 전시된 직후에 파괴하면 된다. 작가 본인이었다고 한다면 애초에 전시되는 것이 싫었던 회화를 내걸지 말라고 말했겠지. 물론 세상의 구조는 복잡하기 때문에 마음에 들지 않는 작업물이 세상에 공개되는 일도, 어떤 업종이든 종종 있는 일이겠지만.

그래도 내가 그 미술관의 경비를 하기 전부터 계속 전시되어 있던 그림을 왜 지금에 와서 새삼스럽게 그러는가 하는 감은 부정할 수 없었다.

"여생이 얼마 남지 않은 상황에서, 마음에 품고 있던 여한을 풀기 위해 그랬던 것일 수도 있지만, 그런 것치고 와쿠이 씨는 기력이 정정하셨던 듯하고 말이죠."

생글생글 웃으면서 말을 해서 눈치채기 어려웠지만, 쿄코 씨는 은근히 실례되는 이야기를 했다. 여생이 얼마 남지 않았다고.

맨 처음 이야기를 했을 때부터 그런 낌새는 있었지만, 이렇게 자리에 마주 앉아 이야기를 해 보고 알게 된 것인데, 이 사람은 온화해 보이는 미소를 지은 분위기로 얼버무리고 있을 뿐, 하는 말이 시비어severe하고 감정에 휩쓸리지 않는 듯했다.

그렇기에 사람의 기분과 마음을 헤아릴 수 있는 것일지도 모르지만, 왜 이런 사람이 탐정을 하고 있는지 조금 신경이 쓰였다. 나처럼 '무언가를 지키고 싶다'는 동기가 쿄코 씨에게도 있는 것일까. 물론 쿄코 씨를 감정하고 있을 때는 아니다.

"그럼 와쿠이 씨의 정체가 화가인지 아닌지는 일단 보류하고, 왜 그분이 폭거를 저지른 것이 그 타이밍이었는지 설문을 해 볼까요? 어떠신가요, 오야기리 씨?"

"글쎄요…."

그날이 특별한 날이었다고는 할 수 없다. 평범한 평일이었고, 미술관도 특별히 큰 이벤트를 개최하지 않았다.

"문제가 처음으로 되돌아가지만, 전시된 그림에 변화가 있었기 때문… 아닐까요? 그러니까, 맨 처음의 상태였을 때는 그곳에 전시되는 것에 불만이 없었지만, 시간이 지나 그림에 변화가 생겨 파괴 충동을 억누르지 못한 것이 아닐지…."

말은 된다.

하지만 만약 이 당연하다고도 할 수 있는 가설을 받아들이면, 2억 엔과 2백만 엔의 변화는 사실 없었다(쿄코 씨의 허언虛言이었다)라는 가설과 충돌하고 만다.

결국 회화에 변화가 있었다는 말이 되어 버리고, 오히려 2억 엔에서 2백만 엔으로 가격이 폭락하는 변화가 있었다고 하는 편이 딱 맞물린다. 또는 적어도 더 타당하다.

"전시에 미비점이 있었다는 라인은 충분히 생각해 볼 만하다는 거군요. 실제로 추상화에는 가끔 있다는 모양이에요. 미술관 측의 공부가 부족해 그림을 거꾸로 걸어 버려 작가를 화나게 한다든가 말이죠."

"네···. 하지만 제가 아는 한 그림의 방향이 바뀌지는 않은 듯합니다. 그런 변화가 있었다면 역시 모를 리가 없습니다."

"우후후. 문제가 계속 빙글빙글 돌고 있네요. 이런 걸, 공전空轉한다고 표현하던가요?"

쿄코 씨는 어딘가 즐기고 있는 것처럼도 보였다. 뭐, 이미 해답에 도달한 쿄코 씨의 입장에서는 우왕좌왕하는 내 모습을 보는 게 재미있을지도 모른다. 취미가 짓궂다고도 할 수 있지만, 쿄코 씨가 그다지 취미가 좋은 사람이 아니라는 것쯤은 이미 알고 있는 바였다.

"예를 들어··· 쿄코 씨도 말씀하셨지만요."

"말씀하셨나요?"

"말씀하셨습니다."

이상한 대화다.

"유지와 관리를 하려면 그에 걸맞은 비용이 든다, 같은 말씀을요. 회화는 디지털 데이터와는 다르기 때문에 시간이 지나면 어쩔 수 없이 열화하지 않습니까? 그런 점이 장점이기도 하지만, 보존이나 관리는 꽤 힘든 일로··· 결국 그 미술관이."

"어떤 미술관 말인가요?"

"그게, 이런 흐름인데 모르실 리가 없을 텐데요···. 그 미술관이 전시작품의 관리에 실패해서 으~음, 물감이 갈라졌다든가 벗겨졌다든가··· 분별없는 내관한 사람들이 낙서를 했다든가 해서 그 값어치를 엉망으로 만들었다. 그 사실을 알게 된 작가인 와쿠이 씨가 노발대발하며 찾아왔다. 이거라면 시간적으로도 앞 뒤가 맞을 것 같은데요."

"그런데 끈질겨서 죄송하지만, 오야기리 씨가 보시기에 그림 에 변화는 없었잖아요?"

"그건 그렇지만요⋯."

하지만 그것은 눈이 장식인 초심자의 의견이다. 전시되어 있 는 그림에 세세한 상처가 있었는가 하는 것까지는 역시 보지 못 했다. 프로밖에 모르는 아주 작은 차이를 발견할 수 있을 정도 의 안목이 나에게는 없다.

"그런 것으로 따지면 저도 특별히 회화의 프로는 아닌데요. 물론 사물을 관찰하는 것이 일인 탐정이니까 2억 엔짜리가 2백 만 엔이 되는 변화는 눈치챌 수 있을지 모르지만, 돋보기나 X선 분석이 필요할 정도의 미세한 변화는 알아챌 수 없어요."

"네."

"게다가 오야기리 씨는 그 그림이 있는 구역을 계속 지키고 계 셨잖아요? 그렇다면 그림의 변화를 눈치채지는 못했다고 하더 라도 그 그림에 낙서를 하는 사람이 있었는지 어떤지는 알 수 있 지 않을까요?"

확실히 그것은 보증할 수 있었다.

실제로도 연필을 손에 들고 그림 앞에 섰던 하쿠이 군을 놓치지 않기도 했었으니까. 와쿠이 씨가 그런 폭거를 저지를 때까지 그 그림에 손을 댄 사람은 없었다.

그리고 마찬가지로 경비원으로서 증언을 하자면, 특별히 그 그림의 관리 상태가 나빴다고는 생각하기 어려웠다…. 만약 그 그림의 관리가 허술했다고 한다면 같은 구역에 전시되어 있는 다른 그림도 조건은 마찬가지일 것이다. 그렇다고 해서 다른 그림도 마찬가지로 누가 때려서 부쉈다는 이야기는 듣지 못했다. 그렇게 기질이 과격한 노인이 많이 있어서는 곤란하기도 하고, 사건이 일어났다고 하더라도 마찬가지로 은폐되었을 뿐인지도 모르지만….

"글쎄요. 역시 전시작품이 다수 손상을 입으면 미술관으로서 운영을 해 나갈 수 없게 될 것 같은데요."

"그건 그러네요…. 현장의 경비원 한 명을 처분해서 그것으로 시원스럽게 해결될 수 있는 스케일의 불상사가 아니니까요."

애초에 내밀하게 해결하기 위한 은폐공작은 미술관의 불상사를 숨기기 위한 것이 아니라, 분명히 폭거에 이른 와쿠이 옹을 감싸기 위한 것이었다. 현장의 담당자로서 말려들었다고 말할 생각은 없지만, 이번 사건은 와쿠이 옹이 일으킨 개인적인 사건인 것이다.

"어딘가 모르게 가설을 세우면 세울수록 가설들 사이에 모순이 생기는군요…. 더 심플하게 생각을 해야 하는 걸까요? 더 깊이 들어가 가능성을 세분화해서 생각해야 할까요?"

"아니요. 이것으로 대략적인 주요한 가설은 갖춰졌다고 할 수 있어요. 충분해요. 수고하셨습니다, 오야기리 씨."

하고, 당장 머리를 감싸 쥐어도 이상할 게 없는 나에게 느긋이, 쿄코 씨는 위로의 말을 건넸다. 순간 비꼬는 건가 생각했지만, 그런 것은 아닌 모양이었다. 즉, 쿄코 씨가 말한 추리를 위한 순서는 다 밟았다. 망각 탐정의, 탐정으로서의 의식 같은 것은 이것으로 끝인 모양이다. 불가사의한 사건의 불가사의함을 새삼 확인한 셈이다.

아무런 성취감도 없다고 해야 할지, 오히려 단속적인 사고를 거듭한 탓에 수수께끼와 불가사의함이 더욱 늘어 버렸다는 인상이다.

"그, 그러니까, 지금까지 나왔던 가설 중에 정답이 있다는 건가요? 갖춰졌다는 것은 선택지가 갖춰졌다는 의미로…."

"정답은 없었어요. 검토한 대로 전부 땡이에요. 재검토할 여지도 없고요. 모든 탐정이 숭배해야 할 명탐정 중의 명탐정이 말하길 '논리적으로 있을 수 없는 모든 가능성을 배제한 후에 남는 것이, 아무리 말도 안 되는 것 같아도 진실이다'라고 했어요. 물론 예외적인 것도 있겠지만, 이번엔 그 기준을 따랐어요."

"아, 네…."

그 격언이라면 나도 들은 적이 있었다. 내 이야기를 듣고 쿄코 씨는 즉각 답이 떠오른 듯했는데, 그럼 쿄코 씨는 그 짧은 시간에 이렇게 많은 사고思考를 끝냈다는 건가….

아무래도 가장 빠른 탐정은 의뢰 안건의 해결까지의 속도가 빠를 뿐만 아니라, 순수한 사고 속도도 가장 빠른 모양이었다. 즉, '의식儀式' 중에는 속도를 떨어뜨려 나의 페이스메이커가 되어 준 듯했다.

"하, 하지만… 지금까지의 논의가 소거법消去法을 위해서 헛된 일이 아니었다고는 해도, 그 후에 무엇이 남았는지 저는 잘 모르겠습니다만."

"소거법이라기보다는 이 경우에는 귀류법歸謬法이네요. 어느 쪽이든 추리소설에서는 기본적인 테크닉이에요. 으으음, 그럼 알기 쉽게."

그렇게 말하며 갑자기 쿄코 씨가 자리에서 일어섰다. 그리고 위치를 바꿔 테이블의 바로 옆으로 이동했다. 웨이터가 주문을 받을 때의 위치에서 한 걸음 뒤로 물러난 지점에 자리를 잡았다.

그곳에서 어깨너비로 다리를 벌리고 양손을 머리 위로 올렸다. 무슨 포즈지? 굳이 따지자면, 나는 그런 장소에 배치된 적이 없긴 하지만 경비가 엄중한 시설에 들어갈 때에 수하물 검사를 받으며 취하는 자세와 비슷했다. 여하튼 일상적인 생활을 하면서 취하게 되는 자세는 아니다.

"그, 그건 뭐죠? 무, 무슨 조각상의 포즈인가요?"

내가 근무하던 미술관에 전시되어 있던 것은 회화 작품이 중심이었기 때문에, 조각상은 기껏해야 입구 쪽에밖에 없었던 것으로 기억하는데… 적어도 이렇게 이상한 자세를 취하지는 않았던 것 같다.

붐비는 시간대는 아니라고 해도 우리가 무슨 비밀 이야기를 하기 위해 카페를 통째로 빌린 것은 아니었기 때문에, 갑자기 그런 행동을 한 쿄코 씨에게 가게 안 사람들의 시선이 쏠렸다. 그걸 신경 쓰는 모습은 아니다.

이 사람은 남의 이목이 신경 쓰이지 않는 걸까?

경비원으로서 지정된 장소에 서 있을 때, 존재감을 드러내는 것도 해야 할 일 중 하나였다고는 하지만, 나는 사람들의 이목이 쏠리면 어쨌든 부끄럽다는 생각이 들었는데… 혹시 '내일이 되면 어차피 잊어버린다'라는 전제가 있으면 부끄러움도 마비시킬 수 있는지도 모른다.

"조각상이 아니에요. 저의 전신을 쉽게 볼 수 있을 거라고 생각해서요."

"온몸을요? 네, 확실히 전신, 남김없이 잘 보이긴 하는데요…."

팔을 머리 위로 올리고 있어서 등 이외에는 모든 부분이 다 보였다. 그야말로 미술관에 전시된 조각상처럼 쿄코 씨의(웃기게도 보인다) 포징 덕에 머리 꼭대기에서 발끝까지가 시야에 들어왔다.

그다지 노출이 많지 않은 포멀한 복장이었지만, 뭐라고 꼬집어 말할 수는 없어도 어딘가 섹슈얼한 서 있는 모습이었다. 물론, 그냥 사람이 서 있는 것만으로는 이렇게까지 주목을 받진 않겠지….

"그, 그게 어떻다는 거죠? 저, 쿄코 씨, 가능하면 이제 앉으시는 편이….

"뭔가 눈치채지 못하셨나요?"

"……?"

나의 어드바이스는 완전히 무시한 채, 쿄코 씨는 태연한 얼굴로 물었다. 내가 그 질문의 의미가 무엇인지 이해를 못 하고 있자,

"미술관에서 만나 이야기했을 때의 저와의 큰 차이점을 눈치채지 못하셨나요."

하고 질문을 구체화했다.

"차이점이라니…."

기억이 리셋되는 쿄코 씨에게는 시간의 경과에 따른 차이점이 생기지 않는 것 아니었나? 물론 머리카락이 자란다든가 손톱이 길어진다든가 하는 미세한 차이는 생기겠지만, 그것은 큰 차이점이라고는 말하기 힘들다.

"모르시겠나요? 찬찬히 봐 주세요."

"차, 찬찬히 말씀인가요? 잘 모르겠다고 해야 할지, 애초에 차

이점이 그렇게, 있긴 한가요? 어어… 앗."

얼른 대답하지 않으면 쿄코 씨가 계속 가게 안 구경거리가 되는 상황에서는 마음이 급해 좀처럼 생각이 잘 정리되지 않았지만, 일단 생각이 떠오르고 보니 대답은 매우 심플했다. 아니, 그것은 카페에 들어온 쿄코 씨를 보고 맨 처음에 생각했던 것이기도 했다.

"옷… 말인가요?"

"네. 명답名答이에요."

슬슬 점원이 주의를 주러 오지 않을까 하는 타이밍에 내가 제출한, 그다지 의외성이 없는 대답이면 충분했던 듯, 쿄코 씨는 선뜻 포장을 그만두고 의자에 다시 앉아 주었다.

나는 가슴을 쓸어내렸다.

그런 것보다, 그런 대답으로도 충분했다면 굳이 온몸을 보여 줄 필요 없이 앉은 채로 평범하게 물어보는 편이 더 빨리 대답이 나오지 않았을지…. 내일이 되면 잊어버린다는 그런 특성을 빼놓더라도 어딘가 무방비한 사람이다.

위태로운 듯해서, 보고 있으면 조마조마하다.

각설하고 옷. 오늘만 해당하는 이야기가 아니라 쿄코 씨는 확실히 패셔너블해서, 그 미술관에도 같은 옷을 입고 온 날이 하루도 없었다. 자택에 얼마나 거대한 옷장이 있는 걸까 하고 생각할 정도였는데, 그게 어쨌다는 거지?

"네. 그럼 여기서 질문인데요. 다른 옷을 입고 있는 저를 보고 오야기리 씨는 어떻게 같은 인간이라고 판단을 할 수 있나요?"

"네?"

"생각해 보세요. 눈으로 확인할 수 있는 모습의 약 90퍼센트가 전에 봤을 때와는 완전히 달라진 거잖아요? 그런데 동일인물이라고 분류할 근거가 어디에 있을까요?"

눈에 보이는 모습의 약 90퍼센트. 그래, 듣고 보니 그렇다. 쿄코 씨처럼 매일 다른 옷을 입고 나타나는 사람은 극단적이라 할 수 있지만.

"하지만 얼굴을 숨기고 있는 것도 아니고… 체격이나, 쿄코 씨의 경우에는 머리카락의 색으로 판단이 가능하다고 생각합니다."

"얼굴. 체격. 머리카락의 색. 즉, 떼어 낼 수 있는 어태치먼트 attachment가 아닌 저 자신이라는 거죠? 입고 있는 옷이 달라져도 저는 저이니까요."

"네."

그렇게 교훈 같은 이야기를 위해 한 말은 아니겠지만, 대략적으로 그렇다고 할 수 있었다. 옷을 갈아입는 정도로 다른 사람이 된다면 고생하지 않는다.

"그런데 오야기리 씨, 맨 처음에 말씀하셨죠? '유니폼을 입고 있지 않아서, 잘 기억이 안 나시는 걸까요' 하고요. 유니폼은 예외인가요?"

"아아… 그거야, 경비원은 그런 옷으로 인식되고 있으니까요. 그걸 입고 있으면 누구나 경비원처럼 보이게 만드는 시그널 같은 거라고나 할까요… 경비원만 그런 것이 아니라 유니폼이라는 것은 원래 그래야 하는 거니까요."

"네, 그러네요. 입고 있는 옷이 개인을 규정하는 일도 있어요. 무엇을 입든 나는 나이지만, 예를 들어 오늘은 일을 해야 하니 포멀하게 반듯이 입어 보기도 하고, 오프에는 큰마음 먹고 쇼트 팬츠를 입어 보기도 하고, 그럴지도 몰라요."

"쇼, 쇼트팬츠요?"

별로 상상이 안 되는데.

그런데 무슨 이야기지? 해결을 위한 힌트를 주는 거 아니었나? 쿄코 씨의 패션을 체크하는 것은 화제로서는 재미있긴 하지만, 그거야말로 일하는 장소에는 어울리지 않는 것 같은데….

"모르시겠나요? 저에게는 변화가 없어도 입고 있는 옷에 따라 다양한 제가 될 수 있다는 이야기를 하는 중이에요. 이른바 이미지 체인지죠. 반대로 항상 똑같은 모습을 하고 있다면 바뀌었을 때의 보람은 없겠지만, 불변의 가치를 유지할 수 있어요. 그리고 그것은 사람에게만 국한된 이야기가 아니라 회화도 마찬가지예요."

"마찬가지… 응?"

무슨 말을 하는 건지는 안다.

하지만 그 가설은 이미 나왔고, 부정된 거 아니었나?

회화 그 자체에는 변화가 없어도 작가가 죽었다든가, 또는 작가가 다른 사람이라든가, 그런 배경으로 인해 시장가치는 상대적으로 변할 수 있다. 이야기를 더욱 넓히면 같은 시대에 어떤 화가가 존재했고, 어떻게 서로 절차탁마切磋琢磨했으며, 어떤 상황에서 그려진 그림이었는가 같은 백그라운드 스토리도 가격에는 영향을 준다.

하지만 그렇게 극적인 사정의 변화가 있었다고 한다면, 미술관에 근무하면서 모르고 있었을 리가 없다는 결론에 이르렀을 텐데?

"아니면 쿄코 씨는 역시 배경에 변화가 있었다고 말씀하시는 건가요?"

"배경이 아니에요. 뒤가 아니라 상하라든가, 좌우라고 할 수 있을까요?"

"……?"

시치미를 떼는 듯한 쿄코 씨의 대답을 듣고 나는 결국 헷갈리기 시작했다. 상하? 좌우? 즉, 같은 구역에 전시되어 있는 그림을 말하는 건가? 그래서 상대적으로 가격이 변했다고? 아니, 좌우야 어쨌든 위아래로는 전시되어 있는 그림이 없다. 게다가 내 구역에서 그림을 바꿔 걸었다는 이야기는 들어 보지 못했다.

"쿄코 씨, 뜸들이지 마시고, 부탁이니 슬슬 가르쳐 주십시오."

한심하지만, 나는 이제 백기를 들 수밖에 없었다.

"대체 왜 그 회화의 가격이 변한 거죠? 왜 2억 엔에서 2백만 엔으로 그 그림은 가격이 변해 버린 겁니까?"

"액額이 변한 것은 그 액額이 변했기 때문이에요."

"그러니까…."

"액額이 변한 것은 그 액額이 변했기 때문이에요."

계속해서 화제를 돌리듯 토톨로지tautology 같은 말을 하는 쿄코 씨를 향해 나는 무심코 몸을 바짝 내밀었지만, 그런 나에게 쿄코 씨는 완벽하게 똑같은 말을 반복했다. 인토네이션을 바꾸어서.

액이 변했기 때문에… 액?

그럼 화제를 돌리려고 한다는 생각은 말도 안 되는 것으로.

그것은 그대로, 정말 직접적인, 수수께끼에 대한 해답인 건가?

"조금 더 정확하게 말하면, 금액이 변한 이유는 액자가 변했기 때문이에요. 상하좌우의 가장자리에서 그 그림을 꾸미는, 바로 그 액자요."

맹점이라고 하기에는 너무나도 거대한 맹점이었다. 점點이 아니라 면面이라고 하기는 어렵지만, 적어도 테두리이기는 했다. 하지만 확실히 보통 회화를 감상하려 할 때, '어떤 액자에 들어가 있는가'는 무의식적으로 오미트omit해 버린다. 텔레비전의 화면을 볼 때, 보는 것은 텔레비전이 아니라 화면에 비치는 풍경인 것과 같다. 하지만.

"명화名畵가 어떤 액자에 들어가 있는지는 사실 꽤 중요한 문제예요. 회화 그 자체에 변화가 있는 것은 아니지만, 가장자리를 꾸미는 액자에 따라 그 인상이 크게 변하거든요. 사람이 어떤 옷을 입었는가에 따라 정의되듯이 극단적으로 말해 회화는 그 액자에 따라 정의될 수도 있어요. 사람을 겉모습으로 판단하지 않는 것은 어리석은 자뿐이다, 라는 말을 오스카 와일드가 했다고 이 망각 탐정은 기억하고 있는데, 사실 겉모습이라는 것도 한 가지만이 아니에요."

무엇을 겉모습이라고 할 것인가. 어디까지가 알맹이며, 가치 판단의 기준이 되는가. 확실히 어려운 문제다. 예를 들어 경비원의 유니폼을 입고 있으면서 겉모습으로 판단하지 말아 달라고 해 봐야 통하지 않을 테고, 그렇다고 단순히 옷을 갈아입었다고 해서 다른 사람이라고까지는 생각해 주지 않을 것이다.

설령 전시되어 있는 그림의 액자가 변했다고 해도, 멀리서 봤을 때는 변화가 있었다고 생각하기 어렵다.

실제로 그렇게 생각하지 않았고, 눈치채지 못했다.

"여기서 오해하지 말았으면 하는 것은, 단순하게 액자의 가격 여부를 묻는 것이 아니라는 점이에요. 볼품없는 그림을 중상中傷 할 때, '액자 값이 더 나가겠다'라고 말을 하기도 하지만, 이 경우에는 어디까지나 주체는 회화 그 자체예요. 2억 엔의 액자가 2백만 엔의 액자로 교체되었다는 것이 아니라, 본체의 회화인 그림과의 궁합이 어떤가 하는 문제죠. 옷도 어울리는 옷과 어울리지 않는 옷이 있잖아요? 어떤 옷이든 어울리는 사람은 없잖아요?"

"네…."

그건 쿄코 씨가 그렇지 않느냐고 생각했지만, 이야기의 취지가 바뀌기 때문에 나는 입을 닫았다. 물론 쿄코 씨도 사이즈가 맞지 않는 옷은 입을 수 없겠지… 하고, 지금은 억지로 해석해두었다.

"반대로 프로 스타일리스트가 옷을 선택하면, 본인은 변하지 않아도 겉모습은 몰라보게 바뀔 수도 있어요. 옷을 구입할 때에는 점원에게 맡기는 것도 하나의 방법이죠."

강권하는 점원 탓에 난처해질 때가 많은 내 입장에서는 고개를 끄덕이기 힘든 가치관이었지만, 듣고 보니 좌우가 역전되는 거울을 보는 것만으로는 알 수 없는 점도 있는 건가.

"실제로 화가 중에는 액자까지 스스로 만드는 분이 계시다고 하지만, 당연히, 회화의 스타일리스트라고 해야 할까요? 액자를 전문적으로 만드는 프로페셔널도 있어요."

"애, 액자를 전문적으로 만드는 프로페셔널이요? 그런 일을 하는 사람도 있나요?"

"당연한 듯 존재하고 있는 것도 그건 누군가가 만든 거예요. 이 테이블도, 이 의자도, 이 컵도. 우리가 입고 있는 옷도 회화의 가장자리를 꾸미는 액자도. 프라이드를 가지고 누군가가 만들고 있어요."

"……."

그것도, 맹점인가.

이렇게 기계문명이 발달하고 로봇에 의한 작업이 일반화했는데도, 결국 누군가가 나사를 만들려고 하지 않으면 톱니바퀴는 돌아가지 않는다…. 물론 미술관의 경비원이 그렇듯이 모든 사람이 스포트라이트를 받는 걸 원하지는 않겠지만, 소홀히 여기는 것을 바란다고까지 할 만큼 깔끔하게 맺고 끊을 수 있는 사람은 그다지 많지 않겠지. 프라이드라는 말이 너무 거창하다고 한다면, 그것은 최소한의 직업의식이다.

"네. 그러니까 실망할 수밖에요. 그 그림을 위해 만든 액자가 다른 것으로 바뀌었다면요. 노발대발해서 충동적으로 그림을 때려 부숴 버릴지도 모르죠."

"……! 그럼… 와쿠이 씨는 회화의 작가가 아니라 액자를 만든

분이었던 건가요?!"

　그때, 와쿠이 씨가 때려 부수려고 했던 것은 그림이 아니라 액자였던 건가? 회화는 휘말렸을 뿐. 생각해 보니, 확실히 그때 산산조각 난 것은 캔버스뿐만 아니라 액자도 마찬가지였다.

　그래서 내가 그림의 내용에 대해 언급했을 때, 와쿠이 옹은 정신을 차린 것이다⋯. '지구에 무슨 원한이라도 있으세요?!' 하고 내가 물었지만, 지구에는, 즉 그림에는 아무런 원한도 없었다.

　그래서 분노에서 깨어날 수 있었다.

　어쩌면 그 후에 나를 테스트해 보려고 한 것은, 무고하게 회화를 파괴해 버린 겸연쩍은 마음을 얼버무리기 위해서였을지도 모른다.

　"와쿠이 씨 같은 일을 하시는 분을 액자장額子匠이라고 한다고 하는데요. 명화의 값어치를 최대한으로 끌어내거나, 돋보이게 하는 액자를 만드는 일이에요."

　"액자장⋯."

　"요즘 식으로 말하면 회화 디자이너라고 할 수 있겠지만, 그렇게 말하면 화가의 영역을 침범하는 것처럼 느껴지기도 하기 때문에, 스스로를 소개할 때는 거창하지 않게, 더 나아가서는 거칠게 '액자쟁이'라고도 해요."

　소설로 말하자면 장정裝幀 같은 건가. 확실히 둘레나 책의 사이즈에 따라, 설령 본문의 내용이 같더라도 독자가 받는 인상은 상당히 많이 변한다. 그것과 같은 일을 와쿠이 옹은 액자로 하는 건가?

"현재로서는 어디까지나 그냥 추리일 뿐이지만요. 물론 와쿠이 씨의 정체가 그렇다고 지금 이곳에서 단정할 만한 증거는 없어요. 단지 회화를 전시하는 미술관 입장에서 액자장은 깊은 관계가 있는 비즈니스 상대이니, 관장과 아는 사이라고 하더라도 신기한 일은 아니에요. VIP로 대접하며 그 폭거를 은폐하는 일도 있겠죠."

"……."

"은폐공작의 영향을 받은 오야기리 씨로서는 참을 수 없는 결과이지만, 그렇다고 와쿠이 씨가 부당하게 우대를 받았다고는 하기 힘들어요. 필연적이라고 해야 할까요, 미술관 입장에서는 속죄를 한 측면도 있을 거예요. 그 이유는, 이것도 추측이기는 하지만, 그 사람들이 와쿠이 씨의 허가 없이 멋대로 회화의 액자를 바꿨던 것일 테니까요."

아무리 그렇더라도 그것 또한 누군가가 만들었을 액자를, 그것도 회화와 함께 파괴한 것은 너무 피가 머리로 몰린 것이겠지만요, 하고 쿄코 씨가 말했다. 위로하는 듯한 말투였지만, 미술관도 와쿠이 옹도 특별히 감쌀 생각은 없는 듯했다.

역시 시비어한 사람이다.

그래, 쿄코 씨의 말대로다. 와쿠이 옹이 감정에 휘둘려 파괴한 회화는 물론, 그 액자에도 각각 작가가 있다는 사실을 생각하면 아무리 필연성이 있고, 아무리 화가 났다 하더라도 동정의 여지는 없다.

"답을 맞혀 보는 것은 나중에 오야기리 씨가 가서 하시는 게 적절하다고 생각하지만, 외부인인 탐정의 그냥 추리일 뿐인 이야기를 들어 주셨으면 해요. 대체 이번 사건이 어떤 흐름이었는지를요."

"네… 부탁드립니다."

"제가 그림의 가치를 2억 엔이라고 평가했을 시점에는 와쿠이 씨가 만든 액자가 사용되었을 거라 생각해요. 그게 어딘가에서 바뀐 거죠. 미술관에 관장이 주선한 신작이 입하되어 시끌시끌했다, 같은 말씀을 하셨죠? 아마 그 타이밍이 아닐까 해요. 새로 선보이는 그림을 미술관으로서는 화려하게 장식하고 싶었겠죠. 그래서… 가장 좋은 액자로 그 주변을 장식한 거예요."

정장이네요, 하고 말하는 쿄코 씨.

옷에 빗대어 주면 매우 알기 쉽지만, 그 옷은 그 그림에 맞춰 만든 것이니 신작에 어울릴지 어떨지는 모르는 것이 아닌지?

"그렇다고 해도 프로가 만든 '옷'이니까요. 어느 정도는 어떤 그림과도 잘 어울려요. 옷이 날개라고 하면 어폐가 있을지 모르지만, 사이즈만 잘 맞는다면 말이죠. 물론 그 액자를 사용하지 못하게 된 그림도 액자를 다른 것으로 바꾸었다고 해서 그 내용이 변하는 것은 아니에요."

"…하지만 쿄코 씨처럼 안목이 있는 사람이 보면 그 차이를 알 수 있다는 거군요."

2억 엔과 2백만 엔. 100분의 1로 폭락.

그러고 보니 쿄코 씨는 그때, 계속 '작품'으로서의 가격에 대해 말을 했었다. '그림'이 아니라 '작품'의 가격이 2억 엔, 2백만 엔이라고 감정했다.

액자까지 포함해 가격을 매긴 것이다.

"…강조해 두지만, 그건 어디까지나 제가 매긴 시세예요. 그 것을 그대로 받아들이시면 곤란해요. 세상 사람들이 어떤 가격 을 매겼는지는 모르거든요."

쿄코 씨는 그런 주석을 덧붙였다.

"그림의 값어치는 액자에 좌우되지 않는다는 의견도 그건 그 거대로 존중을 받아야 해요. 미술관으로서는 어디까지나 기간 한정이라고 해야 할지, 일시적인 조치가 아니었을까요? 와쿠이 씨의 기질을 설마하니 모르지는 않았을 테고요."

2억 엔에서 2백만 엔으로 대폭락한 것은 바꾸어 끼워 놓은 액 자와 그림의 궁합이 매우 나빴기 때문에, 라는 이유도 있을지 모른다. 그리고 새로 입하되었다는 그림도 '어울렸을지' 어떨지 는 알 수 없다….

"얼버무릴 수 있다고… 생각했던 걸까요?"

"얼버무릴 수 있다고 생각했을 거고, 실제로 얼버무릴 수 있을 정도의 나쁜 짓이었을 거예요. 미술관 입장에서는 와쿠이 씨의 방문이 예상외였겠죠. 그렇지 않았다면 그 구역을 경호하는 오야기리 씨에게 무언가 언질이 있었을 테니까요."

쿄코 씨는 누군가가 밀고한 것이 아닐까요, 하고 말했다. '누군가가'.

이때 쿄코 씨가 암시한 사람은 당연히 미술관의 양식 있는 직원을 말하는 것이겠지만, 나는 어째서인지 최초의 직감으로, 와쿠이 옹에게 그 '나쁜 짓'을 전달한 사람은 그 스케치북의 소년이 아닐까 하고 생각했다.

그야말로 아무런 증거도 없는 추리이지만… 그 그림을 액자의 차이까지 알 수 있을 만큼 주시한 사람은 쿄코 씨와 하쿠이 군 정도뿐이었기 때문이다.

그 아이가 모사를 하려고 한 시점에 액자가 바뀌어 있었다고 한다면, 그리고 그것을 보고 그 아이가 위화감을 느꼈다고 한다면.

그리고 정확하게 말하면, 시간의 경과와 함께 기억을 잃는 쿄코 씨는 액자의 값어치는 눈치챌 수 있어도, 액자가 바뀐 것까지는 눈치채지 못한다. 그렇다면 내관한 사람들 중에서는 하쿠이 소년만이 밀고가 가능한 셈이 된다.

물론 이건 확인할 방법이 없는 것이고, 어떤 식이었든 와쿠이 옹에게 진상이 전달되었다는 점은 변함이 없는 일로, 결국 와쿠이 옹은 쳐들어오고야 말았다.

그리고 와쿠이 옹은 그림 주변을 장식하고 있어야 할 자신의 액자 작품이 없다는 사실을 확인하고는, 터무니없는 폭거를 일으켰다. 처음부터 파괴를 위해 지팡이를 가지고 왔는지 어떤지는 이 추리로는 알 수 없지만, 액자와 한 몸인 그림까지 다 파괴했다는 것을 보면 역시 그건 충동적인 파괴였을지도 모른다.

그래서 와쿠이 옹은 제정신을 차린 뒤로는 얌전히 '붙잡혀' 간 것이고, 미술관 측도 그 일의 발단이 자신들에게 있다는 사실을 알고 있었기에 너무 강하게 나가지 못하고 내밀하게 사건을 수습한 것이다.

"……."

이야기를 다 듣고 나는 침묵했다.

현장에 있던 당사자로서 쿄코 씨의 추리가 세부에 이르기까지 완전히 정곡을 찔렀다고는 할 수 없었지만, 적어도 내가 품었던 의문과 의심이 이것으로 거의 씻겨 나갔기 때문이다.

씻겨 나갔지만….

"그런데 오야기리 씨. 이제부터 어떻게 하실 건가요?"

"…네?"

갑작스러운 질문에 나는 정신이 번뜩 들었다. 추리가 끝난, 즉 일이 끝났다고 할 수 있는 쿄코 씨는, 마치 여기서부터가 진짜라는 말을 하듯이 가만히 나를 바라보았다.

꿰뚫는 듯한 시선이었다.

"어, 어떻게 할 거냐니요?"

"오야기리 씨가 해고된 이유를 제가 이렇게 풀어 보았는데, 그 사실을 알게 되었으니 앞으로 어떻게 할 것인가 하는 취지의 질문이에요. 그림을 지키지 못한 자신에게도 책임이 있다고 생각하셔서 오야기리 씨는 처분을 받아들인 모양이지만, 그건 어떨까요. 근본적인 원인을 따지면 미술관이 액자를 바꿔 끼운 것이 와쿠이 씨의 파괴 행위를 유발한 것이니, 오야기리 씨가 벌을 받는 것은 매우 부당하다고 할 수 있어요."

"……."

"만약 조직의 불합리한 대처와 싸우고자 한다면, 제가 계속해서 힘이 되어 드릴게요. 그 경우 싸우게 될 조직은 경비회사가 아니라 미술관일 테니, 말씀하신 것처럼 사양하실 필요는 없어요. 실력 좋은 변호사를 소개해 드릴 수도 있고, 간단한 법적인 절차라면 제가 대행하는 것도 가능해요. 이제부터 사실 확인을 위해 미술관에 같이 가도 좋고요."

"네….'

아무래도 일단락되어 쿄코 씨는 현장의 탐정에서 영업 담당으로 시프트한 듯했다. 이런 점은 당차다고 해야 할지, 사업체의 주인은 나처럼 고용된 사람과는 감각이 전혀 다른 듯했다.

나는 더 이상 고용되어 있지 않았지만….

다음 취업활동을 하기 위해 나는 쿄코 씨에게 일을 의뢰한 것인데, 뜻밖에도 이전 직장으로 돌아갈 수 있는 길도 보이기 시작한 셈이다. 하지만.

"아니요…. 저는 이전 직장으로 돌아갈 생각이 없습니다."

"어머, 그러신가요? …이유를 여쭤봐도 될까요?"

"이유…."

물론 미련이 없다면 거짓말이다. 한 번은 완전히 포기한 길이었지만, 사정이 바뀌었으니 싸워야 하는 건지도 모른다. 부당하게 잘린 내가 여기서 싸워 나가면 앞으로 같은 사례가 발생하는 일을 막을 수 있을지도 모른다. 뒤에 들어오는 누군가가 똑같이 괴로운 일을 당하지 않도록, 나는 자신의 권리를 위해 적극적으로 움직여야 하는 것인지도 모른다. 피해자가 소리를 내지 않으면, 결과적으로 다음 범죄를 조장하는 셈이 되어 버리니까.

"하지만… 이번 사건의 피해자는 제가 아니라고 생각합니다."

"그런가요? 그럼 누구인가요?"

쿄코 씨가 흥미롭다는 듯이 물었다. 나는 "그 액자로 장식되어 있던 그림이라고 생각합니다." 하고 대답했다.

"지키지 못했던 것은 사실입니다. 사정이 바뀌었든 뒷사정이 밝혀졌든, 제가 지켜야 할 그림을 지키지 못했다는 사실은 변하지 않습니다. 불변입니다. 그렇다면 그 응보를 받아야만 한다고 생각합니다. …단지 그것은 조직이 저에게 내리는 처분이 아니라, 제가 저에게 내리는 처분입니다."

아마 파괴된 액자도 같은 생각을 하고 있는 건 아닐까. 불합리한 일이니 너무 짐을 무겁게 지는 것이기는 했지만, 먼저 나서서 짐을 가볍게 하고자 움직이려 하다니, 그렇게는 못 한다.

실제로 무언가가 변하는 것도 아니었다.

일을 의뢰해서 수수께끼를 풀어도 아무것도 변하지 않았고, 그리고 무언가를 바꿀 생각도 없었다. 나는 직장을 잃은 채 내일을 맞는다. 하지만 그거면 충분하다.

사태는 변하지 않았지만 그 해석은 바뀌었다.

값어치가, 가지는 의미가 변화했다.

그거면 충분하다고 생각했다. 잘됐다.

"저는 무언가를 지킬 수 있는 사람이 되고 싶습니다. 솔직히 자신감을 잃은 상태였는데, 쿄코 씨 덕분에 한 번 더 그런 목표를 위해 노력하고자 하는 마음이 생겼을 정도는, 잃은 것을 되찾을 수 있었습니다. 저는 정말로 그것만으로도 충분합니다."

"멋지네요."

쿄코 씨가 솔직히 그렇게 말했다.

그렇게 말을 해 주니 쑥스럽다…. 너무 멋을 부린 것인지도 모른다. 나는 부끄러워져서 얼른 이야기를 정리하려고 했다.

"그, 그러니, 쿄코 씨에게 부탁드린 일은 이것으로 마무리를 하겠습니다…. 의뢰비는 현금으로 당일에 드리는 것이었죠?"

나는 카페에 오기 전에 들른 편의점에서 인출한 지폐 다발을 봉투에 넣은 그대로 쿄코 씨에게 전달했다. 현금이 보이게 건네 주는 것은 보기가 안 좋다고 생각해서 그런 것인데, 쿄코 씨는 망설임 없이 돈을 봉투에서 꺼내 은행원처럼 능숙한 손놀림으로 얼마인지를 확인했다.

"네, 정확하네요. 감사합니다. 비밀은 엄수할 테니, 안심하세 요. …그런데 오야기리 씨. 이제 어떻게 하실 건가요?"

"네?"

그 이야기는 방금 전에 했는데… 왜 또 물어보는 거지? 아직 오후 여섯 시에 불과한데, 벌써 기억이 리셋되어 버린 건가?

"그런 이야기가 아니라요. 이건 오야기리 씨는 오늘 밤에 무 슨 약속이 있느냐는 취지의 질문이에요. 아쉽게도 오야기리 씨 에게 추가 의뢰를 받지 못해서, 저는 이후에 오프거든요. 책임 지고 괜찮으시면 저녁에 초대해 주시면 안 될까요?"

오늘은 아직 한참 남았어요.

쿄코 씨가 그렇게 말했다. 완전한 우연이었지만, 나도 쿄코 씨에게 추가로 의뢰하지 않았기 때문에 이후의 예정은 없었다.

제2장

추정하는 쿄코 씨

1

"범인은 이 안에 있어요."

쿄코 씨는 그렇게 단언했다.

그것은 오래전부터 전해져 내려오는 주문 같은, 명탐정에게는 전통적인 의식 같은 대사일 테지만, 그렇다고는 해도 나, 오야기리 마모루는 그 말을 듣고 감동을 받을 일도 없었고, 역시 이 시점에 새하얀 머리인 쿄코 씨의 추리력을 칭찬하는 것은 역시 지나친 것이라는 생각이 들었다.

왜냐하면 쿄코 씨가 이때 가리킨 것은 어느 한 방에 모인 일동도 아니고, 32층에 달하는 근대적인 고층 아파트 전체였기 때문이다. '이 안'이라고는 해도 그 범위에 대체 얼마나 많은 수의 용의자가 포함되어 있을지 짐작도 가지 않았다.

하지만 자리의 분위기를 누그러뜨리기 위한 농담도 아닌 듯, 쿄코 씨의 표정은 매우 진지했다. 쿄코 씨는 예스럽게, 하지만 이런 경우에는 효과적이라고 하기 힘들었던 대사에,

"문제는."

하고 말을 이었다.

"이 안에 예술가가 있는가 없는가예요."

확실히, 그게 문제였다.

쿄코 씨에게 있어서도, 그리고 나에게 있어서도.

2

편식하는 어린아이를 혼낼 때, 어른들은 때때로 '먹고 싶어도 못 먹는 사람도 있으니, 좋다 싫다 같은 배부른 소리를 하면 안 된다'라는 논법을 사용하는데, 생각해 보면 이 표현은 궤변에 가깝다. 확실히 지역에 따른 식량 문제나 세계적인 기아 문제는 어렸을 때부터 알아 두어야 할 현안懸案 사항이긴 하지만, 그 격차를 시정하려고 할 때는 '먹고 싶어도 못 먹는 사람'이 사는 환경을 '좋다 싫다 같은 배부른 소리'를 할 수 있도록 발전시키는 것이 도리가 아닐까? 좋아하는 것을 좋아한다고, 싫어하는 것을 싫어한다고 말할 수 없는 비통한 침묵에 함께 몸을 두는 것이 아니라, 하다못해 음식 정도는 자유롭게 선호하는 것을 말할 수 있는 세상을 함께 만들자고 가르치는 것이야말로 아이들에 대한 교육이라고 할 수 있는 것이 아닐까. 물론, 이건 그냥 이론이다.

이론이라고 해야 할지, 이상이다.

문제의 초점이 어긋났다.

현실적으로 세계는 그렇게 이상적인 윤리로 설명되지 않는다. 하지만 현실에 대해 말하자면, 어른이 아이에게 '좋다 싫다 같은 소리를 해서는 안 된다'고 어를 때의 진짜 이유는 건전한 성장을 위한 영양의 균형을 확실히 잡기 위해, 또는 과도한 영양 섭취를 억제하기 위한 것으로, 결코 사회의 식량 문제를 우려하고 있는 것은 아닐 것이다. 문제의 초점을 맨 처음의 그것으로 돌린 쪽은 어린아이가 아니라 어른이다. 어린아이가 말을 잘 듣게 만들기 위해 불평하기 어려운 도덕적인 말을 사용하는 것은 위선적이라고까지는 하기 힘들다 하더라도, 어른들의 비겁한 행동인 것이다.

아무튼 먹고 안 먹고를 떠나서 좋다 싫다 정도는 자유롭게 말할 수 있었으면 한다. 그런 생각을 한 것은 나 자신이 그때, 장래를 심히 우려했기 때문일지도 모른다.

이전 직장, 대형 경비회사에서 받은 퇴직금은 오키테가미 탐정 사무소에 돈을 지불해 다소 줄긴 했어도 자신을 길거리에 나앉게 할 정도는 아니었지만, 그렇다고 장래에 대한 불안을 씻어줄 만한 것도 아니었다. 요즘의 경기침체도 영향을 미쳤겠지만, 그래도 나 자신의 기량 부족에 따른 것인지 나의 두 번째 직장은 좀처럼 결정될 기미가 보이지 않았다.

이럴 줄 알았으면 퇴직금 외에 상사로부터 추천문이라도 받아뒀으면 좋았을 거라는 생각이 들었다.

아무래도 지금의 나는 '무언가를 지키는 일을 하고 싶다' 같은 좋다 싫다, 라고 해야 할지, 좋아하는 일을 선택할 입장이 더는 아닌 듯했다. 취사선택 같은 복에 겨운 소리를 하지 않으면 일을 할 만한 곳은 얼마든지 있다, 라는 냉혹한 말을 드디어 듣는 처지가 된 것인가.

직업 선택의 자유를 방기放棄하는 것은 자신의 인생을 궁색하게 만들 뿐만 아니라, 사회 전체를 궁색하게 만드는 것이기도 하니, 그런 궁지에 굴복해서는 안 되었지만, 그래도 이대로는 직장의 좋다 싫다의 문제가 아니라, 음식의 좋다 싫다조차 말할 수 없는 상황까지 내몰리고 만다.

어린아이와는 달리 성인인 나는 더 이상 성장할 일이 없겠지만, 어떤 일을 하든지 몸이 자본이니 영양의 균형을 고려해야만 한다. 무직 상태가 너무 오래 계속되면 사람은 일하는 법을 잊어버린다는 말도 있으니….

그래서 나는 근무하던 경비회사와 경쟁하는 동종 타사뿐만 아니라, 결국 다른 직업에 대해서도 조사해 보기 시작했다. 경찰관이나 소방관의 경력자 채용 등, 그나마 분야가 비슷한 일을 선택하려고 하는 것을 보면, 아직 다 털어 내지 못했다는 지적을 받아도 어쩔 수 없었지만, 아무튼 그런 때였다.

내 휴대전화의 벨소리가 울린 것이다.

"…여보세요."

표시된 번호는 내 연락처에 등록되지 않은 새로운 번호였기 때문에, 전화를 받을 때 조금 주저했지만, 지금은 취업활동 중… 재취업활동 중인 몸이라 이런 때에 조심만 하고 있을 수는 없었다.

　서류 발표나 면접의 결과를 알려 주는 전화일지도 모른다는 점을 생각하면, 어떤 전화도 소홀히 할 수 없다. 모르는 번호나 발신자 제한 번호도 무시할 수는 없는 것이다.

　지니고 있어야 할 방범 의식에서는 꽤 먼 경지였지만, 한편으로 이 전화에는 내가 지닌 경계심이 그렇게까지 강하게 발동되지 않았던 것도 사실이다.

　그 이유는 단순한데, 표시된 번호가 어쩐지 본 적이 있었기 때문이다. 엄밀하게 말하면 '본 적이 있는 것 같은 느낌이 든다' 정도 수준으로, 실로 의지할 만한 감각은 아니었지만.

　휴대전화의 연락처라면 저장되어 있는 번호와 저장되어 있지 않은 번호가 확실히 구분되겠지만, 사람의 기억이라는 것은 불가사의한 것이다. 저장─번호 그 자체를 기억하진 못해도, '예전에 외웠던 적이 있다'는 사실은 의외로 기억하고 있기도 하니까.

　물론 쿄코 씨처럼 완벽하고 깔끔하게 잊어버리는 사람도 있긴 하지만, 그건 희귀한 케이스이고… 알고 있다.

　나는 이 번호를 알고 있다.

　그 정도로 불확실하고 기억의 금선琴線에 걸려 있는 번호. 걸려 있다는 표현이 그야말로 딱 어울릴 만큼, 희미한 기억이었다.

　어디에서 본 번호일까. 봤다고 한다면 어디에서 봤을까. 090이나 080이 아니니, 휴대전화 번호는 아닌 듯하지만, 이 국번은 어디 근처의 지역번호였더라?

그런 생각을 하면서 나는 전화를 받았는데,

[으음. 그때의 애송이인가.]

라는 상대측의 대답을 듣고, 순식간에 상대가 누구인지를 이해했다.

이런 것도 인간이 지닌 기억력의 신기한 점이다.

반대로 말하면, 이런 뜻밖의 계기를 통해 갑자기 기억이 선명하게 연결되기도 하니, 그렇다, 어제까지의 기억이 완벽하게 소거되는 망각 탐정인 쿄코 씨가 선호되는 이유를 알겠다. 아무튼 나는 확인하는 의미도 포함해,

"와, 와쿠이 씨이신가요?"

하고 대답했다.

[그래, 와쿠이 카즈히사和久井和久다.]

그렇게, 전화를 건 상대는 자신의 이름을 밝혔다.

그렇다, 미술관에서 날뛰어 나를 퇴직으로 내몬 그 노인이다. 기력이 정정하다기보다는 횡포 그 자체였던 모습이 선명하게 기억에 떠오를 듯했다.

하지만 그때 그 노인은 와쿠이라는 자신의 성만 밝혔었다. 풀네임은 내가 쿄코 씨의 추리를 들은 뒤에 그것을 뒷받침할 만한 근거를 확인했을 때 알게 된 것이었다.

아무래도 내 공부가 부족했을 뿐, '액자장'이라는 직업 자체는

예부터 있는 전통적인 직업인 듯했다. 그리고 그 직업에 대해 조사하는 사이에, 일부러 알아볼 필요도 없이 와쿠이 옹의 이름을 마주했다.

업계에서는 '선인仙人'이라고 불리는 중진 중의 중진.

회화에 더 이상 없을 만큼 딱 맞는 액자를 마련해 주는 업계 최고 수준의 '액자장'으로 알려져 있으며, 그가 액자를 만들어 줬으면 하고 바라는 화가가 무수히 많다고 한다. 아하, 그렇다면 일개 미술관이 거스를 수 있을 리가 없었다. 은폐공작을 위해 동분서주할 수밖에.

예술가로서의 중진이 아니라, 직인職人으로서의 중진. 아니, 그가 만드는 액자는 이미 예술의 경지에 달했다는 목소리도 적지 않다고 한다.

즉, 나는 그때 엄청난 거물의 겨드랑이 사이로 팔을 넣어 붙잡고 있던 셈이 된다. 지켜야 할 대상을 침범하려 한다면 상대가 어떠한 중요 인물이든지 관계없다는 것이 경호의 본질이고, 적어도 명분이라고는 하지만 말이다.

…그런데 왜 그 와쿠이 옹이 내 핫라인으로 전화를 한 거지? 연락처를 교환한 기억은 없는데.

[마모루.]

하고, 내 혼란은 상관하지도 않고, 와쿠이 옹은 친근하다기보다는 위엄을 담아 내 이름을 부르더니 물었다.

[요즘 어떻게 지내지? 식재*한가?]

"아, 그게…."

묻고 있는 것 자체는 젊은 사람이 친구에게 묻는 듯한 내용이다. 겉보기에는 일흔을 가볍게 넘은 노인인 듯했는데, 의외라고 하면 실례가 될지 몰라도 감성은 젊은 편일지도 모른다.

적어도 기질은 젊다….

"뭐 하고 지내냐는 질문을 하시는 거라면, 특별히 아무것도 안 하고 있는데요…."

[음, 안 되지, 그럼 안 되지. 한창때의 젊은이가 대낮부터 일도 안 하고 빈둥대다니, 당치도 않은 일이야.]

빈둥댄다고 말한 적은 없고, 내가 지금 누구 때문에 당치도 않게 된 건지 말해 주고 싶어졌다.

식재息災 부분에 대해 대답하자면, 심한 재난災難을 당한 것은 아직 웃으며 이야기할 수 있을 만큼 옛날의 일이 아니었다.

악마가 내뿜은 재앙의 숨결이 불어닥쳤다는 의미에서는 그야말로 식재息災다. 호흡도 하지 못할 정도로 괴롭다. 생각해 보면 '식息'이라는 말 자체에 부정적인 의미가 있는 숙어는 이 외엔 그다지 없을 거란 생각이 들었다.

그 그림이 파괴되는 것을 막지 못했다는 자책으로 인해 나는

※식재(息災) : 불력으로 온갖 재해나 고난을 없애는 것. 일본어에서는 건강함, 무사함 등의 의미로도 사용된다.

148

복직을 원하지 않았지만, 그렇다고는 해도 그 원인을 만든 장본인에게 직접 그런 말을 듣고 그냥 흘려버릴 수 있을 만큼 완성된 인간은 아니다. 게다가, 그때는 쿄코 씨의 앞이라 멋을 부린 측면도 다분히 있었다. 나는 하마터면 거칠게 소리를 칠 뻔했지만, 그것을 재빨리 제지하듯이,

[알고 있네, 알고 있어.]

하고 노인은 웃음이 섞인 목소리로 말했다.

[애송이, 자네는 나 때문에 경비회사에서 잘렸다고 들었네. 미안하군, 미안해.]

"……."

그렇게 허무하게 사과하면 어이가 없다고 해야 할지, 맥이 쭉 빠진다고 해야 할지, 오히려 불에 기름이 끼얹어진 듯한 기분이 되었다. 말 그대로 '미안'하다고 끝나는 문제가 아니다.

[아무튼, 시키하라 그 바보에게는 엄하게 말해 두었으니, 용서해 주게. 예술을 이해하지 못하는 바보는 어떤 시대에도, 어느 세대에도 있는 법이지. 오히려 그런 녀석이 있기에 예술은 가치를 더하는 것일지도 몰라. 하나의 파이를 가지고 경쟁하는 사람은 당연히 적은 편이 좋지.]

"네…."

게다가 간신히 책임을 인정하는 듯한 말을 하면서도, 결국 미술관 관장님인 시키하라 씨의 탓인 것처럼 되었다. 기가 막힌다

고 해야 할지, 화내는 것이 바보 같다는 생각이 들 정도의 책임 전가라는 생각이 들었다. 물론 애초의 원인이 멋대로 액자를 바꿔 끼운 미술관에 있는 것도 사실이긴 하지만.

그때 나는 번뜩였다.

쿄코 씨처럼 모든 가능성을 생각해 추리를 한 것은 아니고, 고찰이 매우 부족한 번뜩임이었지만 직감적으로,

"제 연락처는 시키하라 관장님에게 물어보신 건가요?"

하고, 생각이 떠오른 것이다.

경비회사를 통해 알게 됐을 확률도 있지만, 그 회사에게 미술 관이란 어디까지나 일개 담당 구역일 뿐이라 와쿠이 옹의 영향력(또는 압력)이 직접적으로 통할 거라고 생각하긴 어려웠다. 전前 사원의 개인정보를 누출할 거라고는 생각할 수 없다. 하지만 미술관에는 유사시를 대비해 경비원에게 직접 연락할 수 있는 연락처가 등록되어 있을 테니, 그렇다면 그것을 물어보는 것은 와쿠이 옹에게 있어 어려운 일은 아니었을 것이다.

[아, 그래. 그게 어쨌단 거지?]

전혀 기가 죽는 법 없이 유들유들하게 노인은 대답했다. 이 정도로 뻔뻔스러우면 인생은 편하겠다고 생각하는 한편, 이 뻔뻔함을 유지하기 위해 대체 얼마나 많은 사람과 일상적으로 충돌해야 할지 상상하니, 부럽지는 않았다.

나는 "그게 어쨌다고 할 건 없지만요." 하고 얼버무리고,

"무슨 용건이신가요?"

하고 이야기를 진행시켰다.

뭐랄까, 번호를 조사해서 전화를 걸 정도니, 평범하게 생각해 보면 냉정하게 그 폭거를 되돌아보고 반성한 노인이 나에게 사과할 마음이 들었다고 추리를 하는 것이 마땅하지만, 지금까지의 대화를 돌아보는 한 그것은(그것만은) 아니라는 것이 확실했다.

이 사람은 절대 반성하지 않겠지.

그건 틀림없이 어떤 종류의 신념마저 느껴지는 완고함으로, 중진이라 더욱 심해져 그런 성격이 되었다기보다는 그런 완고함이 있었기에 중진까지 올라갈 수 있었다고 보는 것이 올바를 듯했다.

[용건? 아, 있지, 있고말고. 용건도 없이 자네 같은 애송이에게 전화를 걸 리가 없지 않은가. 나는 바쁜 몸이거든.]

"네…."

[마모루 자네, 내 쪽에서 일하지 않겠나?]

노인의 고압적인 자세에 진절머리가 난 나였지만, 그 말을 듣고 순식간에 눈이 뜨였다. 뭐?

[거절하지 말게. 어차피 한가하지 않은가?]

"하, 한가하긴 하지만요…."

반사적으로 그렇게 대답했지만, 엄밀하게 말하면 한가하진 않았다.

취업활동 스케줄은 하루 단위가 아니라, 이제는 이미 시간 단위로 짜여 있었다. 오늘도 이제부터 구직을 위해 나가 볼 예정이었다.

내가 계속해서 그렇게 말하자, [그렇다면 오히려 딱 좋군. 내가 고용해 준다는 것이니까.] 하고 와쿠이 옹이 의기양양하게 말했다.

자신의 선견지명을 자랑하는 것인 듯했지만, 나를 실직시킨 사람이 다름 아닌 자신이니 무엇 하나 자랑할 수 있을 리가 없을 텐데. 설마 자신의 죗값을 치르기 위해 나를 고용해 주겠다고 하는 것은 아닐 테지. 애초에 고용을 한다니, 나에게 무엇을 시킬 생각일까?

만약 내가 그 그림에 그려져 있는 것을 '지구'라고 간파한 것을 높이 평가하여 미술계로 불러들이려 하는 것이라면, 그건 과대평가도 그런 과대평가가 없다. 그건 완전히 들은 말을 그대로 한 것뿐이니까.

[하. 아니네, 아니야. 뭘 착각하는 겐가. 자네 같은 제자를 둘리가 있나.]

노인은 소리를 내며 크게 웃었다. 나야말로 와쿠이 옹 같은 스승은 두고 싶지 않았지만, 그렇다면 나에게 무엇을 시킬 작정일까.

[뻔하지 않나. 자네는 경비원 아닌가? 그렇다면 경비 외에 또 뭐가 있을까.]

강력한 말이었다. 특히, 다른 직종도 시야에 넣고 취업활동을 시작하려고 했던 입장에서는 귀가 아픈 말이었다. 적어도 지금은 이미 퇴직했으니 경비원이 아니라고는 주장할 수 없었다.

"경비… 말인가요?"

[음, 그렇다네. 어서 받아들이게.]

정말 성급하게도, 얼른 승낙하라는 듯이 말하는 와쿠이 옹이었지만, 아무리 그래도 전모를 파악하기가 너무 어려웠다. 경비라는 말에만 이끌려서 고개를 끄덕이기에는 아직 정보가 부족하다.

"정식적인 일이라면 제대로 회사에 부탁하는 편이 좋을 거라 생각하는데요…."

[흥. 조직 따위를 신용할까 보냐.]

내뱉듯이 노인은 그렇게 말했다.

강렬한 편견이 뒤섞인 말이었지만, 실제로 미술관이라는 조직에게 얼마 전 막 배신을 당한 참인 와쿠이 옹이 하는 말이라 순간적으로 반론을 할 수 없었다. 물론 나도 나를 고용했던 조직에게 버려진 몸이니, 동조는 하지 않더라도 공감하는 부분은 있었다.

[나는 뭐든 자신의 눈으로 보고 판단하지. 그런 내가 좋다고

판단했으니 영광으로 알게.]

"아, 네…."

역시 지구 그림을 간파한 것을 평가한 것인가? 아니면 그 후에 그림 가격을 감정한 것에 대해 말을 하고 있는 것일지도 모른다. 그건 들은 것을 그대로 말한 것은 아니지만 궁여지책이라는 것을 부정할 수 없으니, 역시 그런 점을 평가해 준다고 해도 우연이나 요행을 평가받았을 때와 기분은 큰 차이가 없었다.

"그런데, 그…. 저는 어떤 그림을 지키면 되나요?"

받아들일지 어떨지는 차치하고 그건 물어봐 두고 싶었다. 그걸 물어보지 않고는 판단을 할 수 없다. 아니, 이건 굳이 따지자면 거절하기 위해 묻는 측면이 강했다.

노인은 조직을 비판했지만, 개인이 지킬 수 있는 것이라고 해봐야 수준이 어떨지는 딱 견적이 나온다.

결국 폭력에 대항할 수 있는 것은 한 명의 히어로가 아니라, 집단의 조직력이었다.

경호하는 일이라고 하면, 현재 무직이라는 것을 감안하지 않더라도 본능적으로 얼른 받아들일 것만 같았지만, 할 수 없는 일을 할 수 없다고 하는 것도 역시 일의 일부이다.

[누가 그림을 지키는 일이라고 했나?]

하고 말하는 와쿠이 옹.

[나는 화가가 아니네만. 몰랐나?]

"아, 아니요…. 물론 알고 있습니다. 저… 액자장, 이시죠?"

불과 얼마 전까지는 몰랐지만…. 아무튼 확실히 지키는 것을 '그림'이라고 단정 지은 것은 성급했다.

그렇다면 지켜야 하는 것은, 액자?

[아, 그런 거지. 하지만 아직 존재하지 않아. 이제부터 만들 거니까.]

"이제부터 만드는… 액자 말씀인가요?"

잘 이해가 되지 않은 상태로 나는 상대의 말을 되뇌었다.

[드디어 나도 생애의 집대성이 될 만한 일을 시작할까 해서 말이네. 그 일이 마무리될 때까지 방해꾼이 접근하지 못하도록 작업장을 지켜 줬으면 해.]

"……."

생애의 집대성이란 말이 노인의 입에서 나오자, 젊은이는 마른침을 삼켰다. 그것은 사실상 인생 최후의 일이라는 의미와 같을 터. 나 같은 20대에게는 너무 무거운 말이었다. 자신 때문에 내가 잘렸는데도 전혀 무겁게 받아들이지 않는 와쿠이 옹이었지만, 그런가, 와쿠이 옹의 입장에서 보면 나 같은 사람은 아직 얼마든지 다시 시작할 수 있는 나이로 보이는 건지도 모른다.

그리고 그 길에서 오래 살아온 노인에게 있어 직업이란 내가 생각하는 것보다 훨씬 깊은 의미를 지니고 있는 듯했다….

그림을 지키는 것도, 액자를 지키는 것도, 작업장을 지키는 것도, 개인이 맡기에는 어려운 일이라는 점에서는 큰 차이가 없어 보이는데… 하지만 이렇게 되니, 이 시점에 제안을 거절하는 것은 어렵게 느껴졌다.

적어도 전화로는 거절하기가 힘들다….

게다가 솔직히 말해 단순한 흥미도 있었다.

명탐정이 감정하길, 2백만 엔의 그림을 2억 엔까지 솟구치게 할 정도의 액자를 만든 장인이 인생의 집대성으로서 하게 될 일이란 어떤 것일까.

회화의 세계에는 밝지 못하다고는 해도, 한때 미술관에서 근무한 인간으로서 호기심을 억누를 수 없었다.

나는 받아들일지 어떨지를 현시점에서 판단하긴 어렵지만, 더 자세한 이야기를 듣고 싶다는 취지의 말을 가능한 한 에둘러 표현했다. 최종적으로는 거절할 공산이 컸기 때문에 너무 기대감을 불러일으키는 말을 해서는 안 된다고 하는 내 나름의 배려였지만,

[오오! 그런가, 그런가!]

하고 노인은 천진난만하게 기뻐했다.

노인이라고 해야 할지, 그 행동은 마치 어린아이 같았다.

[그렇다면 나머진 만나서 얘기하세. 실제로 지켜 줬으면 하는 작업장을 보지 않고서는 이야기가 안 되지. 뭐 그렇게 호들갑스럽게 생각할 것은 없네. 이 일로 자네의 인생을 결정지으라고

말할 생각은 없으니… 일시적인 아르바이트 같은 것이라고 생각하게.]

"아르바이트… 말인가요?"

[그래. 물론 임금은 훌쩍 오를걸세. 자네가 그 미술관에서 일할 때의 두 배를 주지. 고용 기간은 기껏해야 수개월, 길어도 반 년 정도… 자네 같은 젊은이에게는 별것 아닌 기간 아닌가.]

하고 말하는 와쿠이 옹.

[하지만 나 같은 노인에게 있어서는 문자 그대로 목숨이 깎여 나가는 시간일세.]

만에 하나의 일이 없도록, 만전을 다해 지켜 줘야지, 하고 와쿠이 옹이 말했다.

"…어디로 가면 되죠?"

나는 물었다. 오늘의 스케줄은 이제 변경할 수밖에 없었다.

두 배의 임금라는 말에는 솔직히 노동자로서 이끌리긴 했지만, 노인의 '시간'을 지키는 일은 그에 충분히 필적할 만한 내용일 것이다. 역시, 흔쾌히 승낙할 수는 없었다.

직접 만나고, 역시 거절하게 될 경우엔 조직을 싫어하는 노인이긴 하지만 내가 원래 일했던 경비회사를 소개해 주자고, 그런 생각을 했다. 나를 해고한 '조직'이긴 하지만 신뢰할 수 있는 상사나 상담할 수 있는 동료가 한 명도 없었던 것은 아니다.

[아틀리에장茀이네. 아틀리에장으로 오게.]

"아틀리에장…?"

[그래. 그게 나의 작업장이네.]

시종일관 큰 목소리로 항상 화를 내듯이 말했던 와쿠이 옹이 그곳만큼은 조용히, 그리고 감개무량하다는 듯이 말했다.

[그리고 내가 죽게 될 장소이기도 하지.]

3

아틀리에장.

그렇게 표현을 해서 그만 이미지에 이끌려 2층짜리 목조 다세대 같은 것을 상상했는데, 전해 들은 주소로 가 보니, 그곳에 서 있는 것은… 우뚝 솟아 있는 것은 초고층 아파트였다.

뭐가 '장莊'이냐고 말하고 싶었다.

메종이라든가 샤틀레처럼 더 세련된 외국어로 이름을 붙여야 할 건물이라, 그 네이밍은 어딘가 해학적인 취미라고 하기보다 그냥 악취미 같다는 생각이 들었다.

"오오, 잘 왔네. 마모루, 이쪽이네, 이쪽. 뭘 멍하니 있는 겐가."

동棟이 아닌 탑塔을 올려다보며 내가 머뭇거리고 있자, 오토 록인 자동문을 열고 와쿠이 옹이 안에서 밖으로 나왔다. 아무래 도 주소를 잘못 찾아온 것은 아닌 모양이었다.

하지만 완벽한 근대 서양풍으로 건축된 아파트에서 나온 노인은 사무에* 차림으로, 그쪽은 그쪽대로 미스매치였다. 머리에는 반다나, 아니, 수건을 두르고 있어, 그 모습은 마치 옛날의 직인職人 같은 풍모였다.

미술관에 왔을 때의 하카마 차림은 아무래도 정장인 듯했다. 하지만 평상복, 또는 작업복이라고 생각되는 사무에야말로 노인과 무척 잘 어울렸다.

회화의 액자를 옷으로 비유한다면, 그 모습은 와쿠이 옹에게 있어 더 어울리는 액자라 할 수 있을 듯했다. 자초지종을 생각하면 당연한 것인지도 모르지만, 미술관에서 만났을 때보다 한층 인상이 좋았다.

그때 와쿠이 옹이 노발대발했던 것도 이유이겠지만, 지금 나를 환영해 주는 그의 구김 없는 미소도 또 사람이 좋아 보여, 무심코 와쿠이 옹 탓에 퇴직으로 내몰렸다는 사실을 깜박 잊을 뻔했다.

분위기에 휩쓸려, 그리고 감정에 휩쓸려 오퍼를 선뜻 승낙하지 않도록 주의해야겠어…. 나는 정신을 다잡고,

"여기가 와쿠이 씨가 말한 작업장인가요?"

하고 노인에게 물었다.

"그래, 그렇다네. 아주 멋지지?"

※사무에(作務衣) : 일본 승려들이 일할 때 입는 승복.

"네… 압권이네요. 그런데 와쿠이 씨, 이걸 개인이 지키는 것은 아무리 그래도 좀 무리가 있다고 해야 할지…."

"괜찮네, 괜찮아. 이 아파트 전체를 경호해 달라고 하는 게 아니니까."

"네. 그거야 그렇겠지만, 아무래도…."

"괜찮네, 괜찮아. 자세한 이야기는 나중에 하지. 아무튼 들어오게. 차 정도는 대접해 줄 테니까."

노인은 그렇게 말하며 억지로 나를 아파트의 현관으로 밀어넣었다. 오토 록인 자동문은 비접촉형 카드키로 해제되었다.

보니 천장 구석에는 돔 형태의 감시 카메라가 있어, 사람들의 출입을 지켜보고 있다. 이렇게 보는 한 딱히 시큐리티가 느슨한 아파트처럼 보이진 않는데… 하는 등, 경비원 시절의 습관으로 그런 체크를 하면서 엘리베이터 홀에 도착했다.

와쿠이 옹이 버튼을 누르자 엘리베이터는 곧장 도착했다. 어? 하고 생각한 이유는 와쿠이 옹이 아래로 가는 버튼을 누른 것 때문이었다.

"내 아틀리에는 지하에 있네."

내 의문을 눈치챈 것은 아닐 텐데도 와쿠이 옹은 그렇게 말하더니 안에 올라탔고, 나도 그 뒤를 따랐다.

업무용이라는 생각이 들 정도로 엘리베이터 안은 넓었다. 꾹꾹 우겨 넣으면 20명까지도 탈 수 있을 듯했다.

'B1' 버튼을 누르는 와쿠이 옹.

밖에서는 셀 수 없이 많은 층이 있을 것 같은 초고층 아파트였지만, 엘리베이터 안에 갇혀 보니, 세로로 늘어서 있는 버튼을 보고 층수를 바로 알 수 있었다. 32층 플러스 지하 1층.

새삼 아틀리에장이라는 이름과는 상반되는 건물이라고 생각했다. 아니, 어디까지나 현재 상반되는 것은 '장莊'이라는 문자 하나뿐으로, '아틀리에'에 대해서는 아직 뭔가를 말할 수 있는 단계가 아니다.

실제로 멈춘 엘리베이터에서 내려 그 앞의 문을 열자, 그곳에는 그야말로 '아틀리에'가 있었다.

밖에서 본 아파트의 모습과는 다른 세계 같은 공작工作의 장場이 내 눈앞에 펼쳐져 있었다. 널찍하고 거대한 방의 벽 한편에 다양한 도구와 소재가 가득 늘어서 있는 모습이 보였다.

벽에 붙어 늘어서 있는 스틸 선반에는 다양한 자료와 바인더, 방의 중앙에는 거대한 작업 책상이 두 개, 그 위에는 제도製圖를 위한 화구畵具, 각종 문방구… 배척, 펜치, 본 적 없는 형태의 줄, 그리고 바이스…. 굳이 따지자면 학창시절 기술실의 분위기와 비슷했지만, 실제로는 그보다 몇 십 배나 수준이 높은 도구가 갖춰져 있을 것이란 생각이 들었다.

인상적이었던 것은 입구 바로 오른쪽에 있는 거대한 실톱이 설치된 작업대였다. 목재를 절단하기 위한 도구이겠지만, 금속

마저도 두 동강 낼 수 있지 않을까 할 정도로 유달리 박력이 있
었다.

그야말로 아틀리에였다. 이곳에 오니 아틀리에라는 말이 가
슴에 확 와 닿았다. 하지만 만약 와쿠이 옹의 직업을 모른 채 이
방을 봤다면, 이곳이 무엇을 만드는 방이었는지 몰랐을 게 분명
하다. 설령 방 이곳저곳에 아무렇게나 굴러다니는 여러 액자를
봤다고 하더라도.

"…이곳이 와쿠이 씨의 작업장인가요?"

"아아, 그래. 굉장하지? 원래는 자네 같은 초심자가 들어올 만
한 곳이 못 돼."

라고 기분 좋은 듯 말하는 와쿠이 옹.

하지만 초심자라는 말을 들어도 별로 화가 나지 않았다. 나는
확실히 초심자이고, 이런, 누가 봐도 직인의 작업장인 곳에 초
심자가 발을 들여도 좋은지 어떤지 스스로도 의문이었다. 성역
이라고 하면 너무 호들갑스럽지만, 아무런 이해가 없는 사람이
초대를 받았다고 해서 순순히 와도 좋은 장소가 아니라는 생각
도 들었다. 압도되는 한편으로 마음속 어딘가에서는 '하지만 뒤
죽박죽 어질러져 있어, 어수선하네. 더 효율적으로 정리정돈을
할 수도 있을 텐데' 같은 생각을 하는 자신도 있었다. 그건 풍류
가 없다고도, 모독적이라고도 느껴졌다. 한마디로 이 아틀리에
를 그대로 받아들일 만한 도량이 나에게는 결여되어 있었다.

하지만 노인 쪽은 나의 그러한 내적인 갈등을 고려해 줄 생각
은 없는 듯,

"자, 앉게."

하고 의자를 권유했다. 아니, 의자는 아니고 뭐에 쓰는지 알
기 힘든 세월의 흔적이 느껴지는 목제 상자였다. 내 체격과 체
중을 포함해 생각하면 앉는 순간에 부서지지 않을까 하는 염려
도 되었지만, 그건 아무래도 기우였던 듯하다. 겉보기보다는 튼
튼한 상자인 모양이었으니까. 어쨌든 와쿠이 옹 본인도 비슷한
상자에 앉아 있는 이상, 불만을 말할 수도 없었다.

차 정도는 대접해 준다는 말도 그냥 빈말은 아니었던 듯, 실
제로 와쿠이 옹은 생활공간이라고 생각되는 안쪽 방에서 찻잔을
두 개 가져와 작업 책상 위에 올려 두었다.

하지만 그 안에 들어 있는 액체는 검은 것이 아무래도 커피인
듯했다. 커피를 즐겨 마신 쿄코 씨를 떠올리면서 나는 그것을
"잘 먹겠습니다." 하고 말하고 입에 머금었다.

꿈의 나라라고 하기에는 실제적인 방이었지만, 어딘가 속세를
떠나 있다고 해야 할지, 그 분위기를 접하니 의식이 멍해져서 카
페인을 마시고 의식을 다잡고 싶었다.

내어 준 뜨거운 커피를 마시고 조금 냉정을 되찾고 보니, 현실
적인 것들이 신경 쓰이기 시작했다.

"…이렇게 아파트의 지하를 개조해도 뭐라고 하는 사람이 없

나요? 오너의 허가는 받으신 거죠?"

"내가 오너네."

내 의문에 노인은 담백하게 대답했다.

"이른바, 건물주이지."

"……."

그 대답을 듣고 깜짝 놀랐지만, 말을 듣고 보니 그 업무용 같은 엘리베이터도 납득이 되었다. 그 정도의 용적容積이 아니면 커다란 작품은 옮길 수 없겠지. 그렇다 하더라고 세입자 입장이라면 실내는 몰라도 엘리베이터라는 공용부분까지는 개조할 수 없다.

설계 단계에서부터 관여하지 않으면… 하지만 그렇다고는 해도 이런 초고층 아파트를 단 한 명의 노인이 소유하고 있다니, 그런 일이 가능한 건가? 이런 규모의 집합 주택은 부동산 회사가 관리하는 게 보통 아닌지….

아니, 그래도 조사해 본 바로 일류 액자장의 벌이는 천문학적인 숫자라고 한다. 모든 그림의 가치를 100배로 만들 수는 없을 테지만, 그런 연금술사 같은 실력을 지니고 있으면 이 정도 규모의 아파트를 지을 수 있는 건가….

그럼 '아틀리에장'은 이 노인이 지은 이름인 건가? 쓸데없는 말을 하지 않길 잘 했다.

아무튼 자신과는 너무나도 다른 세상의 이야기에 내가 제대로

반응을 보이지 못하자,

"물론 건물주라고는 해도 임대 수입은 없네만."

하고 와쿠이 옹이 말을 이었다.

"임대 수입이 없다고요…? 무슨 말씀이시죠?"

액자장이라는 직업의 이미지와는 상당히 멀리 떨어진 아파트 경영이라는 실제적인 일을 이 노인이 하고 있는 이유는, 이른바 세금 대책을 위한 부업이라고 생각했는데….

"이건 도락道樂 같은 것이니까… 그런 점도 차차 설명하지."

와쿠이 옹은 얼버무리듯이 말했다. 그리고,

"내가 경호해 주길 바라는 곳은 이 지하실일세."

하고 본론을 꺼냈다.

그렇다, 나는 군이 액자 제작 현장을 견학하러 온 것은 아니다. 양복은 입고 있지 않았지만, 이른바 면접을 위해 온 것이다.

"전화로 말한 대로 나는 이제부터 액자쟁이로서 더 큰 일에 착수하려고 하는데… 그 사이에 방해가 들어오지 않도록 해 주었으면 하네."

"방해… 라는 말씀은?"

"응?"

"아니, 그러니까, 구체적으로 어떤 위협이 있을지도 모른다고 생각하시는 건가요…? 예를 들어 일하는 중에 도난을 당할 우려가 있다고 말씀하시는 건가요?"

그런 질문을 했다.

왜냐하면 아파트에 들어와 이 방에 올 때까지, 일단 시큐리티는 잘 갖춰져 있는 듯 보였기 때문이다. 그 이상의 것을 바란다면 뭔가 구체적인 이유가 있을 것이란 생각이 들었다.

"아니면 와쿠이 씨의 집대성이 될 일을 방해하려 하는 구체적인 인물이 떠오른다든가… 협박장이 도착했다든가요."

"협박장? 하하하, 그건 뭔가. 상상력이 풍부하군. 자네, 의외로 화가가 어울릴지도 모르겠어."

놀리는 듯한 말을 듣고 말았다. 협박장 운운은 역시 너무 이매지네이션이 지나쳤을지 모르지만. 와쿠이 옹 정도의 대가─이런 큰 건물인 대가大家의 주인으로서가 아닌 장인으로서 대가大家가 인생 최대(그리고 인생 최후)의 일을 하려고 하니, 문외한인 나는 느낌이 확 오진 않지만, 당연히 업계 내에서는 상당한 대사건일 게 분명했다.

그로 인해 손해를 보는 자도, 이득을 보는 자도 있을 테니, 그렇다면 불온한 움직임도 일어나지 않을 것이란 보장은 없는 게 아닐지….

"어디까지나 조심하는 것이야… 만전을 기하는 것뿐이지. 짚이는 곳이 있는 것은 아니네."

와쿠이 옹은 그렇게 말했다.

그 진의는 알 수 없었다.

진짜 사실을 말한 것인지, 그렇지 않은 것인지, 판단할 수 없었다.

그렇다고 와쿠이 옹이 의심스럽다는 것은 아니었다. 물론 솔직 정직할 것 같은 노인으로는 보이지 않았지만, '의뢰인은 거짓말을 한다'라는 말은 탐정만의 철칙이 아닌 것이다.

경호를 희망하는 사람에게는 희망하는 만큼의 이유가 있는 법. 더 만전을 기하고 싶다는 이유도 충분하다고 하면 충분하지만.

"임금과 고용 기간은 이미 말한 대로네…. 자네가 그 미술관에서 일할 때의 두 배를 주지. 아르바이트로서는 파격적이니 불만은 없을걸세."

"자, 잠깐만 기다려 주세요."

"뭐야, 두 배로도 불만인가?"

성급하게 일을 진행시키려 하는 노인을 일단 나는 제지했다. 이런 일이 어물어물 결정되어서는 곤란하다.

"그럼 세 배를 원하나? 욕심 많은 녀석이군. 젊을 때 너무 돈을 밝히면 제대로 된 어른이 못 되네, 애송이."

"아니요. 액수에 대해 뭐라 운운한 것은 아니고요…."

돈다발로 얼굴을 때리는 듯한 짓을 해 놓고, 용케도 설교 같은 말을 다 한다.

그건 그렇다 해도, 세 배라니….

하지만 이런 아파트를 경영하고 있다면, 그 정도의 임대 수입은 있을지도 모른다.

"임대 수입은 없다고 했지 않나. 이 아틀리에장은 내 도락…… 아니지, 도락 반, 봉사정신 반이라고 해야 할까."

"봉사정신?"

그게 뭐야.

이 노인과는 꽤나 어울리지 않는 말이 등장했는데, 볼런티어로 아파트를 경영한다는 말인가?

"살 장소가 없어 곤란해하는 사람에게 무료로 방을 빌려주고 있다…… 그런 말씀이신가요?"

임시 대피소나 셸터라고 생각하면, 이 초고층 아파트는 너무 호화스러웠다. 물론 호화스러우니 좋지 않다는 것은 아니지만, 볼런티어로서는 너무 비효율적이었다. 시설의 그레이드를 조정하면 더 많은 인원을 도울 수 있을 테니까. 하지만 그것도 역시 볼런티어인데 효율을 생각하다니 괘씸하다고 하자면 그 말대로이긴 하다.

하지만 나는 근본적인 착각을 한 모양으로, 노인은 "하하하." 하고 나의 몰이해를 웃어넘겼다.

"내가 그렇게 수승한* 사람으로 보이나?"

※수승한 : 수승(殊勝)하다. 불교용어로 어떤 일에 있어 세상을 놀라게 하며 즐길 정도로 뛰어난 것.

"그거야 보이지는 않… 보이는지 안 보이는지야 어쨌든, 그렇다면 봉사정신이라는 것은 무슨 의미인가요?"

"액자쟁이라는 직업은 화가가 없으면 성립되지 않는 법이지."

와쿠이 옹이 갑자기 그야말로 수상한 분야의 말을 꺼내서, 나는 무슨 일인가 하고 몸을 움츠렸다. 내 질문에 대한 답이 전혀 아닌 것 같았지만, 그 말투에는 이쪽이 뭐라 끼어들 여지가 없었다.

"지금이야 나도 일류라고 사람들이 떠받들어 주지만, 신출내기 시절에는 정말 고생을 많이 했네… 늙은이의 고생담 따위, 젊은이는 흥미가 없을지 모르지만 말이야."

슬쩍 이쪽의 반응을 살피는 듯한 와쿠이 옹. 살핀다고 하기보다는 노골적으로 떠보고 있는 것 같았다.

이런 때에 적절한 맞장구가 무엇인지 정답은 알 수 없었지만, 아무튼 여기서는 "아니요, 꼭 듣고 싶습니다."라고 말할 수밖에 없었다.

뭔가 수렁에, 또는 개미지옥에 끌려들어 가는 기분이 들었지만.

"내가 이렇게 뜻대로 일을 할 수 있게 된 것은 화가의 존재가 있었기 때문일세. 그래서, 나는 10년 정도 전부터였던가, 남은 인생도 길지 않겠다는 자각이 들어서, 녀석들에게 보답하기로 생각한 거지. 미래가 있는 녀석들이다."

"미래가 있는…."

"화가도 역시 독립해서 먹고살기에는 원체 어려운 직업이라 말이야. 모아 놓은 돈이 없이 그 길에서 좌절하는 재능 있는 젊은이를 나는 수없이 봐 왔네. 개화하지 않은 재능은 비극이고, 또 재능이 있으면서 그것을 살리지 않는 것은 비난받아야 할 범죄지."

"……."

말이 강하다. 그리고 냉정하다.

오히려 요즘 시류는 재능이라는 생각을 가능한 한 하지 않고 지내는 방향이 더 어울린다고 생각하는데 말이지.

그러고 보니 재능에 대한 엄격한 의견을 그 외에도 들어 본 적이 있다. 어디서 들었더라?

기억해 내려고 했지만 "그래서."라고 말하는 노인의 말에 차단되었다.

"아직 반쪽짜리라 생계를 유지하기 어려운 젊은 화가에게 주거 겸 아틀리에 스페이스를 무료로 빌려주자고 결정했지. 그리고 세운 것이 이 아틀리에장이네."

"아… 그럼."

하고 나는 바로 위를 올려다보았다. 천장을 본 것이 아니라, 더 위를 꿰뚫어 보듯이… 32층짜리 건물인, 고층 아파트.

그럼 설마, 이 탑에 사는 사람들은 전부 다.

"그래. 입주자들은 모두 화가지. 정확하게 말하면 아직 알—화가 지망생이네만."

"화가… 지망생."

그렇구나. 그렇다면 호화로운 것은 필수불가결하지 않다 하더라도, 어느 정도의 넓이는 필요할 듯하다. 주거뿐만 아니라 아틀리에 스페이스도 겸하고 있으니까.

제자를 받았다는 것과도 또 다른 듯했다.

물론 액자 만들기를 생업으로 하는 와쿠이 옹에게는 일반인과는 비교도 할 수 없을 정도의 회화에 대한 견식이 있겠지만, 본인이 그림을 그리는 것은 아니니… 그렇다면 후원자 같은 것일까?

후원자라고 하기에는 규모가 너무 큰 것도 같긴 하지만….

"꼭 그렇지도 않아. 대기업은 대체로 업무와 관계없는데도 스포츠 선수의 스폰서를 해 주고 있지 않나. 그것과 비슷한 것이야."

노인은 그렇게 말했지만, 반대로 말하면 와쿠이 옹은 대기업에 필적할 정도의 개인이라는 말이다. 그렇게 생각하니 새삼스럽지만, 나는 지금 터무니없는 거물과 마주 앉아 있다는 생각이 들어, 자세를 고쳐 앉고 싶을 정도였다. 하지만 자선사업도 아닌 것이, 대기업은 딱히 볼런티어 정신을 가지고 운동선수들을 지원하는 것이 아니다.

광고탑으로서 스타 선수를 육성하는 데에 의미가 있기에, 투자하는 셈 치고 지원을 하는 것이다. 와쿠이 옹의 아파트 경영도 그렇다면 그런 의미가 있는 걸까?

"흥. 투자라는 측면이 전혀 없지는 않겠군. 이 아틀리에장에서 독립한 화가들 중에는 일선에서 활약하는 화가도 있지. 내가 친히 액자를 만들어 준 녀석도 있고 말이야."

"그런가요…."

고개를 끄덕여는 봤지만, 투자라고 하기에는 조금 수지에 맞지 않는 감이 있었다. 화가의 육성이 뜻대로 되는 일일 리도 없으니, 그렇게 이상적인 형태로 맞물리는 것은 오히려 레어한 케이스일 게 분명했다.

단지, 이익이 나오지 않는 편이 이런 경우에는 좋은 건지도 모른다. 액자장으로서 미래가 있는 화가에게 사심 없는 투자를 하는 건 상당한 이미지업이다.

다음 일과도 연결되어 가겠지.

…솔직히 볼런티어 정신이라고만 받아들이지 못하는 이유는 역시 이 노인이 분노에 차 회화를 파괴한 장면에 함께 있었기 때문이 아닐까 한다. 화가에게 감사한 마음이 있다는 것을 거짓말이라고까지는 생각하지 않지만, 무심코 그 이외의 요소도 생각하고 만다.

그걸 빼놓고 생각해도 역시 도락이라고 하기엔, 이 정도 규모의 아파트를 무료로 빌려준다니, 상식적인 감각으로는 너무 지나치다는 생각이 들 수밖에 없다.

하지만 설령 고집 세고 완고한 자신의 이미지업을 위해 전략적으로 하는 일이라 해도, 나쁘다고는 할 수 없는 일이었다. 볼런티어가 반드시 순수한 선의에 기반해야 한다는 생각은 너무 도량이 좁아 파멸적이다.

"응? 왜 그러나? 마모루, 하고 싶은 말이라도 있는 겐가?"

"그런 것은 아니지만… 그럼, 만약 제가 이곳에 살면서 화가를 목표로 노력해 보겠다고 한다면 살게 해 주시는 건가요?"

아무리 그래도 얼굴을 맞대고 자신의 이미지 조작을 위해 하는 일이냐고 물을 수는 없어서, 나는 그런 말로 화제를 돌리려고 했다. 하지만 내 말이 노인의 역린逆鱗을 건드린 듯, 고함을 치지는 않았지만 와쿠이 옹은 냉정한 말투로,

"진심으로 하는 말이라면, 시험해 보지 못할 것은 없네. 이곳의 주민들과 어깨를 나란히 하려는 기개가 있다면 말이지."

하고 말했다.

그 박력에 나는 급히 고개를 저었다.

혼나는 것이 싫다는 것뿐만이 아니라, 너무 안이한 발언이었다고 후회하고 반성했다. 무료로 이 정도의 아파트에 살고 있는 입주자들이 짊어지고 있는 책임의 무게를 생각해 보면, 역시 단순한 지원이라고는 생각하기 힘들었다.

그리고 역시 심사 비슷한 일은 하는구나…. 희망자면 누구나 들어갈 수 있는 느슨한 장소는 아닌 모양이었다. 재능이 허울이 아니라고 한다면, 이 아틀리에장 역시 단순한 허울은 아닌 셈이다.

"사시는 분들은 한 사람 예외도 없이 화가뿐인가요? 아니면 예술가를 지망하는 사람이라면 조각이나 도자기 쪽 분야인 분도 상관없나요?"

"한 사람의 예외도 없이 화가뿐이네. 직접 그리기 위해 조각상을 만드는 사람은 있지만, 어디까지나 메인은 회화지."

그렇다면 미대처럼 자유롭지는 않은 건가. 어딘가 모르게 와쿠이 옹이 운영하는 사숙私塾 같은 느낌이었는데, 그 자신이 붓을 들지 않는 이상, 그런 것과도 아마 다르겠지. 하지만 와쿠이 옹이 그림을 그리지 않는다는 것도, 그건 그거대로 일방적인 단정인가? 이 지하실에는 그림 도구도 여럿 있는 듯하고….

"이 아파트를 경비하는 것은 그러면 이곳의 주민들, 화가 지망생들을 지키는 것이기도 하군요."

"응? 아니, 아니. 자네에게 의뢰하는 것은 어디까지나 이 지하실의 경호네만."

특별히 아틀리에장의 프레젠테이션을 하기 위해 나를 부른 게 아니라는 사실을 떠올린 듯, 와쿠이 옹도 새삼 나에게 고용 조건에 관해 말해 주었다.

"오전 아홉 시부터 오후 여섯 시까지 하루 아홉 시간, 이 방에서 있어 주면 그만이야. 일요일에는 쉬어도 좋네. 나도 나이가 나이라서 말이지, 그 이상 일하는 건 어려워."

아홉 시간 노동을 일주일에 6일.

미술관에서 일했을 때를 생각해 보면 조금, 아니지, 상당히 일의 강도가 높아지지만, 터무니없다고 할 정도도 아니고, 임금이 그 두 배 이상이라고 한다면 오히려 타당한 고용 조건이라 할 만했다.

"점심 식대와 교통비는 별도 지급이고… 당연하지만 내가 이곳에서 하는 일에 관해서는 외부에 발설해선 안 되네. 내가 생애의 집대성이 될 일을 하고 있다는 사실이 세상에 알려지지 않았으면 하기 때문이지. 자네는 묵비 의무를 지켜야 해. 그것도 임금에 포함되어 있다고 생각하게."

"묵비 의무…."

그 말을 듣고 나는 쿄코 씨, 망각 탐정을 떠올렸다. 세상에 알려지고 싶지 않은 이유는 특별히 완성했을 때의 서프라이즈를 기대해서가 아니라, 와쿠이 옹 정도의 액자 만들기 명인이 은퇴한다고 하면 역시 그것만으로도 상하로 출렁이며 큰 소동이 벌어지기 때문인 듯했다.

사람들이 만류하면, 그게 일을 진행하는 데 방해가 될지도 모른다. 나를 고용하려는 것도 그렇고, 신경질적이라고도 할 수 있지만, 정작 와쿠이 옹의 입장에서 보면 당연히 해야 할 경계일지도 모른다.

"어쩔 텐가. 나는 억지로 해 달라고 할 생각은 없네. 이 아파트의 모든 곳이라면 몰라도 지하실 하나 정도라면 자네 혼자서도 지킬 수 있지 않은가."

"그러네요⋯."

범위라면 확실히 문제가 없다고 판단된다. 하지만 미술관에서 회화를(다름 아닌 와쿠이 옹에게서) 끝내 지키지 못했던 나로서는 그 판단을 가볍게 받아들일 수는 없었다.

섣불리 받아들였다가 또 지키지 못한다고 하면 말이 되지 않는다. 그런 일은 두 번 다시 있어선 안 된다.

그러다 문득 눈치챈 것이 있었다.

집대성이든 최후의 일이든 그게 액자를 만드는 일인 이상, 그것 하나로는 성립되지 않는다. 하지만 그 회화가 이 아틀리에에는 없는 듯한데?

와쿠이 옹은 대체 어떤 회화를 집대성이 될 액자에 넣을 생각일까? 와쿠이 옹 정도 되는 고명한 액자장이 실력을 최대한 발휘하려는 회화라면 당연히 어설픈 작품은 아닐 텐데⋯.

"어떤 그림에 맞춰 액자를 만드실 건가요? 그림을 지키는 일이 아니라고 하셨지만, 액자가 완성되는 동안 제가 지켜야 하는 대상에는 역시 그 그림도 포함되어 있다고 생각하는데요."

"그 그림은 아직 없네."

"아직 없다고요? 네, 분명히 아직 이곳으로 옮겨 놓지는 않은 것 같은데… 그래도 액자를 만들기 시작할 때는 이 지하실로 가지고 오실 거잖아요?"

"그게 아니라, 아직 이 세상에는 존재하지 않는다는 의미야. 지금 그리는 중이지. 이 지하실이 아니라, 위쪽 층에서."

"위쪽 층…?"

그렇다면 와쿠이 옹이 지원하는 화가 지망생 중 누군가가 그리고 있다는 말인가? 조금 전에 이 아파트에서 독립한 주민 중에는 와쿠이 옹이 액자를 만들어 준 화가도 있다고 했는데… 이곳에 거주 중이면서 이미 재능을 꽃피울 만큼, 화가 지망생임에도 보통이 아닌 화가가 있다는 건가?

미술관에도 발이 넓은 와쿠이 옹 정도의 입장이라면 어떤 그림에 맞춰 액자를 만들 것인지 자유롭게 선택할 수 있을 텐데. 그런데도 굳이 현시점에서 아직 무명인 화가를 지명하려고 하는 것이니, 굉장한 재능인 거겠지.

"그럼 와쿠이 씨가 실제 작업에 들어가는 것은 그 그림의 완성을 기다린 뒤가 되는 건가요?"

"물론 그러네만, 나에게도 그렇게 많은 시간이 남아 있는 것이 아니라 말이지. 사전에 진행해 두어야 하는 것도 있네. 이른바 사전준비지."

"그렇다면 동시 진행이군요. 그러니 마치 공동작업 같네요. 어려울 것 같은데요…."

"공동작업이라면 오히려 더 쉬워질 수도 있지. 여하튼 완성되어 가는 모습을 내가 이 눈으로 볼 수 있으니까. 작가가 어떻게 그림을 그렸는지 알 수 있는 거지. 그건 액자를 만들 때의 귀중한 판단 재료네."

그것도 그런가?

대상이 미완성인 상태에서는 그 테두리를 도저히 만들 수 없을 거라는 생각은 어디까지는 초심자의 생각일 뿐, 미완성의 미숙한 상태에서 성숙해지는 모습을 처음부터 지켜볼 수 있다면 그건 오히려 만드는 액자의 완성도를 올라가게 해 주는 모양이다.

"그러니까 나로서는 가능한 한 빨리, 당장 내일부터라도 작업에 들어갈 생각이네. 재료의 주문은 끝났고, 나머지는 자네의 대답을 기다리는 것뿐이야. 고용 조건이 불만이라면 어느 정도 교섭을 할 생각이니, 하고 싶은 말이 있으면 하게."

"……."

그 말을 듣고, 드디어 결단해야만 하는 상황이 된 것 같다고, 나는 생각했다.

아무튼, 이런저런 말을 들었지만 궁극적으로 이 아틀리에장이 어떤 시설인지는 나에게 주어질 일과는 관계가 없다. 생각해야 할 것은 나 개인으로, 이 작업장을 경호할 수 있는가 없는가이다.

이야기를 듣는 한, 구체적인 위협이 있다고는 생각하기 힘들었다. 어디까지나 노인의 조심성 때문으로, 와쿠이 옹이 작업에 집중하기 위한 투자이니, 실질적인 내 일은 하루종일 이곳에서 와쿠이 옹이 액자를 만드는 것을 바라보는 게 될 것이다.

액자는 액자 단독으로 성립될 수 없다는 이론에 따른다면, 그것을 도둑질해 가려는 사람도 역시 없을 테고… 그런데 계속 불안이 남았다.

그것은 물론 자신이 한 번 큰 실패를 경험했다는 것도 있지만, 그 이전에 자신은 아직 경비원으로서 경력이 긴 편이 아니고, 아니, 따지고 보면 적은 편이어서 이 노인의 '최후의 일'을 '바라본다'는 단지 그뿐인 일이라 해도, 제대로 해낼 수 있을지 없을지 자신 없다는 불안이… 그렇다면 거절해 버리면 그만이지만, 일이 그렇게 간단하지 않았다.

역시 이곳에 오지 말았어야 했다.

묵비 의무가 부여된 일을 오퍼받은 시점에 자신은 이미 충분히 얽히고 만 것으로, 설령 거절을 하더라도 내 연락처가 미술관에서 새어 나간 이상, 내가 무언가를 부탁받았다는 것 자체는 알려지게 된다.

그때 나는 와쿠이 옹의 비호도 없이 일찍이 경비를 했던 미술관의 이런저런 조사에 노출되게 될 가능성이 높았다. 취직자리도 결정되지 않았는데 그렇게 성가신 일에 말려들고 싶지는 않았다.

그렇다면 아예 깊숙하게 들어가는 것도 방법이 아닐까. 그런 '체념' 같은 것으로 자신의 향후 반년간을 결정해 버려도 좋다고는 생각하지 않지만.

길어야 반년 정도의 아르바이트로 생각하라고 노인은 말했지만, 그건 뒤집어 보면 반년 후에는 직장을 잃는 것이 결정되어 있다는 것으로, 해야 할 취업활동이 반년 늦춰진다는 말이기도 하다. 반년 후뿐만이 아니라, 여기서 세로로 젓는가 가로로 젓는가의 양자택일은 인생을 좌우한다.

인생의 전기.

결국 나는 이런 곳에서 발이 걸려 넘어지고 마는 것일까. 그런 계산적인 갈등 같은 것을 모두 벗어젖히고 순수한 호기심으로 흥미가 있는지 없는지를 계량해 본다면, 아무래도 신경이 쓰이긴 했다.

한 명의 인간이 인생을 마무리하는 '일'이란 어떤 것인가. 막 취직을 한 참인데 어중간하게 잘려 버린 나에게 그것은 아직 본 적이 없는 것이었고, 설령 앞으로 어떤 식으로 일을 하든 간에 그것을 볼 기회가 쉽게 찾아올 것이라고는 생각하기 어려웠다.

이것은 불성실한 마음인지도 모른다.

사람이 죽는 순간을 보고 싶다든가, 그런 말을 하는 어린아이와 큰 차이가 없다. 자제해야 할 마음인지도 모르지만… 줄곧 그 '길'을 추구해 온 구도자求道者가 걸음을 멈추는 순간을 목격하고자 하는 마음은 억누를 수 없었다.

그야말로 느닷없이 생겨난 것 같은 이 기회를 놓쳐도 되는 것인지 어떤지, 판단이 서지 않았다.

…느닷없이 생겨난 것 같은?

그러고 보니 그 부분에 대한 확인을 게을리했다.

"와쿠이 씨. 왜 저를 선택하신 건지 여쭤봐도 될까요?"

"응? 자네 외에 이런 일을 부탁할 상대가 떠오르지 않았을 뿐이네만? 자네가 직장을 잃었다는 말을 듣고, 마침 잘됐다고 생각해서 말이야."

"하지만 반대로 말하면 잘린 경비원을 중요한 일의 경호로 고용하다니, 보통은 그렇게 생각하지 않잖아요? 만약 와쿠이 씨가 그때의 대화를 기준으로 생각하고 계신다고 한다면…."

내가 그 그림을 '지구'라고 간파한 것도, 망가진 그림을 0엔이라고 감정한 것도, 그런 것은 기준이 될 수 없었다. 전자는 들은 내용을 그대로 말한 것에 불과하고, 후자는 얼떨결에 말을 했을 뿐이다. 그런 것으로 나를 평가한다고 해도 곤란할 뿐이라는 것이 솔직한 심정으로, 만약 우연도 실력에 속한다 해도, 솔직하게 말해 그런 '심미안' 같은 것은 경호 능력과는 아무런 관계가 없다고 할 수 있었다.

"응? 대화? 무슨 말을 했던가?"

"네?"

"그때는 머리에 피가 몰려서 자네와 어떤 대화를 했는지 기억이 안 나네."

"하, 하지만, 그럼 왜인지 더 모르겠는데요."

"말했지 않나. 나는 뭐든 자신의 눈으로 보고 판단한다, 라고… 그냥 그뿐이다."

와쿠이 옹은 시끄럽다는 듯이 말했다. 하지만 나에게는 그게 가장 중요한 점이라 "왜 저라면 신용할 수 있다고 생각했는지 가르쳐 주시지 않는 한 일을 할 수 없습니다."라고 끈질기게 물고 늘어졌다.

"자신의 무엇이 평가받았는지도 모르다니, 한심한 녀석이군. 이 아틀리에장에 살고 있는 화가 지망생들도 전부 자신의 장점 정도는 알고 있네만."

"네…."

"자네가 나 때문에 잘렸기 때문이야."

하고 와쿠이 옹은 말했다.

그렇다면 결국 속죄를 하고 싶다는 건가? 아니, 그렇게 훌륭한 성격은 절대 아니다. 내가 아무 말 없이 노인의 다음 말을 기다리자 정말 어쩔 수 없다는 듯이, 어지간히도 그런 것은 굳이

말하고 싶지 않다는 듯이,

"이해할 수 없게도, 내 탓으로 잘렸으면서도 그것을 받아들였기 때문이네."

하고 조금 더 알기 쉽게 말했다.

"…그러니까, 한마디로 다루기 쉽다고 생각하셨다는 건가요?"

확실히 고용하는 쪽에서 보면 잘렸을 때 불평을 하지 않고 그만두는 노동자는 편한 존재일지도 모른다. 하지만 그렇게 '해고하기 쉽다'라든가 '부조리한 명령을 내리기 쉽다' 같은 이유로 고용하려고 하는 것이라면, 역시 그런 것은 사양하고 싶었다.

"아니야."

하지만 와쿠이 옹은 내 질문을 부정했다.

"진짜 이유는 모르네. 하지만 나는 자네가 자신이 잘린 것을 받아들인 이유가 '납득할 수 있었기 때문'이라고 판단했지. 자네에게 있어 그 해고는 불합리한 일이 아니었던 거야. 지켜야 할 그림을 지키지 못했던 자신을 스스로 벌한 것이라고 생각한걸세. 그런 사람은 믿을 수 있어."

실패는 누구나 할 수 있지만, 그 실패와 어떻게 마주하는가에 따라 사람은 그 진가가 발휘된다, 라고… 일의 본질을 알 수 없을 정도로 와쿠이 옹은 호들갑스러운 말을 했다.

"……."

제대로 리액션을 할 수 없었다.

왜냐하면 뭔가, 와쿠이 옹이 나를 꿰뚫어 본 것 같은 기분이 들었기 때문이다. 평가를 받은 것일지도 모르지만, 그것은 동시에 너는 얕은 인간이라는, 그런 말을 들은 것과도 같았다.

애초에, 그것 역시 자신의 공로라고 하기는 어려웠다. 자신이 퇴직으로 내몰렸다는 사실을 나는 그렇게 순순히 받아들인 것은 아니다.

받아들이기까지는 다른 사람의 도움이 필요했다.

거의 수수께끼라고밖에 할 수 없었던, 이해할 수 없고 불합리하고 부조리한 늪의 저 깊숙한 장소에서 나를 끌어올려 준 명탐정이 있었기에, 나는 자신의 실패를 똑바로 바라볼 수 있었다.

그러나 여기서 그런 말을 한다고 해도 변명이 될 뿐이다. 무엇이 어떻게 연결될지는 모르는 일이라고 새삼 생각하면서, 아무래도 나는 그만 여기서 답을 낼 수밖에 없을 듯했다.

나중에 어떤 후회를 한다 하더라도, 어떤 결단에도 후회는 따라오는 법이니, 그렇다면 선택할 때에 진짜로 선택하는 것은 어떤 후회를 하고 싶은가 라는 것일지도 모른다.

나는 여기서 하게 될 결단으로 대체 어떤 후회를 해야 만족할 것인가.

"…고용 조건의 교섭은 가능하다고 말씀하셨죠?"

"그래. 뭐라도 있는가? 웬만한 조건은 받아들여 주지."

"경호 범위야 어쨌든 현실적으로 생각해, 저 혼자 반년간 계속 이 지하실을 경호하는 것은 어려워 보입니다. 틀림없이 눈이 닿지 않는 곳이 생길 테고, 제가 한 번도 몸 상태가 나빠지지 않을 거란 보증도 없고요. 최소한 한 명 더 고용해 교대를 하며 지켜야 한다고 생각합니다."

이 제안은 예상외였던 듯, 노인은 아무 말도 하지 않았다. 무언가 말을 듣기 전에 이쪽에서 마무리를 지었다.

"임금을 세 배로 올리는 것이 가능하다고 한다면, 오히려 그만큼 인원을 늘려 주셨으면 합니다…. 이 조건을 받아들이신다고 하면, 저는 기쁘게 이곳에서 일을 하겠습니다."

반대로 말하면, 그게 어려울 경우 이 이야기는 거절할 심산이었다. 그런 정도가 내가 내린 결론이었다.

"어려운 조건을 내걸다니."

하고, 노인이 잠시 후 그렇게 말했다.

교섭 테크닉을 위해 하는 말이 아니라, 정말로 어렵다는 듯한 표정이었다.

"…만전을 기한다는 의미에서는 경호 인원을 늘리는 편이 좋다고 생각하는데요."

"그렇게 간단한 문제가 아닐세. 묵비 의무가 부여된다고 하지 않았나. 신뢰할 수 있는 사람이 아니면 맡길 수 없어. 그리고 그런 사람은 짚이지도 않는군. 다른 후보는 없다고 말하지 않았나."

"저에게는 짚이는 사람이 있습니다. 추천하고 싶은 후보가."

"응? 일하고 있던 경비회사의 연줄인가? 그것도 말했을 텐데, 조직은 믿지 않는다고."

"괜찮습니다. 저는 조직이 아니라 개인을 소개할 생각이니까 요."

"개인…이라."

의심스럽다는 듯이 빤히 나를 보는 와쿠이 옹. 그 의심스러운 시선에 압도되면서도 "물론 그 뛰어난 능력은 보증합니다." 하고 나는 계속했다.

"저보다 훨씬 의지가 되는 사람이라고 생각합니다. 그 사람의 서포트가 있으면, 저는 불안 없이 경호 일에 임할 수 있습니다."

"흥. 그렇다면 나도 타협을 못 할 것은 없지만… 그런데 능력이 있고 없고를 떠나서, 그 녀석, 입은 무거운가?"

일단은 그 무엇보다 그것이 대전제라는 듯이, 와쿠이 옹은 그렇게 확인을 해 왔다. 그 질문에 나는 자신을 가지고 대답했다.

"네. 무겁습니다."

엄밀하게 말하면 입이 무거운 것이 아니라, 그녀는 건망증이 매우 심한 것이지만.

4

아틀리에장에서 돌아오는 길에 나는 의외의 인물과 재회했다. 왔을 때는 맞이해 주었던 와쿠이 옹은, 돌아갈 때는 배웅해 주지 않아서(어려운 조건을 내걸어 기분이 상했는지도 모른다. 그렇다면 내 입장에서는 역시 어려운 건 그 노인 쪽이었다), 그때 나는 혼자였다.

재회라고는 해도 나는 눈치를 채지 못했지만, 상대가,

"앗, 아저씨."

하고 말을 걸었다. 순간 어디에서 목소리가 들렸는지 몰랐지만, 시선을 내려 보니 그곳에는 스케치북을 옆구리에 낀 소년이 있었다.

"어, 으음…?"

"나야, 나. 하쿠이 리쿠. 기억 안 나? 하긴 딱 한 번 만났을 뿐이니까."

"아, 아니. 기억나."

에피소드로서는 그렇게 인상적인 것도 없다. 단지, 확실히 한 번 만났을 뿐 얼굴을 똑똑히 기억하고 있는 것은 아니었기 때문에, 아마 스쳐 지나갔다고 해도 눈치채지 못했을 것이다.

하쿠이 군이야말로 일개 경비원에 불과했던 나를 용케도 기억하고 있구나. 그건 그림을 그리는 사람이라 남들보다 뛰어난 기억력을 지니고 있기 때문인 걸까?

"아저씨, 이런 대낮에 여기서 뭐 해? 일 안 해도 돼?"

넉살 좋게 그런 것을 묻는 하쿠이 군. 다 큰 어른이 이런 대낮인데도 일하지 않는다면 무언가 물어선 안 되는 사정이 있을지도 모른다고 배려하는 마음은 아직 없는 모양이었다.

"응, 실은 그 미술관은 그만뒀어."

정확하게 말해 나를 자른 곳은 경비회사였지만, 그것을 전부 설명하자면 이야기가 너무 깊이 들어가기 때문에 나는 그런 자초지종을 대충 생략해 설명했다.

"일을 하다가 좀 잘못한 게 있어서. 그래서 지금은 구직 중이야. 너야말로 이런 곳에서 뭐 해?"

이런 거리 한가운데에 그림에 될 만한 모티브가 있다고는 생각하기 어렵고, 이대로 걸어가 봐야 초고층 아파트인 아틀리에장 정도밖에 없는데.

"뭐 하긴. 우리 집, 이 앞이야."

"그래…? 어? 설마?!"

나는 등 뒤의 아틀리에장을 돌아보았다. 많은 화가 지망생들이 고명한 액자장에게 지원을 받아 살고 있다고 하는 집합 주택을.

"하쿠이 군, 저곳에 살아?!"

"그렇게 깜짝 놀랄 일인가…?"

수상하다는 듯이 그렇게 말하는 하쿠이 군. 그리고 그때 깨달았다는 듯이,

"응? 뭐야, 아저씨. 저 아파트가 어떤 곳인지 알아?"

하고 물었다.

"그런 것보다, 아저씨도 이 앞의 아틀리에장밖에 없는 길에서 오는 중인 것 같은데…. 구직 중? 그럼 혹시 아저씨, 선생님에게 면접을 받았어?"

잇달아 이어지는 질문에 나는 당황했다.

대답하려고 한다면 모두 대답할 수 있는 질문이었지만, 이미 나에게는 묵비 의무가 부여되어 있으니 아무리 상대가 어린아이라도 술술 대답할 수는 없는 일이었다.

하쿠이 군이 저 아파트의 주민이라고 한다면 더욱 그렇다. 아니면 주민인 하쿠이 군은 사정을 이미 알고 있는 것일까? 선생님이라는 사람이 와쿠이 옹을 가리킨다는 것은 장소를 봤을 때 확실하기도 하고. 미술관에서도 건방져 보이는 소년에게는 어울리지 않게 '선생님'이라는 말을 사용했지만, 그건 그림 선생님이라는 의미가 아니었던 것이다.

그리고 새삼스럽지만 와쿠이 옹에게서 걸려 온, 연락처에 저장되어 있지 않은 번호가 어디선가 본 적이 있는 것 같더라니, 이제야 겨우 알았다. 그건 하쿠이 군이 미술관에서 내 손에 적어 준 연락처와 같았기 때문이었다.

하지만 이런 소년까지 살고 있을 줄이야…. 새삼 저 아틀리에장은 장난이 아니라는 사실을 깨달았다. 와쿠이 옹은 반쯤 도락이라고 했지만.

"아, 그게… 어디까지 말해야 하는지 모르겠지만."

"아, 그러니까 아저씨, 당신, 선생님 때문에 잘린, 뭐 그런 거야? 그건 미안하네. 간접적으로는 내 탓이니까."

소년은 별로 미안하다는 기색도 없이 그렇게 말했다. 어딘가 그 태도가 와쿠이 옹과 비슷해 보이기도 했다.

"내가 선생님에게 고자질해서 그렇지? 그 그림의 액자가 바뀌었다고. 하지만 눈치챈 이상 말을 안 할 수는 없는 거니까. 그 후에 하던 일이 끝나자마자 선생님이 미술관으로 쳐들어가 소동이 벌어졌다는 말을 듣고, 아저씨가 어떻게 됐을지 신경 쓰이기는 했는데… 그래서 선생님이 아저씨한테 일을 소개해 줬다, 그런 건가?"

대략적인 추리이긴 하지만, 대체로 맞는 말이었다.

탐정도 아닌데 날카로운 어린아이다.

단지 이 일에 관해서 만큼은 이 아이가 특별히 날카롭다고 하기보다는, 어린아이라 가능한 거리낌 없는 말투가 대충 얼버무리기 쉬운 어른과는 달리 날카롭고 뾰족하게 느껴지는 것뿐인지도 모른다.

'고자질'이라고 하면 말이 나쁘지만, 추리를 해 보자면, 역시 와쿠이 옹에게 액자가 바뀌었다는 사실을 전달한 사람은 하쿠이 군이었던 건가. 아틀리에장과 관련이 있다는 것은 아무래도 예상외였지만.

"그 그림을 모사하라고 한 사람은 와쿠이 씨였어? 그림 지도 같은 것도 한다는 말은 하지 않았는데."

"아~ 명분상으로는 그런 건 안 하는 것으로 되어 있지만, 이쪽은 공짜로 집에서 사는 몸이잖아. 무슨 말을 들으면 후원자의 명령은 거역할 수 없어. 세상이란 게 그렇게 쉽지는 않으니까."

"으응…."

그건 내가 최근 체감했던 것이기도 했다. 세상은 싫다는 생각이 들 정도로 복잡해서 무엇이 어떻게 연결되어 있을지 알 수 없다.

"게다가 아틀리에장에 사는 화가는 선생님이 액자를 만들어 줄 수 있을 만한 그림을 그리는 것이 하나의 목표이기도 해. 실제로 선생님이 액자를 만들어 준 그림에서 배우는 게 필수과목 같은 거야."

그렇게 말한 뒤, 하쿠이 군은 스케치북 안을 팔락팔락 넘기며 보여 주었다. 그날 보여 줬을 때보다 벌써 몇 장인가가 더 늘어나 있었다.

"아, 그럼 이 스케치북의 그림은 전부…."

"응. 공개된 그림은 이제 거의 다 베껴 그렸다고 해야 하나…. 그래도 공통점은 전혀 찾아볼 수 없지만~"

공부가 되긴 해, 라고 말하는 하쿠이 군.

　건방지고, 학교에도 안 가고, 게다가 불성실하게 보이기도 하는 하쿠이 군이었지만, 그 자세는 오히려 착실하고 진지해 보였다. 재능이 있고, 그 재능을 똑바로 마주하고 있는 사람은 이렇게나 눈부시구나, 하는 생각이 들어 나는 의미도 없이 자기혐오에 빠졌다.

　그리고 그 난폭한 노인이 화가(지망생?)에게 적어도 나름대로 존경을 받고 있다는 사실도, 물론 당연하다면 당연하지만, 통감했다.

　그렇다면 역시 경솔한 말은 하지 않는 편이 좋을지도 모른다. 와쿠이 옹이 은퇴를 생각하면서 인생 최후의 일에 착수하려고 한다는 것은 아니, 잠깐. 하지만 그 그림은 아틀리에장에 사는 사람 누군가가 그리고 있다고 하지 않았었나?

　적어도 그 입주자는 사정을 알고 있다는 이야기인데….

　어쩌면 그 주민이 하쿠이 군은 아닐까? 나는 그런 직감이 들었다. 이런 어린아이가? 라고 하는 논리는 아틀리에장에 살고 있다는 시점에서 통용되지 않을 것이다.

　오히려 아틀리에장의 이념이 미래의 화가를 육성하는 것이라면, 하쿠이 군 같은 어린아이야말로 그 이념을 가장 잘 체현體現하고 있는 사례라 할 수 있다.

　이렇게 대단한 재능이 있고, 게다가 와쿠이 옹이 특별히 주목하고 있다면, 그의 최후의 일에 함께할 자격이 있는 게 아닐까.

그런 생각이 들어서 나는 무의식적으로 하쿠이 군을 응시하고 말았다.

그 시선을 민감하게 받아들였는지, 역시 하쿠이 군은,

"아마 당신이 생각하는 것과는 다를 거야."

하고 시시하다는 듯이 말했다.

"어…? 무, 무슨 소리일까?"

"아니, 그러니까, 선생님이 당신을… 잘린 당신을 부른 이유는 대충 알아. 당신이 그걸 나한테 숨기는 이유도 포함해서. 하지만 나는 그 후보에도 안 들어가 있어."

"……!"

계속 무반응을 유지하는 것이 매우 힘들었다…. 물론 하쿠이 군도 전부 꿰뚫어 보고 있는 것은 아닐 테지만, 적어도 하쿠이 군은 사정을 알고 있다… 있는 듯하다. 하지만….

"후보에도 안 들어가 있다니…? 무슨 의미야?"

하쿠이 군이 그 공동작업자일 거라는 직감은 아무래도 빗나간 듯하지만, 후보라니, 뭔가 알 수 없는 말이다. 와쿠이 옹의 말투를 생각하면, 이미 그림을 그리는 사람은 결정되어 있는 것 같았는데….

"그런 게 선생님의 비밀주의 같은 면이지. 물론 큰일을 시작하려고 한다는 것 자체는 아무래도 숨길 수 없으니, 여러 주민들에게 그럴 듯한 그림을 그리게 하고 있어. 아무리 극비 프로젝트라고는 해도, 사람의 입에 자물쇠는 걸 수 없으니, 대량 발주해서 그중에 누구의 그림을 원하는지 그리는 본인도 모르게 해 놓은 거지."

"그, 그건."

미스터리 서스펜스 계열의 드라마나 영화의 촬영 수법 중에 그러한 것이 있다는 말은 들었다. 몇 개의 루트, 몇 개의 패턴으로 마지막 장면을 촬영해 두어 어느 것이 진짜 결말인지를 출연자도 모르게 해 둔다고 한다. 그렇게 하면 실제로 공개될 때까지 정보가 새어 나가는 것을 막을 수 있다고 하는 것으로, 말하자면 제작상의 리스크 헤지risk hedge인데….

그걸 화가한테 적용했다고?

후보라는 말을 사용했지만, 대상자 이외의 사람은 사실 쓸데없이 그림을 그리는 셈으로, 비밀주의란 말로는 이미 수습할 수 없는 방식이라고도 할 수 있었다.

그리는 본인에게도 알려 주지 않는다는 것은 후원자로서 지원을 받는 상대에게 본심을 털어놓지 않았다는 말이니, 그렇다면 역시 순수한 선의나 보답한다는 의미로 그 노인이 아틀리에장을 운영하고 있다고는 생각하기 어려웠다.

게다가 하쿠이 군이 그 페이크 후보로조차 들어가 있지 않다는 것도 전율이 일 정도로 놀라운 일이었다. 대체 저 아파트에 사는 '화가 지망생'이란 얼마나 수준이 높다는 걸까?

"물론⋯ 너무 방식이 과하다고 나는 생각하긴 해. 확실히 예술도 경쟁과 무관하지는 않아. 같은 장소에 살게 해 놓고, 최고를 노리고 절차탁마하게 만든다는 것 자체는 좋은 아이디어야. 선생님 입장에서는 오히려 아주 정당하다고 할 수 있는 운영 방침이겠지. 하지만 이번 방식만 놓고 보면, 나는 반대의 의미에서 선생님답지 않다고 생각해. 큭큭큭, 그 경쟁에도 참여하지 못한 내가 말해 봐야 설득력은 없겠지만."

"⋯⋯."

"아무튼, 당신 같은 아저씨를 고용하는 단계에 들어갔다는 것은 선생님도 본격적으로 움직이기 시작하겠다는 거겠지. 오늘이 면접인 것 같은데, 일하기로 했어?"

"으⋯ 응."

그렇기는 하지만, 그렇게 무시무시하고 사람을 사람이라고 생각하지 않는 소행에 대해 들으니, 판단이 망설여졌다.

그런 나의 망설임을 더욱 가중시키듯이 하쿠이 군이 말했다.

"그만두는 편이 좋을 텐데. 선생님은 보는 대로 강렬한 성격이라고 해야 할지, 캐릭터가 너무 강하니, 당신처럼 성격 좋아 보이는 아저씨는 쉽게 독에 물들 것 같거든."

"독에⋯ 물든다."

그런 표현법대로라면, 나는 이미 독에 물들었을지도 모른다.

별로 대단한 경험도 없으면서, 아니, 실패한 경험밖에 없으면

서, 중요한 인물이 수행하는 중대한 일의 경비를 개인적으로 받
아들이다니, 역시 제정신이 아니다. 일개 개인인데도 미술관에
영향력을 행사할 정도의 중요한 인물의 독에 물들어 자신도 역
시 일개 개인으로 무언가를 이룰 수 있을 것이라고 착각을 해
버린 것이 아닐까. 아틀리에장을 나와 냉정해져 보니 그런 생각
도 들었다.

최후의 순간에 노인이 조건을 받아들이도록 만드는 데 성공했
지만, 그 이외에는 결국 끝나고 보니 오만불손한 옹翁의 말대로
되고 말았다.

재능과 그림 실력은 물론 발끝에도 미치지 못하지만, 만전을
기하기 위해, 어디까지나 만약을 위해 사석死石으로 활용되었다
는 의미에서, 아틀리에장에 사는 젊은 화가들과 나는 그렇게 큰
차이가 없는 것인지도 모른다.

"재능이라든가, 꿈이라든가, 장래뿐만이 아니라… 일을 한다
는 것도 의외로 마냥 좋은 것이 아닐지도 몰라."

그 집대성이 될 와쿠이 옹 최후의 일이라는 것도, 하쿠이 군의
이야기를 들어 보면 내가 지키고 싶고, 지켜보고 싶은 종류의
그런 일은 아닐지도 모른다. 노동을 마냥 좋은 일이라고 생각한
시점에 나도 상당히 젊었다고 말할 수 있겠지만….

"하하. 다양한 사람의 의도가 휘돌고 있으니까. 내 센스로 보
자면, 확실히 마냥 좋은 일은 아니야. 오히려 더럽게 때가 묻어

있지. 완전히 새카맣게 칠해 버리고 싶어져."

"……."

"일을 하든 하지 않든, 아저씨, 혹시 장래를 꿈꾸는 젊은 사람들이 모여 넘쳐 나는 크리에이티브 정신을 발휘하는 창작집단 같은 곳 정도로 아틀리에장을 생각하고 있다면, 완전한 착각이라는 사실을 확실히 알아 둬. 장래를 꿈꾸는 젊은 사람들이라기보다는 나를 포함해 꿈을 먹고 사는 괴물들이 모이는 장소거든. 그런 녀석들이 무슨 짓을 할지 모른다는 편견은 역시 가지고 있어야 하지 않을까?"

그럼 실례. 그렇게 말하고 하쿠이 군은 내 옆을 스쳐 지나갔다. 말한 대로 아틀리에장으로 돌아가는 모양이었다. 일단 말리긴 했지만 그렇게 완강히 내 취직에 반대할 생각은 없는 듯했다. 그런 점은 요즘 아이들이라고 해야 할지, 상당히 드라이한 느낌이다.

나는 그런 하쿠이 군을 그냥 바라볼 수밖에 없었다…. 애초에 현재로선 구두 약속이라고는 하지만 이미 와쿠이 옹과 고용 계약을 체결한 이상, 이제 와서 헛되게 만들 수는 없는 노릇이다. 될 대로 되라는 식으로 나가면 계약 하나 뒤집는 거야 못 할 것도 없겠지만, 그 기질이 거친 노인을 상대로 소송에 가까운 다툼을 해야 하는 정신적인 고생을 생각하니, 그것만으로도 혼이 싹 빠져 나가는 느낌이었다.

하다못해 와쿠이 옹과 만나기 전에 하쿠이 군과 만나 이야기를 들었다면 결과가 달라졌을지도 모르지만, 지금에 와서는 하쿠이 군의 어드바이스를 받아들일 수는 없었다. 아무튼 이곳에 반년 정도 다니면 주민인 하쿠이 군과는 또 얼굴을 마주칠 기회도 있을 테니, 그때 조금 더 깊은 이야기를 들어 보자고, 나는 생각했다.

나중이 되어 생각해 보면 그건 참 느긋한 발상이자, 그야말로 시기를 놓쳐도 너무 놓친 꼴이지만, 나에게는 화가 같은 감성도 탐정 같은 추리력도 없었다. 아니, 그뿐만이 아니라, 경비원으로서 나를 신뢰해 준 노인의 일을 지키는 것조차 하지 못했다.

건방진 소리를 하지 말고, 여기서 하쿠이 군의 충고를 그냥 받아들였다면, 또 다른 미래가 펼쳐졌을지도 모르지만, 그런 미래는 내 앞에 찾아오지 않았다.

사태는 급히 전개되었다. 전개되어, 전락轉落해 버렸다.

5

경호 의뢰 자체를 받아들이지 말았어야 했다는 것이 최종적인 결론이긴 하지만, 사실 그 외에도 세부적으로 나는 잘못 짐작한 것이 있었다.

와쿠이 옹과의 교섭으로 내가 유일하게 쟁취했다고 할 수 있는 권리―경호할 때에 도와줄 인재를 부를 수 있는 권리였는데, 그것을 내가 원한 대로 행사할 수는 없다는 사실을 나는 곧바로 알게 된다.

다음 날 아침, 약간 긴장한 채로 오키테가미 탐정 사무소에 전화를 걸어 알게 되었다.

[죄송합니다. 저희 사무소는 그런 의뢰를 받아들이기 어렵습니다.]

소장인 쿄코 씨는 이야기의 요점을 듣자마자 정중함을 넘어서 데면데면한 말투로 그렇게 말했다.

아니, 데면데면한 것도 당연하다.

쿄코今日子 씨에게는 오늘今日밖에 없다. 저번에 내가 의뢰한 것은 물론, 나에 대해서도 완전히 잊어버린 상태니까.

쿄코 씨에게 있어 모든 의뢰인은 첫 손님이자, 처음으로 대면하는 사람이다. 단골손님인 척을 하면 할수록 창피를 당할 뿐이다.

물론 그 사실을 머리로는 알고 있었지만, 실제로 체험해 보니 상당한 충격이었다. 찬물을 뒤집어쓴 듯한 기분이었다. 전화 너머이기는 하지만 말투와 반응을 통해, 쿄코 씨가 '정말로' 나를 완전히 망각했다는 사실이 전해져 왔다.

그렇지만 계속 충격을 받고만 있을 수는 없다. 쿄코 씨가 내 의뢰를 거절하려고 하는 것은 내가 '처음 보는 손님'이기 때문만은 아니다. 그런 짓을 했다간 망각 탐정은 모든 의뢰를 거절하게 되니, 일을 꾸려 나갈 수 없다.

"어, 어째서죠? 제대로 규정 요금은 지불할 겁니다. 보수는. 임금은. 돈은."

[…너무 돈돈 연호하지 말아 주세요. 천박해 보입니다.]

차가운 말이 되돌아왔다.

나로서는 쿄코 씨의 캐릭터에 맞추려고 한 건데, '첫 대면'인 의뢰인이 전화로 하기에는 너무 허물없는 소리였던 듯하다. 아무래도 거리감을 파악하기가 힘들다.

천박하다는 말까지 들으니, 오싹하는 기분이 한 바퀴 휘돌아 이상한 기분이 되었다.

[돈 문제가 아닙니다. 저희 사무소의 규정상… 기본적으로 하루 이내에 해결할 수 있는 사건에 대한 의뢰만 받아들일 수 있습니다. 여러 날에 걸쳐 계속되는 의뢰는 대체로 거절하고 있을 뿐입니다.]

"아…."

그래, 그 사실을 잊고 있었다.

명함에 적혀 있던 '여러분의 고민을 하루 만에 해결해 드립니다!'라는 문구는 선전이라기보다는 굳이 따지자면 단점 표시였다.

여러 날에 걸쳐 일을 하면 사건의 진상은커녕 사건의 내용마

저도 잊어버리니, 쿄코 씨는 어떤 사건이든 '오늘 중'으로 해결할 수밖에 없다. 그러니 길면 반년에 걸쳐 해야 하는 일은 자세한 내용을 들을 필요도 없이 일축할 수밖에 없는 것이다.

이건 나의 실수였다.

내 인생의 전기가 되어 주었다는 의미에서는 와쿠이 옹에게 필적하는 쿄코 씨가 함께 경호를 해 준다면 마음이 든든할 것이라고 생각해, 개인적으로는 혼신의 나이스 아이디어라고 생각했지만, 실제로는 완전히 잘못 짚었던 것이다.

애초에 쿄코 씨 정도의 명탐정을 반년이나 구속해 둘 수 있다는 생각 자체가 완전히 자기완결적이었다고 할지, 나 좋을 대로 생각한 것에 불과했다. 한 번 의뢰를 했을 뿐인데 친해진 척을 하다니, 착각도 유분수라는 말을 들어도 뭐라 반박할 수가 없다.

"그러신가요. 죄송합니다…. 그럼 실례합니다."

낙담도 했지만 그 이상으로 부끄러운 마음이 들어서, 나는 전화를 끊으려고 했는데,

[아니요. 아무튼 그렇게 당황하지 말아 주세요. 오야기리 씨였던가요?]

하고 뜻밖에 쿄코 씨가 나를 붙들었다.

[그 의뢰 내용은 받아들일 수 없지만, 그렇다고 해서 전혀 힘이 되어 드릴 수 없는 것은 아닙니다. 상담하실 것이 있다면 물

론 들어 드리겠습니다.]

"네?"

[돈… 아니, 곤란한 분이 계신데 세세한 규정에 얽매여 매몰차게 거절하는 것은 탐정의 체면에 관계된 일이니까요. 저는 밝고 즐겁고 호감도 높은 명탐정을 목표로 하고 있답니다.]

맨 처음에 돈이라고 말을 한 시점에, 밝고 즐겁고 호감도 높은 명탐정과는 거리가 멀어진 것 같은데… 굳이 말하자면 교환 비율이 꽤 높을 것 같았다.

애초에 명탐정 그 자체에서 '밝고 즐겁게'라는 이미지는 떠오르지 않는데… 쿄코 씨가 목표로 하고 있는 구체적인 명탐정의 모습이란 대체 어떤 것일까?

[오키테가미 사무소는 관공서처럼 일하지 않습니다. 탐정업계의 '바로 하는 과*'에 속해 있습니다. 바로 해야만 하는 것으로 바로 할 수 있는 것은 바로 하겠습니다.]

그건 듬직한 말이었지만, '바로 하는 과'라면 확실히 관청에 있는 과課였을 텐데… 아니, 그런 잡담 같은 대화를 하고 있을 때가 아니다.

도와줄 수 있다고 한다면 그보다 더 고마운 일은 없다. 와쿠이 옹에게 그토록 허세를 부렸는데, '염두에 둔 사람에게 거절당했

※바로 하는 과(すぐやる課) : '바로 해야만 하는 것으로 바로 할 수 있는 것은 바로 하겠습니다'를 캐치프레이즈로 1969년에 치바현 마츠도시에 설립된 부서.

습니다'라고 말해서는 아무리 그래도 너무 꼴사납다.

"그럼 쿄코 씨, 구체적으로 어떻게….."

[네. 애초에 탐정에게 보디가드란 결코 특기 분야라고는 할 수 없습니다…. 저도 거친 일은 자신이 없고요. 실은 쿵후의 달인 이었다든가, 하는 일은 없습니다.]

원래부터 그런 기대는 하고 있지 않았다.

[그래도 제 나름대로 적절한 조언은 가능하리라고 생각합니다. 경비원을 하셨던, 그쪽의 프로이신 분에게 조언이라고 하다니 주제 넘은 일이긴 하지만, 탐정이기에 지닌 시점을 근거로 경비 현장의 체크 정도는 가능하지 않을까 합니다.]

탐정이기에 지닌 시점을 근거로 체크. 그래, 그것이야말로 원래 내가 쿄코 씨에게 기대하는 부분이었다.

반년에 걸쳐 함께 아틀리에장을 경호해 주지 않는다 해도 첫날만이라도, 또는, 좀 더 욕심을 부리자면 정기적으로 현장에 구멍은 없는지, 내 경호에 틈은 없는지를 체크해 준다면 그것으로 충분하다 할 수 있었다.

"도, 도움이 됩니다. 그렇게 해 주시면….."

[도움이 된다니 정말 다행이네요. 그런데 그 경우에는 말씀하신 경비 일의 노동 보수 반년분을 하루에 받게 되는 걸까요?]

"아, 아니요. 역시 그것은 무리가 아닐까 합니다. 일할日割 계산한 일당이 되리라 생각합니다."

[그런가요…? 물론 농담이었지만요.]

농담이었던 건가.

그런 것치고는 웃음소리가 전혀 동반되지 않았는데… 개인 사무소에서 경리도 담당하고 있어 돈에 깐깐하다고 하기보다는, 이 사람, 얌전해 보이지만 그냥 탐욕스러운 것이 아닐까 하는 의심이 들려고 했다.

쿄코 씨가 그 탁월한 두뇌를 사기꾼이 아니라 탐정으로서 활용한다는 사실 덕에 세상은 큰 구원을 얻고 있는 것인지도 모른다.

"그럼 며칠 뒤에 제가 현장에 갈 때, 동행해 주시면…."

[며칠 뒤를 기다릴 필요 없습니다. 오늘, 지금 바로 가시죠.]

일단 움직이기로 결정이 되면 쿄코 씨는 스피디했다. 오늘, 지금?

전화로 약속을 잡고 이제 직접 만나 자세한 논의, 그러니까 와쿠이 옹에게 지시받은 고용 조건 등의 논의를 하려고 이렇게 오전 중에 전화를 한 것이지만, 그렇다고는 해도 오늘 의뢰를 받고 바로 움직이려고 할 줄이야.

사건 해결에 여러 날이 걸리는 것은 안 되더라도, 약속을 나중에 잡는 것 정도는 어떻게 하느냐에 따라서는 그다지 곤란한 일이 아니라고 생각하는데, 섣불리 그런 식으로 생각을 시작하면 동시에 약속이 잡히는 일이 벌어질 수도 있다는 건가.

내 예약과 다른 날에 받은 다른 누군가의 예약이 겹쳤을 때, 양쪽 모두 접수한 날짜를 잊으면 우선순위를 정하기가 힘들어지니, 그렇다면 처음부터 어디까지나 자신의 기억이 닿는 범위 내에서 일을 하는 편이 좋겠다는 자세이겠지.

가장 빠른 탐정이자, 망각 탐정.

"하지만 바로 가려면… 와쿠이 씨에게도 연락을 해야 해서요."

[그런 절차는 맡기겠습니다. 이건 제가 망각 탐정이라는 점을 빼놓더라도 가능한 한 빨리 그 아틀리에장의 모습을 살펴 두는 편이 좋다고 생각하니까요. 확실한 근거는 없지만, 오야기리 씨의 이야기를 듣기로는 어딘가 불온한 분위기가 느껴져서요….]

"불온한 분위기? 말씀인가요?"

[네…. 구체적으로 어떻다는 것은 아니지만요.]

하지만 최후의 일에 착수하니 경비를 고용하고 싶다는 와쿠이 씨의 말을 그대로 받아들이는 것은 위험하다는 생각이 듭니다, 라고 쿄코 씨는 말했다.

"의뢰인은 거짓말을 한다… 네요."

[…….]

[하지만 와쿠이 씨 자신은 거짓말을 하고 있다는 자각이 없을지도 몰라요. 액자장 나름의 감수성 덕에 불온한 분위기를 느낀, 이른바 '불길한 예감'이 들고 있는 것뿐일지도…. 작업을 할 때

만전을 기하고 싶을 뿐이라면 이번만 임시로 고용을 하는 것이 아니라, 평소부터 경비원을 상주시켜 두어야 하는 거니까요.]

그건 확실히 그렇다.

와쿠이 옹 정도의 액자장이라면 집대성이 되는 일 이외의 일 반적인 일을 할 때에도 시큐리티에 신경을 써야 한다. 그런데 굳이 이번에 강화하려고 하는 것은 무언가 리스크를 예감하고 있다고 보는 것이 타당했다.

억지로, 또는 터무니없는 조건을 받아들이면서까지 어떻게 보면 긴급하게 나를 고용하려고 하는 노인의 복안을 쿄코 씨가 추리해 주면, 내 일은 꽤 하기 편해진다.

[네…. 그런 부분에서 도움이 되었으면 합니다. 제가 와쿠이 씨와 직접 이야기를 해서 사정을 들을 수 있다면…. 그런 점은 탐정의 특기 분야이니까요.]

"…하지만 워낙에 기질이 거친 노인이라, 억지로 사정을 캐물으려고 하면 화를 낼지도 모릅니다. 마구 고함을 칠지도 모르고요."

[아, 저는 전혀 신경 쓰지 않아요. 어떤 노성을 들어도, 어떤 폭언을 들어도, 어차피 내일이면 잊어버리니까요.]

태연하게 그렇게 대답하니 할 말이 없었다. 하지만 망각 탐정이라는 강점은 확실히 무언가를 청취할 때 큰 어드밴티지가 된다.

커뮤니케이션을 할 때, 상대에게 미움받는 것을 감수하는 것은 정말 괴물 같은 강점이다. 그런 대담하고 넉살 좋은 점은 쿄코 씨의 느긋하고 온화한 태도와는 모순되는 것처럼도 보였지만, 그것은 모순되는 것이 아니라 표리일체로, 어쩌면 그 성질이야말로 쿄코 씨의 불가해하다 해도 과언이 아닌 여유의 원천일지도 모른다.

[덧붙여 말하자면, 와쿠이 씨의 이야기를 듣는 것 외에도 아틀리에장이라는 곳을 빨리 보고 싶은 마음도 있답니다.]

"……? 아, 그러네요. 경비를 위해 전체적으로 틈이 있는가 없는가를 탐정의 시점으로 봐 주신다면…."

나는 그렇게 대답했지만, 쿄코 씨가 지금 하려고 했던 말은 그런 의미가 아니었던 모양이었다.

더 근본적인 것이었다.

[인자囚子가 있다고 생각해요.]

"인자?"

[네. 사건이 일어날 것 같은 조건이 갖춰져 있다고 해야 할지… 어딘가 그 아파트는 별로 좋은 장소가 아닌 것 같아서요.]

"……."

좋은 장소가 아니다, 라니 무슨 의미지? 어딘가 직감적인 말투 같아서, 뭘 우려하는지 애매하다고 해야 할까…. 너무 막연했다.

[아니요, 그건 오야기리 씨도 어딘가 대략 느끼고 있는 점이라고 생각해요. 그러니 파격적인 조건의 스카우트인데도 받아들이길 주저한 것일 테고, 저에게 의뢰하자는 생각도 하신 거겠죠.]

이야기를 듣기로 그 건물은 극단적이고 과도하게 편향되어 있다는 인상이 들어요. 라고 쿄코 씨는 말했다.

그것도 막연한 표현이었지만, 이번엔 어딘가 모르게 말하려는 의미를 알 수 있었다. 화가 지망생들만 살게 하는 초고층 아파트라니, 누가 봐도 극단적이긴 하다.

치우쳐 있다.

"하지만 치우쳐 있다고 해서 뭐가 나쁜 거죠? 그곳은 와쿠이 씨가 일부러 치우치게 만들어 놓은 곳인데요…."

[치우쳐 있으면 무너지기 쉬워요.]

사건이 일어나기 쉬운 거죠.

하고 탐정은 말했다. 단언했다.

[인자라는 것은 그런 의미예요. 화가가 목표인 젊은 사람들에게 주거와 아틀리에 스페이스를 무상으로 제공해 주는 것은 아주 좋기만 한 것처럼 보이지만, 사실 꽤 리스키risky한 일이거든요. 화가가 될 수밖에 없는, 변명이 통하지 않는 상황에 놓이면, 물론 화가가 되기는 쉬워지겠지만 화가 이외의 사람이 되기는 어려워져요.]

"…그거야 다들 화가가 되고 싶어서 입주한 거니 상관없지 않을까요?"

[화가 지망생이라는 알이 부화하지 못했을 때, 아무것도 될 수 없다는 의미인데요? 그게 얼마나 위험한 일인지 모르시겠나요? 변명할 여지, 도망갈 길은 남겨 둬야 해요.]

"네⋯."

쿄코 씨의 그 말이 도무지 가슴에 와 닿지 않았다. 뭐가 문제인지 명료하지 않았다. 와쿠이 옹이 어떤 속셈으로 아틀리에장을 만들었든, 그 이념 자체는 화가를 지망하는 젊은 사람들에게 있어서는 바람직한 일이 아닐까.

[미래가 있는 젊은 사람이라면 다른 선택지도 준비해 주어야 하는 게 아닐까요? 화가로서의 재능이 있더라도, 화가가 되지 않는 길도 있으면 좋잖아요. 제가 말하는 것은 그런 의미예요. 아시겠나요?]

모르겠다.

오히려 쿄코 씨의 말대로 하면 젊은 사람의 미래를 꺾어 버리는 것이 아닐까 하는 생각까지 들었다. 와쿠이 옹의 성격에 대해서라면 나는 하고 싶은 말이 산더미 같고, 실제로도 엄청난 피해를 입었지만, 그 사람처럼 한 우물만 파는 삶은 누구나 동경하는 그런 것이 아닐까?

[네. 그런 와쿠이 씨가 기획한 시설이니 그 의도가 반영되어 있겠지만, 그건 꽤 위험한 생각이에요. 시야가 협소해진다고 해

야 할지….]

"……."

쿄코 씨의 동의를 얻어 내지 못하니, 어딘가 마음이 답답해졌다. 그것은 틀림없이 탐정이라는 독특한 일에 종사하는 쿄코 씨의 자세에 나 자신이 공감하는 부분이 컸기 때문일 것이다. 젊어서 자신의 살아갈 길을 확실히 결정해 놓은 쿄코 씨를 동경하는 마음도 있어서… 그 이미지와는 반대되는 말을 하는 쿄코 씨를, 제멋대로이긴 하지만 잘 받아들일 수 없었다.

[물론 실제로 보지 않으면 그 이상의 말은 할 수 없지만요. 지금 말할 수 있는 것은 치우친 장소에서는 사건이 쉽게 일어난다는 것으로, 그냥 일반론에 지나지 않아요. 일어날 거라고 단정지어 말할 수는 없죠. 사건을 미연에 방지하는 것은 탐정으로서 사건을 해결하는 것 이상의 공적이에요. 경비원에게도 그렇잖아요? 아무 일도 없는 것보다 더 나은 일은 없어요.]

"네, 그러네요…. 그런데, 쿄코 씨."

나는 말했다.

말하지 말았어야 할지도 모르지만, 의견이 일치되지 않는다는 답답한 마음을 불식시키고 싶은 마음에 말을 해 버리고 말았다.

"쿄코 씨는 왜 탐정이 되려고 생각하셨나요?"

그 질문에 대한 쿄코 씨의 답은 실로 단정적이었다.

[제가 탐정을 하고 있는 이유는… 제가 탐정을 하고 있는 이유를 알고 싶기 때문이에요.]

6

사람의 집중력에는 한계가 있다는 이야기를, 그러고 보니 들은 적이 있다. 쿄코 씨가 한 말과 얼마나 관련이 있을지는 모르겠지만, 쿄코 씨와 대화를 하다가 그런 말이 머리에 떠올랐다.

사람의 시간에는 한계가 있고, 집중력에도 한계가 있다.

따라서 그 집중력을 한곳에 집중시키면, 재능의 유무에 관계없이 엄청난 결과를 창출할 수 있다. 일류 프로들에게서 공통적으로 확인할 수 있는 것은 역시 노력한 시간의 압도적인 양이다.

그것은 마냥 보기 좋은 일이 아니라, 단순히, 하쿠이 군이 말한 대로―즉 와쿠이 옹의 주장대로 '재능이라는 것은 더 고도의 노력을 할 수 있는 자격'이라는 흉내 나는 이야기일 것이다.

그런 만큼 그 겹겹이 쌓아 온 노력이 치우치고, 무너지고, 파탄 났을 때 무슨 일이 벌어질지는 누구나 상상할 수 있었다.

쿄코 씨가 하고 싶은 말은 그런 것이었을까? 그런 의미에서 보자면 확실히 아틀리에장은 지하실을 제외하면 '그림을 그린다'는 것에만 특화된 건물로, 도망갈 곳이 막힌 배수의 진이다. 성공하면 멋지지만, 실패하면 허우적거릴 뿐이다. 물론 입주자는 그것을 각오하고 들어온 거겠지만, 그 각오가 과연 리스크에 걸맞은 것인가는 결국 그때가 되어 보지 않으면 모른다.

생각해 보면 쿄코 씨도 일이 없는 날에는 미술관을 천천히 걷고, 일이 끝나면 나와 식사를 해 주거나 하면서 기분전환을 한다. 이를 테면, 학교에도 못 가고 그림 그리는 일에만 매진하는 하쿠이 군과는 확실히 같은 선상에서 비교할 수 없다.

아니, 나 또한 그건 마찬가지로….

"여기가 아틀리에장인가요? 확실히 이름으로는 이미지를 떠올리기 힘든 고층 아파트네요. 32층이군요."

정오가 되기 전, 나와 쿄코 씨는 아틀리에장에 도착했다. 두르는 형식의 스커트에 핑크색 블라우스, 그리고 얇은 스웨터 차림의 쿄코 씨는 한눈에 아파트의 층수를 맞혔다. 대체 얼마나 기능이 좋은 안경인가 하고 생각했지만, 이것도 관찰력의 일환인 거겠지. '어떤 대상의 수를 센다'는 것은 사실 꽤 어려운 일이라는 말을 들은 적이 있다.

쿄코 씨에게 의뢰 전화를 건 지 불과 몇 시간 후에 이렇게 문제의 아틀리에장에 와 있는 것이니, 쿄코 씨는 실제로 가장 빠른 탐정이다. 그 빠른 속도에 나까지 말려들고만 셈으로… 나는 떨어져 나가지 않으려 힘껏 노력하는 것이 고작이었다.

여기까지 나쁘게 말하면 어물어물, 신중하게 와쿠이 옹의 오퍼에 대처해 온 나였지만, 쿄코 씨에게 상담한 뒤로는 전개가 어마어마하게 빨랐다. 탐정업계의 '바로 하는 과'라고 했는데, 꼭 농담으로 한 말은 아닐지도 모른다.

아니, 실제로 자신이 먼저 상담을 해 달라고 해 놓고 쫓아가지 못하는 부분도 있었다. 그것을 나는 뒤늦게나마 보고했다.

"저어… 쿄코 씨. 더 빨리 말씀드렸어야 하는데요."

"네? 뭔가요?"

"워낙에 갑작스런 이야기여서, 와쿠이 씨와는 약속을 잡지 못했습니다. 아무리 전화를 해도 연결이 안 돼서… 그러니까 어쩌면 외출하셨을지도 모릅니다."

휴대전화를 가지고 있지 않은 듯했다. 일단 부재중 전화에 녹음 메시지는 남겨 두었지만…. 아무튼 나이도 있고, 그렇게 빈번히 멀리까지 나가지는 않을 거라 멋대로 생각하며 이곳까지 오긴 했지만.

"그런가요. 연락이 안 되었군요."

쿄코 씨는 의미심장하게 말한 뒤, 좌우로 이동하면서 아틀리에장의 전모를 파악하려고 했다. 이미 탐정으로서 활동을 시작한 모양이었다.

"부재중이라면, 돌아오시는 걸 기다리는 수도 있어요."

철수했다 다시 오는 것이 아니라, 돌아오기를 기다린다는 점에서 쿄코 씨가 탐정으로서 멘탈이 강하다는 사실을 느낄 수 있었다. 아무튼 집에 있다면 그보다 더 나은 것은 없는 일이라, 나는 쿄코 씨를 선도先導하듯 아틀리에장 안으로 들어갔다.

입구에서 와쿠이 옹을 호출하기 위해 나는 인터폰 앞에 섰다. 역시 작업장 안쪽은 생활공간인 모양으로, 그 지하실이 동시에 주거도 겸하고 있는 곳이라고 했다.

생각해 보면 지하실뿐만 아니라 아틀리에장은 모든 방이 주거와 아틀리에 스페이스를 겸하고 있다고 했는데, 별생각 없이 그것을 당연하게 받아들인 나였지만, 잠을 자는 장소와 작업장이 같다는 것은 그건 그거대로 도망칠 곳을 없애는 것으로, 기분을 전환할 타이밍을 잃게 만드는 구조인지도 모른다.

실제로 많은 크리에이터는 설령 집에서 할 수 있는 일이라도, 다른 곳에 작업장을 둔다고 하니⋯.

"왜 그러시죠? 오야기리 씨?"

인터폰 앞에서 내가 그런 생각에 잠겨 있자, 뒤에서 쿄코 씨가 재촉했다. 그것도 가장 빠른 탐정이기 때문일지 모르지만, 아무튼 조금 과하다는 생각도 들었다.

가장 빠른 탐정이 아니라 재촉하는 탐정이다, 같은 시시한 생각을 하면서 나는 지하의 호실 번호를 눌렀다.

"⋯⋯."

그리고 기다려 봤지만 대답이 없었다.

한 번 더 호실 번호를 눌렀지만 결과는 같았다. 걱정이 적중해, 아무래도 와쿠이 옹은 부재중인 듯했다.

"어쩌면 일에 열중하느라 있으면서도 없는 척하시는 건지도 모르겠네요."

쿄코 씨가 옆에서 생각지도 못했던 가능성을 지적해 주었다.

"일이 아니더라도, 손님이 와 계시든가요."

"네. 일단은 한 번 더 전화를 걸어 보겠습니다."

나는 휴대전화를 꺼내 와쿠이 옹의 전화로 리다이얼을 눌렀다. 하지만 반응은 없었고, 싫증 나도록 들은 부재중 녹음 메시지가 흐를 뿐이었다.

"그럼… 기다릴까요? 근처에 카페 같은 곳이 있다면 좋을 텐데요…."

"여기까지 오는 길을 떠올려 보는 한, 그런 곳은 없었어요."

쿄코 씨가 말했다. 여기까지 오는 동안의 길을 제대로 기억하고 있는 모양이었다. 카페가 있었는지 없었는지, 나는 이곳에 두 번째 오지만 전혀 기억하지 못하는데… 망각 탐정이라고는 하지만 잊어버리는 것은 어디까지나 전날까지의 일뿐으로, 당일의 일에 관해서는 일반인을 훌쩍 능가하는 기억력을 자랑하는 듯했다.

"카페뿐만 아니라, 오락시설이 거의 없었어요…. 그런 의미에서는 가혹한 입지 조건이네요."

"가혹…한가요?"

"아틀리에장을 회사라고 생각한다면, 복리후생이 세심하지 못하다는 의미예요. 이곳에 사는 사람들은 대체 어디서 숨을 돌리고 있을까요?"

중얼거리듯이 말하면서 쿄코 씨는 왔던 길을 되돌아가는 것이 아니라, 아틀리에장을 빙글 돌아가듯이 움직이기 시작했다. 말투에서 미루어 생각해 보건대, 역시 쿄코 씨는 아틀리에장 그 자체에 별로 좋은 인상을 받지 못한 모양이었다.

예술가를 지망하는 젊은 사람들이 모인 꿈의 장소가 아니라, 마치 강제 노동 시설을 보는 듯한 말투다. 하쿠이 군도 비슷한 말을 했지만, 꿈을 이루기 위한 노력을 강제 노동으로 보는 것은 역시 무리가 있는 것 같은데.

아무튼 눈을 떼면 사라져 버릴 것 같은 쿄코 씨의 뒤를 나는 급히 뒤쫓았는데, 아파트의 딱 뒤쪽으로 돌아간 곳에서 쿄코 씨는 겨우 걸음을 멈췄다.

그곳은 아파트에 병설된 주차장인 듯했다. 뒤쪽에 시설이 있었다고는 눈치채지 못했다. 물론 안으로 들어가려면 시큐리티 체크를 통과해야 하지만….

"오야기리 씨. 잠깐 저 담장 앞에 서 보실래요?"

"네? 아, 그거야 상관없는데요…. 그런데 제 키로도 역시 안은 보이지 않을 겁니다."

"상관없어요. 그곳에 서서 배구의 리시버 같은 자세를 잡아 주세요."

"이렇게 말인가요?"

내가 그렇게 묻는 것보다 쿄코 씨가 스타트를 끊는 동작이 더 빨랐다.

쿄코 씨는 나를 향해 돌진해 와서 오른발로 도약하듯 점프를 하는가 싶더니, 배 앞에서 겹치고 있던 내 손을 발판 삼아 한 단 더 높게 점프해 직립해 있던 나의 머리를 훌쩍 다리를 벌리고 넘어갔다. 경악하며 뒤를 돌아봤는데, 쿄코 씨의 몸은 이미 주차장 쪽으로 사라지고 없었다.

아니, 엄밀하게는 사라진 것이 아니라 저편에서 한 팔로 담벼락에 매달려 있었다.

"오야기리 씨, 제 손을 잡아 주세요. 끌어올릴 테니까요."

담벼락 너머에서, 그렇게 아크로바틱한 행동을 했다고는 생각할 수 없을 만큼 무사태평한 목소리가 들렸다. 내 입장에서는 뭐가 뭔지 모르겠다고 해야 할지, 오히려 쿄코 씨를 이쪽으로 당겨 되돌리고 싶을 정도였지만, 그렇다고 언제까지고 쿄코 씨를 담벼락에 매달려 있게 둘 수는 없었다.

"자자, 어서요!"

"아, 네."

재촉을 하는 대로 나는 담벼락을 기어올랐다. 쿄코 씨가 내 손을 잡아 주긴 했지만, 솔직히 말해 쿄코 씨의 가느다란 팔은 나를 끌어올리는데 전혀 도움이 되지 않아, 사실상 자력으로 담벼

락을 기어오른 것이나 마찬가지였다. 내가 먼저 착지하고, 그에 이어 쿄코 씨도 벽에서 손을 떼며,

"영차."

하고 아래로 착지했다.

즉, 허무하게도 주차장 안으로 우리 두 사람은 침입하는 데 성공했다. 하지만 그런 성공을 해서 마음이 들뜨는 것이 아니라, 오히려 나로서는 흐름에 휩쓸려 터무니없는 짓을 저질렀다는 마음뿐이었다.

"뭐, 뭐 하시는 건가요, 쿄코 씨! 불법침입이에요, 이건!"

"그러면 오야기리 씨도 공범이네요~"

전혀 미안한 기색도 없이 쿄코 씨는 생긋 웃었다.

"시큐리티 체크예요, 시큐리티 체크. 오토 록인 자동문이 있다고 해도, 완전한 밀봉이 아닌 이상에야 역시 어딘가 틈이 있기 마련이군요."

시큐리티 체크는 확실히 내가 부탁한 일이긴 하지만, 그것을 할 생각이었으면 미리 말을 해 줬으면 했다. 갑자기 돌진해 올 때는 무슨 일인가 싶었다.

"그렇지만, 미리 말하면 말렸을 거잖아요?"

당연히 말린다. 하지만 그걸 마치 당연한 이치라는 듯이 말해 봐야, 이쪽이 납득할 수 있을 리 없다. 이전에 의뢰했을 때는 카페 안에서 이야기가 끝나 버려 몰랐지만, 아무래도 이 사람은

뜻밖의 행동력의 소유자인 모양이었다.

벽을 뛰어넘는 것도 그렇지만, 보통, 나 정도의 신장을 지닌 남성을 뛰어넘겠다는 생각을 하나?

스커트를 입은 채로 다리를 벌리고 나를 넘어갔다….

"이쪽이네요."

주차장에서 걸음을 멈추지 않고, 쿄코 씨는 척척 아파트 건물 안쪽으로 이동했다. 결국 오토 록인 자동문을 빙글 우회해서 엘리베이터 홀에 도착한 형태가 되었다.

아하, 이 방법이라면 오토 록은 회피할 수 있다…. 아무튼 움직임이 화려해서 별로 은밀성이 높았다고는 하기 어렵지만. 지금 그 행동은 목격자가 있었다면 신고를 당했어도 이상하지 않다.

"범죄자가 항상 은밀성을 의식할 거라고는 할 수 없어요. 오히려 발견되지 않으려고 살며시 움직이려고 하는 범인이 탐정으로서는 더 쉬워요. 은폐공작은 대체로 증거를 더 많이 남기거든요. 게다가 경비라는 관점에서 더 주의해야 할 사람은 시큐리티를 억지로 돌파하는 무뢰한 아닌가요? 극단적으로 말해 오토 록인 자동문은 돌을 던지면 깨지니까요."

밑도 끝도 없는 의견이었지만, 일리는 있다. 경비원이 상주하는 곳에서 노인 한 명이 회화를 파괴한 것과 마찬가지다.

완전한 시큐리티는 없고, 자기 몸을 생각하지 않는 무뢰한에게 대처하는 것은 어렵다. 그렇게까지 경계하려고 한다면, 역시나 혼자로는 감당할 수 없다.

"와쿠이 씨가 작업하시는 곳은 지하였죠?"

쿄코 씨가 어느새 엘리베이터의 버튼을 누르려 했다. 무뢰한은 아니지만 이 사람이야말로 자신의 몸을 돌아보지 않는 탐정이다. 아무리 내일이 되면 깨끗하게 잊어버린다고는 해도, 해도 되는 일과 그렇지 않은 일이 있을 텐데… '기억 안 납니다'라는 말이 통하지 않을 장면도 있는 법이다.

"네, 지하입니다…. 하지만."

"어?"

내가 대답을 하는 것과 동시에 쿄코 씨는 이미 아래로 가는 버튼을 누르고 있었지만, 그런데도 버튼에 불이 들어오지는 않았다. 아무런 반응이 없었다.

"어? 어라?"

연속으로 눌렀지만 역시 반응은 없었다.

뭔가 일어날 낌새조차 없었다.

"고장 난 걸까요…? 엘리베이터, 움직이지 않는 모양이네요."

어제 탔던 그 업무용 같은 사이즈의 엘리베이터를 떠올렸다. 그때에는 특별히 이상한 곳이 없어 보였는데.

하나밖에 없는 엘리베이터가 고장 났다면 틀림없이 불편할 거라며 주민들을 동정하는 한편으로, 나는 어딘가 마음이 놓였다.

쿄코 씨의 황당할 정도의 행동력에 이끌려 불법침입을 도왔지만, 이곳에서 엘리베이터가 움직이지 않는다는 것은 신께서 돌아가라고 말을 한 것이나 마찬가지라고 해석할 수 있다.

쿄코 씨에게 그렇게 말하려고 시선을 돌렸는데, 쿄코 씨는 그곳에 없었다. 홀 측면에 있는 문을 마음대로 열고 있었다.

대리석 벽과 비슷해서 존재를 눈치채기 힘들었던 그 문은 비상계단으로 통하고 있었다. 너무 눈치가 빠르다. 신의 충고에 전혀 귀를 기울일 생각이 없어 보였다.

"이쪽이에요, 오야기리 씨."

돌아보지 않고 나에게 말을 하면서, 쿄코 씨는 총총히 계단을 걸어 지하로 내려갔다. 말릴 틈조차 주지 않고.

나중이 되어 생각해 보니, 이때 쿄코 씨는 어떤 예감을 갖고 있었던 듯하다. 아니, 예감이라고 한다면, 쿄코 씨는 내가 의뢰를 했던 시점에 이미 어떤 종류의 예감을 했다. 아니면 예견이라고 해야 할까? 아틀리에장이라는 건물에 내포되어 있는 위험이라고 해야 할까. 인자를, 그 시점에 이미 찾아낸 것이다.

그곳에 도착해, 와쿠이 옹과 전혀 연락이 되지 않는 상황에 심상치 않은 느낌을 받고, 보안을 강제로 돌파한 것인지도 모른다. 신의 충고에도 귀를 기울이지 않고.

물론 가능성으로 따지면 그런 예견은 빗나갈 확률이 더 크다. 쿄코 씨를 움직이게 만든 추정은 말이 되지 않을 만큼 불확실한 예감에 근거한 것이었다.

그날 카페에서 보여 준 소거법이 아닌 귀류법. 희박하든 낮든 존재하는 모든 가능성을 하나씩 짓밟아 가는 스타일의 일환이었다. 하지만.

이때만큼은 단번에 적중했다.

계단을 내려간 곳 앞의 문은 열려 있었고, 쿄코 씨가 탐정이 아닌 괴도처럼 산뜻하게 논스톱으로 도착한 지하실 안에는 와쿠이 옹이 옆으로 누워 쓰러져 있었다. 그리고 복부에는 페인팅 나이프가 꽂혀 있었다.

7

충격적인 상황에 직면하고서야, 지금까지의 현기증이 날 것 같은 움직임마저도 쿄코 씨에게 있어서는 제동을 건 움직임이었다는 사실을 나는 알게 되었다. 그때부터의 쿄코 씨는 정말로 가장 빠른 모습이었다.

"오야기리 씨! 엘리베이터 홀에 AED가 있었어요. 가져오세요!"

외치는 것과 동시에 쿄코 씨는 노인의 몸이 있는 곳으로 달려갔다. 한순간도 멈춰 있는 법이 없었다. 반대로 몸을 전혀 움직이지 못했던 나는 마치 로봇처럼 쿄코 씨의 명령에 따르고 있을 뿐이었다. AED? 그런 게 있었던가?

있었다.

내려왔던 계단을 올라가 보니, 홀의 딱 대각선 쪽에 소화기와 함께 나란히 배치되어 있었다. 쿄코 씨는 이런 곳까지 체크를 한 모양이었다.

AED의 위치 확인이라니, 물론 기초 중의 기초일지도 모르지만 대부분의 경우 그런 것은 후회의 마음과 함께 떠오르게 되는 기초이다. 어디에 있는지 제대로 체크해 둘걸 그랬다, 처럼.

모든 가능성을 망라하는 쿄코 씨는 그런 후회마저도 미리 고려해 둔 것만 같았다. 하지만 그런 일에 감탄하고 있을 때가 아니다.

나는 케이스의 문을 열고 AED 본체를 꺼내 지하로 다시 내려갔다. 냉정해지려고 했지만 사실은 마음이 급해 한 번은 엘리베이터의 버튼을 누르고 말았다. 아차, 가동되지 않았었다.

마음을 가라앉히며 생각했다. 확실히 AED는 흐트러진 심장 박동을 정상 상태로 되돌리기 위한 장치로, 완전히 심장이 정지한 사람에게는 효과가 없다. 그렇다면 쿄코 씨는 아직 와쿠이 옹이 죽지 않았다고 판단한 걸까? 나는 나이프에 찔려 쓰러져 있는 와쿠이 옹을 보고 반사적으로 '살해당했다'라고 생각했는데, 나이프가 꽂혀 있는 곳은 하복부였다.

급소는 피해 간 건가…?

아니, 내장에 꽂혔다면 역시 급소가 아닐지?

생각을 하는 것 같았지만 생각을 하고 있지 않았다. 사고가 빙글빙글 도는 가운데 지하실에 도착해 보니, 이미 쿄코 씨는 적절한 조치를 다 취해 둔 상태였다.

옆으로 누워 있던 와쿠이 옹을 똑바로 눕히고, 자신이 입고 있던 스웨터를 머리에 대 준 뒤, 사무에를 찢어 노인의 상반신이 모두 드러나게 해 두었다.

상처 주변에는 이미 붕대(?) 같은 천을 빙글빙글 감아 지혈 조치를 끝냈다. 단, 나이프 그 자체는 빼지 않았다.

이런 때에 날붙이는 빼지 않는 편이 좋다고도, 빼는 편이 좋다고도 말들 하지만, 쿄코 씨는 어떤 기준으로 판단했는지 날붙이를 움직이지 않도록 고정하는 방법을 선택한 듯했다.

사무에를 찢는다거나 고정하는 붕대라거나, 그런 도구가 어디에 있었을까 잠시 의문이 들었지만, 이곳은 액자를 만드는 작업장이었으니 도구가 없지는 않았을 듯했다.

즉, 쿄코 씨는 모든 도구를 사용해 응급조치를, 아니, 구급구명조치를 한 것이다. 아니, 그래도 노인의 얼굴에는 생기가 전혀 없어서….

"사, 살아 계신가요?"

"자발호흡이 가능한 정도까지는 회복시켰어요."

단정적으로 대답하는 쿄코 씨.

잘 보니 바로 옆에 페트병으로 만든 것으로 보이는 인공호흡용 간이장치가 굴러다녔다. 그것도 즉흥적으로 만든 것이겠지.

"심장이 정지되어 있었지만, 마사지로 그쪽도 회복시켰어요. AED를 연결해 주세요. 어서요! 작동시키면 나머지 기계가 가르쳐 줄 거예요!"

말을 하면서 쿄코 씨는 휴대전화를 꺼냈다. 어디서 많이 본 스마트폰이라고 생각했는데, 그건 내 휴대전화였다.

아무래도 달려갈 때, 내 주머니에서 꺼낸 모양이다. 망각 탐정인 쿄코 씨는 통신기기라기보다 지금은 고성능 기록 매체인 휴대전화를 가지고 다니지 않는다. 물론 나도 다른 사람 이상으로 시큐리티 의식이 높은 사람이라 스마트폰을 잠가 두었지만, 110*이나 119 등의 긴급 연락처에 전화를 할 때는 패스워드를 입력하지 않아도 된다.

쿄코 씨가 소방서에 전화를 하는 사이에, 나는 허둥대며 AED의 패드를 노인의 몸에 붙였다. 그러는 사이에 손이 닿아, 그 체온을 통해 겨우 와쿠이 옹이 살아 있다는 사실을 실감했다.

하지만 이상한 감촉이었다. 아마 쿄코 씨가 심장 마사지를 했을 때 늑골이 부러진 것이겠지. 쿄코 씨가 저 가느다란 팔로 얼마나 힘을 주어 마사지를 했을지 짐작이 되었다….

※110 : 한국의 112에 해당하는 번호.

"배, 배에 크게 상처가 났는데, 전기가 흘러도 괜찮을까요?"

내가 쿄코 씨에게 물으려고 고개를 들었는데, 쿄코 씨는 이미 그곳에 없었다. 내던져진 것처럼 바닥에 떨어져 있는 내 스마트폰이 있을 뿐이었다.

"흐르면 안 될 때에는 전기가 흐르지 않는 구조이니 괜찮아요!"

대답은 다른 방향에서 돌아왔다. 그쪽을 보니 쿄코 씨는 지하실을 이리저리 바쁘게 뛰어 다니고 있었다. 아무래도 목재를 모으는 것처럼 보이는데, 뭘 하려는 건지 모르겠다…. 그 모습만을 보면 혼란스러운 나머지 의미 없는 행동을 하는 것처럼 보일 뿐이었다. 화재 현장에서 베개를 들고 나오는 것처럼 패닉에 빠진 듯이.

하지만 이렇게까지 적절한 구명조치를 취한 쿄코 씨에게 '진정해 주세요!' 같은 엉뚱한 말을 걸 수는 없었다. 오히려 진정해야 할 사람은 나였다.

틀림없이 무슨 의미가 있는 행동이라고 믿고, 나는 이번이 첫 실전인 AED 조치에 들어갔다.

그렇다, 경비회사에 근무하던 시절에 훈련이라면 경험해 본 적이 있다. 이건 전문적인 지식이 없어도 누구나 사용할 수 있는 구명장치다.

[전류가 흐릅니다. 떨어져 주십시오.]

그런 음성이 흘러 급히 그에 따르자, 둔기로 바닥을 때리는 듯한 소리가 콰앙 하고 울렸다. 늑골은 물론 와쿠이 옹의 가느다란 몸 그 자체가 부러지는 게 아닐까 할 정도의 소리였다.

알고는 있지만, 사용법이 틀린 건 아닌가 해서 몸을 움츠렸는데,

[회복했습니다.]

하는 음성이 AED에서 흘러나왔다. 나는 가슴을 쓸어내렸다.

물론 위기적인 상황이라는 점은 변함없었지만, 아무튼 심장 박동이 정상 리듬을 되찾았다면, 확실히 한 고비는 넘긴 것이었다.

나머지는 와쿠이 옹의 생명력을 의지할 수밖에 없다.

하지만 그렇게 가슴을 쓸어내리고 있는 사이에, 쿄코 씨가,

"이쪽이에요!"

하고 소리쳤다.

지시가 굉장히 단정적이어서 잘못 듣고 싶어도 그럴 수 없었다. 마치 이런 상황에 익숙한 것 같은데, 경험이 쌓이지 않는 망각 탐정에게 '익숙함'이란 것이 과연 있을까?

지시대로 움직여 보니, 그곳에는 눈을 의심하게 하는 것이 있었다. 눈을 의심하게 하는 것이 완성되어 있었다.

그 주변의 천과 목재로 만든 들것이었다. 못을 박아 만든 것이 아니라, 밧줄과 끈으로 각각의 부품을 강하게 고정시킨 것이었

다. 강도는 충분해 보였다.

이런 것을 내가 눈을 떼고 있던 불과 몇 분 만에 만들었다는 건가? 아니, 확실히 심플한 구조이지만, DIY에도 정도가 있는 법이다. 하지만 엘리베이터를 이용하지 못하는 지금은 반드시 필요한 것이었다.

1분 1초를 다투는 상황이라 구급차가 도착하기 전에 와쿠이 옹의 몸을 지상으로 올려 두자는 심산인 듯했다.

"자, 멍하니 있지 마시고요! 살짝 와쿠이 씨를 이 위에 올려 주세요! 계단을 오를 거니 오야기리 씨가 다리 쪽을 들어 주세요!"

들것에 올라간 와쿠이 옹의 몸이 혹시라도 옮기는 중에 떨어지지 않도록, 남은 천 조각으로 고정하는 쿄코 씨. 솜씨가 너무 좋아서, 그 스피드는 눈으로 확인하기 힘들 정도였다.

난폭하다고 해도 좋을 신속함.

하지만 아주 중요한 부분은 굳이 빠르게 하지 않는 섬세함도 돋보였다.

그렇게, 쓰러져 있는 와쿠이 옹을 발견한 지 아직 10분도 지나지 않았는데 쿄코 씨는 중태인 그를 지상까지 옮기는 데 성공했다. 그것은 구급차의 도착과 거의 동시였다.

"나이는 72세, 혈액형은 A형. 몇몇 지병이 있으신 것 같아요. 상비약은 여기에."

대체 어느새 어디에서 그런 것을 발견한 건지는 모르겠지만,

쿄코 씨는 와쿠이 옹의 것으로 보이는 약 수첩을 구급대원에게
건네주었다.

정말 뭐 하나 빈틈이 없다.

그런 대처를 보고 프로인 구급대원이 놀란 표정을 지었지만,

"어서 가 주세요. 의식의 수준은 매우 낮아, 와쿠이 씨의 상태
는 전혀 앞을 예측할 수 없는 상황이에요."

하고, 쿄코 씨는 그들을 재촉했다. 그러자 시끄럽게 사이렌
소리를 울리면서, 와쿠이 옹을 태운 구급차는 가장 가까운 병원
으로 가기 위해 출발했다.

"후우…."

하고 그제야 쿄코 씨는 숨을 내쉬었다.

이렇게까지 풀 스피드로 움직인 반동인지, 도저히 혼자서 서
있을 수 없게 되었다는 듯,

"잠깐 어깨 좀 빌릴게요."

하고 쿄코 씨가 나에게 몸을 기댔다.

새하얀 머리를 투욱 나에게 맡겼다.

"우앗…."

당황해서 몸을 부축하려고 다리에 힘을 준 나였지만, 그럴 필
요는 없었다. 그럴 필요가 없을 정도로 쿄코 씨의 몸은 가벼웠
다.

이렇게 작은 몸으로 그런 움직임을 보이고, 그런 스펙, 그런

퍼포먼스를 보이다니⋯. 나도 나름대로 도움이 됐다고 생각하지만, 기본적으로는 쿄코 씨의 지시에 따랐을 뿐이고 아마 혼자였으면 아무것도 못 했을 것이다. 쓰러져 있는 와쿠이 옹을 앞에 두고 그냥 우왕좌왕했을 게 분명하다. 아니, 나 혼자였으면 애초에 궁지에 내몰린 와쿠이 옹을 발견하는 것조차 불가능했다.

"⋯괜찮을까요? 와쿠이 옹."

나는 무력감을 느끼며 그렇게 중얼거렸다.

정식 고용 기간은 아직 시작되지 않았지만, 그런 것은 관계없는 일이었다. 나는 또, 지켜야 할 대상을 지키지 못했다.

할아버지에게는 미안하지만, 지킨다는 뜻의 마모루라는 이름을 이제는 그냥 버리고 싶었다.

"모르겠어요."

탐정은 무책임한 위로는 하지 않았다.

가장 빠르고, 최적의 조치를 한 것은 분명하지만, 그것에도 한계는 있다. 하물며 와쿠이 옹은 고령이다.

"하지만⋯ 쿄코 씨, 저희가 같이 가지 않아도 괜찮을까요?"

쿄코 씨는 그 분위기를 타고 구급차에 동승해 병원까지 따라갈 거라고 생각했는데⋯ 병원 의사에게 사정을 설명하지 않아도 괜찮은 걸까?

"가족이 아니니까요. 따라가도 할 수 있는 일은 없어요. 설명할 수 있을 만한 사정도, 없고요."

"그거야 그렇지만···."

"그런 것보다도, 우리는 우리의 일을 하죠."

"저, 저희의 일이요?"

"네. 일이에요."

그렇게 말하며 쿄코 씨는 나에게 기댔던 몸을 일으켰다. 가장 빠른 쿄코 씨의 휴식 시간은 불과 30초도 되지 않았다.

힘찬 발걸음으로 쿄코 씨는 돌아보았다. 아틀리에장을 돌아보았다.

시끄럽게 사이렌 소리를 내면서 구급차가 나타났다 사라졌는데도 누구 하나 밖으로 나오는 사람이 없었다. 도시의 무관심이라고 하면 그뿐인 이야기였지만, 이 고층 아파트가 안고 있는 사정을, 그리고 이곳에 사는 지망생들을 생각하면, 그것은 한층 불길한 일이기도 했다.

쿄코 씨는··· 망각 탐정은.

누란累卵의 위기를 그대로 드러내고 있는 아틀리에장을 가리키며, 힘차게 추정했다.

"범인은 이 안에 있어요."

제 3 장

추천하는 코코 씨

1

탐정이 가는 곳에 사건이 있다.

이것은 추리소설 세계에서 자주 등장하는 일종의 법칙 같은 것으로, 그러니 탐정과는 같이 여행하고 싶지 않다, 라는 식으로 야유하기도 하지만, 이번 사건으로 내 생각은 변했다.

역시 그것을 생업으로 삼고 있는 이상, 탐정의 사건 조우율이 일반인보다 훨씬 높은 것은 통계상 틀림없는 사실이겠지만, 그것이 사고나 사건이라고 하는 비극을 불러오는 건가 하면, 결코 그렇지 않다.

오히려 탐정은 원래 일어났을 비극을 막을 수도 있는 존재다. 조우遭遇한 트러블에 대처할 수 있는 사람이다.

쿄코 씨가 그 사실을 가르쳐 주었다.

나는 진심으로 쿄코 씨가 같이 있어 다행이라고 생각했다. 나 혼자서는 이번 상황에 절대 대처하지 못했을 테니까.

와쿠이 옹에게 구명조치를 할 생각도 못 한 채, 출혈량을 보고 이미 죽었을 것이라고 단정한 뒤, 이러지도 저러지도 못하고 동요하면서 계속 그 자리에 멈춰 서 있었을지도 모른다.

많은 사건과 조우했다는 것은, 그만큼 많은 사건에 대처를 했다는 것이다. 적어도 오키테가미 쿄코는 그런 탐정이었다.

쿄코 씨는 멋지게 피해자를 구했다.

그것은 어쩌면 범인을 구한 것이 될지도 모른다. 하지만 아무튼, 나도 그 점을 크게 반성하고 또 배워야 한다고 생각하지만, '범인은 이 안에 있어요'는 역시 지나친 말이 아닐까?

아틀리에장.

주민 모두가 화가 지망생이라는 이질적인 고층 아파트.

존재 그 자체가 의심스럽다고 해도 과언이 아닌 건물이지만, 역시 범인이 있다고 단정하는 것은 아직 너무 이르다.

아무리 가장 빠른 탐정이라고는 해도, 그렇게 단정하는 데에는 어떤 근거가 있는 것일까. 하지만 내가 질문을 하기도 전에 망각 탐정은 벌써 빠르게 움직이기 시작했다. 쿄코 씨의 스피드를 계속 실황實況하는 것은 간단한 일이 아니지만, 나는 이제 쿄코 씨에게서 눈을 뗄 수 없었다.

범인은 이 안에 있다.

그렇게 단언한 쿄코 씨가 건물 안으로 빠르게 돌아가서, 나도 그 뒤를 쫓았던 것이다.

2

돌아간다고는 해도 아틀리에장은 오토 록이라, 침입을 하려면 순서를 밟아야만 했다. 즉, 조금 전과 마찬가지로 쿄코 씨는 나를 발판 삼아 담벼락을 넘어 주차장을 통해 건물 안으로 침입했다.

하지만 점프해서 넘어가는 것은 역시 너무 호들갑스럽다고 설득하여, 내가 벽에 손을 대고 서 있을 때, 등 쪽을 사다리 삼아 타고 올라가는 방법으로 바꾸었다.

"와~ 몸집이 크신 분은 부럽네요. 저는 재빨리 행동하는 게 고작인데 말이죠."

쿄코 씨는 그렇게 말했지만, 개인적으로는 그 재빠름이 부럽기도 했다. 아무리 에너지가 넘쳐 나는 거한이라도, 제대로 움직이지 못하면 아무런 도움도 안 되기 때문이다.

그리고 우리는 아파트의 지하 작업장으로 갔는데, 그곳에는 무섭게도 바닥에 피가 넓게 얼룩져 있었다.

조금 전까지 그곳에 아는 사람이 쓰러져 있었다고 생각하니, 심장이 꽉 오그라드는 듯한 기분이 들었다. 말이 험하고 인상이 좋다고는 할 수 없었던, 내가 직장에서 잘리게 만든 원인을 제공한 장본인이었음에도…. 지금까지 혼란스러워 허둥댔었는데, 마음이 가라앉아 침착하게 생각해 보니, 일어난 사건의 무게가 너무 커서 짓눌려 버릴 것만 같았다.

경비원으로서도, 인간으로서도.

하지만 그렇게 감상적이 된 사람은 나뿐이었던 듯, 쿄코 씨는 바로 현장검증에 들어갔다.

작업장 이곳저곳에 막무가내로 손을 넣고 뒤집고 하며 흩어

놓는데, 그 모습은 탐정이라기보다 역시 괴도 같았다.

"아, 저, 쿄코 씨."

"네?"

돌아보지도 않은 채 수사를 계속하면서 나에게 대답을 하는 쿄코 씨. 신속할 뿐만 아니라, 쿄코 씨는 멀티태스크이기도 한 듯했다. 확실히 와쿠이 옹을 구조할 때도 쿄코 씨는 두세 개의 작업을 동시에 해냈다.

그렇다면 현장검증을 하면서 멍하니 서 있는 거인의 상대를 하는 것 정도는 특기라 할 수 있을지도 모른다. 속으로는 돌아봐 주었으면 했지만, 한가한 소리를 하고 있을 수는 없었다.

"그렇게 어지럽혀도 되나요? 그게… 사건이 일어났을 때에는 현장의 보전이 중요하다고 들은 적이 있는데요."

이건 경비원으로서의 지식이 아니라 텔레비전 드라마에서 얻은 지식이지만, 아무튼 일반 상식에 들어가는 내용이라고 생각한다.

그렇게 묻는 나에게 쿄코 씨는 벽 쪽에 설치된 책장의 서랍에서 손을 빼더니 양손을 만세하듯이 들어 보였다. 어느샌가 쿄코 씨의 손에는 장갑이 끼워져 있었다.

그런 것을 지참하고 있었던 것인지, 아니면 아틀리에 내에 있던 작업용 장갑을 멋대로 빌린 것인지는 모르겠지만(디자인이 목장갑 같았으니 세련된 쿄코 씨라는 점을 생각해 보면 후자일 가능성이 높다), 일단 지문이 묻을 염려는 없다는 말을 하고 싶었던 듯하다.

"어떻게 어지럽혔는지 기억하고 있으니, 나중에 원래대로 해 놓을 거예요. 지금은 아무튼 속도가 우선이거든요."

시간이 없으니까요, 라고 쿄코 씨는 말했다. 어떻게 어지럽혔는지 기억하고 있다고 아무렇지도 않게 말했지만, 나에겐 굉장히 강렬한 대사였다.

그렇다면 그런 점은 쿄코 씨를 믿는다고 해도, 애초에 문제점은 그것이 아니었다.

나중에 원래대로 해 놓는가 해 놓지 않는가의 문제가 아니라, 쿄코 씨가 이렇게 지하실을 수사할 이유가 없다고 나는 말하고 싶었다.

그거야 인명 구조는 긴급사태니까 모든 것이 당연히 해야 할 일이었을 테지만, 그 이후의 일은 사정이 다르다. 사건의 수사는 경찰에게 맡겨야 한다.

쿄코 씨의 스피드, 즉 기세에 휘말려 여기까지 오고 말았지만, 우리가 지금 해야 할 일은 경찰이 도착할 때까지 사건 현장을 가능한 한 그대로 보전하는 것이지, 방 안의 서랍을 다 뒤집어 놓는 것은 아니지 않을까….

"경찰은 안 올 건데요?"

쿄코 씨가 말했다.

"신고를 안 했거든요."

"네, 그러시군요. 그렇다면 상관없지만… 네?"

상관없지 않다. 신고를 안 해? 왜?

"시, 신고를 안 했다니, 그게 무슨 말씀이시죠?"

"무슨 말씀이긴요, 말 그대로의… 의, 미, 예, 요."

리드미컬하게 대답하지 않은 것을 보면, 그때 쿄코 씨는 조금 작업을 하다 막힌 모양이었다. 막혔다고 해야 할지, 역시 애를 먹고 있다고 해야 할지.

쿄코 씨는 놀랍게도 잠긴 서랍을 피킹picking하고 있었다. 그냥 서랍을 여는 정도라면 몰라도 잠겨 있는 서랍을 열기 시작하면, 그래선 도둑이나 마찬가지다.

동행자로서는 진심으로 말리고 싶어지는 영역에 쿄코 씨는 발을 들이기 시작한 것이다. 나는 쿄코 씨에게 달려갔지만, 결국에는 늦고 말았다.

피킹하는 데 성공한 쿄코 씨는 안에서 명백히 중요서류처럼 보이는 파일을 꺼내더니 가슴 부근에서 펼쳐 읽기 시작했다.

"아, 안 된다니까요, 쿄코 씨."

늦었지만 나는 일단 그렇게 말했다.

"게다가 왜 신고를 안 하셨죠? 깜박하신 건가요?"

생각하기 힘든 일이었다. 그렇게 완벽한 구명조치를 했는데… 소방서에는 빼먹지 않고 신고를 했으면서 경찰에 신고하는 것은 잊어버리다니, 그런 것을 망각할 리가 없었다. 명백하게 쿄코 씨는 의도적으로 경찰에 신고하지 않은 것이다.

"시간벌기 정도밖에는 안 되지만요."

쿄코 씨는 파일을 다 읽고, 다음 서류로 손을 뻗었다. 속독이라고는 하지만 아무래도 읽는 속도가 너무 빨랐다. 아마 요점만을 훑어보는 것이겠지.

하지만 아무리 생각해도 전문도 아닌 미술 관련 자료를 훑어볼 수 있다는 것도, 생각해 보면 보통이 아니었다.

"배의 상처는 명백히 찔린 상처니까요. 페인팅 나이프도 계속 몸에 꽂혀 있었으니… 치료가 끝나면 당연히 병원에서 경찰에 신고를 할 거예요. 벌 수 있는 시간은 많이 잡아 반나절 정도일까요. 그 사이에 가능한 한 수사를 하고 싶어요."

"…하, 하지만, 쿄코 씨. 수사는 전문가에게 맡겨야 하지 않을까요?"

"저도 전문가인데요."

탐정이니까요, 하고 쿄코 씨가 말했다.

물론 탐정도 수사의 전문가이기는 하지만, 아무리 탐정이라도 이런 사건의 수사권은 없다.

그래서 쿄코 씨는 일부러 신고하지 않고 시간을 벌어 둔 것이겠지만… 문제는 왜 그렇게까지 하는가, 이다.

지금 쿄코 씨가 하는 일은 나중에 한마디 들을 것이 분명한 행동… 자칫하면 한마디 듣는 정도로 끝나지 않고 형사처벌을 받게 될 수도 있는 행동이다.

일단 최초 발견자로서, 그리고 와쿠이 옹에게 고용된 나의 협력자로서 해야 할 일의 연장선상인지는 모르겠지만…. 그래도 의도적으로 신고하지 않은 것은 최초 발견자로서 잘못된 행동이고, 쿄코 씨는 아직 와쿠이 옹에게 직접 고용된 것도 아니다.

즉, 쿄코 씨는 지금 누군가에게 부탁을 받지도 않고, 의뢰를 받지도 않았는데 멋대로 사건의 수사를 시작한 셈이 된다.

그건 절대 칭찬을 받을 만한 일이 아니지 않을지….

게다가 위화감도 있었다. 추리소설에 등장하는 탐정 중에는 사건의 해결에 몰두한 나머지 법의 경계선을 넘거나, 사건의 수수께끼를 해결하는 것만이 목적이라 경찰에게 협력하지 않는 경우도 있지만, 그게 허용되는 것은 어디까지나 픽션의 세계이기 때문이다.

설령 그런 탐정이 현실에 있다고 하더라도, 쿄코 씨가 그런 타입이라고는 생각하기 힘들었다. 아직 그렇게 오래 알고 지낸 사이는 아니지만, 굳이 따진다면 쿄코 씨는 직업의식이 높은 편이고, 윤리관도 확실했다.

지금 경찰을 멀리한 채로 직접 수사에 나서 사건을 해결하면 이름값을 드높일 수 있다, 같은 약아빠진 생각을 할 사람으로는 보이지 않는다.

애초에 내 눈에는 이 사건에 그렇게 매력적인 수수께끼가 있는 것처럼도 보이지 않았다. 집에 침입한 강도가 갑자기 마주치게 된 노인을 찌르고 무서워진 나머지 도망쳤다든가 하는, 안타깝지만 흔한 비극이 여기서도 일어났을 뿐인 것 아닐까? 딱 보기에, 이 지하실에서 사라진 것은 없어 보이지만, 무서워져서 도망간 강도라면 아무것도 안 훔치고 도망갔다고 해도 이상할 것은 없다.

결코 탐정의 본능적인 호기심을 자극하는 듯한 환상적인 수수께끼는 없다. 그런 점에서 보면 미술관에 전시된 회화를 갑자기 지팡이로 파괴하는 노인 쪽이 훨씬 수수께끼투성이였다.

그런데 왜 쿄코 씨는 인명구조를 한 것도 모자라, 굳이 경찰에게 신고하지 않으면서까지 스스로 수사를 하려고 나선 것일까? 설령 이 아틀리에장에 범인이 살고 있다고 하더라도….

"그, 그렇지. 쿄코 씨. 한 가지 질문해도 될까요?"

"조금 전부터 계속 질문을 쏟아 내고 있는 것 같지만… 네, 뭐든 해 주세요."

"왜 '범인은 이 안에 있어요'라고 하신 거죠?"

당연하다는 듯 단언을 해서 압도된 나머지 나름대로 설득력을 느끼고는 있었지만, 그것을 가리키는 증거는 생각해 보면 하나도 없었다.

복부에 꽂혀 있던 흉기가 페인팅 나이프였으니 그림을 그리는 사람이 수상하다든가, 그런 것은 증거는커녕 근거도 되지 않는다. 페인팅 나이프 정도야 흔하게 파는 물건이고, 극단적으로 말해 이 방에도 있었을 가능성이 높다. 범인이 근처에 있던 페인팅 나이프를 사용해 충동적으로 찔렀다고 하는 것이 오히려 이치에 맞는 예상이다.

일단 넓은 의미에서 이 아파트는 밀실 환경이었으니, 오토 록을 열고 오갈 수 있는 주민이 수상하다고 할 수도 있겠지만, 실제로 이렇게 나와 쿄코 씨가 침입을 했듯이, 이 초고층 아파트의 오토 록은 지금 와서는 견고하다고 말할 수 없다.

…극단적으로 말하면, 가장 범인으로 의심스러운 사람은 아틀리에장의 주민보다도 침입자인 나와 쿄코 씨 쪽이다. 최초 발견자를 의심하라, 라는 것은 나도 알고 있는 미스터리의 기본이다….

"걱정 마세요, 오야기리 씨. 저는 그렇게 얕은 추리로 '범인은 이 안에 있어요'라고 허세를 부린 것이 아니니까요."

"네…."

얕다, 라는 말을 들으니 그런 생각을 한 사람으로서 조금 풀이 죽긴 했지만, 충격을 받을 정도는 아니었다.

"보세요. 와쿠이 씨가 쓰러져 있던 장소를요."

"쓰러져 있던 장소요?"

쿄코 씨의 말대로 돌아보았지만, 지금도 선명하게 형광등의

빛을 반사하고 있는 혈흔 탓에 무심코 시선을 돌리고 싶어졌다. 그렇게 직시하지 않아서 뭔가 놓친 것이 있는 것일까?

"…기분이 영 안 좋으면 그 근처에서 쉬고 계셔도 괜찮은데요."

내 마음을 눈치챈 것인지, 쿄코 씨가 그렇게 배려하듯이 말했다. 감사한 배려이긴 했지만 쿄코 씨가 열심히 움직이고 있는데 내가 옆에서 그로기 상태가 되어 있어서는 프로 경비원으로서 체면이 말이 아니다. 현재, 직무를 두 번이나 연속으로 집행하지 못해 이미 상당히 체면이 말이 아니기도 하니, 더 이상 꼴사나운 모습을 보일 수는 없었다.

"괜찮습니다."

하고 나는 강한 척을 했다.

"무리하실 필요 없는데요? 저는 아무리 처참한 사건 현장을 보더라도 내일이면 잊어버린다는 사실을 알고 있어서 오히려 아무렇지도 않은 면도 있으니, 어떤 사건이 일어나도 트라우마가 생기지 않아요."

그렇다, 듣고 보니 그건 탐정으로서 상당한 어드밴티지다…. 하지만 반대로 말하면 아무리 사건 현장을 경험해도 결코 그 수라장에 익숙해질 수 없다는 측면도 있다. 망각 탐정이라는 것만이, 반드시 쿄코 씨의 강심장의 이유라고는 할 수 없다. 온화해 보이지만, 역시 근본적으로는 마음이 다부진 여성이다.

정색하며 경쟁할 그런 성질의 것은 아니지만, 역시 배울 필요가 있다는 생각이 들었다.

"하지만 쿄코 씨. 와쿠이 씨가 쓰러진 곳에 특별히 이상한 점은 없는 것 같은데요….."

"틀림없나요?"

"네. 틀림없이 그렇게 보입니다."

새삼 재확인을 하니 자신이 없어졌지만, 어쨌든 겉만 봐선 무참한 피의 흔적이 있을 뿐이다. 상황만 보면, 여기서 물감을 쏟았나 하는 생각이 드는 현장이다.

"그런가요? 저도 그렇게 생각해요."

쿄코 씨는 함정 문제를 낸 출제자 같은 대답을 했다. 뭐지, 하고 나는 쿄코 씨를 돌아보았다.

정작 쿄코 씨는 바인더를 열고 안쪽을 바라보는 중이었다. 이제 다른 바인더를 꺼내 보고 있나 싶었는데, 아직도 조금 전에 열었던 것과 같은 것을 보는 중이었다.

"별다른 점이 없다. 그러니까 이상한 거예요."

"……? 그게 무슨 말씀이신지….."

"다잉 메시지가 안 남아 있었잖아요?"

쿄코 씨가 말했다.

"다, 다잉 메시지… 말인가요?"

나는 당황해 대답했다. 분명히 추리소설에 나오는 용어다. 번역하면 죽기 직전의 전언傳言. 피해자가 자신을 해친 범인을 알리기 위해 현장에 남기는 메시지… 였던가?

"네, 그 말대로예요. 잘 아시네요. 확실히 뭐라고 말할 수는 없지만, 일단 와쿠이 씨의 구명에는 성공했으니, 정확하게는 니어 다잉 메시지라고 해야 할지도 모르지만, 와쿠이 씨는 쓰러져 있던 그 장소에 아무런 메시지도 남기지 않았어요."

"아, 네…. 그러네요."

말 그대로라 고개를 끄덕일 수밖에 없었지만, 그게 뭐 어쨌다는 걸까? 와쿠이 씨가 쓰러져 있는 모습을 발견한 시점에 상세히 눈치 빠르게 확인한 것은 거듭 대단한 것이라 생각하지만, 그렇다고는 해도 다잉 메시지가 있었다면 모를까, 다잉 메시지가 없었다는 것을 굳이 지적하는 의도는 뭐지?

"한번 생각해 보세요, 오야기리 씨. 나이프에 찔린 곳은 복부예요. 설령 내장을 다쳤다고 하더라도, 심장이나 머리에 대미지를 입었을 때와는 다르게, 즉사할 정도의 상처는 아니었어요. 의식을 잃기까지 시간이 있었을 거예요. 그런데 어디에도 메시지를 남기지 않았다. 이상하다고 생각하지 않으시나요?"

"이상하다니… 아니요, 별로 이상하지 않은데요."

원하는 것과는 다른 대답이라고 생각하면서도, 나는 솔직하게 대답했다.

"그것도 그럴 게, 메시지를 남기고 싶다고 해도 주변에 펜이나 연필이 없으면 남길 방법이 없기도 하고요…."

"확실히 펜이나 연필을 가지러 펜통이 있는 곳까지 갈 체력은 없었겠지만… 그럴 필요는 없지 않을까요? 메시지를 남기기 위한 도구라면 바로 앞에 있으니, 일어설 필요는 없어요."

"도구…? 와쿠이 씨는 전문직이니, 필기구를 평소에도 휴대하고 있을 거라는 추리인가요?"

그럴 수도 있다고 한다면 물론 그럴 수도 있겠지만, 전문직이라고 해도 와쿠이 옹은 화가가 아니라 액자장이다. 평소 필기구를 항상 몸에 지니고 다녔는지 어떤지는, 실제로 그와 만나 본 입장으로서 단언할 수는 없었다.

"저도 그건 정확하게 판단할 수 없어요. 외출 중이라면 몰라도 집 안에서까지 화필을 가지고 다니는지 어떨지는 화가라 하더라도 의심스럽죠."

"그러네요… 그럼."

"하지만 그렇게 고도의 판단을 할 것도 없이, 메시지를 쓰는 것만이라면 간단하잖아요. 피와 손가락으로."

상처 부위에서 피가 계속 흘러나오고 있었고, 손가락이 절단된 것은 아니니까, 라고 쿄코 씨가 무시무시한 소리를 했다.

아니, 무시무시하기는 하지만, 다잉 메시지로서는 확실히 그것이, 그것이야말로 일반적일 것이다. 현장에 남겨진 피로 쓴 문자. 하지만 와쿠이 옹이 혈흔을 마치 물감처럼 쏟았다고 생각하면서도 나는 실제로 그것을 물감처럼 이용할 수도 있었겠다는 발상은 하지 못했다. 이건 자신의 어리석음을 부끄러워해야 하는 건가.

다만, 남겨진 피로 쓴 문자를 보고 무언가를 이끌어 내는 것은 초심자도 할 수 있는 일이지만, 피로 쓴 문자가 남겨져 있지 않다는 것에서 무언가를 이끌어 내는 것은 탐정이라도 그렇게는 하지 않는 일이 아닐까?

"남길 기회와 그러기 위한 수단이 있었는데도 불구하고, 범인을 가리키는 메시지가 남아 있지 않다. 그것에 대해 어떻게 생각하시나요, 오야기리 씨?"

"어, 어떻게 생각하냐고 하셔도…."

나는 그게 특별히 문제라고는 생각하기 힘든데… 다잉 메시지라니, 기회나 수단이 있다고 해서 누구나 남길 수 있는 것은 아니다. 그 자리에서 즉사할 정도의 상처는 아니었다고 하지만, 그래도 상당한 통증이 있었을 텐데… 와쿠이 옹의 입장에서는 그런 겨를이 없었던 것뿐 아니었을까 하는 생각이 들었다.

"네, 그렇게 말씀하신다면 그뿐인 이야기예요. 하지만, 그렇지 않았다면 어떤가요? 시험 삼아 다른 가능성을 생각해 봐 주세요."

"다른 가능성…."

뭔가 사고 게임 같아졌다.

실제 벌어진 사건인데 마치 퀴즈 같아서 불손한 것도 같다. 뜸들이지 말고 얼른 가르쳐 주면 되지 않냐는 듯, 나는 반쯤 비난하듯이 쿄코 씨를 바라보았지만, 쿄코 씨는 계속 바인더를 보고 있을 뿐이었다. 어라?

바인더가 같은 정도가 아니라, 조금 전에 봤을 때와 열린 페이지까지 똑같았다. 무엇이 적혀 있는지 내가 있는 곳에서는 각도상 보이지 않았지만(보인다고 해서 내가 뭘 알 수는 없었겠지만), 그곳에 쿄코 씨의 스피드를 제지할 만한 서류가 있었던 것일까?

그래서 내 어리석음을 멀티태스크로 동시에 처리할 수 없었던 것인가. 그렇다면 여기서 자세한 설명을 쿄코 씨에게 요구하는 것은 칭찬받을 일이 아니었다.

게다가 쿄코 씨를 본받겠다고 결정한 이상, 우는소리 하지 말고 스스로 생각하길 포기하지 말아야겠다고 생각했다.

기회도 수단도 있었는데, 범인의 이름과, 구체적인 모습을, 그 자리에 남기지 않은 이유… 또는 남기지 못했던 이유, 인가?

"누구에게 찔렸는지 모른다면… 일까요?"

"네, 그 경우에는 메시지를 남길 수가 없죠. 남기고 싶어도 구체적으로 범인이 누구인지 모르니까요."

그렇게 말을 해 주었지만, 쿄코 씨는 바인더에서 눈을 떼지 않았다. 같은 페이지를 계속 보는 중이다. 아니, 몇 번이나 반복해서 읽고 있었다. 단기적인 기억력에 자신이 있다면 그것은 매우 비합리적인 행동이 아닐까 했지만, 아마 그런 점을 잘 알면서도 쿄코 씨는 열심히 눈을 움직이면서 나에게 대답했다.

"하지만 뒤에서 찔리고 맞았다면 몰라도, 와쿠이 씨는 배를 찔렸어요. 틀림없이 정면에서 찔렸다고 할 수 있으니, 범인의 모습을 보지 않았을 거라고 생각하긴 힘들죠."

"그러네요… 아, 하지만 복면을 썼을 가능성도 있지 않을까요? 그러면 누구인지 모르잖아요."

강도를 만났다고 한다면 충분히 있을 수 있는 이야기였다. 하지만 미리 복면을 준비할 정도의 강도가 제대로 된(?) 흉기를 준비하지 않았다는 점에서는 위화감이 남기도 한다.

"네. 범인이 프로페셔널한 강도였다면, 와쿠이 씨의 생사를 확인하지도 않고 페인팅 나이프를 그대로 남겨 둔 채 떠났다는 건 이상하네요. 물론 이상할 뿐, 전혀 그럴 가능성이 없는 것은 아니에요. 이것도 그렇다고 말하면 그뿐인 이야기이죠. 그러나 한 가지, 그렇다고 말해도 도저히 그것만으로는 끝나지 않는 케이스를 생각해 볼 수 있어요."

"그것만으로는 끝나지 않는다고요?"

"와쿠이 씨가 범인이 누군인지를 확실히 인식했음에도 불구하고, 아무런 메시지도 남기지 않았을 케이스예요."

타악, 하고.

거기서 쿄코 씨가 바인더를 닫았다.

하지만 표정은 썩 좋아 보이지 않았다. 생각 끝에 답이 나와서 페이지를 닫았다기보다는 일단 포기했다는 느낌이 너무나도 뻔히 보이는 근심 어린 얼굴이었다. 포기했기 때문에야말로 여기서는 내 질문에 본격적인 답을 해 준 듯했지만….

"기회가 있고, 수단이 있고, 남겨야 할 메시지도 확실히 있는데 남기지 않은 케이스, 즉 범인이 와쿠이 씨와 아는 사람이고, 와쿠이 씨가 그 사람을 감싸 주었을 케이스예요."

"가… 감싸 준다? 고요?"

"네. 즉…."

하고 이동하면서 쿄코 씨가 설명해 주었다. 어디로 이동하나 싶었는데, 지하실의 안쪽 문, 와쿠이 옹의 생활공간으로 이어지는 문인 듯했다. 멀티태스크의 닥치는 대로 모드로 돌아간 모양이었다.

작업장은 몰라도 생활공간에까지 수사의 손길을 뻗치는 것은 지나치지 않을까. 아니, 현재 상황만 봐도 충분히 지나치지만, 쿄코 씨는 아주 태연하게 "즉." 하고 말을 이었다.

"와쿠이 씨를 찌른 범인은 와쿠이 씨가 감싸 주고 싶은 인물이라는 거예요. 예를 들면 가족이라든가, 친한 친구라든가, 또는 재능을 평가받는 화가 지망생이라든가."

"……! 혹시 그게."

그게 '범인은 이 안에 있어요'라고 말한 진의였던 건가.

범인이 그냥 지인인 정도가 아니라… 자신이 장래를 기대하는 화가라서 그 혹은 그녀를 범인으로 지목하고 싶지 않았다라. 물론 억지가 심한 생각이기도 하고, 황당무계하기도 하다.

자신을 찌른 상대를 감싸다니, 보통은 생각하기 힘들다. 하지만 찔렸다고 하는 상황 자체가 이미 충분히 평범하지 않은 것이다. 복부에 큰 상처를 입어 사고思考가 혼란한 상태라면 사람은 순간적으로 그런 판단을 내릴지도 모른다.

그렇다면 틀림없이 알기 쉽게 예를 들었을 뿐, 쿄코 씨는 결코 다잉 메시지가 있는가 없는가만으로 그런 추리를 했을 리가 없다. 와쿠이 옹이 처음에는 의식이 있었던 것으로 보이는데도 불구하고, 직접 경찰에도 소방서에도 신고를 하지 않았다는 점.

그것도 '범인을 감싸고 있다'라고 생각하는 근거일 게 틀림없다. 보통은 통증으로 움직이지 못해 그럴 겨를이 없었다고 단정지을 부분이고, 실제로도 그럴 가능성이 더 높다고 생각된다.

지나친 생각이고 지나친 추리다.

하지만 그런 것을 다 알면서도 쿄코 씨는 일부러 잘라 버리지 않고 낮은 가능성에 주목했다. 그렇다면.

"왜냐하면 그것이야말로 와쿠이 씨가 남긴 메시지이기 때문이에요. 범인을 감싸고 싶다, 범인을 특정하고 싶지 않다, 범인을 벌하고 싶지 않다. 그런 메시지를 와쿠이 씨는 우리에게 남겼어요."

"……."

"물론 잘못된 거예요. 어떤 자초지종이 있든 간에 사람을 찌른 사람을 벌하지 않고 용서한다니, 적어도 법치국가에서는 인정해 줄 리가 없죠. 그래도 오랜 세월을 살아온 노인이 자신의 목숨을 위기에 처하게 하면서도 남긴 메시지는 무겁게 받아들여야만 해요. 그러니까, 하다못해."

경찰이 수사에 들어가기 전에, 우리가 범인을 찾아, 자수하도록 재촉하죠.

오키테가미 쿄코는 결의를 표명하듯이 그렇게 말했다.

3

타임 리밋은 길게 잡아야 반나절.

길다고는 할 수 없다. 게다가 그것도 사실은 최대한 길게 잡은 정도로, 짧게 잡는다면 바로 지금, 병원의 신고를 받은 경찰이 들이닥치는 일도 충분히 있을 수 있었다. 쿄코 씨의 말에는 공감할 수 있는 부분도 없는 것은 아니었지만, 그래도 도무지 현실적이라는 생각이 들지 않았다.

아무리 쿄코 씨가 가장 빠른 탐정이라도, 보통 이런 사건의 수사는 최소한 며칠 정도가 걸리지 않을까. 물론 며칠씩 걸려서는 가장 빠른 탐정이기 이전에 망각 탐정인 쿄코 씨는 수사하기 어렵겠지만.

결국 아무리 와쿠이 옹의 다잉 메시지가 아닌 니어 다잉 메시지를 받아 그 유지遺志 아닌 의지意志를 이어받는다고 해도, 조직력이 없는 개인 사무소의 쿄코 씨로는 어려운 일이 될 것 같은데, 정작 쿄코 씨는 태연한 얼굴로,

"괜찮아요, 오야기리 씨. 안심하세요. 가계약 같은 구두 약속이라고는 하지만, 오야기리 씨와 와쿠이 씨 사이의 고용 계약은 성립되었으니까요. 아쉽게도 와쿠이 씨를 지키지는 못했지만, 이후에 범인을 특정해 자수시키는 데 성공하면, 와쿠이 씨에게 일한 대가를 뜯어낼… 받는 것 정도는 충분히 가능할 거라고 추측할 수 있어요."

하고 말했다.

아무도 공짜로 일할까 봐 걱정은 하지 않았는데….

게다가 순간 '뜯어낼'이라고 하면서, 뭔가 심상치 않은 말을 하려고 했다. 그래선 그냥 강매나 마찬가지니, 엉망이 되어 버린다.

하지만 어차피 시간에 맞출 수 없으니 쓸모없는 일이라고 하면서 쿄코 씨를 남겨 두고 아틀리에장을 뒤로하는 일을 내가 할 수 있을 리가 없었다. 지하실을 수사한 후에 어떤 방침을 취할 셈인지는 모르겠지만, 가능한 한 협력할 수밖에 없다.

가능한지 불가능한지는 어쨌든, 와쿠이 옹의 의지를 잇겠다는

쿄코 씨의 행동 원리에 내가 공감했던 것은 틀림없는 사실이니까.

내가 특별히 뭘 할 수 있는 것은 아니었지만…. 체력 승부라면 몰라도 두뇌 노동은 전문 밖이었다. 아무튼 이렇게 해서 언제 인터폰이 눌릴지 알 수 없는, 타임 리밋이 있는 사건 수사가 시작되었다.

당연히 이렇게 됐으니 뭐가 됐든 쿄코 씨가 곧장 다음 행동에 나설 것이라고 생각했는데,

"그럼 오야기리 씨, 잠시 기다려 주세요. 본격적으로 일을 하기 전에 샤워를 하고 올게요."

라고 눈이 휘둥그레질 정도로 느긋한 소리를 하더니, 안쪽 거주공간의 욕실로 들어가 버렸다.

들어간 곳이 욕실이어서는 역시 쫓아갈 수도 없다. 지금까지의 수사가 '본격적'이 아니라는 점이 먼저 놀라운 일이지만, 이런 상황에 샤워를 한다고?

아니, 물론 와쿠이 옹의 구명 작업을 할 때의 그 격렬한 움직임을 생각해 보면 꽤 땀을 흘렸을지도 모르지만, 한시를 다투는 상황이라 샤워를 할 때가 아니라는 것쯤은 수사 초심자인 나도 안다.

대체, 지금 이 순간에 경찰이 도착하면 쿄코 씨는 뭐라고 둘러댈 생각일까. 탐정인 만큼 굉장히 달변인 듯하지만, 피해자의

방에서 샤워를 했다는 사실을 논리적으로 설명할 수 있을 거라고는 생각하기 힘들었다.

애초에 이야기를 나누어 본 적도 없는 생판 남의 욕실에서 깔끔하게 몸을 씻겠다는 발상이 너무 뻔뻔스럽고, 마찬가지로 아무튼 생판 남인 나와 같이 행동을 하는 중에 샤워를 하겠다고 말하는 것도 상식을 의심하게 하는 행동이다.

종잡을 수 없다고 표현할 수 있는 수준이 아니다.

여성의 몸가짐에 대해서는 뭐라 참견하기 어려운 것이 사실이지만, 아무튼 할 일이 없어 무료해진 나는 와쿠이 옹의 지하 작업장을 어슬렁거리며 흠칫흠칫 수사 흉내를 낼 수밖에 없었다.

그것도 쿄코 씨가 꼼꼼하게 다 살핀 후라서, 무언가 새로운 단서나 증거를 발견할 수는 없었지만. 애초에 쿄코 씨도 이 방을 전체적으로 살펴봤지만 무언가 발견한 것 같지는 않았다.

도구를 사용한 과학수사나 현장검증 같은 게 아닌 육안으로 얻을 수 있는 정보에는 물론 한계가 있긴 하지만, 현재로선 추리가 진행되지 않은 상태다.

유일한 것이 있다면 역시 그때… 나에게 '범인은 이 안에 있어요'라고 단정적으로 말한 이유를 설명하면서 열어 보았던 그 바인더일까.

그토록 신속하게, 눈에 보이지 않을 정도의 움직임으로 계속 현장검증을 하던 쿄코 씨가 단 한 번, 그 스피드에 브레이크를 건… 그것은 대체 뭐였을까?

그것에 대해 쿄코 씨는 아무런 말도 하지 않았지만, 어쩌면 중요한 단서가 거기에 있었을지도 모른다. 와쿠이 옹을 찌른 범인에게 다다르기 위한 단서가.

범인이 이 아틀리에장의 주민이고, 그래서 와쿠이 옹이 그 인물을 감싸고 있다, 라는 쿄코 씨의 추리는 이렇게 혼자가 되어 냉정하게 생각해 보니, 결코 말도 안 되는 내용은 아니라고 하더라도, 역시 꽤 억지가 심했다.

와쿠이 옹이 누군가를 감싸고 있다는 것을 인정한다고 해도, 쿄코 씨 자신이 말했듯 그 대상이 가족이나 친구일 가능성도 있다. 그런데 범인이 여기에 있다고 단정 지어 버리면 대부분의 관계없는 아틀리에장 주민들은 참기가 힘들 것이다.

그것에도 무언가 근거가 있는 걸까. 아니, 아마 그런 것은 없다. 쿄코 씨도 역시 신은 아니기 때문에, 그리고 신이 아니기 때문에 더더욱, 자신이 할 수 있는 것만을 한다, 라고, 그렇게 결정해 놓고 있는지도 모른다.

할 수 있는 것만을, 가능한 한.

범인이 아틀리에장의 주민이 아닐 경우에는 더 이상 쿄코 씨의 힘이 미치는 범위가 아니니, 경찰에게 맡겨 둘 수밖에 없다. 하지만 와쿠이 옹이 지키려고 했던 사람이 아틀리에장의 주민이라면, 그때에는… 하지만.

하지만 만약 쿄코 씨의 추정대로 범인이 아틀리에장의 주민이라고 한다면, 그 경우 범인의 동기는 과연 무엇일까?

왜 와쿠이 옹에게 경제적인 지원을 받는 예술가 지망인 주민이 이른바 은인인 그를 페인팅 나이프로 찌른 걸까. 돈을 노린 불한당이라고 하면 알기 쉽지만, 이럴 경우에는 동기가 완벽하게 불명확하다.

은혜를 원수로 갚는 것도 유분수가 아닌가.

범인이 과연 와쿠이 옹을 어떤 동기로 찔렀는지는 모르겠지만, 쿄코 씨가 발견하지 않았다면 그대로 죽어도 이상하지 않을 상처였고, 지금도 어떻게 될지 예단할 수 없는 상황이다.

그런 상태의 노인을 방치하고 현장을 떠난 시점에, 살의가 있었다고 봐도 무방하다. 대체 어떤 사정이 있으면 큰 은혜를 베푼 상대를 죽일 생각을 할 수 있는 걸까?

…이건 논리일 뿐인가.

그야말로 추리소설이 아니니, 모든 것을 윤리적으로 풀려고 하면 무리가 생긴다. 현실에는 큰 도움을 베푼 사람을 충동적으로 해하는 일도 종종 벌어진다.

게다가 와쿠이 옹이 주민들에게 큰 은혜를 베푼 사람이라는 것도 뭐라고 할까, 생각해 보면 꽤 일면적인 견해이다. 그 사람은 격노해서 회화를 파괴할 만큼 기질이 거친 인물이다. 회화의 세계에서 액자를 만들어 살아가고 있으면서 회화며 액자를 그야말로 충동적으로 해한 것이다.

그런 성격이니 다른 사람에게 원망받을 짓을 전혀 하지 않았다고는 생각하기 힘들다. 극단적으로 이야기하면, 그런 상태로 와쿠이 옹이 먼저 범인을 때리려고 달려들었다가 범인에게 반격을 당했다는, 정당방위 비슷한 라인일 여지도 없지는 않다. 그런 것치고는 현장에 서로 다툰 흔적이 없긴 하지만… 그래도 나는 와쿠이 옹의 성격을 생각하면 충분히 있을 수 있는 일이라고 생각했다.

만약 그 미술관에서 그랬듯이 순간적인 감정에 의지해 와쿠이 옹이 누군가와 싸운 결과가 그것이라고 한다면, 피해자가 가해자를 감싸려 했다는 것도 이해 못 할 일이 아니었다. 내가 그렇게 내 나름대로 추리를 조합해 가던 때,

"오래 기다리셨습니다~"

하고 쿄코 씨가 작업장으로 돌아왔다.

정말로 기다렸어요, 하고 생각하면서 목소리가 난 쪽을 돌아봤다가 나는 깜짝 놀랐다. 아니아니, 목욕을 마치고 나온 쿄코 씨의 모습을 보고 가슴이 두근거렸다 같은 요염한 이야기가 아니었다.

누가 나타났나 싶었다.

놀랍게도 쿄코 씨의 특징이라 할 수 있는 새하얀 머리가 갈색으로 물들어 있었던 것이다. 게다가 입고 있는 옷도 확 바뀌었

다.

조금 전까지 쿄코 씨는 하늘거리는 스커트 차림이었는데, 지금은 몸에 꼭 맞는 팬츠에 재킷을 걸친 포멀한 모습이었다. 잘 보니 재킷 안쪽의 핑크색 블라우스는 똑같은 것이었지만, 재킷과 맞춰 입으니 마법처럼 인상이 바뀌었다.

일을 하기 위해 옷을 갈아입은 건가? 그렇다고 하더라도 부피가 큰 여분 옷을 준비한 것 같지는 않았는데… 게다가 옷을 갈아입은 거야 어쨌든, 머리카락이다.

어떻게 그 백발이 라이트브라운인 갈색으로—완전히 분위기가 변했는데, 대체 어떻게 된 거지?

물들인 백발이 샤워를 해서 씻겨 나간 건가?

"아, 이거 말인가요?"

하고 쿄코 씨가 머리카락을 만졌다.

"물들였어요. 사실 샤워룸을 빌린 것도 이것 때문이에요."

"물들이려고."

그야말로 흰머리 염색인가. 아무리 그래도 이 타이밍에 욕실에 들어가는 것은 비상식적이라고 생각했는데, 아, 그런 목적이었구나.

하지만 무엇을 위한 것인가 하는 근본적인 의문은 씻어 낼 수 없었다.

대체 브라운 염색약이 어디에 있었던 거지?

"아니요, 역시 그런 걸 가지고 다니지는 않으니, 근처의 물감을 빌려 썼어요."

"네? 물감이요?"

그런 걸 머리카락에 발라도 되는 건가?

베이스가 백발이니 마치 캔버스를 채색하듯이 선명하게 물들기야 하겠지만, 머리카락 관리라는 관점에서 보면 꽤 불안한 행동이다.

단지 그건 초심자의 잘못된 생각이었던 것뿐인지, 쿄코 씨는 "괜찮아요." 하고 단언했다.

"물감을 안료顏料라고 말하기도 하잖아요? 원래 물감은 얼굴에 바르기 위한 장신구였어요. 얼굴에 발라도 되는데, 머리카락에 바르면 안 될 리가 없잖아요."

"네."

듣고 보니 화장품도 아닌데 왜 안료라고도 하는지 의아했는데, 그런 유래가 있었던 거구나.

물론 물감도 종류가 여러 가지라 한데 묶어 이야기할 수는 없겠지만, 당연히 쿄코 씨는 무해한 물감을 골랐을 게 분명하다.

"그럼 그 옷은요? 갈아입을 옷이 어디에 있었죠? 그것도 빌린 건가요?"

"빌렸다고 하면 빌린 거지만…."

조금 말을 머뭇거리는 쿄코 씨.

뭐지? 하고 생각했는데 계속되는 말을 듣고 그 이유를 바로 알았다.

"네, 실은 안쪽 방의 옷장에 있던 와쿠이 씨의 옷을 뜯어낸 다음에 다시 봉제를 했어요. 이른바 핸드메이드, 오트쿠튀르죠."

아하, 그랬으니 머뭇거릴 수밖에.

물감을 빌리는 거야 어쨌든, 옷을 멋대로 찢은 것은 역시나 너무 과한 행동이다. 잘 보니 재킷의 안감이 은근히 일본식 느낌이었다. 사무에로 안감을 만든 것 같았다.

땀을 씻어 내는 것치고는 너무 느긋한 입욕이 아닌가 생각했는데, 설마 옷 한 벌을 만들고 있었을 줄이야…. 들것을 만들고, 옷을 만들고, 마치 기술가정과의 수업이다.

이 사람, 수제력手製力이 너무 뛰어난 거 아닌가?

탐정보다도 더 어울리는 직업이 있지 않을까 하는 생각이 들 정도다.

"아니요, 눈에 띄는 것을 가지고 즉흥적으로 만든 옷이니까요. 얼핏 보면 그럭저럭 괜찮아 보이지만, 거의 소품 같은 거라 보이지 않는 부분, 예를 들면 안쪽의 바느질이라든가 꽤 난잡해요. 너무 격렬하게 움직이면 산산조각 나듯 찢어질지도 몰라요. 그래서 그런지 입고 있으면서도 조마조마하네요."

"하지만… 대체 왜 그렇게까지 하신 건가요? 머리카락을 물들이고, 옷을 갈아입고… 변장이나 마찬가지잖아요."

"변장 맞는데요."

하고 쿄코 씨가 손가락을 들었다.

"워낙에 시간이 없으니까요. 바깥 해자부터 천천히 메워 갈 틈이 없어요. 이제부터 저는 아틀리에장의 모든 주민을 방문할 예정이에요."

"모든 주민을 방문한다고요?"

"네, 직접 교섭하는 거죠."

"……."

타당하다고 해야 할지, 당연한 일이긴 하다.

스피드가 빠를 뿐, 이 사람은 별로 기이한 행동은 하지 않는 모양이다. 너무 빨라서 기행처럼 보이지만, 기본적으로는 매뉴얼대로의 탐정이다. 용의자를 주민이라고 정했으니, 당연히 다음 행동은 그들을 탐문하는 것이다.

"하지만 용의자를 특정한 것은 아니잖아요? '당신이 범인입니다'라고 지적하는 거라면 몰라도 '범인인가요?'라고 물어보며 돌아다닌다고 '네, 범인입니다'하고 솔직히 대답해 줄 사람이 있을 거라고는 생각하기 어려운데요…."

그렇게 된다면, 쿄코 씨가 따로 돌아다니지 않아도 그냥 자수할 것 같다.

"네. 그러니까 탐정이라고는 밝히지 않고, 다른 직함을 내세워서 이야기를 들으며 돌아다닐 생각이에요. 그런데 그 백발로는 역시 인상이 너무 강렬하니까요."

아하, 만약 '망각 탐정'을 아는 주민이 있을 경우, 특징이 강한 백발로는 쿄코 씨가 바로 그 사람이라는 것을 특정하게 될지도 모른다. 더 극단적으로 말하면, 아틀리에장의 주민 중에 오키테가미 탐정 사무소의 옛 의뢰인이 있는 케이스도 가능성으로서 생각해 볼 수 있다. 그 경우, 쿄코 씨는 그 사람을 모른다. 잊어버렸으니까.

그래서는 설령 신분을 속여도 순식간에 들킨다. 백발은 숨기는 편이 좋다.

포멀한 옷을 만든 것은 그런 직종의 사람이라고 자신을 소개하기 위해서인가…. 무언가 공적인 앙케트 조사라고 말할 생각일까?

"한 사람당 5분 정도만 이야기를 들으면 충분해요. 길어도 다섯 시간이면 모든 집의 방문은 종료되겠죠. 그때까지 범인을 특정할 수 있다면 물론 더할 나위 없어요."

"그, 그거야 그렇지만… 정말 괜찮으신가요?"

"네? 뭐가요?"

어리둥절해 되묻는 쿄코 씨에게 나는 순간 말을 머뭇거렸지만, 확인하지 않고는 넘어갈 수 없었다.

"어딘가 모르게 쿄코 씨의 백발은 탐정으로서의 아이덴티티라고 해야 할지… 탐정으로서의 플래그십 같은 게 아닐까 하고 생

각했는데요. 그걸 아무렇지도 않게, 그것도 물감으로 대충 물들
이다니 정말 괜찮으신가… 싶어서요."

맨 처음에는 그렇게 생각했지만, 지금에 와서는 그냥 멋이라
고는 생각하기 힘들었다.

아마 무언가 사정이 있어서 새하얀 머리로, 그것을 숨기지도
않고 당당하게, 모자로 숨길 생각도 하지 않고 세상에 드러내는
것은 틀림없이 쿄코 씨 나름의 신념이 담겨 있는 거라고 생각했
었는데.

"이상한 말씀을 하시네요, 오야기리 씨."

그렇게 말하며 쿄코 씨가 정말로 이상하다는 듯이 웃었다.

아이덴티티도, 플래그십도.

"탐정이 진정으로 바라는 것이 사건 해결 이외에 있을 리가 없
잖아요."

그 말을 듣고.

나는 마음속으로 조용히 조금 전의 생각을 철회했다.

이 사람에게 탐정보다 더 어울리는 직업은 단 하나도 없다고.

4

살았다, 솔직히 그렇게 생각했다.

왜냐하면 아틀리에장의 지하실에서 지상으로 나왔을 때, 엘리

베이터가 이용 가능한 상태였기 때문이다. 이곳은 다름 아닌 32층짜리 초고층 아파트이다.

모든 집을 방문하려고 하면, 그것만으로도 굉장히 힘이 드는데, 거기에 계단을 오르내리는 것까지 추가되면 정말 참을 수가 없다. 직업상 체력에는 자신이 있는 나도 힘들다. 겉보기보다 터프하다고는 해도, 몸이 가냘픈 쿄코 씨는 두말할 것도 없다. 하지만 쿄코 씨는 처음에 아주 태연한 얼굴로 "그럼 가시죠."라며 계단 쪽으로 나갔다.

쿄코 씨가 그렇게 움직이니 차마 내가 약한 소리를 할 수 없어, 나도 나대로 각오를 다지고 쿄코 씨의 뒤를 따랐는데, 지하에서 한 층 정도 계단을 올라가자,

"잠깐 실례."

하고 쿄코 씨가 일단 엘리베이터 홀로 가는 문을 열었다.

아무튼 행동을 할 때 내 의견을 기다려 주지 않고, 설명도 해주지 않고, 스피디하게 행동할 뿐만 아니라, 절차를 밟지 않고 자신의 판단대로만 행동하는 쿄코 씨였지만, 이때 루트를 갑자기 변경한 것은 나중에 물어보니, '무슨 소리가 나서'라는 모양이었다. 의식이 이미 2층 이상으로 향해 있었고, 거기에 더해 계단을 올라가야 된다는 생각에 쏠려 있던 나는 듣지 못했지만, 쿄코 씨의 안테나는 항상 전방위로 펼쳐져 있는 듯했다.

문 너머에는 작업복을 입은 남자 두 사람이 있었다. 접사다리

니 뭐니 하는 커다란 짐을 들고 돌아갈 준비를 끝낸 다음, 이제 아파트 밖으로 나가려는 참인 듯했다.

"전 이 아파트에 사는 사람인데, 죄송합니다. 엘리베이터, 이제 사용해도 되는 건가요?"

쿄코 씨는 그렇게 말을 걸었다. 첫마디부터 당당하게 거짓말을 해서, 옆에서 듣고 있던 나도 순간적으로, 그런가, 쿄코 씨는 이 아파트에 살고 있었나 하고 하마터면 속아 넘어갈 뻔했다.

게다가 그쪽 거짓말에 신경을 쓰느라 눈치채지 못했는데, 질문 방법이 매우 절묘했다. 작업원들에게 '뭘 하셨나요?'라고 묻는 것이 아니라, '엘리베이터를 이제 이용해도 되냐'고, 그것보다도 몇 단계 더 나아간 질문을 했다.

자연스러운 파인 플레이라고 해야 할지, 주민이라고 거짓말을 한 이상 아파트 내의 작업에 대해 아무것도 모르는 것은 부자연스러우니 모순이 생기기 때문일 것이다. 거짓말쟁이에게 필요한 능력은 거짓말을 잘 하는 능력보다도, 이미 한 거짓말을 잊지 않는 능력이라고 한다.

망각 탐정인 쿄코 씨지만, 하루 이내에 일어난 일에 한정하면, 그 능력이 매우 높은 듯했다.

"네. 이제 점검 끝났습니다. 불편 드려 죄송합니다."

하고 그 사람들은 말했다.

"그런가요? 감사합니다."

"아닙니다. 이게 저희 일인걸요."

"그런데 몇 시부터 그 일을 하셨나요? 예정보다 일찍 오시거나 했나요?"

"……? 아니요. 예정대로, 아침 아홉 시부터 작업을 했습니다."

"그러시군요. 괜한 걸 물어본다고 시간을 빼앗아 죄송합니다."

꾸벅 하고 쿄코 씨가 갈색으로 물들인 머리를 숙이자, "아, 무슨 말씀을. 이만 실례합니다." 하고 싹싹하게 인사한 뒤 작업원들은 돌아갔다. 아무래도 엘리베이터를 이용할 수 없게 된 것은 사건과 전혀 관련이 없는, 그냥 정기점검 중이었기 때문인 듯했다.

내가 사는 연립주택은 2층짜리라 엘리베이터 같은 사치스러운 시설은 설치되어 있지 않지만, 그렇구나, 만에 하나라도 사고가 일어나면 안 되는 기계이니, 이렇듯 몇 개월마다 저런 메인터넌스가 필요한 모양이었다.

한 기밖에 없는 엘리베이터를 정기점검으로 이용할 수 없게 되면, 그 사이에 위쪽 층에 사는 주민은 아주 견디기 힘들겠지만, 그래 봐야 불과 몇 시간 동안의 일이다.

아무튼 엘리베이터를 이용할 수 있게 되었다는 것은, 결과적으로 전 호실 방문을 위한 계단 오르기를 회피할 수 있다는 것이라, 나는 가슴을 쓸어내렸다.

"다행이네요, 쿄코 씨."

하고 나는 말했지만,

"으~음."

쿄코 씨는 이상하다는 듯이 고개를 갸웃한 채, 떠나가는 작업원들을 눈으로 좇으면서 입술을 삐죽였다. 그 모습은 마치 의욕적으로 도전하려 했던 계단 오르기가 취소되어 허탕을 친 것을 아쉬워하는 것처럼도 보였지만, 설마하니 그럴 리는 없었다.

하지만 그렇다면 무슨 생각을 하고 있는 것일까. 쿄코 씨의 사고 속도를 좇아갈 수 있을 리 없는 나는 솔직히 "왜 그러시나요, 쿄코 씨?" 하고 물어볼 수밖에 없었다.

"네? 아, 아니요. 죄송합니다. 저 사람들이 범인일 가능성은 어느 정도나 될까~ 하고 고찰을 해 봤어요."

"네? 네에. 그러시군요."

될까~ 라는 느낌의 대답으로 말 자체에는 무게감이 없었지만, 그렇게 생글거리며 질문을 하고 우호적이고 친근하게 대화를 한 상대를 의심한다는 것은 결코 가벼운 행동이 아니다.

탐정으로서 직무에 충실하다고 하면 그렇다고 볼 수도 있지만, 아무렇지도 않게 거짓말을 한 것도 그렇고, 역시 이 사람은 겉모습이나 행동을 순순히 받아들여도 좋을 만큼 순수한 사람은 아닌 듯했다. 아파트 주민들을 용의자로 한정하면서도, 철저하게 외부인에게도 의심의 눈길을 보낼 만큼 빈틈없는 모습은 칭찬해야 할 포인트일 테지만….

하지만 행동을 함께하는 사람으로서는 불안해지기도 했다. 생글거리며 친근하게 말을 해 주는 쿄코 씨이지만, 속으로는 사실 나를 의심하고 있는 것 아닐까 생각하게 된다.

실제로 와쿠이 옹과 막 알게 된 참인 내가 고용 조건 탓에 다툼을 벌였을 가능성은 충분히 있다. 당연히 의심해야 할 용의자다.

게다가 나는 와쿠이 옹 때문에 이전 직장에서 잘린 몸이다. 동기가 있다고 해도 좋다. 쿄코 씨와 상담을 해서 내 마음속의 답답함은 풀렸지만, 그렇지 않았다면 살의를 품지는 않더라도 와쿠이 옹에게 불평을 하기 위해 이 아틀리에장을 찾아왔을 가능성은 있었다.

…탐정과 함께 여행을 하고 싶지 않다고들 하는데, 그 말에는 의외로 그런 의미가 내포되어 있는 것인지도 모른다. 사건이 일어나기 때문이 아니라, 자신도 용의자 취급을 받을 테니까.

"단지, 그럴 일은 없을 것 같아요. 가능성만 따지면 물론 있기야 하겠지만, 작업원으로 변장해서 범행을 저질렀다고 한다면 '점검중' 간판 정도는 잊지 않고 내놨을 테니까요."

게다가 와쿠이 씨에게 그들을 감싸야 할 이유는 없잖아요. 그렇게 말한 쿄코 씨는 오토 록인 자동문에서 눈을 떼고, 점검이 끝난 엘리베이터 쪽으로 걷기 시작했다.

그러고 보니 점검 중이라면 그것을 표시하는 간판 정도는 세워 둘 법도 하다. 흔한 케어리스 미스이지만, 변장을 하고 계획적으로 범행을 저지른다면 그런 실수를 할 리가 없다는 추리인 모양이었다.

엉성하다고 하다면 엉성한 추리이지만, 아마 그것이 쿄코 씨의 탐정으로서의 수법이 아닌가 하는 생각이 들었다. 정확함보다도 속도에 중점을 두고, 검증은 결론을 낸 다음에 하는 것이다. 정밀하지는 않지만, 합리적이고 효율적이긴 하다. 하지만 그렇다고는 해도 쿄코 씨는 스피드를 전제로 한 합리와 효율이다. 내가 그렇게 했다간 그야말로 그냥 조잡스러운 추리에 불과해진다.

동시에, 가슴을 쓸어내렸다.

만약 쿄코 씨가 나를 의심했다고 하더라도, 같은 이유로 나도 용의자 리스트에서 빠졌을 테니까 말이다. 와쿠이 옹에게는 나를 감쌀 이유가 전혀 없다.

"오야기리 씨? 어서 안 타면 문이 닫혀 버려요."

그렇게 재촉을 받은 나는 얼른 엘리베이터 안에 올라탔다. 쿄코 씨는 '열림' 버튼을 누르고 기다려 주지 않았으니, 내가 미처 올라타지 못했다면 그냥 놔두고 가 버릴 생각이었을지도 모른다.

"영차."

하고 쿄코 씨가 가볍게 발돋움을 하며 최상층, '32' 버튼을 눌렀다.

어? 조금 전까지 들었던 대로라면 모든 집을 방문할 때, 2층부터 순서대로 돌아볼 생각이었을 텐데. 예정을 변경한 건가?

아무튼, 위에서부터 돌든 아래에서부터 돌든, 어차피 모든 집을 돌 거라서 큰 차이가 없다고 한다면 큰 차이가 없을 테지만….

"아니요. 마침 짚이는 곳이 생겼거든요. …그래서 위에서 도는 것과 아래에서 도는 것에 차이가 생겼어요."

"……? 네에…?"

이해하기 힘든 말을 했다.

그러나 쿄코 씨가 이렇게 이해하기 힘든 말을 할 때는 그만큼 많은 생각을 하고 있는 중이라는 사실을, 대략 알 것 같았다.

조금 전에 지하에서 바인더를 보고 있었을 때도 그렇지만. 그러고 보니 그 바인더는 결국 뭐였던 거지? 쿄코 씨의 변장에 당황해서 묻는 것을 깜박했다. 물어봐도 어차피 대답해 주지 않을지도 모르지만.

단지, 엘리베이터 안이라는 한정된 공간은 어딘가 서먹서먹해서, 몇 십 초 동안을 메워 줄 대화를 위해 나는 그것에 관해서 물었다.

"그 바인더에는 어떤 서류가 끼워져 있었나요? 굉장히 신경을 쓰셨는데요….”

“아, 그거 말인가요? 네, 그건, 음, 신경을 썼다고 할 정도는 아니에요.”

이렇듯, 질문에 대한 쿄코 씨의 대답은 어딘가 불분명하고 애매했다. 음~ 하고 머뭇거리면서 쿄코 씨는 “오야기리 씨는 어떻게 생각하세요?” 하고 되물었다.

“어떻게 생각하냐니… 뭘 말인가요?”

“범인의 동기 말이에요. 조금 전 현장검증 때는 물적 증거를 찾기보다도, 전 오히려 그쪽에 중점을 두었거든요.”

동기.

그 말을 듣고 내 가슴이 순간 두근거렸다. 그것은 그야말로 내가 생각하고 있던 것이기도 했기 때문이다. 듣자 하니, 쿄코 씨는 그보다 훨씬 이전부터 동기에 대해 고찰을 시작했다는 모양이다. 그 속도에는 새삼 놀랄 것도 없긴 하지만.

“아무튼 시간이 없으니까요. 동기라는 면에서부터 범인을 특정할 수 없을까 생각했거든요. 그런 경우, 핵심이 되는 것은 와쿠이 씨가 곧 하려고 했던 일이라고 생각해요.”

“아, 그건 그러네요.”

하고 나는 동의했지만, 그러고 보니 계속 잊고 있었다.

애초에 나는 인생 최후의 일로 액자 만들기를 하려는 와쿠이 옹을 경호하기 위해 이 아틀리에장으로 불려 온 것이었다.

이 타이밍에 사건이 일어난 이상 무언가 관련이 있다고 생각하는 것이 자연스럽다. 그럴 경우 나는 점점 더 움츠러들고 싶어지겠지만.

와쿠이 옹을 지키지 못한 것도 그렇지만, 그의 최후의 일을 이 눈으로 볼 기회마저 나는 지키지 못한 것이다. 설령 목숨을 잃지 않는다고 하더라도 그렇게 크게 다쳤으니, 지금까지처럼 일을 할 수 있을 거라고는 장담할 수 없다. 다친 만큼 입원 기간도 필요할 테고 무언가 후유증이 남을지도 모른다….

그런 생각을 하면 우울한 기분이 되고, 또 하다못해 그의 의지를 이어 주자는 생각이 들기도 했다. 쿄코 씨는 훨씬 전부터 이 경지에 도달해 있었던 셈이 된다.

보수를 회수할 계획을 세웠다고는 하지만, 직업 탐정이자, 정의감이나 호기심으로 일을 하는 사람이 아닌 쿄코 씨가 의뢰가 있기 전에 움직이고 있다는 것만으로도 굉장한 일이다.

아니면 쿄코 씨는 나에게서 간접적으로 들은 와쿠이 옹의 인품에 처음부터 공감했을지도 모른다. 형태는 다르지만 두 사람 모두 자신의 직업을 위해 모든 것을 걸고 있다.

옷을 바꿔 입고, 머리를 물들여 다른 사람이 되어서까지 수사를 하려고 하다니, 역시 정상적인 범주를 넘어섰다는 생각이 든다. 자신의 일이 모욕당했다고 느끼자 미술관에서 한바탕 말썽을 일으킨 와쿠이 옹과 그건 크게 다르지 않다.

유유상종까지는 아니더라도, 일하는 사람은 일하는 사람만이 인정할 수 있는 것이 있다. 그런 점을 생각해 보면, 거듭 쿄코 씨와 와쿠이 옹의 대담이 실현되지 못해 아쉬웠다.

나중에 언젠가 어딘가에서 그런 기회가 있으면 좋을 텐데….

"만약 그 최후의 일이 사건의 계기라고 한다면, 그 경우에는 아틀리에장 사람의 관여가 명백해지네요."

"그… 그게."

명백. 그런 말을 들으니, 틀려서는 안 된다는 생각에 대답이 궁해졌다. 하지만 신중함보다도 스피드가 우선되는 이런 상황에서는 먼저 답을 내야 했다. 서투른 사람의 생각은 시간낭비일 뿐이라는 말도 있다. 나는 숙고하지 않고 생각난 대로 말했다.

"최후의 일, 최후의 액자의… 알맹이, 그림 말인데요. 아틀리에장에 사는 누군가가… 지금 그리고 있을 거예요."

"네, 그러네요."

역시나 쿄코 씨는 고개를 끄덕였다.

"그러니까 두 가지 가능성을 생각해 볼 수 있어요. 하나는 범인이 바로 그 회화를 그리고 있는 주민일 가능성. 또 하나는 범인이 그 회화를 그리고 있는 주민 이외의 주민일 가능성."

"……?"

응? 그건 에둘러 말했지만, 그냥 당연한 소리를 한 것 아닌가? A인가, A 이외의 모든 것인가. 그렇게 말을 했을 뿐, 전혀 가능성을 고려한 것 같지는 않은데.

"아니요. 꽤 중요한 포인트였어요. 즉, 그림을 그리게 된 인물과 완성형의 방침을 두고 다퉈서… 그래서 그런 일이 벌어졌을 가능성을 하나 생각해 볼 수 있고, 와쿠이 씨의 최후의 작업에 자신이 선정되지 않아서 불만을 가지고 있던 주민이 직접 담판을 짓기 위해 지하를 찾아갔다가 그런 일이 벌어졌을 가능성이 또 하나죠. 그 두 가지는 전혀 다르고, 어느 쪽인가에 따라서 저의 어프로치도 달라져요."

"네에…. 말씀을 듣고 보니, 그러네요."

확실히 전자라면 용의자를 한 명으로 한정시킬 수 있지만, 후자라면 용의자가 한 명 줄었을 뿐 별로 전진했다고는 할 수 없었다.

하지만 인상으로는 후자일 가능성이 더 높은 게 아닐까 하고, 나는 생각했다. 왜냐하면 와쿠이 옹은 최후의 일에 관한 기밀을 유지하기 위해, 누가 그 회화를 그리고 있는지 알기 어렵도록 위장을 했기 때문이다.

위장을 한다고 하면 뭔가 고급 테크닉을 사용해 일을 하거나, 고도의 리스크 관리를 하는 것처럼 들리지만, 실제로는 많은 주민에게 페이크 그림을 그리게 하는 것이었다.

사용될 일 없는 불필요한 그림을 그려야 하는 예술가의 내면을 나는 상상해 볼 수밖에 없지만, 그런 일을 하면 도저히 모티베이션을 유지할 수 없을 테고, 와쿠이 옹에 대한 분노며 원통한 마음도 솟구치지 않을까.

"물론 완전히 다른 가능성도 있어요. 용의자를 아틀리에장의 주민으로 한정한다고 해도, 동기는 회화나 와쿠이 씨의 일과는 전혀 관계없는 것일 가능성도 있겠죠. 단지, 그렇다고 해도 회화의 제작을 임명받은 인물을 특정하는 것은 의미가 있어요. 그 또는 그녀만이 아는 정보가 있을 테니까요."

"…그리고 그게 그 바인더의 서류에 기록되어 있었다는 건가요?"

그래서 움직임이 멈춰 있었던 것 아닌가 추측한 것인데, "아니요. 기록되어 있지 않았어요."라며 쿄코 씨는 고개를 저었다.

"아쉽지만 그 작업장과 주거공간을 전체적으로 살펴본 바로는 와쿠이 씨가 지명한 주민을 페이크도 포함해 특정할 수 없었어요."

"그런가요…. 그거야 그렇겠네요."

최후의 일에 관해 그렇게까지 기밀을 유지하려 했던 와쿠이 옹이 지명한 사람을 문장으로 기록해 두었을 가능성은 낮았다.

만약 기록을 해 두었다고 하더라도, 범인이 도망칠 때 그것을 회수해 갔을 가능성도 충분히 생각해 볼 수 있다. 자신을 특정할 수 있을 만한 정보를 순간적으로 가져갔을지도 모른다. 이 경우라면 범인은 전자… 즉, 와쿠이 옹에게 큰 임무를 부여받은 인물이라고 보는 것도 가능할 듯했다. 선정된 그림을 그리는지 어떤지 본인도 모른다는 점이 난관이지만….

"어? 그런데, 쿄코 씨. 그럼 왜 그렇게 가만히 그 바인더를 보고 계셨던 건가요?"

"이건 탐정으로서 별로 사용하고 싶지 않은 말이지만, 조금 알 수 없게 되어 버려서요."

"……?"

"찾고 있던 것과 다른 정보를 접해 버려서, 혼란스러웠다고 해야 할까요…? 아니, 이건 나중에 이야기하죠."

쿄코 씨가 그렇게 말을 마친 것과 동시에 최상층에 도착한 엘리베이터의 문이 열렸다. 상상했던 것보다 훨씬 넓은 복도가 눈앞에 펼쳐졌다.

"일단은 탐문이에요. 가능한 한 정보를 닥치는 대로 수집하죠. 상대에 따라 직함을 세세하게 바꿔 갈 테니, 오야기리 씨는 적당히 이야기를 맞춰 주세요."

"적당히… 네, 알겠습니다."

아무래도 서투르다 보니 쿄코 씨 수준의 거짓말을 원한다면 곤란하지만, 이야기에 맞추는 것 정도라면 어떻게든 되지 않을까. 기본적으로는 달변인 쿄코 씨의 뒤에 아무 말 없이 서서 이야기하는 상대에게 무언의 압력을 가하면 될 테니까. 본의는 아니지만 덩치가 커서 위압감을 내뿜는 것은 특기였다.

성큼성큼, 당당하게 복도의 안쪽까지 걸어간 쿄코 씨가 망설임 없이 인터폰을 눌렀다.

"오야기리 씨, 한 걸음 오른쪽으로 비켜 서 주세요."

그 말을 듣고, 처음엔 무슨 말인지 잘 이해가 안 갔지만, 아무래도 어안렌즈로 내다봤을 때 내 거대한 몸이 보이지 않게 하려는 심산이었던 듯하다.

확실히 오토 록 아파트에서 각 호실의 현관으로 직접 방문하는 것은 그것만으로도 주민들의 경계심을 부채질한다. 문을 열기 전부터 위압감을 주기 시작하면 있어도 없는 척하며 나오지 않을 가능성도 있다.

반대로 어안렌즈로 복도를 봤을 때, 갈색 머리카락의 몸집이 작고 귀여운 여성이 혼자 서 있으면 방심하고 현관문을 열어 줄 공산이 컸다. 그렇다면 그것을 노리고 변장을 한 것일까?

잠시 뒤,

"누구신가요?"

하고, 인터폰을 통하지 않은 채, 직접 현관 너머에서 누군가가 대답을 했다. 아마 주민은 어안렌즈로 쿄코 씨의 모습을 봤던 거겠지.

그 시선을 의식하고 있는지는 모르겠지만 쿄코 씨는 어느새, 아마도 소품으로 지하실에서 가지고 왔을 회람판을 한 손에 들고 생글생글 웃으며,

"실례합니다. 시청에서 나왔습니다."

하고 인사했다.

물론 쿄코 씨는 시청 직원이 아니었고, 시청 쪽에서 온 사람도 아니었다.

5

아파트 주민이 사는 모든 집을 방문한다.

상상만 해도 질리고, 말을 하기만 해도 싫어질 만큼 수수하고 견실한 일이었다. 단순작업 같은 일이라고 해야 할지, 솔직히 말하면 일 중에서도 상당히 노동감勞動感이 강한 편일 것이다.

물론 추리소설과는 달리 현실의 탐정 업무 대부분은 이것처럼 끈기가 필요한 조사활동·청취활동이겠지만, 그것을 아무렇지도 않은 얼굴로 기계적으로 수행하는 것이 아니라, 주민에 따라 임기응변으로 달성해 가는 쿄코 씨는 역시 보통 사람이 아니었다.

결론부터 말하자면, 아틀리에장의 모든 집을 방문하겠다는 계획은 중간에 끝나는 일 없이 네 시간이 채 되지 않아 완료되었다. 나는 다섯 시간 정도 걸릴 거라고 생각했기 때문에, 예정이 크게 앞당겨졌다는 이미지였다.

물론 빈 집도 있었고, (아마) 있으면서 없는 척한 집도 있었을 테지만, 그래도 50명 이상의 주민 대부분과 우리는 대면할 수 있었다.

대면해서 이야기를 나눠 볼 수가.

쿄코 씨의 인품 덕을 본 것이겠지. 하지만 도중에 끝낼 수 없었다고 하는 의미에는, 대단한 정보를 얻지 못해 수확이 없었다는 허무함도 같이 있었다.

조사하는 도중, 병원의 신고를 받은 경찰이 아파트로 찾아왔다는 전개가 되지 않았다는 것만으로도 감지덕지할 상황인지도 모르지만… 신분은 물론 사건 자체도 숨기고 탐문을 벌이는 것이었기 때문에, 할 수 있는 질문이 한정되어 있었다는 것도 이유일지 모른다.

주민에게 들을 수 있었던 것은 각 주민이 와쿠이 옹과 어떤 관계인지나 최근의 '일'에 대한 것이었다. 그리고 개인적인 생활 습관에 대해 쿄코 씨는 자연스럽게 대답을 끌어냈는데, 얻을 수 있는 것은 거의 없었다고 봐도 무방했다.

기껏해야 와쿠이 옹이 주민들 사이에서 평판이 꽤 나쁘다는 것을 알게 된 정도였다. 설마 당사자가 현재 병원에서 사경을 헤매고 있다고는 생각도 못 한 주민들은 초면인 쿄코 씨에게 와쿠이 옹에 대해 거리낌 없이 험담을 해댔다.

후원자이자 은인인 그는 의외라고 해야 할지, 무리도 아니라고 해야 할지, 상당히 입주자들에게 미움을 받고 있는 듯했다. 하지만 그런 감정이 살의로까지 이어졌다고는, 옆에서 듣는 한 생각하기 어려웠다.

　주민들이 하는 말을 쿄코 씨가 어떻게 생각했는지는 모르겠지만, 신세를 지고 있고, 한 지붕 아래에 살고 있어 친하기 때문에 할 수 있는 험담 같은 측면도 있는 듯했다.

　반복해서 하는 말인데, 동기를 헤아리려고 해 봐야 애초에 사람의 내면을 알 수 있을 리가 없었다. 가족 사이, 친구 사이, 연인 사이이기에 다툼이 더 잘 일어날 수도 있을 것이다. 살의가 싹틀 정도로 사이가 나쁘다면, 애초에 엎어지면 코 닿는 거리에서 벗어나 서서히 멀어지는 법이다. 따져 보면 사건이란 어떤 관계에서도 일어날 수도 있고, 일어나지 않을 수도 있다.

　하지만 이 네 시간이 쓸데없었냐고 하면 그렇지는 않았다.

　사람의 내면은 불확실하고 알기 어려워도, 단순한 이해득실과 이해관계처럼 확고부동한 것들도 있다.

　그런 점에서 보면 집에 없었던 사람, 있으면서도 없는 척한 사람, 그렇지 않더라도 이야기를 제대로 들을 수 없었던 사람을 포함해, 아틀리에장의 주민들 중 와쿠이 옹을 죽여서 이득을 볼 만한 사람은 한 명도 없다는 사실이 확실해졌다. 오히려 대부분이 신출내기 예술가들이라 기본적으로는 큰 손해를 입는다.

　그것은 단순히 유력자의 지원을 잃기 때문만이 아니었다. 왜냐하면 이 아틀리에장은 초고층 아파트 같은 외관이지만, 아무래도 집합 주택이라고 신고가 되어 있지 않은 듯했기 때문이다.

주민 중 한 명이 가르쳐 주었다.

등기상으로는 와쿠이 옹의 개인 주택이었다. 즉, 살고 있는 주민들은 서주권이 없는 식객이란 말이다.

집합 주택이라면 임차 계약을 하기 때문에, 만일 아파트의 소유자가 바뀐다면 집세 납부 문제는 있을지 몰라도 적어도 당분간은 아파트에서 사는 것이 가능하지만, 만약 와쿠이 옹이 사망해서 아파트의 소유자가 바뀌면 주민들은 그 즉시 쫓겨나야 하는 신분이다. 경기가 침체되었다고는 해도 기본적으로 풍요로운 나라이니 길거리에 나앉는 일은 없다 해도, 꽤 난처한 입장에 놓이게 되는 것이다.

와쿠이 옹이라는 후원자를 잃으면 제로가 되는 것이 아니라 마이너스가 된다. 그런 사정을 무시하면서까지 집주인을 해칠 주민이 과연 있을까? 그렇게까지 손해득실을 따지지 않을 정도로 감정적이 될 수 있는 것일까. '범인은 이 안에 있어요'라는 쿄코 씨의 말이, 모든 집의 방문을 마치고 보니 갑자기 매우 의심스러워졌다.

"성급한 결론은 금물이에요, 오야기리 씨. 이렇게도 생각할 수 있거든요. 재능이 없다는 소리를 듣는 등, 지원이 끊길 위기에 처한 주민이 있다고 한다면 어차피 이대로는 쫓겨날 테니, 최후에 죽기 아니면 살기로 폭력적인 수단을 사용하려고 하다가 그런 비극이 일어났다. 어떤가요?"

쿄코 씨는 그렇게 말했다. 확실히 그건 충분히 있을 수 있는 일이다. 죽기 아니면 살기보다는 거의 자포자기 같은 행동이지만… 최후의 원한을 풀고자 하는 마음이 있을 거라고 추측해 보면, 더욱 그런 상황이 생길 가능성이 높아진다.

그렇다면 여기서부터의 추리는 간단해진다. 다시 모든 집을 조사해 쫓겨날 것 같은 주민을 찾아내면 된다. 주민끼리의 소문 수준으로도 찾는 것은 어렵지 않다.

"하지만 그런 경우, 와쿠이 씨가 과연 지원을 끊으려 했던 주민을 감쌀 것인가 하는 새로운 의문이 생기지만요."

하고 쿄코 씨는 자신이 낸 추리를 뒤집듯이 말했다. 아무래도 그것은 쿄코 씨 특유의 모든 가능성을 숙고해 보는 추리의 하나였던 모양이었다. 생각할 수 있는 모든 추리를 하나하나 확인해 보려고 해도, 우리는 이미 네 시간이라는 시간을 소비하고 만 상태긴 하지만.

"공범이 있을 가능성도, 물론 있는 거죠? 두 사람, 또는 그 이상의 주민이 결탁하고 와쿠이 옹을 살해하려고 했을 가능성이오…."

"있어요. 단지 주민 전원이 라이벌 관계로 경쟁을 재촉당하고 있는 이상, 결탁할 수 있는 수준의 공범 관계를 형성하기 쉬웠을 거라고는 생각하기 어렵지만요."

"경쟁… 말인가요?"

그렇다. 같은 아파트에 사는 이상 나름의 교류는 있을지언정, 서로 같은 직업을 가진 동업자라 필요 이상으로 사이가 좋아질 수는 없다, 라기보다는 와쿠이 옹이 처음부터 주민들이 서로 사이가 좋아질 수 없도록 조처했을 것으로 보이는 점도 있다.

최후의 일을 위한 위장 방법도 그렇다. 누가 선정된 대상자고, 누가 위장인가를 알기 어렵게 하여, 일종의 서로 의심하는 상태를 만들어 냈다.

이것도 집을 방문했을 때, 주민 중 한 명이(불만스럽게) 이야기해 준 것인데, 와쿠이 옹은 예술가가 서로 어울릴 때의 해악을 기회가 있을 때마다 거침없이 설파했다고 한다. 예술가끼리 어울리는 것만큼 예술을 퇴폐退廢하게 만드는 것은 없다, 라고.

냉정한 말이지만, 무슨 말을 하려는 것인지는 알겠다. 아니, 이른바 하나의 견식이긴 하다.

예술가를 지망하는 사람을 모아 두어도 그냥 사이좋은 친구 그룹이나 서로 칭찬해 주는 서클처럼 되어 버리면, 와쿠이 옹이 생각했던 아틀리에장의 모습과는 굉장히 거리가 멀어진다.

그렇다고 해서 일부러 서로 사이가 나빠지도록 환경을 연출하는 것은 과도한 것이겠지만… 덧붙여 말하면 각각의 집을 방문했을 때 엿보인 주민들의 생활환경도 나 같은 문외한에게는 과도하게 제한되고 있는 것처럼 보였다.

주민들 중에는 붙임성이 있는 사람이나 사교적인 사람도 있어서, 방문객인 쿄코 씨에게 친밀감을 느꼈는지(아마도 나는 아니겠지) 집 안으로 초대해 준 사람도 다수 있었는데, 방의 만듦새 자체는 호화스러웠지만, 사실은 그림을 그리는 데에 특화되어 있는, 그냥 그뿐인 공간이었다.

간단히 말해 최저한의 생활용품을 제외하면 그들의 방에 놓인 것은 미술 관련 도구밖에 없었다는 말이다. 와쿠이 옹이 그들에게 해 준 '지원'이란, 상당히 엄밀한 의미에서 회화 관련 쪽으로 한정되어 있는 모양이었다.

물감이 부족하다든가, 붓이 필요하다는 요청은 언제든 들어주는 와쿠이 옹이었지만, 의복이나 음식 같은 지출의 지원은 거의 쥐꼬리만큼이었다고 한다.

그림을 그리는 데 사용한다고 말하고 빵을 사거나, 모티브로 삼는다고 하고 과일을 사는 등, 눈물 나는 에피소드가 있는 주민도 있었다. 도저히 초고층 아파트에 살고 있는 사람의 이야기라고는 생각할 수 없는 전근대적인 에피소드다.

덧붙이자면 애완동물을 기르는 것도 금지, 가족과 같이 사는 것도 금지, 친구나 애인을 재워 주는 것도 금지인 등, 규정이 엄격한 기숙사를 방불케 하는 제약도 있다고 한다.

굶거나 추위에 떨 염려도 없고, 풍족한 생활을 원하지 않는다면 불편 없이 살 수 있겠지만, 이곳에 살면 '그림을 그리는 것' 이외의 행동을 하기란 매우 어려울 듯했다. 아틀리에장이 와쿠

이 옹의 개인 주택이어서, 어딘가 예술가를 모아 놓은 살롱 같
은 인상을 잠시 품기도 했지만, 그 실상을 당사자의 입을 통해
들어 보니 확실히 무언가 강제 노동 시설 같기까지 했다.

　물론 할당량이 있는 것도 아니고, 주민들의 그림이 팔렸을 때
의 수입은 수수료조차 없이 그대로 그린 사람의 손으로 들어오
니, 강제 노동이라고 하는 것은 지나친 말이겠지만—하지만 이
런 생활환경에서 오래도록 지내면 마음의 부담이 생길 거라는
점은 분명했다.

　적어도 복리후생이라는 시점으로 보면, 전혀 갖춰져 있지 않
았다. 겉은 번지르르해도 실상은 생활을 하는 데에 걸맞지 않았
다. 아니, 부엌도 욕실도 있으니 생활을 하는 데에 걸맞지 않다
고 하는 것은 혜택받은 사람의 주장이겠지만, 어쨌든 생활보다
도 예술을 위해 존재하는 공간이라는 점은 부정할 수 없었다.

　그야말로 정신적으로 내몰리고 혼란을 겪어, 손해득실의 구별
도 잘 하지 못하게 된 주민이 동기도 뭐도 없이 끔찍한 행동을
했을 가능성도 충분히 있다. 그러니 모든 집의 방문을 끝내고
분명히 말할 수 있는 '확실한 것'은 아틀리에장의 주민들은 대체
로 제대로 된 환경에서 살고 있지 않았다는 것뿐일지도 모른다.

　솔직하게 말하면 뭐가 뭔지 잘 모르게 되었다.

　쿄코 씨가 와쿠이 옹이 범인을 감싸려 했다고 추리했을 때는
그의 건물주로서의 도량을 본 것 같은 기분이었지만, 아틀리에

장의 관리 운영에는 그런 관대함이나 대범함은 전혀 보이지 않았다. 오히려 비정하고 잔혹하기까지 했다. 예술성을 너무 중시한 나머지 인간성을 희생하고 있다.

"와쿠이 씨가 좋은 사람인지 나쁜 사람인지 모르게 되었다는 건가요?"

나의 망설임을 꿰뚫어 보듯이 쿄코 씨가 그렇게 물어서, 나는 고개를 끄덕일 수밖에 없었다. 어딘가 사람을 '좋은 사람'과 '나쁜 사람'이라는 두 가지 부류로 나누려 하는 유치한 생각을 지적당한 것 같아서 부끄럽기도 했지만, 그것이 나의 거짓 없는 솔직한 심정이었다.

"뭐라고 해야 할까요…. 쿄코 씨가 이렇게 힘들게 노력해서 그분의 의지를 이을 필요가 있는가 하는 생각이 들어서요. 이 사태가 그분이 초래한 자업자득이라고 한다면…."

"오야기리 씨는 다정하신 분이군요. 그야말로 좋은 사람이에요."

쿄코 씨는 그렇게 말하며 이상하다는 듯이 웃었다.

"그럼 이렇게 생각해 보는 것은 어떨까요? 와쿠이 씨가 좋은 사람인지 나쁜 사람인지 모르겠다면, 일단 알게 될 때까지 탐정 활동을 계속해 보기로 하는 거예요. 만약 나쁜 사람이었다면 그때 그만두면 되는 거니까요. 지금 그만뒀는데 만약 와쿠이 씨가 좋은 사람이라면 돌이킬 수 없게 되잖아요."

그것도 확실히 하나의 생각이었다.

이른바 '해 보고 후회하는 편이 해 보지 않고 후회하는 것보다 낫다'라는 녀석인가. 별로 좋아하는 말은 아니지만, 쿄코 씨 같은 망각 탐정에게는 그 전략이 매우 유효하게 기능할 듯했다.

그도 그럴 것이, 후회고 뭐고 쿄코 씨는 내일이 되면 오늘 한 일을 잊어버리게 되니, 하든 안 하든 후회는 하지 않는다.

그렇다면 해야 할 일을 하면 그만이다.

그 결과 모든 것이 헛수고로 끝난다 하더라도 그건 그것대로 좋은 것이다. 설령 잘된다고 해도 그것을 잊어버리는 이상, 비슷한 것이니까. 후회하는 일이 없으니 과감한 도전을 풀 스피드로 처리할 수 있다. 평범하게 생각하면 기억이 하루밖에 유지되지 않는 것은 탐정업을 영위할 때 크나큰 단점이라는 생각밖에 들지 않지만, 생각하면 할수록 그것은 쿄코 씨에게 있어 큰 어드밴티지가 되었다.

물론 그것은 쿄코 씨이기에 가능한 것이겠지, 누구나 그렇게 할 수 있다고는 볼 수 없다.

…그리고 물론, 설령 일을 달성했다고 하더라도, 후회가 없는 것과 마찬가지로 보람도 없다는 말이 되지만, 쿄코 씨는 그런 균형을 마음속에서 어떻게 맞추고 있을까.

"쿄코 씨는 저어… 현시점에서 어떻게 느끼셨나요?"

"그 말씀은, 와쿠이 씨가 좋은 사람인가 나쁜 사람인가, 그런 질문인가요?"

"그것도 있지만… 이 아틀리에장이라는 환경 그 자체에 대해서요. 저는 이 환경이 좋은 것인지 나쁜 것인지 잘 모르겠어서…."

"그건 어려운 점이네요. 저 자신은 이런 환경에 있으면 힘들 것 같으니 사양하고 싶지만, 그림을 그리고자 하는 사람의 입장에서는 어떻게 생각할지 알 수 없네요. 다들 그런 말씀을 하시지만 이곳에서 나갈 생각은 전혀 없는 것 같으니, 화가를 지망하는 사람들에게 있어, 이곳은 천국인 동시에 지옥인지도 모르겠네요."

일단 이 환경에 적을 두면 나가고 싶어도 나갈 수 없는 건지도 몰라요, 하고 쿄코 씨가 말을 마무리했다.

정리해서 말을 들으니 한층 더 생각을 해 보게 되긴 했지만, 화가를 지망하는 한 무제한으로 지원을 받을 수 있으니 꿈같은 환경인 것만은 분명하다. 그 환경 자체가 그들을 스포일spoil해 버리는 것도 틀림없는 사실이긴 하지만.

"좋은가 나쁜가도, 선인가 악인가도, 결국에는 느끼는 사람에 따라 다른 것… 이라고 해야 할까요? 회화의 감정鑑定 같긴 하지만요."

이미 그날의 일을 실제로 체험했다는 사실을 잊어버린 쿄코 씨는 특별히 의도 없이 한 말이겠지만, 나는 그렇게 아무렇지도 않은 말을 듣고, 같은 그림의 가치가 2억 엔에서 2백만 엔으로 변동했을 때의 일을 떠올렸다.

그 감정—감정가는 쿄코 씨의 개인적인 것이고, 또 산산조각이 난 그림에 나는 0엔이라는 값을 매기기도 했다.

그때 진짜 감정을 당한 쪽은 나였을지도 모른다. 어떤 일이든 자신의 눈으로 보고 판단한다고 호언장담하는 와쿠이 옹은 그런 질문을 하여 오야기리 마모루라는 인간을 헤아려 본 것이 아닐지.

내가 무엇에서 가치를 찾아내는 인간인가.

나의 가치관을 알아보려고 했다. 그것이 나를 고용하려고 한 원인이 되었다고 한다면, 그것은 마찬가지로 쿄코 씨가 이곳에 있는 원인이기도 하다.

결과적으로 그 판단이야말로 자신의 생명을 구한 셈인데….

와쿠이 옹을 어떻게 볼 것인가, 그리고 이 아틀리에장을 어떻게 볼 것인가. 내가 앞으로 어떤 판단에 이를 것인가는 확실하지 않지만, 그 결론은 역설적으로 나라는 인간의 가치관을, 그리고 가치를 여실히 나타내는 결론인지도 모른다.

"게다가, 오야기리 씨."

하고 쿄코 씨가 말했다.

"조금 전부터 계속 모든 집을 방문한 것은 헛수고였다, 얻은 것이 없다고 말씀하시는데, 꼭 그렇지도 않았을 텐데요. 큰 수

확이 두 가지 있었다는 사실을 설마 잊어버린 건 아니시겠죠?"

"저어….."

그런 재촉을 듣고 보니, 맞다. 확실히 전혀 아무 일도 없이 수사가 끝난 것은 아니었다.

두 가지 정도 특기사항이 있었다.

하지만 그것을 큰 수확이라고 할 수 있을지 어떨지, 나는 판단하기 어려웠다. 특히 그중 한 가지는 그냥 수사의 수행을 어렵게 할 정도의 트러블이 아니었던가 하는 생각이 든다. 또 다른하나도 사건에 대한 고찰을 복잡하게 만들 뿐, 해결에 가까워졌다고는 말하기 어렵지 않을까?

"그렇지도 않아요. 부디 기억을 잘 떠올려 주세요, 오야기리 씨."

망각 탐정이 기억을 떠올려 달라는 말을 했으니 그 말에 따를수밖에 없다. 나는 그때의 일을 각각 회상했다. 그래, 먼저 그건수사를 시작하고 얼마 되지 않았을 무렵… 분명히 30층에서의일이었다.

6

"거짓말이네."

하고 그 사람은 말했다.

여기서는 스탠더드하게, 시청에서 나왔다고 말한 쿄코 씨를 보고 그 사람은 곧장 그렇게 말했다.

그렇다, 50명 이상에 이르는 아틀리에장의 주민 중에서 단 한 사람, 쿄코 씨의 가짜 자기소개를 간파한 인물이 있었다.

그것이 30층, 즉 모든 집을 방문하기 시작한 지 아직 극초반 이라고 할 수 있는 때여서, 내가 느낀 초조함이 어느 정도였는 지는 필설로 다할 수 없지만, 그 후 모든 층을 다 망라해 봐도 갈색 머리인 쿄코 씨의 거짓말을 꿰뚫어 본 사람은 그 사람뿐이 었다.

아니 뭐, 그러니까, 그것을 그 사람의 공적이라고 하기에는 조금 무리가 있다. 왜냐하면 원래는 쿄코 씨의 뒤에서 상대에게 프레셔를 가해야 하는 역할인 나와 그 사람이 아는 사이였기 때 문이다.

내 정체를 아는 이상은 당연히 동행자인 쿄코 씨의 소개를 의 심하는 것도 무리가 아니었다. 전 미술관 경비원이자, 와쿠이 옹에게 고용될 예정이었던 내가 시청 직원과 같이 오다니, 당연 히 부자연스럽게 보일 수밖에 없었다.

즉 '그 사람'이란, 그 방에 사는 주민은 하쿠이 소년이었다.

그랬다. 깜박했다.

주민 중에 나와 면식이 있는 사람이 있다는 사실을 쿄코 씨에 게 잘 말해 뒀어야 했는데. 알고 있었다면 쿄코 씨는 사전에 철 저하게 대처했을 테지만, 아무리 탐정이라도 모르는 일에 대처할 수는 없다.

"뭐야? 그 머리. 물감으로 물들였어?"

하쿠이 소년은 예의 없게 쿄코 씨의 머리를 손가락으로 가리키며 말했다. 한 번 위화감을 느끼면, 당연히 그림의 전문가이니 즉석에서 갈색으로 염색했다는 사실을 눈치채도 이상하지 않다.

"네, 맞아요. 예쁘죠?"

변장을 들켜서 허둥대지 않을까 했는데, 쿄코 씨는 태연하게 그런 대답을 했다.

전혀 동요하는 낌새가 없었다.

아, 하고 나는 깨달았다.

시청에서 왔다는 거짓말을 들켰을 뿐, 탐정이라는 것이나 지하에서 일어난 사건까지 들킨 것은 아니다. 하쿠이 군에게 현재 쿄코 씨의 정체는 여전히 수수께끼다.

그렇다면 당황해서 모든 것을 자백할 필요는 없다. 굳이 자신이 넘어질 필요는 없다고 생각하며 쿄코 씨는 이런 핀치에도 확실히 대처하고 있는 중이다.

그렇다면 나도 하다못해 정보를 제공해 주자는 생각에,

"오, 오랜만이야, 하쿠이 군."

하고, 하쿠이 군과 아는 사람이라는 것을 그 이름과 함께 어필했다. 결코 자연스럽다고는 할 수 없었지만, 아무튼 상대가 어떻게 거짓말을 눈치챘는지 쿄코 씨에게 가르쳐 줘야 할 것이다.

"오랜만? 어제 만났잖아, 아저씨."

하쿠이 군이 의아하다는 듯이 말했다. 여전히 건방진 태도다.

"뭐야. 벌써 일 시작한 거야? 이쪽 누나는, 당신의 여친이거
나 그런?"

"네, 그렇다고 할 수 있어요."

내가 당황해서 부정하려 하는데, 쿄코 씨가 먼저 그렇게 애매
하게 긍정적인 대답을 했다. 어떤 의도가 있는지는 모르겠지만
쿄코 씨가 그렇게 말한 이상 내가 보조를 흐트러뜨려서는 안 된
다.

"흐~응…?"

빤히 쿄코 씨를 바라보던 하쿠이 군이 내 쪽을 보았다.

"그런데 왜 그 여친이 거짓말을 하면서 나를 찾아온 건데? 나
한테 뭔가를 캐내려고?"

나는 미술관에서 돌아온 참이라 가능하면 쉽게 해 줬으면 하
는데, 라고 경계하듯이 말하는 하쿠이 군.

미술관에 갔다는 것은 나와 처음 만났을 때처럼 또 그림 공부
를 했다는 건가. 목표로 했던 그림은 거의 다 모사했다고 했으
면서, 어제도 오늘도 참 열심이다. 두 번째에 돌입한 것은 아니
겠지만.

"네, 사실은 말이죠."

하고 쿄코 씨가 웃으며 말했다.

어린아이가 상대라고 태도를 바꾼 것처럼 보이지는 않았다. 지금까지 호별방문을 할 때와 기본적으로는 같은 태도다.

거짓말을 간파당한 거야 그렇다 치고, 이 아틀리에장에 살고 있다는 시점에서 하쿠이 군이 평범한 소년이 아니라는 사실은 알고 있을 것이다.

"와쿠이 씨에게 부탁을 받아서요. 아틀리에장에 거주하시는 주민의 활동 모습을 조사하던 참이었습니다. 거짓말을 한 것은 사과하겠습니다. 죄송합니다."

꾸벅 하고 쿄코 씨가 갈색으로 물든 머리를 숙였는데, 그 실태는 거짓말을 사과한다며 거짓말을 하는 중이었다.

이 사람과 같이 행동하다 보면 왠지 인간불신에 빠질 것 같다. 하지만 이 거짓말도 하쿠이 군에게는 통하지 않았다.

"그것도 거짓말이네."

하고, 하쿠이 군이 잘라 말했다.

나는 가능한 한 기적을 숨기고 있었기 때문에, 이번에는 순수하게 거짓말을 간파당한 셈이었다. 그래도 전혀 동요하지 않고 선뜻 고개를 들더니,

"어머, 왜 그렇게 생각하시나요?"

하고 말하는 쿄코 씨에게 하쿠이 군이 근거를 말해 주었다.

"그 선생님이 우리의 활동 모습 같은 걸 신경 쓸 거 같아? 그

사람에 신경 쓰는 건 우리가 내는 결과야. 게으르게 지내는지 감시하는 거면 몰라도."

"아하. 그럼 그런 거짓말을 하는 편이 더 좋았던 거군요."

전혀 동요하지 않는 쿄코 씨.

생글거리고 있지만, 어린아이 교육에 좋지 않은 누나다.

역시 장난처럼 보이는 그 태도에 질렸는지, 하쿠이 군이 "당신 뭐야, 진짜." 하고 위협적으로 화를 냈다. 화를 내 봐야 나이 탓에 박력이 없었지만….

"글쎄요. 뭐라고 생각하나요? 제 정체는 제가 가장 알고 싶을 정도인데요."

얼버무리는 듯한 그 말투는 하쿠이 군을 더욱 도발하는 것처럼도 들렸지만, 이건 의외로 쿄코 씨의 본심일지도 모른다.

망각 탐정이자, 오늘밤에 기억하지 못하는 쿄코 씨에게 있어 자신의 정체, 자신의 과거만큼 수수께끼인 것은 없을 테니까.

"그러고 보니 돌아올 때, 구급차랑 스쳐 지나갔는데 설마 선생님한테 무슨 일이 생긴 거야?"

"!"

갑자기 내던져진 그 지적에 나는 경직되었다. 어쩌면 쿄코 씨는 받아넘기는 데 성공했을지도 모르지만, 내 반응만으로도 하쿠이 군은 충분한 모양이었다.

"쳇…."

하고 혀를 차더니, 하쿠이 군은 우리에게서 등을 돌렸다.

"그렇다는 건가…. 언젠가 이렇게 될지 않을까 하고 생각은 했지만."

"아, 아니, 무슨 소리야, 하쿠이 군. 와쿠이 씨는 딱히…."

"숨기지 마."

등을 돌린 채 하쿠이 군이 말했다.

"숨길 생각이라면, 근처 주민을 불러 지하실을 찾아가 직접 확인해 볼까?"

윽, 하고 나는 입을 우물거렸다.

그렇게 하면 쿄코 씨의 계획은 모두 와해된다. 큰 소동은 피할 수 없고, 그렇지 않더라도 지하실의 혈흔을 보면 당연히 누군가가 바로 경찰에 신고할 게 뻔했다.

사건이 공개되기 전에 범인을 특정하겠다는 것이 쿄코 씨의 생각이니, 여기서 하쿠이 군이 그런 짓을 하게 둘 수는 없었다.

나는 초조해했지만,

"숨길 생각은 없어요. 만약 원한다면 자세히 이야기해 줄게요. 하지만 역시 현관 입구에서 이야기할 수는 없으니, 방에 들여보내 줄 수 있을까요?"

하고 쿄코 씨는 문자 그대로 한 걸음 더 깊숙이 발을 들이는 듯한 제안을 했다.

거짓말이 들키고 사건의 존재도 거의 들통난 상황인데도, 수

사의 고삐를 늦추기는커녕 그것을 이용해서 대담하게도 소년의
방 안으로 들어가려고 했다. 진짜 너무 강심장이다.

"OK. 들어와."

하쿠이 군은 그렇게 말하더니 그대로 안쪽으로 걸어 들어갔
다. 쿄코 씨가 그 뒤를 따랐고, 나도 어쩔 수 없이 그 등 뒤를 따
랐다.

아틀리에장 주민의 모든 집을 방문하는 과정에서 집 안으로
초대해 준 사람은 그 외에도 몇 명 더 있었다. 그 양상은 이미
밝힌 바이지만, 그중에서도 하쿠이 군의 방은 이질적이었다.

어린아이가 혼자서 사는 곳이니 난잡하게 어질러져 있는 거야
어쩔 수 없다 쳐도, 정말 과장 없이, 회화 도구 이외에는 아무것
도 없었다. 바닥 면적을 좁게 만들어 놓은 쓰레기도, 구깃구깃
둥글게 구긴 종이, 부러진 연필, 미술 관련의 오래된 잡지 같은
것들뿐이었다. 제대로 밥은 먹는지 걱정이 될 정도의 방이다.

"앉을 장소는 알아서 만들어."

그렇게 말한 하쿠이 군은 이젤 앞의 의자에 걸터앉았다. 하지
만 권유를 받아도 도무지 앉고 싶다는 생각이 들지 않는 방이었
다. 발 디딜 틈이 없는 정도를 넘어, 가능하면 신발을 신고 들어
가고 싶을 정도의 카오스 상태였기 때문이다.

쿄코 씨는,

"……."

하고 방 안을 가만히 관찰하더니 바닥으로 손을 뻗었다. 물건을 치우고 앉을 만한 스페이스를 마련할 생각인 줄 알았는데, 그게 아니라 쓰레기를 분리수거하기 시작한 듯했다. 허락도 없이 방을 청소할 생각인가 보다. 엄마도 아니고.

지하실을 검사할 때도 솜씨가 좋았지만, 애초에 정리정돈이 특기인 모양이었다. 아니면 결벽증인가?

하쿠이 군은 그 또래의 소년답게 방을 함부로 정리하자 얼굴을 찡그렸지만 '앉을 장소는 알아서 만들어'라고 말한 탓에, 그 행동을 말릴 수 없는 모양이었다.

겨우,

"꼭 '이삭줍기' 같네~"

하고 알기 힘든 독설을 내뱉을 뿐이었다. 확실히 몸을 앞으로 굽히고 방을 청소하는 쿄코 씨의 모습은 나도 알고 있는 그 명화名畫를 방불케 했다.

"그래서? 어떻게 된 거야? 선생님한테 무슨 일 있었어? 병으로 쓰러졌다…면 거짓말을 하면서까지 조사하러 오진 않았겠지?"

탐정을 방불케 하는 추리력으로 하쿠이 군이 그렇게 말했다.

미술관에서 하쿠이 군의 스케치북을 본 몸으로서, 나는 하쿠이 군이 어린아이라고 해서 얕보는 마음이 눈곱만큼도 없지만, 예술가의 감성이란 이렇게나 날카로운 것일까?

숨길 생각이 없다고 쿄코 씨는 말했지만, 이래서는 설령 숨기려고 해도 하쿠이 군은 전부 꿰뚫어 볼지도 모른다.

"이 아틀리에장의 소유자인 와쿠이 카즈히사 씨는 누군가에게 나이프로 찔렸어요."

같은 생각을 한 것인지, 쿄코 씨는 확실하게 그런 말을 꺼냈다. 청소를 하는 손은 여전히 멈추지 않았지만.

반쯤 예상은 했다 해도 충격은 있었던 듯, 하쿠이 군은 아무 말도 하지 않았다. 아무리 그래도 너무 솔직했다고 해야 할지, 배려가 없는 말투가 아니었을까?

"…죽었어?"

잠시 뒤, 하쿠이 군이 조용히 물었다.

"중태예요. 의식불명인 상태로 병원에 옮겨져, 긴급수술 중이죠."

쿄코 씨는, 그 질문에는 마치 청소에 열중한 듯 냉담한 어조로 대답했다. 그 표현을 듣고 나는 위화감을 느꼈다.

중태. 의식불명. 긴급수술 중.

모두 꽤 쇼킹하고 강한 단어들이다. 확실히 사실이긴 하지만, 목숨은 건지셨다든가, 현재 치료 중이라든가, 그 외에도 표현할 방법은 얼마든지 있다.

물론 부드럽게 말한다고 뭐가 바뀌는 건 아니겠지만, 쿄코 씨가 여기서 일부러 강한 말투를 선택했다고 한다면, 그건 꽤 매정한 전략이었다.

와쿠이 옹이 심각한 상황이라는 사실을 일부러 노골적으로 표현해서 하쿠이 군의 정신 상태를 궁지로 몰고 정보를 캐내려 하는 전략이 제삼자의 입장에서는 빤히 보였다. 흥분하고, 이상한 정신 상태가 되면, 그만큼 정보를 흘리기 쉽다.

어린아이를 상대로 사용할 전략은 아니지만, 반대로 말하면 그렇게까지 쿄코 씨는 진심인 것으로, 상대를 어린아이라고는 전혀 생각하지 않는 셈도 되었다.

과연 쿄코 씨가 어디까지 의도한 것인지, 그리고 의도적이었다면 그 전략이 얼마나 효과적이었는지 확실하지 않지만, 하쿠이 군은 잠시 아무 말 없다가,

"누나."

하고 쿄코 씨를 불렀다.

'누나'라니, 처음 만나는 쿄코 씨에게 상당히 친근하게 군다, 라고 생각했는데, 그러고 보니 쿄코 씨는 아직 하쿠이 군에게 이름을 밝히지 않았다. 지금까지 호별방문을 할 때는 가명을 썼는데('오키테가미 쿄코'라고 이름을 밝히면, 만에 하나 탐정인 쿄코 씨를 아는 사람이 있을 경우, 거짓말이라는 사실을 들킨다), 하쿠이 군 상대로는 그 이전에 거짓말이 간파당해 버렸으니까.

나는 '아저씨'고 쿄코 씨는 '누나'라는 구분은 잘 이해가 안 되

지만.

"조금 전에 자신의 정체를 알고 싶다고 했지?"

"……? 네, 말했었는데, 왜 그러죠?"

"아니….."

하쿠이 군은 이젤에 기대어 세워 놓은 스케치북을 들고 새 페이지를 열었다. 그리고 계속 손에 들고 있던 연필을 쥐었다.

"혹시 괜찮으면, 그 정체라는 걸 내가 그려 주려고…. 모델이 되어 주지 않을래?"

"모델… 말인가요?"

그렇게 말하며 고개를 드는 쿄코 씨. 멀티태스크라 청소를 하는 손은 여전히 멈추지 않았지만, 하쿠이 군의 그 발언에는 흥미가 생긴 모양이었다.

사실을 말하면 그때까지도 그 이후로도 호별방문을 할 때, 아틀리에장의 주민에게 그런 식의 제안을 받는 일이 많았다. 예술가의 창작 의욕을 자극하는 것인지, 아니면 단순히 쿄코 씨가 예쁘기 때문인지, 또는 예술가를 지망하는 사람으로서 예의상 하는 말인지도 모르지만, 쿄코 씨의 그림을 그리려고 한 사람은 결코 하쿠이 군뿐만이 아니었다.

하지만 하쿠이 군의 말투는 독특했다.

정체를 그려 주겠다, 라니.

그런 종류의 부탁을 모두 부드럽게, 하지만 즉시 거절했던 쿄코 씨가 유일하게 하쿠이 군의 제안에 흥미를 보인 것은 아마 그 말투가 핵심이었겠지.

"크로키니까 금방 그려. 시간은 안 뺏을 테니까… 1분이면 돼."

그렇게 말하면서 하쿠이 군은 이미 스케치북 위에서 연필을 움직이고 있다. 그 움직임은 미술관에서 처음 하쿠이 군을 만났던 날을 방불케 했다. 전시된 그림의 모사를 내가 말리기도 전에 끝낸 그때의 스피디한 필치를.

아니, 그때보다도 더 빨랐다. 가장 빠른 탐정을 가장 빠르게 그리려 하고 있으니, 생각해 보면 이건 꽤나 독특한 장면이다.

왜 하쿠이 군이 갑자기 쿄코 씨를 그리려고 한 것인지, 그건 알기 힘들었지만, 강한 단어 탓에 정신적으로 내몰린 하쿠이 군에게 있어 그림을 그리는 것은 냉정을 되찾기 위한 의식 같은 것일지도 모른다.

단순히 모델로서 쿄코 씨가 매력적이고 흥미로웠을 뿐인지도 모르지만.

"그림을 그리게 해 주면 누나가 묻고 싶어 하는 거에 대답해 줄게."

"벌써 그리고 있잖아요. …제가 묻고 싶어 하는 거라니요?"

"시치미 떼지 마. 어차피 선생님의 최후의 일과 관련 있는 주민이 누구인가 알고 싶은 거잖아?"

한쪽 눈을 감고 연필로 쿄코 씨와의 거리를 재면서(?) 하쿠이 군이 말했다.

"이유는 모르겠지만, 누나랑 아저씨는 범인을 찾고 있는 것 맞지…? 구급차의 사이렌은 들렸지만 경찰 사이렌 소리는 안 들리네? 아직 신고를 안 해서… 아니야?"

"그럴까요?"

"그러니까 시치미 떼지 말라니까…. 선생님을 찌를 동기가 있다고 한다면, 최후의 일과 관련된 거 때문이라는 것쯤은 쉽게 예측할 수 있잖아."

참고로 그 일과 나는 아무런 관계도 없다고 하쿠이 군이 말했다. 그건 어제도 들었다.

선정된 그림은커녕 위장 그림을 그리라는 말도 듣지 못했다고 한다. 그때는 아틀리에장의 수준이 얼마나 높은지 알려 준 것이라는 느낌이 들었지만.

"자세는 잡지 않아도 되나요?"

쿄코 씨가 말했다.

넌지시 모델이 되어 주겠다고 승낙하는 말이었다. 하쿠이 군은 농담처럼 "잡고 싶으면 잡아도 돼. 원한다면 벗어도 되고."라고 했다.

"누드 데생은 특기거든."

"어머. 아직 어린데 깜찍한 말을 다 하네요."

키득거리며 웃는 쿄코 씨.

"벗어도 좋지만, 음, 지금은 그만둘게요. 시간도 없고, 벗을 수 없는 사정도 있으니까요."

벗을 수 없는 사정?

묘하게 에두른 말이다.

"이대로 부탁할게요. 데생이라고 할 수도 없잖아요? 저의 정체, 그릴 수 있다고 한다면…."

"흥."

콧김을 내쉬고, 하쿠이 군이 스케치북을 향했다. 갑자기 시작된 '그림 그리기' 시간에 나는 홀로 남겨진 듯한 기분이 되었다. 어딘가 모르게 천재끼리의 대화 같은 느낌으로, 나 같은 범인凡人은 끼어들 틈이 없었다.

탁월한 재능을 지닌 사람끼리 통하는 게 있는 건가, 아니면 상반되는 게 있는 건가. 가까이 다가갈 수 없는 공기가 두 사람 사이를 채워서, 나 같은 사람은 주춤거릴 수밖에 없었다.

"조금 전에 언젠가 이렇게 될 줄 알았다고 말씀하셨는데, 이전에도 비슷한 트러블이 있었나요? 와쿠이 씨와 주민 사이에요."

"트러블이야 자주 생기지. 나도 선생님과는 싸움만 했으니… 선생님 자신도 그렇고, 아틀리에장에 사는 녀석들은 기본적으로 일탈해 있거든. 충돌도 많아… 단지, 사람을 찌를 정도인가 하면, 당연히 그 정도는 아니고."

"그렇군요. 그럼 왜 이번에는 이런 일이 벌어졌는지 알겠나요?"

"역시 너무 심했어."

하쿠이 군은 연필을 멈추지 않으며 말했다.

"주민 중 누구 한 명을 편애하면서 선정된 그림을 그리게 하는 거라면 몰라도, 그 녀석을 숨기기 위해서 페이크 그림을 대량으로 그리게 한 건 정도가 너무 심해. 예술가를 지망하는 사람을 그렇게 대접하고 무사히 끝날 리가 없지. 대량생산은 예술가가 가장 싫어하는 거잖아. 선생님도 그걸 모르지는 않을 텐데…."

시니컬하게 하쿠이 군이 말했다. 와쿠이 옹에게는 동정의 여지가 없다고 말을 하는 것도 같았다. 최후의 일에 관한 트러블이 범행의 동기라고 생각하는 것은 쿄코 씨도 마찬가지였지만, 같은 집단 사람으로서 더욱 그 사실을 통감하는 것인지도 모른다.

그러나 하쿠이 군의 생각에 따르면 범인은 위장으로서 회화를 그린, 그릴 수밖에 없는 주민 쪽이 되는 듯했다. 순리대로 생각하면 그렇게 되지만, 그러면 범인을 특정하기가 어려워진다. 선정된 그림을 숨기기 위한 위장이 그대로 범인을 숨기기 위한 위장이 되어 버린다.

"그렇게 어렵게 생각할 거 없지 않아? 경찰이 조사하면 범인이야 금방 특정될 건데. 그걸로 전부 끝이야."

"그렇게 되면 의미가 없어요. 저는 범인이 자수했으면 하거든 요."

쿄코 씨는 말했다. 노골적으로.

"만약 당신이 범인이라면, 지금 그렇게 말해 줬으면 해요."

"…날 의심해? 말했잖아. 안타깝게도 나는 위장 그림조차 못 그리고 있거든. 그런 거로 선생님을 원망하면, 조금 분수를 모 르는 사람이 되는 거지."

"그렇군요."

"그럼 누가 최후의 그림을 그리고 있는지인데… 약속대로 내 가 아는 건 다 얘기해 줄게. 전원 다 아는 건 아니고, 당연히 누 가 선정된 사람인지는 나도 몰라."

그렇게 말한 뒤, 하쿠이 군은 몇몇 이름을 호실 번호와 함께 말해 주었다. 그렇게 구체적인 정보를 얻는 건 이게 처음이어서, 나는 급히 메모를 하려고 했지만 쿄코 씨가 그것을 제지했다.

왜 그런가 했는데, 아, 맞다, 그게 망각 탐정으로서의 레귤레 이션이었다. 나중에 모든 것을 깨끗이 잊기 위해서, 손글씨이든 디지털 데이터이든, 기록을 남기는 것은 규칙 위반이다.

무조건 머리로 암기할 수밖에 없었다.

그렇지만 구두口頭로 들은 이름과 호실 번호를 모두 기억하는 것은 나에게는 불가능한 일이니, 모두 쿄코 씨에게 맡길 수밖에 없다. 한심하다. 이래서는 정말 나는 그냥 우뚝 서 있는 게 다일 뿐이다.

"네, 참고가 되었습니다. …단지, 하쿠이 군."

하고 다 들은 쿄코 씨가 말했다. 정신을 차려 보니 쿄코 씨 주변은 완전히 깔끔해져 있었다. 밖에 내놓은 것은 아니기 때문에 쓰레기 자체는 줄지 않았을 텐데, 방의 바닥 면적은 들어왔을 때와는 비교할 수 없을 정도가 되었다. 하지만 이렇게 정리정돈이 되니, 오히려 하쿠이 군은 뭐가 어디에 있는지 모르게 되었을 수도 있겠다는 생각이 들었다.

"제가 묻고 싶은 것, 이라는 건 사실 따로 있는데… 그쪽 질문에도 대답해 줄 수 있나요?"

"엥?"

순간 하쿠이 군의 손이 멈췄다.

"또 있어…? 뭐야, 내 알리바이인가 뭔가야? 현장 부재 증명 같은 녀석? 조금 전에도 말했지만, 오늘은 조금 전까지 미술관에 갔었어."

"아하하. 아쉽지만 사건이 언제 일어났는지는 몰라요. 알리바이라니, 추리소설을 너무 많이 읽었나 보군요."

탐정에게 그런 말을 들으면 끝장이지만, 하쿠이 군은 멈췄던 손을 다시 맹렬한 스피드로 움직이기 시작하면서, "추리소설 따윈 읽은 적 없어." 하고 말했다.

"뭔데? 그 외에도 묻고 싶은 거라는 게."

"실은 선정된 그림을 그리는 사람이 누구인지 알 수 없을까 해서 와쿠이 씨의 방에 있던 서류를 조사해 보거나 했거든요."

조사했다고 하기보다는 멋대로 봤다고 하는 편이 정확하지만, 쿄코 씨는 마치 허가를 받아 절차를 밟고 봤다는 듯한 말을 했다. 언외言外를 이용한 거짓말 능력도 뛰어난 듯했다.

그것을 반쯤 눈치챈 상태면서도 "그래서?" 하고 소년은 계속하라고 재촉했다. 쿄코 씨와의 대화보다도 그림을 그리는 쪽을 우선하는 것처럼도 보였다.

"뭐라도 알아냈어?"

"아니요, 아무것도 알아내지 못했어요. 아무래도 기록으로는 남겨 놓지 않으려고 한 모양이에요. 더 자세히 찾으면 무언가 정보를 발견할 수 있을지도 모르지만요."

"못 찾을걸? 그런 점은 아주 조심스러운 할아버지거든. 조심스럽다고 해야 할지, 거의 종교적이라고 해야 할지—누가 선정됐는지 그리는 본인에게도 가르쳐 주지 않은 거나, 최후의 일을 착수하면서 아저씨를 고용하려고 한 것만 봐도 알 수 있잖아?"

확실히, 호방뇌락豪放磊落한 듯한 행동과는 달리 섬세하고 신중한 사람이라는 점은 틀림없었다. 화를 잘 내는 것은 델리케이트하기 때문이라고도 할 수 있다.

"네. 그 대신이라고 하기는 뭐하지만, 이상한 점을 깨달았어요."

"이상한 점?"

"네. 어느 바인더에 철이 되어 있던 서류인데, 그건 발주서를 복사한 서류였어요."

쿄코 씨가 말했다.

바인더의 서류… 엘리베이터 안에서 이야기했던 그 건(件)이다. 쿄코 씨의 움직임이 유일하게 멈췄던 그 서류. 그 정체는 발주서 의 복사본?

"와쿠이 씨는 섬세하다고 해야 할지, 착실하고 꼼꼼한 분이긴 한 것 같아요. 발주서는 날짜순으로 철이 되어 있었는데, 제가 신경 쓰인 것은 최근의 발주서였죠. 추측하건대 최후의 일에 착 수할 때의, 액자 만들기를 위한 재료 및 소재의 주문이었던 것 같아요. 물건은 아직 도착하지 않은 것 같았지만요."

"…그게 왜? 발주 정도야 당연히 하지. 아무리 회화의 가치를 높이는 액자장이라고 하더라도 마술사는 아니거든? 제로에서 액자를 만들 리가 없잖아. 재료가 필요한 건 당연한 거지."

"네. 그거야 물론 그렇지만, 너무 많았어요."

"엥?"

"발주한 재료의 양이 너무 많았어요. 예비나 여분이라고만 해 서는 설명이 안 될 정도로, 와쿠이 씨는 대량의 재료를 발주했 어요. 도저히 액자장으로서의 집대성, 인생 최후의 일로서 하나 의 액자를 만들려 한다고는 생각하기 어려울 정도로요."

그게 도저히 이해되지 않아요, 하고 말하며 쿄코 씨가 고개를 들었다. 청소하던 손을 멈추고 하쿠이 군을 똑바로 봤다는 것은 멀티태스크 모드에서 싱글태스크 모드로 전환했다는 것이었다.

바인더를 주시했을 때와 마찬가지로.

그때 쿄코 씨는 같은 서류를 몇 번이고 읽은 것처럼 보였는데, 그건 단순히 읽었던 것이 아니라 발주된 재료의 분량을 암산하고 검산했던 거였나….

의문이 하나 녹아내린 것 같았지만, 확실히 쿄코 씨가 제시한 의문은 정당한 것이었다.

"…그것도 위장 아냐? 필요한 분량만큼만 재료를 주문하면 어떤 액자를 만들 생각인지 들킬 수도 있잖아. 일부러 필요 없는 재료나 의미 없는 소재를 가짜로 주문해 둬서, 뭘 만들 생각인지 발주처 사람들조차 헷갈리게 하려는 복안이 아닐까 하는데? 선생님에게 그 정도의 경제력이 있다는 것 정도는 아틀리에장이라는 색다른 아파트의 건물주라는 것만 봐도 이미 알고 있을 텐데?"

"네, 물론이에요. 물론 저도 그렇게 생각했고, 당연하지만 그런 의미도 있었겠죠. 하지만 그것을 감안하더라도 양이 너무 터무니없이 많아요. 그렇게 대량으로 발주해서는 도저히 그 지하실에 다 들어가지 않을 정도예요."

확실히 오싹한 이야기였다.

이렇게 하쿠이 군의 방 안을 마치 나무쪽세공[*]이라도 하듯이 정리정돈하여 스페이스를 만들어 낸 쿄코 씨가 하는 말이니, '발주한 재료가 지하실에 다 들어가지 않는다'라는 견해는 일단 믿어도 좋겠지.

경제적인 여유가 있는 데다, 실제로 대량의 위장 회화를 아틀리에장의 주민에게 그리도록 한 와쿠이 옹이니 '아깝다'라는 생각을 차제에 하지 않는다고 하더라도, 작업장에서의 활동에 지장을 받을 수준의 재료를 발주하는 것은 위장의 영역을 넘어선다.

다른 목적이, 그것도 주된 목적이 있다고 생각하고 싶어지는 것이 보통이다.

당초에는 쿄코 씨가 품었던 의문을 '별것 아니다, 선생님의 평소대로의 행동이다'라고 판단한 듯한 하쿠이 군이지만, 그런 말까지 듣고 보니 역시 위화감을 느낀 모양이었다. 난처함을 얼버무리듯,

"…그럼, 발주 실수 아니야? 깜박하고, 전부 다 한 자릿수 더 많이 주문을 했다든가…."

하는 가설을 내세웠다.

평범한 가설이긴 하지만, 그것이 현실적인 추리라 할 수 있겠

※나무쪽세공(寄木細工) : 다양한 종류의 나무쪽을 모아, 각각의 색조 차이를 이용해 모양을 만드는 목공예 장식 기법.

지. 나도 그 이외의 대답을 낼 수는 없을 듯했다. 최후의 일이라는 큰 무대인데 그런 본 헤드를 할까 하는 생각도 들지만, 어떤 국면에서 어떤 실패를 할지 모르는 것이 사람이다.

나이 탓을 하는 것은 좋지 않지만, 와쿠이 옹은 그런 실수를 해도 이상하지 않을 정도의 고령이기도 했다. 그러니 액자장을 은퇴하려고 결심한 것이기도 하고 말이다.

"그건 아니라고 생각해요. 한 자릿수 더 많이 주문했다고 하기에는 발주량이 너무 세세하거든요. 한 자리 단위까지 정확하게 지정되어 있으니, 그 수에 의도가 있다는 것은 틀림없어요."

"……."

하쿠이 군이 입을 닫고 무언가 생각을 하다가,

"당신은 어떻게 생각해, 누나?"

결국 그 이상의 아이디어가 떠오르지 않았는지, 반대로 쿄코 씨에게 되물었다.

"이건 가설이지만요…."

하고 말하며 쿄코 씨는 잡지 않아도 된다고 했던 포즈를 잡았다. 정리가 끝났다고 이제 와서 포즈를 잡아 봐야, 하쿠이 군으로서도 그리던 그림의 구도를 바꿀 수는 없을 텐데…. 그리고 그게 무슨 포즈인지, 초심자인 나로서는 전혀 알 수 없었다.

어딘가에서 본 적이 있는 것 같은데… 이전에 카페에서의 그 포즈인가? 아니, 아니다. 쿄코 씨에게는 그날의 기억이, 이제는 없다.

그 수수께끼 같은 자세를 유지한 채 쿄코 씨가 말을 계속했다.

"전체가 선정되었다, 라고는 생각할 수 없을까요?"

"……? 전체? 그게 무슨 의미지? 발주한 재료를 전부 사용할 생각이란 소리야? 그러면, 그러니까 너무 많다는 거 아니었어?"

"액자 재료에 대해서 한 말이 아니라, 아틀리에장의 주민에게 발주한 회화 전체가, 라는 말이에요. 발주한 회화 전체의 액자를 만들 생각인 게 아닌지….."

"그럴 리가 없잖아!"

고함쳤다.

하쿠이 군이 말이다. 반사적으로, 그리고 감정적으로.

그건 미술관에서 날뛰었을 때의 와쿠이 옹을 방불케 할 정도의 감정의 폭발이었다. 그래서 그대로 쿄코 씨를 때리려고 달려드는 게 아닐까 싶어, 이크, 하고 나는 자세를 잡았는데, 다행히하쿠이 군은 바로 정신을 다잡고,

"아, 아아."

하며, 겸연쩍은 듯 스케치북을 향했다. 사각사각 하고, 그때까지 이상으로 격렬하게 연필을 움직였다. 역시 '그림을 그린다'는 행위 그 자체가 하쿠이 군에게 있어서는 멘탈 케어인 듯했다.

"미안, 큰 소리를 내서….."

하고, 소곤소곤 작은 목소리로 사과했다.

사과하는 태도로는 받아들이기 힘들었지만, 정작 고함 소리를 들은 쿄코 씨는 별난 포즈를 유지한 채 꼼짝도 하지 않았다.

"아니요, 전혀 상관없답니다."

하고, 무사태평한 느낌으로 대답했다.

웃음을 띠고 있는 얼굴에서는 그 속마음을 전혀 읽을 수 없었다.

"하지만 괜찮다면 '그럴 리가 없잖아'라고 생각하는 근거를 가르쳐 줄 수 있을까요?"

"⋯⋯."

"저로서는 비교적 타당한 추리라고 생각하는데요. 위장이라고 말하고 발주해 두었지만, 사실은 그 모든 것이 선정된 것. 아틀리에장 주민 중 누구 한 사람만을 평가한 것이 아니라, 그 주민의 대부분을 평가했다⋯ 어딘가 와쿠이 씨답지 않나요?"

쿄코 씨는 와쿠이 옹을 만난 적이 없으니, 마지막 부분은 꽤나 적당히 말한 거겠지만, 도중까지는 그럭저럭 납득할 수 있었다.

그렇다, 최후의 일이라고 해서 그게 하나의 일이라고는 할 수 없다. 대량의 액자를 만들 생각이었다는 것은, 있을 수 있는 이야기 아닐까? 위장으로 가장한 것 자체가 위장으로, 사실은 대량의 선정된 작품을 아틀리에장의 주민에게 발주한 것이다.

그렇게 심술궂은 느낌은 과연 와쿠이 옹다운 걸까, 답지 않은 걸까.

"답지 않거든?"

하고 하쿠이 군은 말했다.

"아틀리에장은 경쟁하는 장소야. 그렇게 '전부 사이좋게 나란히 골인' 같은 짓을 선생님이 생각해도 좋을 리가 없잖아. 게다가…."

"게다가?"

"…누군가 한 사람을, 그중에 한 장의 그림을 선택한다면 몰라도, 많은 그림을 액자에 끼우려고 생각했다면."

내가 선택되지 않았을 리가 없어.

하쿠이 군은 스케치북을 바라본 채였지만, 강한 어조로 그렇게 주장했다. 아하, 그 마음이 조금 전의 격앙으로 연결되었던 거구나.

소년이지만, 아직 신출내기 화가 지망생이지만, 프라이드는 확실히 지니고 있는 셈이다. 만약 쿄코 씨의 가설을 받아들인다면, 위장으로조차 선택되지 못했다는 사실이 더욱 무겁게 짓눌러 온다.

아니, 위장을 맡지 못했다는 것뿐이라면 애초에 위장은 그리고 싶지 않다는 식으로 프라이드를 지킬 방법은 있을 테지만, 1.1배 정도의 선정에서 탈락했다는 것은, 예술가에게 있어 견디기 힘든 굴욕일 것이다.

고등학교 수험이 아니니 예술은 경쟁률로 재단할 수 있는 것이 아니겠지만….

"만약."

하고 그때 쿄코 씨가 다그치듯이 말했다. 포징은 바꾸지 않았기 때문에 어딘가 얼빠진 분위기가 흘렀지만 말투는 진지함 그자체였다.

"그런 일이 있었다고 한다면, 하쿠이 군은 자신을 선정하지 않은 와쿠이 씨에게 살의를 품을까요?"

"품지."

직접적인 질문에 직접적인 대답이 돌아왔다.

"죽이고 싶다고 생각하겠지. …누구나 그렇게 생각할 것 같은데?"

난폭하게 그렇게 단언한 다음, 타악 하고, 대조적으로 신중히 손을 움직여 스케치북을 닫았다. 심이 거의 다 사라진 연필도 이젤에 내려놓았다.

"어머. 다 그렸나요? 그럼 보여 주세요─저의 정체."

"공교롭게도 아직 도중이거든… 1분으로는 다 못 그려, 누나의 정체. 이제부터 혼자서 침착하게 마무리할 테니 나중에 가지러 와."

그런 식으로 하쿠이 군은 쿄코 씨를 노골적으로 쫓아내려고 했다. 무리도 아니다. 탐문의 영역을 넘어섰다. 쿄코 씨의 질문은 상대가 아이라는 것을 빼놓더라도, 영장이 필요한 수준이었다.

사건에 대한 신고는커녕, 쿄코 씨 자신이 신고당해도 이상하지 않을 정도였다. 쿄고 씨 입상에서도 이번 면담은 미리 예정했던 1분이라는 시간을 크게 오버했다.

이제 그만 나갈 생각으로,

"그럼 나중에 찾아뵙겠습니다. 완성이 기대되네요."

하고 수수께끼 같은 포즈를 해제했다.

의외로 정말 기대하는 듯한 말투였지만, 거짓말이 워낙 뛰어난 쿄코 씨이니 그 진의는 알 수 없었다.

아무튼, 하쿠이 군은 그런 쿄코 씨의 말을 듣고 질려 버린 듯했지만, 그래도 그것은 화가 지망생으로서 쫓아내기 전에 물어보지 않을 수 없었던 모양이다.

"누나. 그 포즈는 대체 뭐였던 거야?"

하고 쿄코 씨에게 질문을 던졌다. 나와 같은 감상이었던 듯, "어디서 본 적 있는 것 같은데…."라고도 덧붙였다.

"아, 이거 말인가요?"

쿄코 씨는 한 번 더 그 포즈를 취했다. 세부에 이르기까지 완전히 똑같아서, 마치 형상기억합금 같았다. 그 높은 재현력은 도저히 망각 탐정이라고 생각하기 어려웠다.

"잘 아시는 대로, 미로의 비너스인데요."

"미로의… 앗."

하쿠이 군이 순수하게 놀랐다는 듯이 외쳤다. 목소리를 내지는 않았지만 나도 말을 듣고, 눈이 번쩍 뜨인 느낌이었다.

팔이 있어서 알기 어려웠지만, 동체胴體를 비튼 모양이나 목을 기울인 모양은 그야말로 미로의 비너스 그 자체였다. 세계에서 가장 유명하다고 해도 과언이 아닌 그 조각상.

이번에는 조각상이 맞았던 모양이다… 생각해 보면 자신을 비너스에 빗대다니, 단아해 보이지만 쿄코 씨는 꽤나 뻔뻔한 구석이 있다 할 수 있었다.

"…팔이 있으면 미로의 비너스가 아니잖아."

하고 하쿠이 군이 말했지만 "그럴까요." 하고 쿄코 씨는 그 포즈를 유지하면서 말했다.

"일반적으로 미로의 비너스는 양팔을 잃었기 때문에 아름다운 것이라고 말들 하지만, 그것은 너무 이기적인 말 아닌가요? 이제는 없으니 그렇게 말할 수밖에 없지만, 그래도 만든 사람 입장에서는 역시 완성된 상태의 조각상을 평가받길 원할 거예요. 하쿠이 군도 그리다 만 그림이나 찢어진 그림, 실패한 그림을 평가받아도 기쁘지 않잖아요?"

그런 말을 들었지만 하쿠이 군은 대답을 하지 않았다.

아틀리에장의 모든 집을 방문하는 과정에 있었던 두 가지 특기사항 중 하나는 그런 하쿠이 소년과의 조우, 그리고 대화였다. 내 탓에 쿄코 씨의 거짓 소개가 간파되었지만, 결과적으로 탐문은 성공이었고, 사건에 대해 말할 수밖에 없었기에 다른 곳에서는 할 수 없었을 깊은 이야기도 나눌 수 있어, 화근禍根은 남았지만 큰 화禍는 없었다고 할 수 있었다.

단지 그곳에서 밝혀진 바인더 서류의 수수께끼에 대한 답은 나오지 않았다. 그 후 아틀리에장에 사는 주민들의 이야기를 들으며 돌아다녔지만, 그것의 결론을 내는 데는 이르지 못했다.

쿄코 씨가 세운 '전원이 선정된 것이 아닌가?'라는 가설이 현재로서는 유력했지만, 주민들에게 와쿠이 옹에 대한 이야기─악담을 듣고 있으면, 도저히 그런 장난스러운 서프라이즈를 연출할 타입의 노인이라는 생각이 들지 않았다.

대량 발주한 것은 다른 목적이 있었다고 보는 편이 자연스러워 보이는데, 쿄코 씨가 그렇듯 현시점에서는 그 의문을 일단 제쳐 놓을 수밖에 없었다.

그러니 또 하나의 특기사항에 대해 회상해 보려 한다. 그것은 아틀리에장에 있는 모든 집을 방문하던 중반의 일이었다.

이른 단계에서 하쿠이 군이라는 트러블은 있었지만, 이제는 처음 보는 화가 지망생을 순서대로 찾아가며 걷는 데에 익숙해질 무렵이었는데, 그때 나와 쿄코 씨는 뜻하지 않은 발견을 했다.

그러고 보니 이야기의 전후가 뒤바뀌었는데, 쿄코 씨가 아틀리에장의 주민이 사는 모든 집을 방문할 때, 왜 아래에서 위로 올라가지 않고 위에서 아래로 망라하는 형태로 전환했는지는 설명을 들을 필요도 없이 나도 금방 이해할 수 있었다. 알고 보면 그건 당연한 이야기로 자신의 둔감함을 소상히 알리는 일이 되지만, 이런 고층 아파트의 주민 모두에게서 이야기를 들을 생각이라면, 엘리베이터의 이용은 사실 효율이 나쁘다.

겨우 점검 작업이 끝나 계단을 열심히 오르내리지 않아도 되어 가슴을 쓸어내린 참이지만, 겨우 한 층 이동하기 위해 엘리베이터를 이용하는 것은 확실히 말해 기다리는 시간을 낭비하는 꼴이다. 엘리베이터가 한 기밖에 없으면 더욱 그렇다. 한시를 다투는 상황인데 한가하게 엘리베이터를 기다릴 시간은 없다.

그렇다면, 아틀리에장의 집을 아래에서부터 공략할까 위에서부터 공략할까 하는 문제는, 즉 한 층씩 계단을 올라가 마지막에 엘리베이터로 지하까지 단숨에 내려가는가, 맨 처음에 엘리베이터를 타고 최상층까지 올라간 뒤, 한 층씩 계단을 내려갈 것인가 하는 설문과 같은 것이다. 그렇다면 체력적인 면을 고려했을 때, 올라가는 것보다도 내려오는 것을 선택하는 것은 당연하다.

최상층에서 순서대로 돌자는 선택을 한 탓에 고층에 살던 하쿠이 군과 더 일찍 조우하는 언러키unlucky는 있었지만, 그거야 어차피 빠른가 늦는가의 차이일 뿐이다. 한 층마다 휴식을 한다고 해도 계단을 32층이나 올라가는 것은 역시 힘들다.

그러니 쿄코 씨가 먼저 엘리베이터로 최상층까지 올라간 것은 지극히 당연한 것이었다. 우연히 그 층에 엘리베이터가 멈춰 있으면 이용해도 괜찮았을지 모르지만, 쿄코 씨는 일일이 엘리베이터의 현재 위치를 확인할 틈도 아까웠는지 그렇게 하려고는 하지 않았다.

그렇게 해서, 아틀리에장의 모든 집을 방문하고 비상계단도 통과한 우리는 옥상 이외의 건물 안을 전체적으로 다 돌아본 셈이 되는데, 그에 대한 내 의견을 말하자면, 전前 경비원으로서 이 아파트의 내부에서는 어딘가 위화감이 느껴졌다.

어제 와쿠이 옹이 불러서 이 아파트에 왔을 때, 나는 오토 록인 현관에 달린 감시 카메라를 확인하고 일단 방범 의식은 있는 모양이다, 라고 생각했지만, 막상 아파트 안으로 들어와 보니 어느 천장에도 그런 방범 시스템은 설치되어 있지 않았다.

현대적인 집합 주택으로서는 방범 의식이 낮다고 말할 수밖에 없었다. 이걸 먼저 봤다면, 최후의 일에 착수할 때 경비원이 필요하다는 말을 들어도 이해할 수 없지는 않았겠지.

그러나 주민 한 명에게 들었던 대로 이 초고층 아파트는 법적으로 집합 주택이 아니라 개인 저택이다. 천장에 광각 카메라를 설치할지 안 할지는 와쿠이 옹의 생각에 달렸다.

그렇다면 카메라가 달려 있지 않은 상황을 어떻게 봐야 할까.

…점포 등에서도 그렇지만, 감시 카메라를 관리하는 일은 생각 외로 귀찮고 꽤 비용이 들어간다. 쓸데없는 지출을 억제하기 위해 카메라의 수를 줄일 수도 있을 것이다. 도둑이 그리 쉽게 들 리가 없다고 생각하는 것이다.

32층짜리 고층 아파트인데 엘리베이터가 한 기밖에 없고, 그 엘리베이터도 가로로 늘어선 버튼이 없을 만큼, 고령의 와쿠이 옹이 오너인데도 배리어 프리 정신이 결여되어 있거나 하는 등 그다지 쾌적함과 편의성을 고려한 아파트라고는 생각할 수 없으니, 그 일환으로 카메라가 없는 것인지도 모른다.

하지만 다르게 생각해 볼 수도 있는데, 점포 안을 볼 수 없게 하려고 일부러 영상으로 기록을 남기지 않는 케이스도 있다. 즉, 점포 내의 이른바 불법 노동이나 지나친 지도가 이루어졌을 경우다. 영상이 그대로 자신들이 저지른 범죄의 증거로서 남기 때문에, 기록을 피하자는 생각이다.

아틀리에장이 법적으로 어떤 위치인지는 전문가의 의견이라도 듣지 않는 한 확실하지 않지만, 강제 노동 시설 같은 측면도 있다면 영상은 가능하면 남기고 싶지 않다는 건물주의 의도가 있는 것일지도 모른다고 괜한 추측을 하게 된다.

물론 예술가를 지망하는 사람밖에 살지 않는 거주공간이니 크리에이터의 '기업 비밀'을 지키기 위해 내부에는 감시 카메라를 설치하지 않았다는 식으로 단순히 생각해야 할지도 모르지만….

아무튼 어떤 의도가 있든 간에, 또는 의도는 없고 그냥 경비 절감을 위해서였든 간에, 확실한 것은, 적어도 나중에 경찰이 개입을 해도 감시 카메라의 영상을 보고 와쿠이 씨를 찌른 범인을 특정하는 건 어려워 보인다는 것이다. 모든 집을 방문한 결과 내가 경험을 살려 스스로 생각했다고 할 수 있는 것은 기껏해야 그게 다였다.

그런 점에서 쿄코 씨는 역시 수사 전문가로, 여기서부터가 특기사항 두 번째가 되는데—아틀리에장의 주민 전원에게 이야기를 듣는 한편으로 한 가지 발견을 했다.

그건 분명히 탐정 활동이 시작된 이래 처음으로 겨우 발견한 단서다운 단서라고 할 수 있었다. 그게 있었던 것은 모든 집을 방문하는 일이 중반에 접어들었을 즈음.

18층에 있는 모든 주거의 방문을 끝내고 이어서 17층으로 이동하려고 했을 때였다. 기본적으로는 주도권을 쥔 쿄코 씨가 앞서 가는 형태로 이동이 이루어지지만, 일반적인 매너에 따라 계단을 내려갈 때만은 내가 앞장섰다.

그런데,

"스테이!"

하고 쿄코 씨가 짧게 말했다. 영어로 말을 해서 깜짝 놀랐지

만, 그 결과 몸이 경직되어 나를 멈추게 하는 데에는 성공했으
니, 결과가 좋아 아무런 문제가 없었다.

"뭐, 뭔가요? 쿄코 씨."

"실례. 그대로 앞으로 내민 다리를 되돌려 주세요."

쿄코 씨는 그렇게 말을 하고 나를 우회하듯이 층계참이 있는
곳으로 뛰어서 내려갔다. 아니, 뛰어서 내려갔다는 표현은 너무
무르다. 쿄코 씨는 남자 중학생처럼 계단을 뛰어내렸다.

너무 왈가닥이야… 라고 생각할 겨를도 없이 쿄코 씨는 뒤를
돌아 웅크리더니, 내가 발을 내리려고 했던 단에 얼굴을 가까이
댔다.

나는 자칫 자신의 거대한 신발로 쿄코 씨의 얼굴을 밟지 않도
록, 만약을 대비해 한 단 뒤로 물러섰다. 하지만 쿄코 씨는 오히
려 "오야기리 씨, 보세요." 하고 나를 불렀다.

"여기예요."

"……?"

그 말을 듣고 나도 계단에 웅크려 쿄코 씨가 가리킨 곳을 바라
보았다. 그리고 눈치챘다.

그곳에는 작고 붉은 '동그라미'가 있었다.

자칫 못 보고 넘어갈 수도 있을 만큼 작았지만, 마치 계단을
오르내리다가 붉은 물감이라도 흘린 듯한… 아니, 어쩌면 이건
물감이 아니라…?

"피…인가요?"

"단언할 수는 없어요. 단지 가능성은 있어요."

그렇게 말한 뒤 쿄코 씨는 자리를 이동하며 그 혈흔(?)을 다양한 각도에서 보려고 했다. 관찰했다.

"색을 보니 오래된 것은 아닌 것 같네요. 물론 이게 물감이 아니라 피일 때의 이야기지만요."

"……."

"물론 장소가 아틀리에장이니까요. 누군가가 이동하다가 물감을 떨어뜨렸을 가능성도 부정할 수 없어요. 하지만 만약 이것을 피라고 했을 때 생각할 수 있는 가능성은 두 가지예요. 하나는 이것이 와쿠이 씨의 피일 가능성, 또 하나는 이것이 사건과는 관계없는 피일 가능성이에요."

의외로 냉정했다.

나라면 새로운 단서라고 마구 달려들었을지도 모른다. 물론 많은 사람이 사는 주거지 내의 혈흔이니까 이것이 누구의 것인지 특정하는 것은, 혈액 감정 수단이 없는 우리로서는 사실상 불가능하다.

"범인의 피라고 생각할 수는 없나요? 와쿠이 씨와 다퉈서 그때 범인도 부상을 입었다거나…."

"생각해 볼 여지는 있지만, 사건 현장의 모습을 보는 한 그렇게까지 격렬한 다툼이 있었다고 보이지는 않아요. 범인도 출혈이 있었다면, 조금 더 현장의 핏자국이 넓게 퍼져 있었을 거예요."

그렇게 말하면서 쿄코 씨는 자리에서 일어섰다. 더 이상 관찰해도 의미가 없다고 단념한 모양이었다. 그런 판단도 빠르다.

"하지만 범인이 이 계단을 이용했을 거라는 예상은 충분히 성립해요. 즉, 범행을 할 때에 피가 튀었고, 그게 여기에 떨어졌다는 거죠."

"네에…. 성립한다고 해야 할지, 그게 가장 먼저 떠오르는 생각이네요."

나는 와쿠이 옹의 피와 이 혈흔이 바로 연결되었지만, 실제로 복부를 찔린 노인이 지하에서 여기까지 와서 혈흔을 남기고 또 지하로 돌아갔다고는 조금 생각하기 힘들다. 쿄코 씨를 흉내 내 가능한 모든 상황에 대해 추리를 해 보자면, 어쩌면 이곳이 진짜 사건 현장이고 계단을 내려간 것뿐이라고 하더라도, 복부를 그렇게 깊숙이 찔린 상태에서 그게 가능할 것이라고는 생각하기 힘들었다.

"엘리베이터가 점검 중이어서 이용하지 못했으니까요. 범인이 계단을 이용해 자신의 방으로 돌아갔을 가능성은 있지 않을까요?"

말을 하다가 나는 번뜩였다. 아니, 번뜩였다고 하는 건 너무 호들갑스럽다. 이것도 역시 당연한 것을 당연히 눈치챘다는 것에 불과했다. 만약 범인이 범행 후, 계단을 이용해 자신의 방으로 돌아가려고 했다면, 이곳에 이렇게 흔적이 남아 있다는 것은 범인의 방이 필연적으로 18층 이상이라는 것이 되지 않을까? 그렇지 않으면 17층에서 18층으로 이어지는 계단의 층계참 부근에 혈흔이 남아 있을 이유가 없으니까. 그렇다면 이건 대발견이다.

32층짜리 아파트의 모든 집이 아니라 18층에서 32층까지니, 단순 계산하면 용의자를 절반 이하로 줄일 수 있으니까. 하지만 쿄코 씨는,

"네, 이 혈흔이 와쿠이 씨에게서 튄 피라면 그렇게 생각해도 좋을지 모르겠네요."

하고 활기찬 빛이 떠도는 나와는 대조적으로 매우 침착했다.

"물감이 아니더라도 관계없는 혈흔일 가능성은 나름대로 높기 때문에, 그렇게 단정하는 것은 아직 일러요."

"그, 그런가요…?"

사실을 말하자면 이때, 용의자를 그렇게 좁혀 놓으면 앞으로 17층부터 2층까지의 방문이라는 과정을 생략할 수 있을 것이라는 어렴풋한 기대도 했지만, 스피드를 중시하는 쿄코 씨라도 그런 게으름은 피우지 않는 모양이었다.

"물론 이곳에서 탐문에 응해 주신 분들은 다친 것 같지는 않은데요. 하지만 옷 안쪽까지는 알 수 없으니까요."

"……"

"그리고 또 한 가지. 이게 범인의 위장공작일 가능성도 있어요."

"위장공작…? 어? 그러니까 사실은 17층 이하에 사는 주민인데, 일부러 여기까지 올라와서 굳이 혈흔을 남기고 갔다는 건가요…? 범인을 18층 이상에서 사는 주민이라고 생각하게 만들려고요?"

"네, 그런 거죠."

"…있을 수 있는 일일까요?"

그런 생각을 하기 시작하면, 모든 가능성을 생각해 보는 추리는 언제가 돼도 끝나지 않게 되는데… 게다가 눈치가 빠른 쿄코 씨니까 발견을 하긴 했지만, 내가 깜박 밟으려고 했듯이 평범하게 계단을 이용했다면 이렇게 작은 혈흔을 눈치챌 가능성은 일단 없다… 위장공작이라기엔 너무 수수하다. 위장공작이라고 하려면 하다못해 조금 눈에 띄도록 혈흔을 남겨 둬야 하는 거 아닐까?

"네, 저도 그렇게 생각해요. 위장공작일 확률은 낮겠죠. 단지 이것도 그런 생각을 하게 만들려고 한 것뿐일지도 몰라요. 위장공작 같지 않게 해야 한다는 것은 위장공작의 제1조건이니까요."

그렇게 말하며 쿄코 씨는 층계참의 가장자리로 가까이 다가갔다. 지금까지 그랬던 것처럼 내가 먼저 내려갈 수 있도록 길을 열어 준 모양이었다.

그것은 동시에 17층 이하의 주민에게도 지금까지와 마찬가지로 이야기를 들으며 돌아다닌다는 방침이 변함없다는 말이었다. 물론 용의자가 누구인지 확인하려는 의도도 있지만, 와쿠이 옹이 만드는 최후의 액자, 그것에 선정된 그림을 그리는 사람이 누구인지를 찾는다는 목적도 있으니 어차피 방문은 계속해야 하지만….

그렇지만 착각이었다고는 해도, 순간적으로 이제 돌아볼 필요가 없다고 생각한 탓에 긴장감의 실이 끊어진 나는, 그 결과 이후에 만나는 주민을 지금까지 이상의 허무함과 함께 방문하게 되었던 것이다.

8

그리고 현재에 이른다.

낮 시간을 통째로 사용한 아틀리에장 전 호실 방문 및 탐색을 끝내고, 우리는 다시 지하실로 돌아갔다. 여하튼 네 시간 동안 거의 휴식 없이 계속 걸어서 많이 지친 나는 무작정 작업장의 빈 스페이스에 예의 나쁘게 대자로 벌렁 드러누웠다.

체격을 생각하면 믿을 수 없을 만큼 터프한 쿄코 씨도 역시 지친 기색을 감추지 못했지만, 물론 나처럼 경박한 짓을 하지 않았고, 그러기는커녕 여전히 쉴 생각을 하지도 않은 채, 쿄코 씨가 지하에 도착한 뒤 먼저 한 일은 작업장의 벽에 설치된 개수대에서 머리를 감는 것이었다.

모든 집을 다 방문해서 더 이상 갈색 머리를 할 필요가 없어졌으니 씻어 내는 건가. 스피드만을 중시한다면 헤어 컬러는 갈색으로 유지해도 상관없겠지만, 평범하게 생각하면 머리카락 전체에 물감이 묻어 있는 상태는 굉장히 찜찜할 게 분명하다. 아마 콘센트레이션concentration이 크게 흐트러지겠지. 게다가 휴식 타이밍에 머리를 감으면 기분전환도 된다.

개수대에서 그냥 물로만 씻는 것은 역시 샤워를 한 번 더 할 시간은 없다고 판단했기 때문인 듯했다. 그렇다. 아직 경찰은 오지 않았지만 이미 수사를 시작한 지 다섯 시간 이상이 경과했다.

쿄코 씨는 타임 리밋이 길어야 반나절이라고 예측했다. 그 '길어야'조차도 머지않아 끝난다.

게다가 경찰이 아직 아틀리에장에 달려오지 않았다고 마냥 기뻐하고만 있을 수는 없었다. 그것은 즉, 와쿠이 옹이 실려간 병원에서 경찰에 신고하지 않았다는 것으로, 와쿠이 옹의 긴급수술이 아직 끝나지 않았다는 것을 의미할지도 모르기 때문이다.

와쿠이 옹의 몸에 만에 하나의 일이 생기면 쿄코 씨의 탐정 활동은 대체 뭘 위해 하는 것인지 알 수 없어진다. 덧붙여 말하자면, 직업 탐정으로서 쿄코 씨는 와쿠이 옹이 돌아가시면 의뢰인의 사망으로 인해 보수를 1엔도 받지 못하게 된다… 수사의 진행은 결코 녹록하지 않은데, 상황은 점점 더 다급해지기만 하고 있다.

"…옷은 안 갈아입어도 되나요?"

계속 쉬고 있을 수만은 없다는 생각에 내가 상반신을 일으키며 쿄코 씨에게 묻자.

"네. 갈아입으려고 해도 이 팬츠를 만들 때, 제가 입고 있던 옷도 분해해서 재료로 사용해 버렸거든요."

하고 쿄코 씨는 머리 감는 걸 마무리하면서 대답했다. 그랬구나. 뭐라고 해야 할지, 이제 와서 놀라거나 하지는 않지만 되돌릴 수 없는 일을 한다고 해야 할까, 앞뒤를 생각하지 않고 움직인다.

하지만 직접 만든 옷도 쿄코 씨에게 아주 잘 어울리니, 그쪽은 별로 스트레스가 되지 않으리라 본다. 물론 '캐시미어 머플러'를 오랫동안 '캐시미어'라는 회사의 머플러라고 생각했던 내가 어울린다고 해 봐야 아무런 보증도 안 되겠지만.

"후우, 오래 기다리셨습니다."

타월로 머리를 닦으면서 쿄코 씨가 작업장으로 돌아왔다. 머리카락은 멋지게 새하얀 머리로 되돌아왔다.

그건 아이덴티티도 플래그십도 아니라고 말했지만 역시 이편이 더 쿄코 씨답다. 오키테가미 쿄코답다는 생각이 절로 든다.

"별로 기다리지는… 저야말로 아무런 도움도 안 되어서 죄송합니다. 오히려 발목만 잡고….”

겸손이 아니라 진심으로 반성을 하면서 나는 일어섰다. 일어서다고 해서 따로 할 일이 있는 것은 아니지만, 쿄코 씨가 의자에 앉아 있지도 않은데 내가 바닥에서 쉬고 있을 수는 없었다.

“발목을 잡아요? 아, 하쿠이 군에게 거짓말이 들킨 걸 말씀하시는 거라면, 신경 쓰지 마세요. 결과적으로 그 아이의 이야기도 들을 수 있었으니까요. 이야기를 못 듣는 것보다는 훨씬 잘됐어요.”

“네….”

그렇게 대범하게 말을 해 주니 기쁘기는 하지만, 마음을 써 주면 어딘가 뒷맛이 씁쓸하다. 애초에 쿄코 씨를 이 아틀리에장으로 데리고 온 사람은 나니까 어떻게 해서든 더 제대로 된 형태로 쿄코 씨의 도움이 되고 싶은데….

풀이 죽어 있어 봐야 아무런 소용도 없다.

나는 억지로 내버려 두면 한없이 깊숙이 잠겨 들어갈 것 같은 자신의 마음을 전환하고.

“이제부터 어떻게 하실 건가요?”

하고 쿄코 씨에게 물었다.

“모든 집을 다 방문해 보았는데도 진척 상황이 별로 좋지는 않지만… 아니면 쿄코 씨는 뭔가 알아 내셨나요? 면담한 사람 중에 특히 수상한 사람이라든가….”

"아쉽지만 범인을 특정하지는 못했어요. 또 최후의 액자에 장식될 선정된 회화를 그리고 있는 사람이 누구인지도 알 수 없었고요. 단."

하고, 쿄코 씨는 타월을 옆에 두고 말했다.

"일단 전원의 이야기에 비추어 보면, 선정됐는지 위장인지는 불명확하지만 와쿠이 씨에게 그림을 그리라는 지시를 받은 주민은 모두 특정할 수 있었어요."

"그, 그런가요?"

나도 기본적으로 쿄코 씨와 같은 이야기를 듣고 있었지만, 이야기를 들은 주민 전원에게서 얻은 정보를 전부 기억하는 것은 불가능하고, 그에 더해 머릿속에서 조합하는 것은 더욱 불가능하다. 기껏 하쿠이 군이 가르쳐 준 이름도 벌써 거의 다 잊어버렸다.

"…그건 그러니까, 위장조차도 부탁받지 못한 하쿠이 군 같은 주민도 동시에 특정했다는 것이기도, 한 거죠?"

"네. 뺄셈을 하면 되니까요. 왜 그러시죠?"

"뭐라고 하면 좋을지…."

세부적인 이야기는 잊어버려도 하쿠이 군이 한 이야기 중에 도저히 잊어버릴 수 없는 말이 있었다. 쿄코 씨의 도발을 받고 말에는 말로 응수를 한 면이 많이 있기는 해도.

죽이고 싶다고 생각하겠지, 라고 하쿠이 군은 인정했다.

"어머, 오야기리 씨도 참. 혹시 하쿠이 군이 한 말을 신경 쓰고 계신 건가요? 어머나, 그 말은 너무 무겁게 받아들일 필요 없어요. 어린아이가 한 말이잖아요."

그런 어린아이를 그렇게 도발한 사람은 누구일까요, 하고 말하고 싶은 장면이지만, 나는 꾹 참았다. 아무튼 쿄코 씨가 하쿠이 군을, 그 발언을 듣고도 의심하고 있지 않다고 한다면, 그것으로 그만이다.

그냥 얼굴을 아는 정도로, 친구도 아니고 사이가 좋은 것도 아니지만, 역시 그런 어린아이가 그런 사건을 일으켰다고 생각하는 것은 별로 기분 좋은 일이 아니었다. 하쿠이 군도 아틀리에장의 주민인 이상 용의자 중 한 명인 것은 틀림없다고 해도….

"하지만 하쿠이 군이 '죽이고 싶다'라고 한 것은 와쿠이 옹의 발주를 받은 아틀리에장 주민 전원이 선정된 그림을 그리고 있을 경우―선정된 그림을 그리는 주민이 상당한 숫자일 경우에 그렇다는 거였던가요?"

"네, 그러네요. 하지만 그 가능성은 현재 결코 낮지 않다고 할 수 있어요."

쿄코 씨는 자신의 백발을 마구 헝클어뜨리면서 말했다. 곤혹스러움을 나타내는 보디랭귀지인가 하고 생각했는데, 단순히 머리카락이 마른 정도를 확인한 것뿐인 모양이었다. 멀티태스크,

동시에 두 가지 이상의 것을 생각할 수 있는 사람은 행동으로 내면을 살피기가 어렵다. 의외로 쿄코 씨는 본심을 들키지 않으려고 사고와 행동을 일부러 하나에 집중하지 않고, 멀티태스크를 기본으로 하는 것인지도 모른다. 이번에는 어디까지나 그냥 젖은 머리카락이 신경 쓰여서 그런 것 같지만….

"낮지… 않은가요?"

"와쿠이 씨가 발주한 재료가 하나의 액자만을 만들기 위한 것이라고 하면, 명백하게 과다하다는 건 사실이니까요…. 이건 초심자라도 알 수 있어요."

쿄코 씨는 그렇게 말했지만, 아마 초심자는 모른다. 나도 같은 서류를 봤지만 도무지 뭐가 뭔지 알 수가 없었다…. 쿄코 씨는 교양이 있기에, 그렇기에 알 수 있는 것이다.

"최후의 일이라면 액자장으로서 최고의 작업을 하고 싶겠죠. 하지만 만드는 것이 예술이고 문화이니까요. 최고라고는 해도 여러 가지가 있어요. 회화로 말할 것 같으면, 풍경화의 최고 걸작과 추상화의 최고 걸작은 완전히 다르잖아요?"

"그거야 뭐, 그렇죠…."

더 나아가면 풍경화도 기법에 따라 종류는 세분화될 테고, 애초에 무엇을 가지고 '최고'라고 감정할 것인가는 보는 사람의 가치관에 따라서도 달라진다. 그런 생각을 해 보면 최고의 작품이란 것은 무한하다고 해도 좋다.

"여러 최고의 액자를 만들기 위해 아틀리에장의 주민들에게 다양한 종류의 그림을 발주했을지도 몰라요. 실제로 와쿠이 씨의 말을 듣고 그림을 그리는 주민들은 모티브에서 사이즈까지 모두 다른 그림을 그리고 있었던 듯해요."

그러고 보니 그랬다.

위장인지 선정된 그림인지야 어쨌든, 학교의 미술 시간인가 뭔가처럼 모두 같은 그림을 그리는 것이 아니라, 와쿠이 옹이 각각 발주한 그림은 실로 배리에이션이 다양했다.

주민들 중에는 쿄코 씨의 말에 넘어가서 그리고 있는 그림을 슬쩍 보여 준 사람도 적지 않았는데, 모두 전혀 다른 그림처럼 보였다. 미술관에서 조금 근무했을 뿐이니 식견이 높다고 우쭐댈 생각은 없지만… 그래도 모든 그림이 비슷하게 보인다면 몰라도 모든 그림이 다르게 보였으니, 실제로 달랐던 것이겠지.

그렇다면 쿄코 씨의 가설이 드디어 현실감을 띠게 된 것일까?

"만약 와쿠이 씨가 그런 생각을 하고 있다고 한다면, 용의자는 불과 몇 명으로 좁혀져요."

"네? 몇 명…? 몇 명이라니, 무슨 말씀이신가요?"

"회화의 발주를 받은 주민 전원이 선택받았다고 한다면, 위장 주문마저도 받지 않은 하쿠이 군 같은 주민만이 용의자라는 말이 돼요. 그런 사람은 실제로 불과 몇 명에 불과해요."

그게 논리적인 귀결이라는 듯이 쿄코 씨가 말했고 실제로도 그렇겠지만, 하쿠이 군이 한 말은 어린아이가 한 말이라며 그대로 받아들이지 않는다고 하더라도, 어른의 경우엔 그런 입장이 되면 그 굴욕에 분노를 금치 못할 게 분명하다.

물론 그 사실에 분노를 품으려면 와쿠이 옹이 비밀리에 진행한 그런 계략을, 뭐라고 해야 하나, 선정된 주민 이외의 사람이 알고 있어야 한다는 조건이 필요하지만….

"솔직히 말해, 쿄코 씨는 그 사람들이 범인이라고 생각하시나요?"

꽤 용기를 내서 물어본 거지만, 소리를 내어 말해 보니 이건 그냥 치사한 질문이었을지도 모른다. 자신이 생각하고 싶지 않은 것을 대신 쿄코 씨가 생각하도록 만들려는 것인 듯한….

하지만 쿄코 씨는 그 대답을 전혀 부담스러워하지 않는다는 듯이 "생각하고 안 하고야 어쨌든, 충분이 있을 수 있는 일이에요."라고 대답했다.

"덧붙여서 하나 더 말씀드리면, 그 몇 명 중에 18층 이상에 사는 사람은 30층에 사는 하쿠이 군뿐이에요."

"!"

"물론 그런 건 아무런 증거도 되지 않아요. 그 작은 혈흔이 무엇인지, 그것을 나타내는 증거는 없으니까요."

앞지르듯이 쿄코 씨가 말했다. 그 덕에 쇼크는 반으로 줄었지만, 반 정도로도 충분히 충격적이었다.

"반대로 그런 어린아이는 범행이 불가능하다고 단정하고, 그러니까 그 혈흔은 사건과 관계없다고 생각하는 것도 가능하겠죠."

"…아니요."

하고 나는 말했다. 나는 쿄코 씨에게 위로를 받기 위해 이곳에 있는 것이 아니다.

"누구나 어린 시절에 품고 있는, 진짜 살의 같은 것을 부정할 생각은 없습니다."

"그러네요."

그렇게 쿄코 씨가 단숨에 입장을 바꾸었다.

"야성적인 살의를 제어할 수 없을 때는 그것을 실행할 능력이 없고, 능력이 생겼을 때에는 그 능력을 발휘하게 만드는 살의를 제어할 수 있어요. 그것이 성장을 한다는 것일지도 모르겠네요. 하쿠이 군이 범인이라고 한다면, 와쿠이 씨가 목숨을 잃지 않은 이유에도 일종의 필연성이 생기잖아요?"

"……? 필연성이라고 하면…."

아, 분노를 못 이겨 찔렀다고 하더라도 상대는 선생님이라고 불릴 정도의 대가이니 바로 정신을 차렸다, 같은 의미인가? 그렇다면 다른 주민들도 마찬가지일지도 모르지만. 독설을 하면서도 화가라면 근본적인 면에서는 모두 전설의 액자장인 와쿠이 옹을 존경하고 있을 테니까.

"아니요. 그런 측면도 있지만, 단지 하쿠이 군을 의심까지는 하지 않더라도 어린아이니까 용의자에서 제외하지 않는 이유라면 다른 것도 있어요."

"다른 것도… 라고 하면 뭔가요?"

"한마디로 말해 눈치가 너무 좋아요."

쿄코 씨는 그렇게 말하며 자신의 머리카락을 집었다.

"갈색이 물감이라는 사실을 꿰뚫어 보는 정도라면 그냥 적절한 관찰력이라고 할 수 있지만… 우리가 찾아간 것이나 구급차와 스쳐 지나갔을 뿐인데 와쿠이 씨의 몸에 무슨 일이 있었는지 추리한다는 것은 너무 지나쳐요."

"…네, 네에."

쿄코 씨가 그런 말을 할 자격이 됩니까, 라는 기분이 들지만, 다름 아닌 쿄코 씨가 그렇게 말을 했으니 그 날카로운 감은 정말로 논리로는 설명되지 않는 것일지도 모른다.

그건 탐정도 울고 갈 정도의 추리를 한 것이 아니라, 지하에서 사건이 일어났다는 것을 이미 알고 있었기에 꿰뚫어 본 척을 할 수 있었던 것이 아닌가, 라고 말하고 싶은 걸까?

그렇다면 어떻게 알고 있는 거지? 와쿠이 옹이 찔린 사실은 그 시점에는 쿄코 씨와 나, 그리고 본인과 범인밖에 몰랐을 텐데—

"갑자기 그림을 그리기 시작한 것도 수상하다면 수상하다고 생각할 수 있어요. 탐문을 위해 찾아온 우리에게 동요한 모습을 감추기 위해 마인드세트*를 한 것이 아닐까 하고요."

"……."

나는 와쿠이 옹이 찔렸다는 소식을 듣고 동요를 감추기 위해 그림을 그리기 시작했다고 해석했는데, 확실히 그렇게 볼 수도 있다.

짓궂은 견해라고 생각하지만 일부러 하쿠이 군을 호의적으로 봐 줄 필연성은 없다…. 찍소리도 안 나온다는 것은 이것을 말하는 것이다.

하지만, 하고 생각했다.

그때 하쿠이 군이 고함을 치며 표출한 살의가 정말로 진짜라면, 하쿠이 군은 그때 그렇게 쿄코 씨에게 도발을 당할 때까지 와쿠이 씨의 발주를 받은 주민 전원이 선택받았을 가능성에까지 생각이 미치지 못했다는 말이 되지 않을까?

"정곡을 찔러서 그랬던 걸지도 몰라요. 동기의 핵심이 되는 부분을 언급하자 살의가 다시 불타올랐을 가능성도…."

"살의가, 다시 불타오른다."

"제가 와쿠이 씨를 구했으니까요. 한 번 더 죽여도 식지 않을 분노를 품고 있었을지도 모르잖아요. 그러면 오야기리 씨, 어떠

※마인드세트 : 경험, 교육, 선입관 등으로 형성되는 사고 양식, 심리 상태를 말한다.

신가요? 이건 제안인데, 하쿠이 군이 범인이라고 가정했을 때 어떤 모순이 생길지 생각해 보는 건 어떠신가요?"

"네… 그럼 생각해 보겠습니다."

쿄코 씨가 그렇게 나에게 생각을 해 보라고 할 때는, 쿄코 씨가 다른 생각을 하고 있을 때라는 사실을 경험적으로 알고 있고, 또 하쿠이 군이 범인이라고 가정하는 것은 나에게는 위화감이 든다고 할지 역시 괴로운 일이었지만, 해 볼 가치는 있을 것 같은 사고 실험이었다.

하쿠이 군이 범인이라고 시뮬레이션해 보면… 그래, 이때 동기는 설정하지 않아도 된다. 어떤 이유가 있었는지는 확실하지 않지만, 아무튼 '선생님'이라고 부르는 상대를 찔렀다고 하자.

와쿠이 옹은 바닥에 쓰러졌다. 냉정해진 것인지 무서워진 것인지, 그 후 하쿠이 군은 이 지하실에서 도망쳤다.

자신의 집으로… 계단을 이용해서.

그래, 계단을 이용한 것으로 추정된다. 왜냐하면 하쿠이 군의 용의를 짙게 하는 근거로서 17층과 18층 사이에 혈흔이 있었으니, 엘리베이터가 아니라 계단을 이용하지 않았다고 한다면 이상해진다.

하지만 하쿠이 군이 사는 곳은 30층.

말할 것도 없이 꽤 고층이다.

거기까지 계단을 오르는 것은 거의 고행에 가깝다. 나 같은 어른 남자도 그럴 정도니, 이제 겨우 열 살 내외에 불과한 남자아이인 하쿠이 군에게는 말할 것도 없다.

왜 엘리베이터를 이용하지 않고 계단을 이용했는가? 그거야 엘리베이터를 이용할 수 없었던 거겠지. 점검 작업 중이라서. 어쩌면 내려올 때는 엘리베이터를 타고 내려왔을지도 모르지만, 적어도 올라갈 때에는 이용할 수 없었던 셈이 된다.

피가 자신에게도 튀었을 하쿠이 군은 세심한 주의를 기울였을지도 모르지만, 딱 한 방울, 그 피를 계단에 떨어뜨리고 말았다. 쿄코 씨이기에 눈치챌 정도로 작은 흔적이었으니, 본인도 눈치채지 못하지 않았을까? 눈치챘다면 닦았을 테지….

그리고 그 후에는 방에서 피가 묻은 옷을 갈아입고 샤워를 하고… 인가? 아직 모든 집을 방문하려고 한 지 얼마 되지 않았을 때일 테니, 그때에 쿄코 씨가 하쿠이 군을 얼마나 의심했는지 확실하지는 않지만 '눈치가 너무 좋다'고 생각해 의심을 했다고 한다면, 그렇게 부탁도 받지 않았는데 하쿠이 군의 방을 은근슬쩍 청소한 것은, 그것은 물적 증거를 찾고 있던 건지도 모른다. 피가 묻은 셔츠나 그것을 닦은 타월 같은 것을 그런 곳에 방치해 둘 리는 없겠지만—정말로 쿄코 씨의 모든 행동에 의미가 있다는 느낌이 들어 나는 혀를 내둘렀다.

일단 움직여 본다는 듯이 되는 대로 행동하는 것처럼 보이지만, 실제로는 행동 하나하나에 전략이 있다. 아무튼 정말 대단하다. 이렇게 시뮬레이션을 해 봐도 모순이 발생하지는 않았다. 그렇다면 내가 느낀 위화감은 뭐였을까? 그냥 안면이 있는 사람이 범인이지 않길 바라는 이기적인 마음의 발로인 걸까?

…아쉽다는 마음도 있을지 모른다.

미술관에서 하쿠이 군이 나에게 보여 준 그 재능.

연필 한 자루로 그런 그림을 그릴 수 있는 하쿠이 군이 형사 사건의 범인으로 거론되다니. 하지만 그것과 같은 기분이 들었기에 와쿠이 옹은 피로 쓴 문자를 적어 메시지를 남기려 하지 않고 범인인 하쿠이 군을 감싸려 했다는 흐름인지도 모른다.

범인을 감싼다는, 다른 사람으로서는 이해하기 힘든 와쿠이 옹의 행동이지만, 자신이 지원하는 재능이었기에 그랬을 수도 있다고 일단 가정하면, 그중에서도 범인이 미래가 있는 어린아이였기 때문에 그랬다고 하는 것도 의외로 가능성이 있는 것 아닐까?

"현실적으로 말하면 하쿠이 군의 나이라면 사람을 찔러도 형법으로 처벌되지 않으니까요. 피해자가 다잉 메시지를 남기는 건 자신을 죽인 범인을 잡아 재판해 달라는 바람이니까, 어차피 벌을 줄 수 없는 상대가 범인이라면 메시지를 남길 의미도 줄어들죠. 그러니 메시지를 남기지 않았다, 라는 식으로 생각할 수도 있어요."

쿄코 씨의 말은 하나하나가 모두 맞는 말이었지만, 합리적이라고 해도 그렇게까지 가면 암담한 기분에 빠져든다. 다정하고 환한 분위기를 풍기지만, 이 사람은 철저하게 탐정이란 사실을 통감한다.

반면에 나는 얼마나 감정적인가.

그런 점은 역시 형법 운운보다는 와쿠이 옹이 하쿠이 군의 재능을 아까워했기 때문이라고 생각하고 싶은데. 아틀리에장의 주민에게 발주한 그림에 위장은 없고 모두 선정된 작품이라고 한다면, 하쿠이 군의 랭킹은 상당히 낮아지게 된다. 그것은 즉, 와쿠이 옹은 하쿠이 군을 별로 높이 평가하지 않는다는 것으로, 그게 하쿠이 군에게 있어 살의의 원인이 됐다고 한다면 동시에 와쿠이 옹이 하쿠이 군을 감쌀 이유가 없어지는 것이 아닌가?

아니, 잠깐만.

이렇게 복잡하게 생각하지 않아도, 말이다.

그래, 깜박하고 있었다. 조금 전에 하쿠이 군이 말했잖아. 나와 만났을 때처럼 하쿠이 군은 오늘 오전에 미술관에서 그림을 그리려고 외출했다.

알리바이라니, 추리소설을 너무 많이 읽었다고 쿄코 씨는 그 증언을 그냥 흘려들었지만… 범행 시간이 좁혀지면 현장 부재 증명은 확실한 의미를 지닌다.

하쿠이 군이 범인이라면, 그 근거가 되는 혈흔을 통해 하쿠이 군이 계단을 이용한 것으로 생각된다. 계단을 이용한 것은 엘리베이터가 점검 작업 중이어서 이용할 수 없었기 때문이다.

그리고 쿄코 씨가 작업원 두 사람에게 확인했는데, 엘리베이터가 점검 작업으로 이용할 수 없었던 시간은 오전 아홉 시부터 우리가 그 사람들과 엘리베이터 홀에서 조우한 오후 한 시경까지다.

그렇다, 와쿠이 옹이 페인팅 나이프로 찔린 시간은 특정할 수 없지만, 엘리베이터를 이용할 수 없었던 시간은 확실히 안다. 아침부터 미술관에 갔다는 하쿠이 군의 말이 사실이라면 하쿠이 군은 알리바이가 있는 셈이 된다.

그 알리바이의 진의는 간단히 확인 가능하다. 나가는 모습과 돌아오는 모습은 아파트 입구에 달린 천장 카메라에 찍혀 있을 테고, 아틀리에장 안과는 달리 미술관에는 틀림없이 방범을 위해 감시 카메라가 있을 테니까 말이다. 영상으로 찍혀 있다면 그것은 명백한 알리바이가 된다. 혹시 각도상 찍혀 있지 않더라도 하쿠이 군은 그림 감상을 위해 미술관에 간 것이 아니다. 미술관 안에서 그림을 그렇게 모사하는 특이한 어린아이는 꽤 인상에 뚜렷이 남는다. 내가 그랬듯이 경비원이 말을 걸었을지도 모른다. 물론 지금 이 자리에서 나나 쿄코 씨가 확인할 수 있는 알리바이는 없지만, 난폭한 태도와는 달리 결코 머리가 나빠 보이지 않는 하쿠이 군이 그렇게 쉽게 들킬 거짓말을 했을 거라고는 생각하기 어렵다.

이건 모순이다.

이렇게까지 생각하지 않았으면 몰랐을 모순이 내가 느낀 위화감이라고 말할 생각은 없지만… 잠깐, 허둥대지 말자. 쿄코 씨는 다른 견해를 가지고 있을지도 모른다.

나는 신중하게 탐정에게 판단을 해 달라고 물었다. 그 결과,

"네, 기본적으로는 그 말대로라고 생각해요."

하고 쿄코 씨가 찬성해 주었다.

"그래서 말씀드렸잖아요. 어린아이가 하는 말이라고."

"……."

찬성이라고 해야 할지, 그런 것은 이미 다 생각이 끝나 있었다는 말인 듯했다. 그러고 보니 엘리베이터에서 최상층으로 올라갈 때, 쿄코 씨는 내가 말을 걸어도 건성으로 대하며 뭔가를 생각하고 있는 듯했다.

아마도 그때 쿄코 씨는 엘리베이터가 움직이지 않았던 것이 점검 작업 때문이라는 것을 알게 되어 그 사실이 사건에 어떻게 영향을 미치는지 비춰 보고 있었겠지만, 최상층에서 엘리베이터를 이용하지 않고 계단으로 내려오려고 한 것은 그 편이 결과적으로 스피디하다는 것뿐만 아니라, 범행 시간이 점검 작업 중인 때라, 범인이 계단을 이용했다고 한다면 비상계단의 어딘가에 단서가 남아 있을지도 모른다고 생각했기 때문…인 건가?

그렇다면 내려올 때에 엘리베이터에 눈길도 주지 않은 것도

이해가 간다. 그 혈흔을 발견한 것은 쿄코 씨의 입장에서는 결코 우연이 아니라, 처음부터 의식적으로 흔적을 찾으려고 한 결과인지도 모른다. 항상 나보다도 한두 발 이상 앞서 있다.

…그렇지만 안심이 되었다. 안심이 되고 뭐고, 내가 멋대로 엉뚱한 의심을 한 것뿐이지만… 용의자가 한 명 줄었다는 것은 작지만 전진임에는 틀림없다.

"그리고 쿄코 씨, 마찬가지로 알리바이가 있는 주민은 꽤 있지 않나요?"

나는 구체적으로 기억나지 않지만, 쿄코 씨는 모든 집을 방문했을 때 주민들의 생활 습관에 대한 질문도 했다. 그런 잡담에 무슨 의미가 있을까 생각했지만 사실 그것은 알리바이를 확인했던 것이 아닐까? 하쿠이 군에게는 추리소설을 너무 많이 읽은 것 아니냐고 했으면서, 사실은 제대로 그런 점을 파악해 두었다는 말이다.

하지만 아쉽게도 그 성과는 별로 대단하지 못했던 모양이지만.

"여하튼 오전 중이었으니까요. 일을 하지 않는 분들이라 대부분은 정오가 다 될 때까지 잠을 자고 있었다고 해요. 하쿠이 군처럼 열심히 공부하는 주민은 오히려 소수파였어요."

"그런가요…? 실제로 어떤지를 와쿠이 씨에게 물어보면 제일 빠를 텐데 말이죠."

나는 말했다. 자연히 피곤한 말투로 변해 있었다.

"하다못해 수술이 잘되면 좋을 텐데…."

"말씀을 들어 보니, 마치 추리가 잘 안 되고 있다고 하시는 것 같은데요?"

쿄코 씨가 시치미를 떼듯 그렇게 말을 한 뒤, "그쪽은 의사 선생님에게 맡겨 두죠. 할 수 있는 것만 하면 돼요." 하고 말을 이었다.

할 수 있는 것만을 한다. 최선을 다해서 한다.

"그리고 와쿠이 씨가 무사히 회복되었다고 해도, 범인의 이름을 가르쳐 주시지는 않을 거예요. 와쿠이 씨는 자신을 찌른 범인을 감싸려고 했으니까요."

"네…. 그러네요."

메시지를 남기지 않았다는 것을 그렇게 해석한 쿄코 씨의 추리가 정곡을 찔렀다고 한다면, 와쿠이 씨는 회복을 한 후에도 침묵을 계속 지킬 확률이 높다. 어쩌면 작업 중의 사고로 자신이 자신을 찌르고 말았다는 식으로 이야기할지도 모른다.

"네, 그럴지도 몰라요. 하지만 그건 역시 통하지 않을 거예요. 상처를 보면 자신이 찔렸는지 어떤지 알 수 있으니까요."

"…범인은 그래도 조마조마하지 않을까요? 만약 와쿠이 씨가 회복하면 자신에 대해 말하지 않을까 하고요."

"그건 범인이 현재 상황을 어떻게 인식하고 있는가에 따라 다르겠죠. 와쿠이 씨가 살아 있다고 생각하는지, 죽었다고 생각하는지에 따라서요. 사건이 발각됐다고 생각하는지, 아니면 아직 발각되지 않았다고 생각하는지…. 구급차가 도착했을 때는 아파트 내에서 아무도 나와 보지 않았지만, 사이렌 소리를 사건과 연결시켰는지, 아니면 사이렌을 그냥 평소에도 들리는 소리라고 생각하며 흘려들었는지, 다양한 패턴을 생각해 볼 수 있어요."

"현재로서는 아틀리에장의 주민 중, 확실히 사건을 인식하고 있는 사람은 하쿠이 군뿐이죠?"

"엄밀하게 말하면 우리가 사건을 확인했다고 인식하고 있는 상대가 하쿠이 군뿐이라는 거예요."

쿄코 씨는 엄밀하게라고 해야 할지, 세밀하게 표현했다.

"와쿠이 씨를 찌른 범인은 당연히 사건을 인식하고 있겠지만, 그것을 직접 이야기하지는 않을 테죠. 전원에게 한 걸음 더 나아간 탐문을 할 수 있다면 그것도 알 수 있겠지만, 그러려면 이쪽도 정보를 제시해야 하니 수습이 되지 않을 우려가 있어요."

"으음…."

나는 자연히 신음을 흘리고 말았다.

하쿠이 군의 행동 하나를 시뮬레이션하는 것만으로도 머리가 가득, 가득 차 버렸는데, 거기에 범인 측의 현재 심경까지 생각하려고 하니 아예 펑크가 날 것 같았다. 가능성이 있는 것은 모두 추리해 보는 것이나 귀류법을 시도하고 싶어도, 다양한 종류의 정보를 동시에 처리하는 것은 애초에 나에게는 어려웠다. 모든 패턴을 동시에 망라하는 듯한 논리 퍼즐은 머리를 아프게 한다. 전부 그냥 포기해 버리고 싶은 충동에 사로잡힌다.

"논리 퍼즐… 인가요? 본격 추리소설을 퍼즐러라고 부르기도 하지만요."

하고 쿄코 씨는 내 말을 듣고 움직이기 시작했다. 작업장의 벽에 기대어 세워진 얇은 나무판자를 꺼낸 것이다. 밖에서 그림을 그릴 때 사용하는 화판畫板인지 오래되어 보이는 물감이 여기저기 넓게 묻어 있어, 그것 자체가 하나의 추상화처럼도 보였다.

대리석 문양이라고 할까…. 하쿠이 군이 아니더라도 이건 보통 '더럽다'라고 생각할 게 분명하다.

어쩌면 내가 논리 퍼즐이라고 말을 해서 그 화판을 책받침 삼아 커다란 종이에 현재의 상황을 도식이나 표로 정리할 생각인 걸까? 확실히 머리로 생각을 해서 알기 어렵지만, 데이터를 종이에 적어 보면 뭔가가 보이게 될지도 모른다. 하지만 나의 그 예상은 빗나갔다.

망각 탐정인 쿄코 씨는 절대로 정보를 적어 놓지 않는다.

애초에 머릿속의 내용을 모두 밖으로 표현할 수 있는 쿄코 씨는 굳이 종이에 적을 의미가 없을 테지만, 그럼 쿄코 씨는 주워든 화판으로 뭘 하려는 걸까?

내가 질문을 하기 전에 쿄코 씨는 벌써 행동을 시작했다. 지하실 입구 부근에 설치되어 있는 거대한 실톱 선반이었다.

플러그를 꽂은 다음, 쿄코 씨는 그 선반을 가동해 화판을 자르기 시작했다!

기계가 세찬 소리를 내는데도 전혀 몸을 움츠리는 법 없이 쿄코 씨는 화판을 솜씨 좋게 정확히 움직여 순식간에 여러 파츠 parts로 만들었다. 솔직히 말해 나는 너무 위험해 보여서 제대로 보고 있을 수가 없었다. 그렇다고 해서 지금 말을 걸거나 말리려고 하면 오히려 위험하다. 가까이 다가가지도 못한 채, 나는 쿄코 씨의 그 작업을 그냥 지켜볼 수밖에 없었다.

"실톱을 지그소라고 번역해요…. 논리 퍼즐이 아닌 지그소 퍼즐인데, 어떤 것일까요."

대략 스무 개 정도의 파츠로 나뉜 화판을 가지고 쿄코 씨는 방 중앙으로 돌아왔다. 파츠가 아니라 피스piece라고 해야 하는 건가?

옷에 묻은 톱밥을 털고.

"퍼즐 공략법, 아세요?"

하고 나에게 물었다.

"저어… 테두리부터 맞춰 가면 되는 거죠?"

"네. 테두리부터, 예요. 피스의 한 변이 완전히 직선이라, 테두리의 피스는 알기 쉬우니까요. 일단 테두리 네 모퉁이의 직각이 있는 피스를 배치하고 순차적으로 맞춰 가야 해요. 그게 제1단계죠."

　말을 하면서 쿄코 씨는 화판의 피스를 '테두리의 것'과 '그렇지 않은 것'으로 구분했다.

　"제2단계는 피스를 색으로 나눠야 하죠. 물론 모두 다 그런 것은 아니지만, 기본적으로 이웃한 피스의 색은 비슷한 경우가 많으니까요. 그리고 제3단계는 피스의 형태로, 각각의 조합이 맞는지를 봐야 해요. 최종적으로는 닥치는 대로 맞춰 보는 것이지만, 재미있는 점은 후반으로 갈수록 퍼즐을 맞추기가 쉬워진다는 거예요."

　피스의 수가 줄어 가니까요, 하고 말하면서 쿄코 씨는 말한 대로의 순서로 퍼즐을 완성시켰다. 자신이 만든 퍼즐로, 피스도 그렇게 많지 않았기 때문에 쉽게 완성시키는 것도 당연한 일이긴 하지만, 그것을 감안한다 해도 스피디한 손놀림이었다.

　"아시겠나요? 복잡하게 보이는 퍼즐도 정확하게 순서를 밟으면 언젠가는 완성된다는 말이에요. 막혔다고 해서, 뒤집어 버리지는 말아 주세요."

　"……."

　아무래도 또 위로를 받은 모양이었다. 그것만 해도 한심한데, 내 부족함 때문에 쿄코 씨의 시간을 쓸데없이 사용하게 만들어 더욱 한심하다는 생각이 들었다.

　"…하지만 그래도 퍼즐이 완성되지 않는다면, 어떻게 하죠? 이 정도의 피스라면 분명히 닥치는 대로 맞춰 봐도 될지 모르지만 더 난이도가 높은 퍼즐이면요."

"어려운 퍼즐에는 세 종류가 있어요. 하나는 단순히 퍼즐 조각이 많은 것. 1000피스나 2000피스, 10000피스 같은 것들이네요. 또 하나는 색을 구별할 수 없는 퍼즐, 본 적 있나요? 모든 피스가 새하얀 퍼즐이요. 우주 비행사가 훈련 때 사용하는 퍼즐인데요."

"흐음, 그렇군요…. 마지막 하나는요?"

"피스가 부족한 퍼즐이에요."

그래서는 완성시킬 수가 없죠, 하고 말하면서 쿄코 씨는 지면에 늘어놓은 즉흥 퍼즐에서 피스를 하나 들어 올렸다.

"피스가 부족하면 퍼즐은 영원히 완성되지 않아요. 안타까운 것은 피스가 부족하다는 것을 눈치채는 것은 퍼즐이 상당히 완성된 다음이라는 점이네요. 마지막 한 피스가 부족하거나 하면, 상당히 허무한 느낌을 받게 돼요."

그런 경험이 있다.

슬프게도 조각이 많은 퍼즐일수록 그런 일은 더 자주 일어난다.

결국 지금의 나는 완성된 그림도 모르고, 게다가 피스가 부족한 퍼즐을 맞추고 있는 것이나 마찬가지인가. 물론 현재 갖춰져 있는 피스만으로도 벅찬 상태이지만.

"오야기리 씨, 그렇다고 비관할 것은 없어요. 우리는 굳이 퍼즐을 완성할 필요가 없으니까요. 피스가 부족한 상태에서도 완성도를 예상할 수 있을 정도까지 만들어 놓을 수 있다면 그것으로 충분해요."

확실히 그렇게 홀가분하게 생각하는 것은 좋은 의견이었다.

수사권을 가지고 있지 않기 때문에 아무래도 활동에 제한이 있는 쿄코 씨였지만, 반대로 말하면 수사권이 없기에 굳이 확고한 증거나 사건의 전모를 파악해야 할 필요가 없었다. 80퍼센트 정도의 확실한 추리로도, 그것을 이용해 용의자와 직접 담판을 지을 수 있다. 자수를 하라고 재촉한다는 것이었지만.

"전체적인 그림을 알고 싶을 뿐이라면, 테두리부터 만들어 가는 정공법은 오히려 돌아가는 길일 수도 있겠군요. 테두리만 만들어 한가운데가 텅 비어 있으면, 완성도를 예상할 수 없으니까요. 아예 한가운데부터 만들면 빠르고 좋을 텐데요."

스스로도 터무니없는 이야기를 한다고 생각하면서도, 나는 쿄코 씨의 흉내를 내며 바닥에 늘어서 있는 피스를 테두리만 남기고 들어 올렸다.

"아하하. 한가운데부터 퍼즐을 만드는 것은 어렵겠죠. 저라도 어려울 거예요. 돌아가는 것이든 무엇이든, 테두리부터 만들 수밖에 없어요. 테두리를 맞추려는 시점에서부터 피스가 부족하면 물론 의욕이 떨어지겠지만요."

"그렇죠? 하지만 이 상태에서 완성도를 예상하다니, 와쿠이 씨가 만든 액자만 보고 그 액자에 들어갈 회화가 어떤 것인지 예상하는 것이나 마찬가지가 아닐까요?"

퍼즐도 회화처럼 완성시킨 후 액자에 장식하기도 하니, 나는 그렇게 와쿠이 옹을 언급했다. 다만 이건 정말로 그뿐인 것으로 의미도 없고 깊은 생각이 있었던 것은 아니었다.

아니, 깊은 생각이 있었던 것이 아니라고 한다면 쿄코 씨도 마찬가지가 아니었을까 한다. 갑자기 실톱 선반을 사용해 퍼즐을 만든 것은 특별한 의미가 있어서가 아니라, 내가 무심코 사용한 퍼즐이라는 말과 작업장 끝에 보인 화판을 지하실 안에서 명백한 존재감을 뿜어내는 실톱 선반과 연결시켜 본 뒤, 퍼즐을 만들 수 있겠다는 생각이 들어 일단 만들어 본, 그 정도에 지나지 않을 게 분명하다.

헛수고가 될지도 모르지만 두려워하지 않고 할 수 있는 모든 것을 해 보는, 쿄코 씨 나름의 일관된 행동일 뿐이었으리라 생각한다. 단.

"에잇!"

하고 갑자기 쿄코 씨가 나에게 안겨 들었다. 꽤 강한 허그라고 해야 할지, 온몸을 강하게 밀착시키는 강렬한 포옹이었다. 나는 깜짝 놀라서 무심코 손에 들고 있던 조각을 떨어뜨렸다.

"쿄, 쿄코 씨?! 왜 그러시죠?!"

"나이스예요, 오야기리 씨."

그렇게 말하며, 확 나에게서 떨어지더니 쿄코 씨는 내 손을 잡았다. 그리고 마구 붕붕 휘둘렀다.

"덕분에 알았어요."

"아, 알아요…? 뭐, 뭐를요?"

지금까지 계속 돌발적인 행동을 많이 했던 쿄코 씨라서 이제는 뭘 해도 놀라지 않을 거라고 마음먹고 있던 나였지만, 그래서 갑자기 이곳에 있는 도구로 퍼즐을 만들기 시작했을 때도 동요를 숨기고 가능한 한 태연하게 그 상황을 받아들였는데, 설마 안겨 들 줄은 몰랐기 때문에, 어쩔 수 없이 허둥대고 말았다.

"서, 설마 범인을 말인가요?"

"아니요, 범인은 아직 몰라요."

단번에 쿄코 씨는 부정했다. 뭐지?

"하지만 와쿠이 씨가 왜 최후의 일을 준비하면서도 하쿠이 군에게 그림을 그리게 하지 않았는지 알게 됐어요."

"……?"

"의문이기는 했거든요. 방을 청소하는 중에 이것저것 살펴봤는데, 하쿠이 군의 그림 실력은 초심자의 눈에도 상당히 뛰어난 것 같더라고요. 위장 회화는 물론, 선정된 그림을 발주받았다고 해도 이상하지 않을 정도로요. 적어도 아틀리에장에서 실력이 밑에서부터 세는 편이 빠르다, 라고는 할 수 없다고 생각해요."

방을 정리하면서 하쿠이 군의 그림 실력도 파악하다니, 안정된 동시 처리 능력이지만, 그건 나도 생각했던 바다. 방문했을 때에 그림을 보여 준 주민들보다 특별히 실력이 떨어지지는 않는다. 초심자의 눈으로 봤기에 표면적인 능숙함에 너무 이끌리는 것이 아닌가 하고도 생각했지만 말이다.

"그건 그러니까… 사건의 범인에 대해서가 아니라 와쿠이 씨의 최후의 액자 만들기에 대한 의문이 풀렸다는 건가요? 쿄코 씨가 신경 쓰셨던 재료의 대량 발주… 역시 잘못된 발주가 아니었다는 말씀인가요?"

"네. 원래의 재료를 숨기기 위한 위장도 아니에요. 그런 의미도 어느 정도는 포함되어 있을지도 모르지만, 어디까지나 부차적인 문제예요. 그리고 전원이 선정된 것이 아닌가 하는 가설도 틀렸어요."

"……! 그런가요?"

그렇다면 하쿠이 군의 용의는 더욱 옅어진다. 그 쿄코 씨가 내던진 도발에 대한 반응의 전제가 되는 가설이 틀렸다는 것이니까.

하지만 그렇다면 선정된 사람이 누구인가 하는 가장 처음의 의문으로 되돌아가게 된다. 게다가 대량 발주를 한 의미는 뭐지?

"그러니까, 그걸 알게 됐다는 거예요. 오야기리 씨 덕분이에요."

"제, 제 덕분에요?"

"'테두리만으로 생각한다'는 발상을 저는 지금껏 하지 못했거든요. 네… 액자만으로 회화는 성립되지 않지만, 역산은 할 수 있어요. 액자를 본 것만으로도 안에 어떤 그림이 들어갈지를 추측하는 것은 가능해요. 이예이!"

하이텐션이 된 쿄코 씨가 그 텐션 그대로 하이터치를 하자고 해서 나는 무심코 손을 맞댔고, 서로의 손이 상쾌한 소리를 연주했지만, 정말 가능한가? 그런 추리가? 액자를 보는 것만으로 어떤 그림인지 맞히다니, 추리라기보다는 초능력에 가깝다. 나 자신이 힌트가 되었는데 이런 말을 하는 것은 뭐하지만 그런 것이 도저히 가능할 것 같지가 않았다.

"그런가요? 하지만 서점에서 소설을 표지만 보고 살지 말지를 결정하는 일도 있잖아요? CD앨범의 재킷을 예로 들어도 좋고요. 이른바 재킷 구입ジャケット買い이라는 녀석이네요."

"그, 그거야 그렇지만요."

"양산품의 액자가 아니라, 액자장이 만드는 액자예요. 안의 내용을 위해 디자인된 포장은 필연적으로 안을 나타내는 것 아닌가요?"

그런 말을 들으니 그런 것도 같지만. 하지만 이 경우 문제의 액자는 아직 만들어지지도 않았다.

와쿠이 옹이 어떤 액자를 만들려 했는지를 재료를 통해 생각한 뒤, 더 나아가 액자에 어떤 그림이 들어가면 잘 어울릴지 이미지를 상상한다. 그 이미지 상상에 성공하면 그것에 가까운 그림을 와쿠이 옹에게 주문받은 주민을 특정하면… 그 또는 그녀가 선정된 화가라는 것이다.

이론적으로는 그렇게 생각할 수도 있겠지만, 실현은 거의 불가능하다. 와쿠이 옹과 같은 실력을 지닌 액자장이라면 몰라도 쿄코 씨는 어디까지나 탐정이다. 예술적 센스는 어디까지나 감상자의 영역을 벗어나지 않는 것으로….

"네, 맞아요. 확실히 단언은 할 수 없을지도 몰라요. 확인을 해 봐야 하겠죠."

하고 쿄코 씨는 손목시계를 바라보았다.

지금까지 시간에 쫓기며 탐정 활동을 해 온 쿄코 씨지만, 그러고 보니 쿄코 씨가 확실히 시계를 본 것은 이때가 처음이었다. 마치 랩타임을 재는 것처럼.

"음. 슬슬 완성될 즈음이겠네요, 제 정체가요."

"……? 제 정체… 라는 건?"

"기억 안 나나요? 하쿠이 군이 그린 그림이요. 제가 모델이 되었잖아요."

"아아! 그랬었죠?"

"아무리 정성스럽게 마무리한다고 해도, 이제 다 됐을 거예요. 그걸 받으러 가서 두세 가지 하쿠이 군에게 확인을 할 생각이에요."

"네. 알겠습니다. 그럼 가실까요?"

내가 별 생각 없이 한 말을 계기로 쿄코 씨가 무엇을 어떻게 떠올렸는지는 잘 모르겠지만, 여기서 이러고 있어도 사태를 타개할 수 없다는 것은 확실했다. 만약 쿄코 씨의 착안이 맞다고 한다면, 적어도 지금의 교착 상태는 끝이 난다. 선정된 그림을 그리는 주민이 특정된다면….

게다가 그럴 상황이 아니라는 것은 알지만, 하쿠이 군이 쿄코 씨를 어떻게 그렸는지는 나도 흥미가 있었다.

하지만 쿄코 씨는,

"아니요. 그 사이에 오야기리 씨에게는 다른 부탁이 있어요."

하고, 당연히 같이 하쿠이 군의 집으로 가려고 하던 나를 한 손으로 제지했다. 물론 그 한 손은 더 이상 하이터치를 하자는 손이 아니었다. 응?

"정말 시간제한이 코앞으로 다가왔으니까요. 이제는 분담을 하죠. 저쪽의 책장에 있는 책을 한 권씩 체크해 주세요."

쿄코 씨는 작업장의 모퉁이에 놓인, 책장이라고 하기는 어려운 2단짜리 랙을 가리켰다. 그곳에는 미술에 관련된 자료로 보이는 큰 책들이 늘어서 있었다.

"대략적이라도 좋으니 페이지 사이에 이상한 것이 끼워져 있는 책은 없는지 조사해 주세요."

"이상한 것이라니요…?"

"그건 아직 말씀드릴 수 없어요. 선입관을 가지지 마시고, 오야기리 씨의 감성에 따라 체크를 부탁드릴게요. 하쿠이 군의 집에서 돌아온 뒤에는 저도 도울 테지만, 가능한 곳까지 진행해 주세요."

자신의 감성으로, 라는 말을 들으니 어딘가 센스를 시험받고 있는 것 같아서 긴장되었지만, 뭐든 자신이 직접 하는 쿄코 씨가 다른 사람에게 일을 맡길 정도니 아마 나도 충분히 할 수 있는 일이겠지. 아니, 페이지 사이에 끼워져 있는 무언가를 찾는 일이니, 못 하는 게 이상하다.

오히려 걱정이었던 것은 쿄코 씨와 하쿠이 군을 단둘이 만나게 해도 괜찮을까 하는 것이었다. 실제로 조금 전에도 몇 번인가 일촉즉발의 느낌이 들었다. 천재와 천재를 만나게 하면 어떤 화학반응이 일어날지 모른다…. 그렇지만 이제 남은 시간이 얼마 안 된다는 것도 쿄코 씨의 말대로다.

"…어느 정도면 돌아오시나요?"

하다못해 나는 쿄코 씨에게 물었다. 만에 하나 쿄코 씨와 하쿠이 군 사이에 트러블이 일어났을 때 달려갈 수 있도록 기준을 설정해 두고 싶었던 것이다.

"이번에는 기왕에 계단으로 30층까지 올라갈 생각이니, 조금 시간이 걸릴지도 몰라요. 하지만 30분 이내에는 반드시 돌아올게요."

계단으로 30층까지? 뭐가 기왕에인가 하고 생각했는데, 그건 바로 알게 되었다. 쿄코 씨는 범인의 행동을 그대로 따라가 보려는 것이었다.

계단에서 발견된 혈흔이 사건과 관련이 있다면, 범인은 계단으로 자신의 방까지 올라간 셈이 된다. 그 행동을 트레이스trace해서 뭔가 얻을 수 있지 않을까 시도해 보려는 거겠지.

와쿠이 옹의 최후의 일에 관한 수수께끼가 풀려 가는 이 타이밍에도 사건에 관한 수사도 확실히 잊지 않는다는 것을 포함해, 쿄코 씨는 정말 한없이 바이탤러티vitality 넘치는 행동파다….

"그럼 나중에 뵐게요. 잘 부탁드립니다."

논의를 마무리 짓기 전에 쿄코 씨는 벌써 움직이기 시작했고, 순식간에 지하실 밖으로 사라졌다. 그 새하얀 머리인 채로 가면 하쿠이 군이 놀랄 거라는 말을 하려고 했지만, 한발 늦었다. 행동이 빠르다는 것도 있지만, 단순히 발이 빠른 면도 있는 듯했다.

물론 다시 머리를 물들일 시간도 없고, 하쿠이 군에게는 신분 사기가 들킨 상태이니 그런 점으로 트러블이 일어나지야 않겠지만….

새하얀 쿄코 씨와 검은색으로만 그림을 그리는 하쿠이 군―대조적인 듯하면서도 역시 통하는 부분도 있을 듯했다.

천재끼리 만나면 트러블이 일어나지 않을까 하는 걱정은 내가 할 필요가 없는 것인지도 모른다. 그런 것보다 부탁받은 일을 열심히 하는 것이 우선이다.

나는 들은 대로 2단 랙이 있는 곳으로 가서 먼저 들어 있는 책을 모두 꺼냈다.

책 정도라면 지문은 신경 쓰지 않아도 되겠지…. 그러고 보니 낮에 쿄코 씨가 사건 현장의 검증을 했을 때 이 랙도 다 조사한 것 같은데, 그때 미처 보지 못한 '무언가'가 있다는 건가?

쿄코 씨가 놓친 '무언가'를 내가 발견할 수 있을지 어떨지는 모르겠지만, 트라이해 볼 수밖에 없다. 꺼낸 책을 눕혀서 쌓은 뒤, 위에서부터 순서대로 나는 페이지를 넘기기 시작했다.

그렇게 의욕적으로 도전했지만 모든 책을 다 읽었는데도, 아니, 읽은 것은 아니고 거의 그냥 페이지를 넘겼을 뿐이지만… 그렇게까지 많은 시간이 걸리지 않았다. 단지, 주어진 일을 완수했다는 실감이 없었다. 결국 내가 '이상한 것'이라고 생각할 만한 '무언가'는 어느 페이지에도 꽂혀 있지 않았기 때문이다.

선입관을 가지지 말라고 했지만, 평범한 책갈피나 팜플렛을 쿄코 씨가 찾고 있다고는 생각하기 어려웠다. 혹시 몰라서 커버를 벗기고 거기에 뭐가 끼워져 있는지도 체크했지만 성과는 없었다.

낙담했다. 쿄코 씨의 부담을 조금이라도 줄일 수 있으면 좋겠다고 생각했는데, 결국 돌아온 쿄코 씨에게 한 번 더 체크를 부탁할 수밖에 없을 듯했다. 하다못해 그때에 쿄코 씨가 조사를 쉽게 할 수 있도록 책을 사이즈 순서대로 늘어놓자….

그때 잡지 한 권에 손이 멈췄다.

특별히 신경이 쓰이는 게 있는 건 아니었지만, 조금 전에 팔락팔락 잡지의 페이지를 넘겼을 때, 문득 눈에 들어온 특집기사가 있었다.

그것은 그야말로 지금 내가 있는 아틀리에장에 대한 특집기사로, 와쿠이 옹과 주민 몇 명의 인터뷰가 실려 있었다. 백넘버를 보관해 뒀다기보다는 우연히 실려 있다는 느낌이었다. 내가 견문이 좁아 몰랐을 뿐, 아틀리에장은 역시 업계 내에서 꽤 유명한 시설인 듯했다.

나 같은 초심자 입장에서는 기이하고 이상하게 보이기까지 하는 아틀리에장도 그게 당연히 존재하는 곳에서는 당연하다는 것인가. 알 만한 사람은 다 안다는 건가?

신기하게도 이렇게 잡지에 실린 것을 보니, 내가 느꼈던 수상함도 싹 날아가 버리는 것 같았다. 물론 이런 잡지 특집을 통해서는 그 본질까지 상세히 파악할 수 없겠지만.

제대로 읽은 것은 아니지만 지금 머리에 들어온 새로운 정보로, 와쿠이 옹이 아틀리에장을 세운 이념 같은 것도 기사 안에 소개되어 있어, 그게 흥미로웠다.

미술계에 대한 보답, 봉사를 위해서라고 나한테는 말했고, 설령 그 목적이 첫 번째에 오는 것이라 해도, 아무래도 사적인 사정 또한 있었던 모양이다.

젊은 시절의 고생이라고 할지… 기사에 따르면 일찍이 와쿠이 옹은 화가를 지망했던 시절도 있었던 모양으로, 사정으로 그 길을 포기하고 액자장이 된 자초지종이 있었던 듯했다. 그 결과 액자장으로서 대성大成했으니 그러길 잘 한 것이라고 생각하지만, 젊은 사람들은 같은 좌절을 겪지 말았으면 한다. '환경이 정비되어 있지 않아서'라는 이유로 꿈을 포기하길 원하지 않는다.

그런 생각을 하며 와쿠이 옹은 아틀리에장을 세웠다고 한다.

…물론 이것도 인터뷰이니 어디까지가 사실인지는 모르겠지만, 단순한 보답이라는 것보다는 납득하기 쉬웠다. 지원이 회화에만 특화된 이유도, 아틀리에장 전체에 흐르는 어떤 금욕적인 분위기도 일찍이 와쿠이 옹이 겪은 좌절 탓이라고 한다면….

젊은이에게 꿈을 맡긴다, 같은 문장으로 만들면 뉘앙스가 바뀔 테고, 그것을 모두 좋다고는 할 수 없지만, 역시 나는 와쿠이 옹의 퍼스널리티를 어떻게 생각하면 좋을지 더욱 알 수가 없어졌다.

'좋은 사람'인가 '나쁜 사람'인가.

그런 표현은 결국 낙인에 지나지 않을지도 모른다. 낙인이 아니라, 어쩌면─테두리.

인간을 장식하는 액자일 뿐인 건가.

같은 행동이라도 '좋은 사람'이 하는지 '나쁜 사람'이 하는지에 따라 의미가 달라지듯이.

"······."

그건 그렇고.

나는 쿄코 씨의 귀환이 늦어지고 있다는 사실을 깨달았다. 쓸데없는 사색을 하는 사이에 30분이 훌쩍 지나가 있었다.

안 그래도 얼마 남지 않은 시간을 내가 쓸데없이 소비했다는 사실에 당황한 것도 있었지만, 역시 하쿠이 군에게 갔던 쿄코 씨가 돌아오지 않는 것은 걱정이 되었다. 계단을 이용한다고는 했지만, 그림을 건네받고 몇 가지 사항을 확인하는 정도라면 벌써 돌아와도 이상하지 않다. 반드시 30분 이내에 돌아오겠다고 했는데, 아니나 다를까, 무슨 트러블이라도 발생한 걸까? 쿄코 씨는 느긋한 사람이지만 하쿠이 군은 성질이 급한 면도 있으니···.

30층까지 마중을 가자고 내가 결심한 것은 그 즉시였다. 도저히 가장 빠르다고는 할 수 없을 정도로 뒤늦긴 했지만, 이제야 겨우 쿄코 씨를 본받은 동선, 이라고 할 수 있을지도 모른다.

단지 너무 많이 본받아서 문제였다. 냉정하게 생각해 마중을 가는 거라면 엘리베이터를 이용하면 됐을 텐데, 나는 쿄코 씨가 했던 말에 이끌려 계단으로 30층까지 올라가는 길을 무심코 선택하고 말았다. 오기도 있었을지 모른다. 쿄코 씨가 30층까지 계단으로 올라갔는데, 내가 엘리베이터를 타고 올라가면 어떻게 하느냐는 지기 싫어하는 마음. 쿄코 씨는 계단으로 올라간다고 했지만, 계단으로 내려온다고는 한마디도 하지 않았으니(내려오는 것은 이미 한 번 했다), 내가 계단으로 가면 엘리베이터로 내려오는 쿄코 씨와 엇갈릴지도 모르는데.

도중에, 하다못해 엇갈릴 때를 대비해 지하실에 메모라도 남겨 뒀으면 좋았겠다고 생각했지만, 그러려고 굳이 지하로 돌아가면 자신이 뭘 하는 건지도 모를 정도가 되어 버리니, 이대로 끝까지 올라가는 것이 좋겠지.

그런 점에서는 아무리 대항 의식을 불태워 봐야 쿄코 씨에게 미치지 못하지만, 계단을 올라가는 중에 사건 해결의 실마리를 발견하면 그야말로 감지덕지다. 그런 생각을 하면서 두 단씩 계속 올라갔지만, 아쉽게도 그렇게 운 좋은 발견은 일어나지 않았다.

그야, 서둘러 계단을 오르면서 동시에 실마리를 찾는 멀티태스크를 단순한 내가 할 수 있을 리가 없었다. 그렇다면 아예 트레일 러닝Trail running을 하듯이 30층까지 단숨에 뛰어 올라갈까? 그거라면 역시 쿄코 씨는 못 하고 나만 할 수 있는 일일 테니까, 라고 결심한 순간.

층으로 따지면, 10층 정도에 도착했을 때였을까.

바로 위에서 큰 소리가 났다.

"?!"

나는 반사적으로 소리가 난 쪽을 올려다보았지만, 눈에 들어온 것은 11층으로 향하는 계단의 뒤쪽 부분뿐으로, 그래서는 뭐가 일어났는지 알 수 없었다. 비상계단은 말하자면 천장이 없는 변칙적인 구조이기 때문에, 바로 위라고 하는 것만으로는 몇 층 부근에서 그 소리가 났는지 알 수 없다.

소리는 한 번이 아니라 짧은 시간 사이에 여러 번, 쿵쿵쿵 하고 연속해서 났다. 감각적으로는 '계단에서 무언가를 떨어뜨린' 듯한 소리였다. 옮기던 커다란 짐을 깜박 떨어뜨렸을 때에 들리는 소리 말이다.

평범하게 생각하면 비상계단을 이용해 캔버스나 모델이 되는 석고상을 옮기던 주민이 실수로 떨어뜨린 것이라고 보는 게 보통이다. 그렇다면 나는 방침을 바꿔야 했다.

아틀리에장의 주민 대부분과는 모든 집을 방문할 때 한 번씩 얼굴을 마주쳤다. 직접 대화를 나눈 사람은 쿄코 씨이기 때문에 내 인상은 옅을지도 모르지만, 쿄코 씨 뒤에서 위압감을 내뿜고 있던 '시청에서 온 조사원'이 아직도 아파트의 비상계단을 어슬렁거리면 부자연스럽다고 생각할지도 모르기 때문이다. 쿄코 씨라면 아무렇지도 않은 얼굴로 잘 넘어갈지도 모르지만, 나는 동요한 표정이 그대로 드러나는 편이니 만나지 않고 끝낼 수 있다면 그렇게 하는 것이 가장 좋았다.

하지만… 하고 나는 생각했다.

'계단에서 무언가를 떨어뜨린' 듯한 소리라는 것은 동시에 '계단에서 누군가가 떨어진' 소리일지도 모른다고, 나는 직감적으로 생각했다. 물건을 깜박 떨어뜨린 것이 아니라 발이 미끄러졌을지도….

"큭…!"

어느 쪽인지는 이 위치에서 판단할 수 없지만, 후자일 경우에는 도움이 필요할지도 모른다.

큰 소리가 났을 뿐인데 이런 생각을 하는 것은 지나치기도 하고, 만약 누가 미끄러져 넘어졌다고 하더라도 꼭 다쳤을 거라고는 할 수 없다. 그 외에 할 일이 있으니까 굳이 내가 그곳으로 달려갈 필요는 없었다.

그렇게 이런저런 이유를 갖다 붙이기 전에 내 몸은 움직였다. 반사적으로 계단을 뛰어올랐다. 가장 빠른 속도로.

최악의 가능성을 머릿속에 떠올렸으니 어쩔 수 없는 일이었다. 참 나, 완전히 쿄코 씨에게 감화되어 버렸다. 그 사람처럼 행동할 수 있다면, 하고 생각하게 되었다. 쿄코 씨를 흉내 낸다고 해서 당장 오늘 쿄코 씨처럼 될 수 있는 것이 아닌데.

하지만 그렇게 식은 마음은 계단을 올라갈수록 사라져 갔다. 그래, 겨우 계단을 뛰어서 올라가는 것뿐이다. 손해 볼 건 아무것도 없다. 겨우 이 정도로 최악의 가능성을 사라지게 할 수 있다면, 값싼 것 아닌가. 아무 일도 없으면, 아무 일도 없었다고 안심할 수 있지 않은가. 특별히 불가능한 일을 하려고 하는 것이 아니다. 가능한 일을 가능하게 하려는 것뿐이다. 가능한 일을 가능한 한. 하지만.

약 10층 정도, 스피드를 붙여 달려 올라간 나를 기다리고 있던 것은 최악의 사태 이상의 것이었다. 이상이 아니라, 이하라고 해야 하나?

아무튼 나는 그런 사태를 상상도 못 했다. 그런 사태.

"쿄, 쿄코 씨?!"

아틀리에장 17층과 18층 사이의 층계참에 망각 탐정·오키테가미 쿄코가 쓰러져 있었다.

9

눈을 어디다 둬야 할지 곤란한 모습이었다.

쿄코 씨는 입고 있던 바지가 벗겨져 리본이 달린 레이스 속옷이 다 보이는 상태였던 것이다. 아니, 벗겨져 있었다기보다는 바지가 찢어져 있었다고 하는 편이 더 정확했다.

변장을 위해 즉석에서 재봉한 직접 만든 정장. 그러고 보니 너무 격렬하게 움직이면 산산조각이 나듯 찢어질지도 모른다고 말했었다. 아무래도 계단에서 떨어질 때, 바느질이 뜯어져 나간 모양이었다.

"······!"

나는 어쨌든 쿄코 씨에게 달려갔다. 상의를 벗어 쿄코 씨의 하반신에 덮어 주면서 옆에 웅크려 앉았다.

눈을 감고 있는 것을 보면 의식을 잃은 듯했다. 하지만 목덜미에 살짝 손을 대 보니 체온도 느껴지고 맥박도 있었다. 귀를 가까이에 대고 들어 보니 호흡하는 소리도 들렸다. 다행이다. 최악의, 최악의, 정말 최악의 사태는 아무래도 피한 듯했다.

나는 쿄코 씨를 편한 자세로 바꾸어 주었다. 쿄코 씨만큼 매끄럽지는 못해도, 경비회사에 근무했던 사람으로서 이런 때에 해야 할 전체적인 대처 정도는 철저히 익히고 있었다. 층계참은 넓다고는 할 수 없었지만, 쿄코 씨의 몸집이 작은 편이었던 덕분에 다리를 쭉 펼 수는 있었다. 베개로는 산산조각이 난 바지의 파편을 둥글게 말아 대신 이용했다. 보고 흉내 내다 터득했다고 해야 할까. 이 정도로는 쿄코 씨를 흉내 낸 DIY라고는 도저히 말하기 힘들지만.

겉으로 보이는 상처나 출혈은 없는 듯하고, 겉으로 보고 알 수 있는 골절도 없었다. 그렇다면 더 이상 할 수 있는 일은 없다. 아니, 더 이상 아무것도 안 하는 편이 좋다. 들렸던 소리로 미루어 꽤 크게 넘어진 듯하니, 여기서 함부로 움직였다가 만에 하나 뇌출혈이라도 일어나면 큰일이다. 호흡도 안정적이고, 이렇게 보면 그냥 잠들어 있는 것처럼 보이니 별일은 없을 거라 생각하지만….

"……."

하지만 나는 한숨 돌릴 틈도 없이 층계참에서 위쪽을 올려다보았다. 계단 위쪽에는 아틀리에장의 18층으로 들어갈 수 있는 문이 있었다. 쿄코 씨는 저 부근에서 떨어진 건가. 아니.

떨어진 것이 아니다.

불과 반나절이라고는 하지만, 나는 쿄코 씨와 같이 행동했다. 쿄코 씨가 결코 발이 미끄러져 넘어질 사람이 아니라는 것을 나는 잘 알았다. 멀티태스크, 동시에 몇 가지의 일을 처리하는 쿄코 씨는 혹여 주의가 산만한 탐정처럼 보일지도 모르지만, 반대로 그만큼이나 동시에 일을 처리할 수 있는 쿄코 씨가 뭔가를 하고 있는 중이었다고 해서 발밑에 주의를 기울이지 않았을 리가 없다.

그렇다.

그때 나는 위쪽 계단에서 들린 소리를 '계단에서 무언가를 떨어뜨린 소리'이거나 그렇지 않으면 '계단에서 누군가가 떨어진 소리', 이렇게 두 가지라고 생각했다. 이것만으로도 지나친 생각을 한 게 아닌가 했는데, 만약 내가 쿄코 씨였다면 한발 더 앞까지 생각해 보지 않았을까 한다.

즉, '계단에서 누군가가 다른 사람에게 떠밀려서 넘어진 소리'다. 하지만 쿄코 씨의 현재 상태를 보면 그것은 그야말로 지나친 생각이 아니라, 당연히 해야 할 생각이었다.

애초에 쿄코 씨를 혼자서 행동하게 해서는 안 되었다. 뭐라고 하든 나눠서 움직이지 말고, 나는 쿄코 씨와 동행해야 했다.

그도 그럴 것이 쿄코 씨의 추리가 맞다면, 이 아틀리에장에는 사람을 찌른 사람이 살고 있는 것이다.

왜 이렇게 경솔한 건지.

와쿠이 옹이 감싸려 했다는 선입관이 있었기 때문인지, 나는 무의식적으로 이 사건의 범인이 '좋은 사람'이지 않을까 하고 생각해 버렸다. 마치 무해하다는 듯이.

하지만 순리대로 생각하면 사람을 찌른 사람이다. 그것도 그냥 놔뒀으면 죽었을 터인, 지금도 안심할 수 없는 방법으로 찌른 인물이다. 그런 사람을 쫓는 것이 얼마나 위험한가, 어리석은 나는 전혀 생각하지 못했다.

범인을 특정해 자수를 재촉한다.

와쿠이 옹의 메시지를 받은 쿄코 씨의 그런 행동은 어떤 종류의 고상함마저 깃들어 있는 것인지도 모르지만, 완전히 리스크를 무시했다. 사건을 막 일으킨 범인과 대면하고 접촉해도 아무일도 당하지 않을 거라니, 너무 안이한 생각이었다.

모든 집을 방문했을 때 면담한 주민 중에 범인이 있었다고 치고, 하쿠이 군처럼 말을 하진 않았지만 쿄코 씨의 거짓말을 꿰뚫어 본 사람이 그 외에도 있었다고 한다면? 그 주민이 사건을 조사하고 다니는 쿄코 씨에게 위해를 가하기 위해 움직인다 해도 전혀 이상할 것이 없었다.

범인이 와쿠이 옹을 죽였다고 생각하고 있다면, 한 사람을 죽이든 두 사람을 죽이든 마찬가지라고 성급하게 생각할지도 모른다. 합리적이라고도 효율적이라고도 할 수 없는 판단이지만, 그런 행동을 하는 것이 사람이다.

정말 경솔했다고밖에 할 말이 없다.

수사권이 없다는 것은 동시에 만일의 경우에도 몸을 지킬 수단이 없다는 것과 같은 말로, 그런 신분으로 부탁도 받지 않았는데 탐정 활동을 한 쿄코 씨가 누군가에게 계단에서 떠밀렸다 해도, 그건 자업자득일 뿐이라고 말하는 사람이 있을지 모른다.

동정의 여지가 없을지도 모른다.

하지만 나는 범인을 향한 강한 분노만이 솟구쳤다. 경찰 수사가 들어오기 전에 자수를 재촉하려던 쿄코 씨에게 이런 짓을 하다니.

범인이 와쿠이 옹을 찌르기 전에 어떤 자초지종이 있었고, 어떤 동기를 가지게 되었는지 현시점에서는 불명확하다. 그것에 관해서는 내가 뭐라고 말할 입장이 아닌지도 모른다. 아틀리에 장의 규칙에 외부자인 내가 이래라저래라 참견할 자격이 있는지 어떤지는 모른다. 하지만 적어도 이 사건의 범인이 쿄코 씨에게 위해를 가해도 좋을 이유가 있을 리 없었다.

절대로 용서할 수 없다고 생각했다.

와쿠이 옹의 의지에는, 그리고 쿄코 씨의 의지에는 반할지도 모르지만, 이렇게 된 이상 도저히 감싸거나 자수를 재촉하는 것처럼 온건한 방법을 사용할 수는 없다.

당장 110으로 전화를 해서 경찰을 불러야 한다. 두 건의 살인미수 사건이다. 함부로 수사를 진행한 나나 쿄코 씨는 크게 혼날지도 모르지만, 그렇다고 해서 망설이고 있을 장면이 아니다.

물론 가능성을 생각해 본다면 쿄코 씨가 그냥 미끄러져 넘어졌을 확률도 아예 없는 것은 아니고, 떠밀려 넘어졌다고 해서 그 사람이 이번 사건의 범인이라고는 단정할 수 없지만, 그래도 지금 신고하지 않으면 범인은 아틀리에장에서 도망쳐 버릴지도 모른다.

그렇게 되면 어차피 비밀리에 탐정 활동을 하는 것은 불가능해진다. 타임 리밋까지는 아직 시간이 조금 있었던 듯하지만 기브 업을 해야 한다면 지금이다.

나는 휴대전화를 꺼냈다. 아니, 꺼내려고 했지만 바지의 주머니에 없었다. 아, 지하실에 놔두고 온 건가? 아니, 아니다. 쿄코 씨의 하반신을 덮은 상의 주머니에 들어 있다.

그 사실을 깨닫고 나는 그쪽으로 손을 뻗었다. 그야말로 그 타이밍에,

"……."

하고, 쿄코 씨가 조용히 눈을 떴다.

"우… 우와."

나는 당황해 손을 뒤로 뺐다. 의식이 없는 쿄코 씨에게 저속한 짓을 하려 했다는 오해를 받는다면 정말 큰일이다. 휴대전화를 꺼내지는 못했지만, 아무튼 쿄코 씨가 눈을 떴다는 건, 다행인 일이었다.

"쿄코 씨, 괜찮으세요?! 아, 억지로 일어나지 마시고, 그냥 그자세 그대로 계시는 게 좋아요."

자칫 일어났다가는 덮어 준 상의가 흘러내리니까, 라고는 말하지 않았지만, 내 충고대로 쿄코 씨는 층계참에 누운 자세 그대로 시선을 이리저리 움직였다. 현재 상황을 인식하는 데 고생하고 있다고 해야 할지, 역시 혼란스러운 모양이다. 무리도 아니다. 계단에서 떠밀려 떨어지다니, 생각만 해도 굉장한 공포다.

아니, 잠깐만?

쿄코 씨는 어쩌면 떠밀렸을 때 상대를 보지 않았을까? 시간을 생각해 보면, 하쿠이 군을 찾아갔다가 돌아오는 길에 어째서인지 엘리베이터가 아니라 계단을 이용하기로 한 쿄코 씨가 등을 떠밀렸다고 보는 것이 보통이다. 하지만 계단에서 굴러 떨어진 형태여서 자세가 이리저리 흔들린 것인지 쿄코 씨는 똑바로누운 채로 쓰러져 있었다. 실신하기 직전에 범인의 모습을 봤을 가능성이 높다. 그렇다면 사건은 이 자리에서 해결된다.

쿄코 씨가 몸의 위험을 무릅쓴 것이 결과적으로 해결로 연결된 셈이 된다. 그렇게 생각한 내가 기세 좋게,

"쿄코 씨, 누구에게 당했는지 기억하시죠?"

하고 물었다.

당연히 기억하고 있을 거라고 단정한 지나치게 서두른 질문이었지만, 쿄코 씨는 똑바로 누운 자세로 고개를 흔들며 이렇게 말했다.

"저어, 당신이 누구인지도, 기억나지 않은데요….."

10

쿄코 씨今日子에게는 오늘今日밖에 없다.

내일이 되면 어제를 잊어버리는 망각 탐정. 하지만 그 의미를 나는 착각했다. 단순히 쿄코 씨의 설명이 부족했던 것일지도 모르지만… 생각해 보면 오늘이니 내일이니 해도, 딱 오전 0시가 지나면 기억이 리셋되다니, 그런 기계적인 시스템으로 인간의 뇌가 되어 있을 리가 없었다.

체내 시간은 반드시 지구의 자전과 일치하지는 않는다.

그렇다면 무엇으로 '오늘'을 정의하는가. 그것은 심플하게 '자고 일어나면 내일'이 되는 것인 듯했다.

즉, 쿄코 씨는 잠이 들었을 때, 기억을 잃는다.

그것은 순수한 수면만을 의미하는 것이 아니라, 실신이나 기절 같은 의식 상실도 그 범위에 포함되는 모양이었다.

터무니없는 이야기라고 생각하는 한편으로, 하루 만에 기억이 사라진다고 하는 것보다는 수면과 각성으로 기억이 리셋된다는 편이 감각적으로는 납득하기 쉬운 이야기였다고 하기보다는 믿을 수밖에 없다.

그것은 쿄코 씨 자신의 필적으로 쿄코 씨 자신의 왼팔에 적혀 있는 문장이었으니 의심할 여지가 없었다.

「나는 오키테가미 쿄코. 탐정. 잠들 때마다 기억이 리셋된다.」

소매를 걷어붙인 흰 살결에는 굵은 매직펜으로 그렇게 적혀 있었다.

분명히 자신의 글씨체라고 쿄코 씨는 인정했다.

메모를 하지 않는 망각 탐정의 유일한 비망록이라고 해야 할까. 굳이 그렇지 않다고 해서 벗었을 거라고는 생각하기 어렵지만, 하쿠이 군이 농담하듯 누드 데생을 요구했을 때 '벗을 수 없는 사정도 있으니까요'라고 말한 것은 맨살에 이런 문장이 적혀 있기 때문이었던 것이다.

이 최소한의 신중함이 있었기에 쿄코 씨는 자신이 누구인가를 잊지 않았던 것이겠지만. 때문에 당연하게도 쿄코 씨는 자신을 떠민 범인의 얼굴을 설령 봤다고 하더라도 기억하지 못한다.

뿐만 아니라, 한나절 동안 행동을 같이 했던 나도 내가 왜 이 아파트에 있는지도 잊어버리고 말았다.

나와의 관계성은 또다시 초면으로 되돌아갔고, 물론 와쿠이 옹이 찔린 사건도 전혀 기억하지 못했다.

아틀리에장의 모든 집을 방문했던 것도, 아틀리에장이 어떤 곳인지와 함께 잊어버렸고, 조금 전에 번뜩였던 액자장·와쿠이 카즈히사의 최후의 일에 관한 착상도, 당연히 망각해 버렸다.

이 사건에 관한 모든 것을 잊어버렸다.

반나절에 걸친 탐정 활동이 통째로 사라져 버린 것이다. 이것은 낙담할 수밖에 없는 사실이었다. 하다못해 선정된 그림을 그린 주민이 누구였는지 하는 예상 정도는 들어 둘 걸 그랬다. 그렇게 생각하는 한편으로 차라리 잘됐을지도 모른다는 생각도 들었다.

아무튼 쿄코 씨는 의식을 되찾았고, 아무래도 기억을 잃은 것 이외에는 크게 다친 곳도 없어 보였다. 그렇다면 사건에 대해 잊어버린 것은 오히려 잘된 일로, 와쿠이 옹에게는 미안하지만 역시 지금이 물러나야 할 때가 아닐까 한다.

"병원으로 가시죠, 쿄코 씨. 크게 다치지 않은 것 같지만, 혹시 모르니 정밀검사를 받아 보시는 게 좋아요."

"네… 그러네요."

아직 어딘가 멍하다는 듯이 쿄코 씨가 그렇게 대답했다. 나를 완전히 잊어버린 쿄코 씨지만, 계단에서 떨어진 것으로 보이는 자신이 나에게 구조되었다는 것은 특유의 총명함으로 알아채 준 모양으로, 처음 보는 남자를 필요 이상으로 경계하거나 하지는 않았다.

"저어, 오야기리 씨…였던가요? 상의는 이대로 빌려도 될까요? 이쪽의 산산조각이 난 바지는 이제 사용할 수 없을 것 같아서요…. 허리에 두르게 해 주세요."

"아, 그럼요. 물론이죠. 드리겠습니다."

나도 냉정하게 있지 못했기 때문에, 그런 식으로 엉뚱한 대답을 했지만.

"단지 주머니에 휴대전화가 들어 있을 테니, 그것만 돌려주실 수 있을까요? 구급차를 부르겠습니다."

"구급차를 부르는 건 조금 호들갑스러운 것 같은데요…."

그렇게 말하면서도 쿄코 씨는 내 휴대전화를 상의에서 꺼내 건네주었다. 구조되었다는 빚이 있기 때문인지, 어딘가 얌전하다. 빌려 온 고양이 같다.

층계참에서 17층까지 내려가 문을 열어 복도로 나갔다. 당연하지만 엘리베이터로 1층까지 내려갈 생각이었다. 쿄코 씨는 한 번 봤던 아틀리에장의 내부를 아주 신기한 듯 돌아보면서 내 뒤를 따라 엘리베이터 안으로 올라탔다.

일에서 벗어나면 어딘가 정말로 한없이 평온하기만 한 사람이구나…. 물론 사적인 생활을 할 때도 그런 모습으로 재빨리 마구 움직이면, 나는 병원에 데리고 가는 것조차도 못 할 것 같지만.

"…음."

그런, 일하는 중의 쿄코 씨를 본받아 멀티태스크를 떠올린 나는 이동 중에 구급차를 부르려고 생각했지만, 엘리베이터 안은 통화권 밖이었다.

그렇지, 구급차 외에 경찰도 부를 생각이었다. 하지만 그건 쿄코 씨를 병원으로 데려다준 다음에 해야 할까?

함부로 사건의 존재를 알리면, 쿄코 씨가 또 움직이기 시작하지 않을 거라고 확신할 수 없다. 현재로서는 자신이 왜 이곳에 있는지 깊게 생각하고 있지 않은 것 같지만, 무언가를 계기로 일 때문에 이곳에 왔다는 사실을 깨달으면 이후의 전개를 예측할 수 없어진다.

그렇게 되기 전에 쿄코 씨를 구급차에 밀어 넣고 싶었다. 크게 다치지 않은 것 같은데 구급차를 부르는 것은 그런 의미도 포함되어 있었다.

하지만 1층의 엘리베이터 홀에 나서서도 나는 119에 전화할 수 없었다. 왜냐하면 그곳에서 아는 사람과 딱 마주쳤기 때문이다.

다름 아닌 하쿠이 군이 그곳에서 엘리베이터를 기다리고 있었다. 하쿠이 군은 아틀리에장의 주민이니 당연히 이렇게 대면할 수도 있는 것이지만, 이건 성가시게 됐다, 라고 나는 생각했다.

왜냐하면 쿄코 씨는 불과 조금 전, 하쿠이 군을 막 만난 참이다. 이곳에서 하쿠이 군과 뒤죽박죽인 대화를 하는 것뿐이라면 몰라도, 그때 하쿠이 군이 쿄코 씨와 이야기했던 내용을 반복해서 꺼내면 사건의 존재가 (쿄코 씨에게) 밝혀지고 만다.

아니, 잠깐만. 쿄코 씨가 방문해서 하쿠이 군을 꼭 만났다고는 할 수 없는 건가? 이렇게 1층에서 딱 마주친 것을 보면 하쿠이 군은 지금까지 밖에 있었다는 것으로, 또 미술관이나, 거기가 아니더라도 어딘가 그림을 그리러 나가서, 쿄코 씨는 비어 있던 하쿠이 군의 집을 찾아갔을 가능성도 있다.

그랬을 경우 하쿠이 군은 쿄코 씨의 백발을 여기서 처음 보게 되는 것인데, 하지만 놀라는 표정을 짓지는 않았다.

그렇다면 역시 쿄코 씨와는 조금 전에 집에서 만났고, 지금은 잠깐 근처에 나갔다 왔을 뿐인 건가? 그림을 그리러 나갔다고 하기엔 스케치북도 연필도 안 가지고 있는 것 같고….

"어머, 귀여운 아이네요. 오야기리 씨의 친구인가요? 처음 뵙겠습니다."

하고 쿄코 씨가 무사태평한 소리를 하면서 꾸벅 하고 인사했다.

이제 와서 이렇게 어린아이를 좋아하는 듯한 말을 해 봐야…. 일에서 벗어나면 원래 그런지도 모르지만, 가능하면 더 이상은 쓸데없는 소리를 하지 않았으면 했다.

"아저씨."

다행히 그런 쿄코 씨의 말을 무시하면서 하쿠이 군은 내가 손에 들고 있던 휴대전화를 가리켰다.

"그 전화 좀 빌려줄래?"

"응…? 그건 괜찮은데, 어디 전화하게?"

"경~찰."

하고 말하는 하쿠이 군.

어린아이답지 않게 매우 억양이 없는 어조였다.

"경찰…? 뭐, 뭐 하러?"

"뭐 하긴."

여기서 처음으로 하쿠이 군은 쿄코 씨를 바라보았다. 새하얀 머리의 탐정을 보았다. 그리고 쿄코 씨를 가만히 몇 초간 바라보는 듯하더니, 조용히 말했다.

"선생님을 찌른 사람, 나거든."

11

사건은 급전직하急轉直下하듯이 해결되었다. 왜 이렇게 말하냐면 대체 뭐가 뭔지 알 수 없었기 때문이다. 혼란의 소용돌이 속에 놓인 나를 곁눈질하면서 하쿠이 군은 내 휴대전화를 사용해 정말로 경찰에 전화를 걸었다. 바로 이름을 말하고, 주소를 말하고, 사람을 찔렀다고 말했다. 그리고 휙 하고 나에게 휴대전화를 돌려주면서, 내 옆을 지나 엘리베이터 안으로 들어갔다. 그제야 겨우 나는,

"하, 하쿠이 군."

하고 이름을 불렀다.

"어, 어째서."

"혼자 있게 해 주면 안 될까? 자세한 사정은 내일 조간에서 읽어 줘. 있는 말 없는 말 다 적혀 있을 테니까."

내뱉듯이 그렇게 말한 뒤 하쿠이 군은 쿄코 씨를 보고, "아~…." 하고 뭔가 말을 하려다가 "역시 아무것도 아냐~"라고 말하더니,

"바이바이, 쿄코 씨."

하고 말하면서 엘리베이터의 '닫힘' 버튼을 눌렀다.

"……!"

뭐가 뭔지 잘 몰랐지만 보내서는 안 된다는 생각에 나는 '위' 버튼을 눌러 엘리베이터를 멈추게 하려고 했지만, 누군가가 내 팔을 잡았다. 쿄코 씨였다.

쿄코 씨는 고개를 저으며 "보내 주세요." 하고 말했다.

"하, 하지만…."

"설명이라면 제가 할 테니까요. 오야기리 마모루 씨."

그렇게 불러서 나는 위화감을 느꼈다. 무엇에? 그렇다, 나는 아직 계단에서 쿄코 씨를 구조한 뒤로 풀 네임을 말해 준 적이 없다. 오야기리라는 성姓만을 말해 주었다. 물론 오늘 나는 사복 차림으로, 명찰을 달고 있지 않았다. 그런데 '마모루'라는 이름을 지금, 쿄코 씨가 말했다?

나를 잊어버리고 있어야 하는 것 아닌가?

그러는 사이에 엘리베이터는 위로 올라갔다. 이제는 아무리 버튼을 연타해도 불러 세울 수 없었다.

"이쪽으로 오세요."

하고 쿄코 씨는 비상계단 쪽으로 걸어갔다. 나는 혼란스러운 가운데 그 뒤를 쫓았다. 아무래도 쿄코 씨는 지하로 내려갈 생각인 듯했다. 그곳에서 천천히 이야기를 하려는 걸까? 아니, 하지만 하쿠이 군이 그런 전화를 경찰에게 건 이상, 5분 후면 경찰이 달려올 텐데. 사건 현장에서 느긋하게 이야기를 할 수 있을 만한 시간은 없다.

"5분이면 충분해요. 가장 빠르게 수수께끼를 풀 테니 걱정 마세요."

쿄코 씨는 선선히 그렇게 말하고 계단을 내려갔다. 그 발걸음은 견고하고 흔들림이 없었다. 역시 100년을 걷는다 한들 발이 미끄러져 넘어질 리가 없었고, 그리고 지하에 무엇이 있는지 똑똑히 기억하고 있는 듯한 말투였다.

더 이상 참지 못한 나는 작업장에 들어가자마자.

"쿄코 씨. 설마… 이번 사건에 대해 잊어버리지 않으신 건가요?"

하고 물었다.

"네. 똑똑히 기억하고 있어요."

"어, 어떻게 된 거죠? 망각 탐정은 잠들면 기억이 리셋되는 게 아니었는지…."

"네, 그건 거짓말이 아니에요. 제가 오야기리 씨를 속일 리가 없잖아요. 그때 저는 실신하지 않았어요."

실신한 척했을 뿐이에요.

그러니까 잊지 않은 거예요.

하고 쿄코 씨는 당당하게 말했다. 당당하다고는 해도, 그것 이쿌, 나를 속인 셈이 되는 것 아닌가…. 이럴 수가. 그렇게 쿄코 씨가 아틀리에장의 주민들을 상대로 거짓말하는 모습을 보고 경계까지 했는데도 완전히 속아 넘어가고 말았다.

하지만 왜 그런 거짓말을 했지? 그것도 나한테.

"그, 그럼… 누구에게 떠밀렸는지도 알고 계신가요? 혹시 하쿠이 군이…?"

"떠밀리지 않았어요. 그건 제가 떨어진 거예요. 스스로 떨어졌으니 기절하지 않고 끝날 수 있었던 거고요."

"……?"

이해하기 힘든 기묘한 표현이지만, 그건 적어도 실수로 미끄러져 넘어졌다는 의미는 아닌 듯했다. 그렇다고는 해도 뭐가 뭔지 모르겠다는 것은 틀림없지만.

나를 이 지하실에 남겨 놓고 쿄코 씨가 단독 행동을 시작한 지 불과 30분, 그 사이에 무슨 일이 있었던 거지?

"그러니까 제대로 설명 드리겠다고 했잖아요. 서두르지 마세요. 그러지 않아도 하쿠이 군이 자수를 해서 사건은 이미 해결되었으니까요."

"아, 네… 하지만."

하고 나는 방의 모퉁이에 설치된 랙을 바라보았다. 랙 옆에는 그 안에서 꺼낸 책이 쌓여 있었다.

"저건 어떻게 하죠? 저는 아직 페이지 사이에서 아무것도 발견하지 못했는데요…."

"아, 그건 그래도 상관없어요. 오히려 뭔가가 발견됐다면 깜짝 놀랄 일이니까요. 저건 오야기리 씨와 따로 행동하기 위한 구실이었거든요."

아무렇지도 않게 말했지만, 그건 즉 나에게 하지 않아도 될 일을 시켰다는 게 아닌지? 분담한다고 해 놓고, 나를 지하실에 못 박아 두고… 그 사이에 하쿠이 군을 마주하고 무언가를 이야기했다는, 그런 것인가? 확실히 쿄코 씨가 한 번 조사한 곳을 내가 한 번 더 조사하다니, 처음부터 뭔가 한 번이면 족할 일을 두 번 하는 느낌이 들긴 했지만….

"꼭 혼자서 하쿠이 군을 만나러 가고 싶었거든요. 덧붙이자면 시간이 아까워서 올라갈 때는 엘리베이터를 이용했어요."

"아, 네…."

설명을 한다고 했지만, 쿄코 씨는 계속 수수께끼 같은 소리만 했다. 나로서는 당황스러울 뿐이었다.

"아, 그게, 그러니까…? 그때 쿄코 씨는 와쿠이 씨의 최후의 일에 관해 확인할 게 있어서 하쿠이 군에게 뭘 물으러 간 게 아니라, 그 아이에게 자수를 하라고 재촉하기 위해 하쿠이 군을 만나러 갔다는 말씀인가요?"

"음~ 네, 그래요. 자세한 것은 후술後述하겠지만요."

"…하지만 분명히 그 시점에 쿄코 씨는 범인을 아직 모른다고 말씀하셨잖아요."

"그건 거짓말이에요."

그건 거짓말인가.

전혀 미안한 기색이 없는 시원스런 태도라 오히려 감탄이 나올 정도였다. 물론 수많은 거짓말을 했다는 것에 대해서, 그중에서도 기절한 척을 한 것에 대해서는 진심으로 걱정했던 몸으로서 할 말이 많았지만, 그 이상으로 어떻게 하쿠이 군이 범인이라는 걸 알았는지 궁금했다.

"그럼 언제부터 어느 시점부터 하쿠이 군이 수상하다고 생각하셨죠?"

이건 추리소설에서 탐정이 받는 질문의 정석이라 할 수 있었다. 대부분의 경우, 탐정은 이 질문에 '처음에 만났을 때부터입니다'라고 대답하지만, 가장 빠른 탐정은 그것보다 한발 더 나아갔다.

"이곳에 와쿠이 씨가 쓰러져 있는 모습을 봤을 때부터였어요."

"네… 네에?"

그건 사건을 알게 된 순간이라는 말이잖아. 그토록 신속하게 구명조치를 하는 와중에 쿄코 씨는 추리를 끝냈다는 건가? 그 후의 수사는 전부 답을 맞춰 보기 위한 과정에 지나지 않았던 건가?

그건, 빨라도 너무 빠르다.

아직 하쿠이 군을 만나지도 않았을 때인데.

"네. 엄밀하게는 하쿠이 군이 범인이라는 것까지 알았던 것은 아니에요. 하지만 하쿠이 군 같은 어린이가 범인이 아닐까 하는 의심은 맨 처음부터 가지고 있었어요."

"어, 어째서죠?"

"상처의 위치 때문에요."

하고 쿄코 씨는 자신의 하복부를 가리켰다. 현재, 나의 상의로 둘러져 있어 알기 어렵지만, 확실히 와쿠이 옹이 찔린 곳은 그 부근이었던 듯하다.

"상처의 위치가 너무 낮아요. 어른이 어른의 복부를 찌르려고 했다면 약 10센티미터 정도는 상처가 더 위쪽으로 올라가 있어야 해요."

"……."

듣고 보면 별것 아닌 것 같지만, 확실히 그 말대로였다. 신장 차이.

날붙이가 찔린 각도로 자신이 찌른 것인지 아닌지 알 수 있듯이, 안목眼目 있는 사람이 보면 상처를 통해 상대의 신장도 알 수 있다. 그리고 쿄코 씨는 응급처치를 하면서 확실하게 상처를 분석한 것이다.

"그래서 와쿠이 씨가 목숨을 잃지 않을 수 있었다고도 할 수 있어요. 심장을 찌르는 것은 신장 차이 탓에 할 수 없었을 테니까요."

"일종의 필연성—이라고 말씀하셨던 건, 그거였나요?"

덧붙이자면, 평소부터 연필만을 화구로 사용하는 하쿠이 군이라 아마도 그 장소에 있었을 뿐인 페인팅 나이프를 잘 쥐지 못한 것도 필연성일지 모른다.

"몸싸움을 벌이다가 페인팅 나이프가 꽂혔다면 어디에 찔려도 이상하지 않을지도 모르지만, 꼭 그렇지도 않아 보였으니까요. 그래서 그때 저는 범인을 어린아이이거나 적어도 신장이 작은 사람이라고 예상했어요."

그렇구나. 그러고 보니 아틀리에장의 모든 집을 방문하다 하쿠이 군과 대면했을 때, 하쿠이 군이 쿄코 씨의 변장을 꿰뚫어 본 것만 주목했지만… 아틀리에장에 어린아이가 살고 있다는 사실을 알고도 쿄코 씨가 전혀 놀라지 않은 것도 착안着眼해야만 하는 일이었어. 쿄코 씨는 그때 이미 아틀리에장에 어린아이가 살고 있다고 예상하고 있었던 거구나.

"그러니까 하쿠이 군과 대면했을 때는 이것저것 함정을 파 봤어요. 흔들기라고 할까요?"

"…와쿠이 씨의 용태를 일부러 네거티브하게 가르쳐 준다든가 하는 것 말인가요?"

"네. 그리고 흉기를 '나이프'라고만 말해 상대가 무심코 '페인팅 나이프'라고 실언하기를 기다리거나 말이죠…. 그건 실패로 돌아갔다고 해야 할지, 걸려 주지 않았지만요."

그런 일을 한 모양이었다. 단순한 탐문이라고 생각했었는데, 그때 이미 탐정과 범인의 대결이 시작되고 있었던 것이다.

"아무튼 모든 집 방문을 끝내고, 아틀리에장에 살고 있는 어린아이가 하쿠이 군 혼자라는 사실을 알아냈기 때문에, 하쿠이 군을 용의자라고 거의 특정했어요. 다른 주민 여러분은 적어도 저보다 키가 큰 것 같았으니까요."

자신을 기준으로 주민의 키를 측정한 모양이었다. 어쩐지 대면하길 고집하더라니. 정말 하나하나 모든 행동에 의미가 있었다고 해야 할지… 하지만 그러면 그렇다고 더 일찍 나한테 가르쳐 주면 좋았던 것 아닐까?

"가르쳐 드릴 수 없었어요. 저는 딱히 이것 보라는 듯이 수수께끼 풀이를 하고 싶었던 것이 아니라, 어디까지나 와쿠이 씨의 의지를 이어받고 싶었을 뿐이니까요…. 그러려면 막상 하쿠이 군이 자수하려고 했을 때, 그 아이의 범행을 알고 있는 사람이 있어선 안 되거든요. 그렇지 않으면 자수가 되지 않으니까요. 오야기리 씨도, 그리고 저도."

"……?"

응? 무슨 의미지? 그렇지 않으면 자수가 되지 않아?

"그러니까… 예를 들면, 제가 증거를 모아 빈틈없는 논리로 범인을 궁지로 몰고 자수해 달라고 하면, 그것은 이미 사실상 다른 선택지가 없는 협박 같은 거잖아요? 어디까지나 범인이 자유의지에 따라 자수하지 않으면 와쿠이 씨의 의지를 이었다고는 할 수 없어요."

그거야, 이상적으로는 그럴지 모르지만 그런 것은 그야말로 사실상 불가능한 게 아닐까? 자유의지에 따라 자수할 사람이라면 쿄코 씨가 아무것도 하지 않더라도 자수했을 것이다. 그러지 않고 범인이 현장에서 도망쳤으니, 쿄코 씨가 탐정으로서 나서야 했던 것이다. 탐정.

망각 탐정.

아. 그런 거였구나.

그래서 쿄코 씨는 실신한 척을, 기억을 잃은 척을 한 건가. 어떤 자초지종이 있었는지는 모르겠지만… 쿄코 씨는 두 번째 대면 때 망각 탐정으로서 하쿠이 군을 만났다.

백발을 보여 주고 자신이 망각 탐정이라는 걸 알린 뒤, 구실을 만들어 비상계단으로 불러내 하쿠이 군에게 추리를 말해 주고, 그리고 아마 하쿠이 군의 눈앞에서 미끄러져 넘어진 척을 하여 계단에서 떨어졌다.

기억을 잃었다.

그렇게 가장했다.

1층 엘리베이터 홀에서 만났을 때도, 일부러 '처음 뵙겠습니다'라고 강조했다. 처음 만난 것처럼 연기했다.

범행을 지적한 뒤에 그것을 잊어버렸다, 라고 하쿠이 군이 생각하도록 만든 것이다.

그렇게 하여 자수라는 선택지를 하쿠이 군에게 부여하였다. 궁지로 몰았지만, 도망갈 길을 열어 주었다.

자유의지에 따른 자수….

"후후. 바지가 산산조각이 난 것은 부끄러울 뿐이라고 해야 할까요. 그건 계산 밖이었지만 30분이 지나면 오야기리 씨가 도와주리 오실 거라는 사실을 알고 있었으니까요."

오야기리 씨가 달려오는 소리를 듣고 하쿠이 군은 일단 도망친 모양이지만요, 하고 쿄코 씨가 말했지만, 뭘까, 실제로는 거기까지 포함해서 계산대로이지 않았을까 하는 생각도 들었다.

바지가 산산조각 난 것은 계산 밖이라는 말로는 끝나지 않을 문제라고 생각하는데….

자업자득이라고까지는 하지 않더라도, 계속 거짓말만 하니까 그런 일을 당하는 것이 아닐까 하는 생각마저 들었다.

"정말로 기억을 잃었으면 어떻게 하실 생각이었죠…?"

"그건 그거대로 상관없어요. 하쿠이 군만을 생각하면 차라리 그게 더 좋았을 정도로… 오야기리 씨에게 해설을 안 해 드릴 수는 없었으니까요."

"……."

"그렇지만 한심하게도 마지막까지 풀지 못한 수수께끼가 있었던 것도 사실이에요. 와쿠이 씨의 액자장으로서의 최후의 일이 어떤 것이었는가. 그것이 동기와 연결되어 있는 게 명백한 이상, 소홀히 할 수 없었어요. 그러니 오야기리 씨에게는 정말로 감사하고 있어요. 오야기리 씨 덕분에 그 수수께끼를 풀 수 있었으니까요."

"그, 그런가요…."

이렇게 많은 거짓말을 했으니 더 이상 쿄코 씨가 하는 말은 믿을 수 없다, 라는 기분이 들 것도 같은데, 의외로 그렇지 않았다. 정말로 감사하고 있다는 말을 들으니 순수하게 기뻤다.

이 사람은 생글거리는 선량한 얼굴을 하고 있지만 엄청난 악녀라면서 벌벌 떨 법도 한데. 거짓말을 하는 뛰어난 능력보다도, 이미 한 거짓말을 잊지 않는 능력보다도, 거짓말을 해도 용서하게 만드는 뛰어난 능력을, 오히려 더 주목해야 할지도 모른다.

"그러고 보니 쿄코 씨는 계속 동기動機를 신경 쓰고 계셨죠…?"

나는 동기에서 출발해 범인을 좁혀 가려 하는 거라고 생각했지만, 그런 것이 아니라 범인에게 자수를 재촉할 때의 카드로 사용하기 위해, 확실히 범행 동기를 알아 두고 싶었던 것인 모양이었다.

속도를 추구하면서도 중요한 부분은 결코 대충 넘어가지 않는다. 그게 가장 빠른 탐정인가.

하지만 나에게 감사하고 있다는 말이 거짓말이 아니라고 한다면, 힌트를 주고도 와쿠이 옹의 액자 만들기에 대해 전혀 눈치채지 못한 나는 정말 한심하다고밖에 할 말이 없다.

그 대답을 알고 싶다고 생각하는 한편으로, 나는 아직 하쿠이 군이 범인이라는 사실에 대해 납득하지 못하고 있었다. 설령 본인이 인정했다 하더라도. 왜냐하면.

"그, 그렇지. 알리바이는요?"

"알리바이?"

"아까… 여기서 말했잖아요. 계단에 혈흔이 남아 있었으니, 범

'인은 엘리베이터가 점검 중일 때 범행을 일으켰을 거고… 그러면 미술관에 갔던 하쿠이 군은 범행이 불가능하다고요…. 그 혈흔은 관계없었던 건가요? 아니면 미술관에 갔다는 건 거짓말이었나요?"

"미술관에 간 것은 아무래도 사실인 것 같아요. 혈흔도 아마 하쿠이 군이 계단을 오를 때 떨어뜨린 거라고 생각해도 좋을 듯하고요. 발견하지 못했을 뿐, 찾으면 그 외에도 있을지 몰라요."

"그럼…."

"하쿠이 군이 자수를 해 줘야 한다는 사정상, 여기서 이야기했을 때는 오야기리 씨가 하쿠이 군을 너무 의심하지 말았으면 해서 특별히 부정은 하지 않았지만… 알리바이는 성립하지 않아요. 단순히 범행 시간이 엘리베이터 점검 작업이 시작되기 이전이라고 생각하면 되는 것뿐이니까요."

"……?"

특별히 부정을 하지 않기는커녕 적극적으로 긍정한 것 같았는데, 그거야 어쨌든 알리바이가 성립하지 않는다는 것도 이해가 안 되었다. 엘리베이터가 점검 중이 아니었다면, 하쿠이 군은 30층에 사니 엘리베이터를 이용하지 않았을까?

"아니요. 꼭 그렇다고 할 수는 없어요. 엘리베이터가 움직이고 있든 아니든, 계단을 오르는 것은 할 수 있으니까요."

"그, 그거야 뭐…."

건강을 중시하는 사람이나, 그런 징크스를 따지는 사람이라면 엘리베이터나 에스컬레이터를 이용하지 않고 계단을 이용하는 일도 있을지 모른다. 계단이 봉쇄되어 있는 것은 아니니까.

하지만 하쿠이 군이 건강을 중시한다고는 생각하기 어려운데….

"네. 하지만 계단을 이용할 수밖에 없으면, 이용하잖아요?"

"네…. 그거야 이용할 수밖에 없으니까요."

"신장 차이."

쿄코 씨가 말했다.

"어렸을 때부터 키가 컸던 오야기리 씨는 느낌이 잘 안 올지도 모르지만… 엘리베이터의 고층 버튼은 어린아이가 누르지 못하기도 해요."

"아."

아니, 나는 고등학교에 들어간 뒤로 키가 큰 타입이라 쿄코 씨가 하는 말이 이해되었다. 적극적으로 말하고 싶지 않은 흔한 콤플렉스지만 엘리베이터의 버튼은 기종에 따라서는 어린아이의 손이 닿지 않는 위치에 있기도 하다. 나뿐만이 아니라 누구나 경험하는 불편함이다.

사실 쿄코 씨도 최상층으로 이동할 때, 그 버튼을 누르기 위해 발돋움을 해야 할 정도였다. 하물며 어린아이인 하쿠이 군에게는 버튼이 손에 닿을 리가 없다. 게다가 건방진 하쿠이 군의 성격을 생각하면 다른 사람에게 도움을 청할 리도 없다.

…만약 아슬아슬하게 닿는 버튼이 17층이었다고 한다면?

17층까지 엘리베이터를 타고 이동한 뒤, 그 이후부터 계단을 이용한다는 것이 아닐까? 조금 전, 혼자 있게 해 달라고 말하고 자신의 집으로 돌아간 하쿠이 군은 지금쯤 그 동선을 따라 이동하고 있는 것이 아닐까?

그렇다면, 그 위치에 혈흔이 남아 있어도 이상하지 않다.

배리어 프리가 적용되어 있지 않은 아파트라서 고령자인 와쿠이 옹은 살기 힘들 것 같다, 라고 생각했지만, 어린아이도 결코 지내기 편한 아파트는 아닌 모양이었다.

그것도 당연하다면 당연한 일이었다. 아틀리에장에 열 살 정도의 어린아이가 입주하게 될 거라고는 와쿠이 옹도 예상하지 못했을 테니까.

"그럼… 범행 시간은 오전 아홉 시 이전이었다는 건가요? 그 후에 하쿠이 군이 미술관에 그림을 그리러 간 것은… 알리바이를 만들기 위해서였나요?"

"아니요. 이야기를 들어 보니 그런 알리바이 공작 같은 의도는 없었던 모양이에요. 패닉 상태가 되어 도망치듯이 밖으로 나갔을 뿐으로… 혼란스러우면 그림을 그리는 것이 그 아이의 마인드세트라는 것은 예상대로였어요."

그 말을 듣고 어떻게 생각해야 하는 걸까.

하쿠이 군이 잔꾀를 써서 알리바이 공작을 하지 않았다는 사실을 기뻐해야 할까. 그런 때에조차 그림을 그리는 것밖에 할 수 없었던 그 아이를 어떻게 생각해야 할까.

"그 아이를 비상계단으로 불러낼 때, 그 혈흔을 구실로 삼았는데… 아니, 사실은 그 후에 계단에서 떨어지기 위해서였지만, 피를 떨어뜨렸다는 것도 눈치채지 못한 것 같더라고요."

실제로 경찰이 개입했으면 반나절이 아니라 세 시간이면 해결했을 사건이에요, 라고 쿄코 씨가 아무렇지도 않게 말했다.

하지만 마음만 먹으면 상처를 보고 3초 만에 사건을 해결했을 쿄코 씨는 그 길을 선택하지 않았다. 그런 것을 넘어 내가 하쿠이 군을 의심하기 시작하자 자연스럽게 길을 막았고, 그 결과 나는 있지도 않은 알리바이를 멋대로 생각하도록 유도되었다.

온갖 수단을 사용해 범인이 자수하게 하려 했다. 설령 그렇게 지적을 해도 쿄코 씨는 아마 인정하지 않겠지만, 와쿠이 옹이 감싸려고 했기 때문만이 아니라 범인이 어린아이여서 그렇게 하고자 했던 마음도 있었던 것이 아닐까?

어린아이를 상대로도 가차가 없었던 쿄코 씨.

하쿠이 군과 일대일로 대화했을 때도 분명 가차가 없었겠지. 어른의 노련한 솜씨로 궁지로 내몰았겠지. 하지만 그래도 쿄코 씨는 어디까지나 하쿠이 군이 스스로 죄를 인정하도록 만드는 것에 집착했다.

체포되게 만드는 것보다도, 반성하게 만드는 것에 집착했다. 이 세상에 얼마나 많은 탐정이 있는지는 모르겠지만, 그런 일을 하는 탐정은 틀림없이 쿄코 씨뿐이다.

…그런 것, 망각 탐정이 아니면 할 수 없는 일이기도 하지만.

"아무튼, 말씀드렸다시피 형법상 처벌을 받지 않는 나이거든 요. 와쿠이 씨가 감싸려고 했던 걸 생각하면, 붙잡혀도 아무런 벌도 받지 않고 끝날지도 몰라요. 그렇다면 하쿠이 군 본인이 자신의 행동을 어떻게 생각하는가, 이네요."

그렇다…. 끝나고 보니, 일을 저지른 어린이가 무서워져서 도 망갔지만, 갈 곳이 없어서 다시 돌아왔다는 것에 지나지 않는 이야기다. 아니, 사건을 그런 형태로 쿄코 씨가 마무리 지었다.

"…동기는, 결국 뭐였던 거죠? 왜 하쿠이 군은 와쿠이 씨를 찌 른 건가요."

두 사람 사이에서 다툼이 있었다고 해도 그건 이상하지 않다. 둘이 비슷한 사람이라고 해야 할지, 서로 금방 끓어오르는 성격 이긴 했다. 하지만 그래도 무언가 계기는 있었을 게 분명하다.

그러니까 쿄코 씨도 그것은 신경 쓰고 있었던 것이겠지만, 와 쿠이 옹의 최후의 일이 역시 연관되어 있는 건가?

"네. 그건 본인이 말해 줬어요. 그렇다기보다는 본인이 말한 대로였어요. 와쿠이 씨에게 회화를 발주받은 아틀리에장의 주민 이 위장을 위한 사람들이 아니라 전원이 선정된 것이 아닐까 하는 생각이 들어 직접 담판을 지으러 간 모양이에요. 저는 재료의 발주량을 보고 그렇게 생각했지만, 하쿠이 군은 그림을 그리는 주민에게 이야기를 듣다가 거기에 생각이 미친 모양이더라고요. 역시나, 아무리 그래도 발주를 받은 주민이 너무 많다고 생각을 했을까요?"

"……."

어제, 돌아가는 길에 스쳐 지나갔을 때, 그러고 보니 위장 발주를 두고 '선생님답지 않다'고 의아해 하는 듯하기는 했다. 그렇다면 그때 이미 의심이 상당 부분 확신으로 바뀐 상황이겠지. 경비원을 고용한다는 최종 단계에 이르렀다는 것을 알고 드디어 행동에 나섰다. 그런 정도일까.

어떤 상황이라도 그림을 그릴 수밖에 없는 소년.

그런 소년에게 있어 몇 되지 않는 선정되지 못한 주민 리스트에 속하게 되었다는 것은, 그 정도 수준의 굴욕이었던 것인가.

솔직히 말해 나는 알 수 없는 감각이다.

물론 굴욕적이긴 하겠지만, 현실적으로 그런 것으로 사람을 해친다는 생각을 하게 될까. 모든 것이 부정당한 것도 아닌데 말이다.

…모든 것이 부정당한 것이나 마찬가지였던 건가?

하쿠이 군에게 있어서는.

"와쿠이 씨도 제대로 설명해 줬으면 좋았을 텐데요. 물론 하쿠이 군이 누가 뭐래도 가장 나쁘지만, 와쿠이 씨에게도 책임은 있어요."

"그건… 보호자로서, 말인가요?"

"당연히 그것도 있지만요. 제대로 가르쳐 줬으면 됐던 거예요. 비밀주의도 좋지만, 모든 것엔 한도라는 것이 있으니까요."

"……?"

가르쳐 줬으면… 이라니, 가르쳐 줬으면 다툼이 더 빨리 일어났을 뿐인 거 아닐까? 아무리 잔혹하고 엄격하든 간에, 사실은 사실일 뿐이니까. 응.

하지만 쿄코 씨는 전원이 선정됐다는 가설을 확실히 부정하지 않았던가? 그것도 나를 교묘하게 설복하기 위한 거짓말이었던 건가. 하지만 그 문제에 대한 해답을 얻은 쿄코 씨는 교섭 카드가 다 모였다고 판단해 나를 이 방에 남겨 두고 하쿠이 군의 집으로 향했을 텐데.

"네. 결과로서 와쿠이 씨 최후의 일이 어떤 것이었는지는 직접적인 동기가 아니었어요. 굳이 말하자면 동기는 하쿠이 군의 착각이지만, 그 진상에 다다른 것은 결코 헛되지 않았어요. 그 진상을 가르쳐 주지 않았다면 틀림없이 하쿠이 군은 자수하려고 결심하지 않았을 테니까요. 할 수 없었겠죠."

분명히 다수의 선정된 사람에서 제외되었다는 분노가 동기라면 쿄코 씨와 하쿠이 군의 첫 번째 만남 때, 재료는 모두 갖춰진 셈이 된다. 착각도 동기가 될 수 있다는 시점이 나에게는 결여되어 있었다.

하지만 그것으로 이야기가 끝난다면 하쿠이 군은 반성하지 않았을 것이다. 반성할 수 없을 것이다. 단순히 와쿠이 옹과 하쿠이 군의 오기의 대립이 되어 버린다…. 쿄코 씨가 중재하러 들어갈 여지가 없다. 하지만 그 동기가 오해에 의한 것이라고 한다면, 그 오해를 지적해 주어 단단하게 굳은 하쿠이 군의 마음을 녹일 수 있을지도 모른다.

"하지만… 어떤 오해였죠? 와쿠이 씨는 대체 어떤 생각으로 대량의 재료를 발주하고, 대량의 회화를 발주한 건가요?"

나는 시간을 신경 쓰면서 질문했다.

하쿠이 군이 경찰에 스스로 전화를 한 이상, 이제 타임 리밋을 신경 쓸 필요는 없지만, 수수께끼 풀이도 시작된 지 4분 이상이 지나 슬슬 하쿠이 군이 부른 경찰차가 들이닥칠 즈음이다. 사건에 엮인 제1발견자로서 설명해야만 하는 사정이 많으니, 그 이후로는 쿄코 씨와 이야기할 상황이 아니게 된다.

가장 빠른 탐정이자 망각 탐정. 항상 시간에 쫓기는 것이 숙명인 모양이다.

그렇다면 하다못해 그 진상만이라도 들어 두지 않으면 안 된다. 와쿠이 옹은 나에게 어떤 일을 지키게 하려고 했던 거지? 전설적인 액자장의 인생 최후의 일….

"발주한 회화 전체가 선정된 그림은 아니었잖아요…? 그럼 누군가가 한 명 선정된다는 말인데요. 사실은 그게 하쿠이 군이었다, 그런 이야기인가요?"

쿄코 씨가 지금까지 말했던 것과 앞뒤가 맞는지는 모르겠지만, 나는 그런 가설을 제시했다. 즉, 지금 발주를 받은 주민 전원이 페이크이고….

"그건 꽤 굉장한 미담이지만, 오해라고 하기엔 너무 슬프네요. 하쿠이 군이 회화를 수주하지 않은 이상, 그럴 가능성은 없어요."

"그럼… 역시 맨 처음에 이야기를 들은 대로 누군가 한 명이 선정된 사람이고, 다른 주민은 위장 그림을 그리고 있었다는 건가요?"

그것을 증명할 수 있으면 어느 정도는 위로가 될지도 모른다. 하지만 결국 자신이 뒷전으로 밀렸다는 사실은 변함이 없으니, 엄밀한 의미에서는 오해라고 하기 힘들다는 생각도 들었다.

모르겠다. 쿄코 씨는 어떻게 하쿠이 군의 마음을 풀어 주었을까? 단순히 논리로 몰아붙이는 것만으로는 사건의 범인이라는 것이 명백해도 자수를 할 리는 없다. '자신이 했다' 정도라면 누구나 말할 수 있다. 대체 어떻게 하면 '자신이 잘못했다'라고 인정하게 할 수 있는 걸까?

"그러니까, 그 대답은 오야기리 씨가 가르쳐 주셨다니까요. 테두리에서부터 내용을 역산하면 된다는 발상이에요."

"그렇게 말씀은 하시지만… 역시 그건 간단하지 않으리라 생각합니다. 대량의 재료를 보고 어떤 액자를 만들 것인지를 상상하는 것만으로도 어려운데, 그 액자에 어떤 그림이 들어갈 것인지를 알아내다니…."

"네? 앗, 아니요. 거기까지 생각하지 않아도 되는데요? 이건 단순히 재료의 양에 관한 문제이니까요."

"네…?"

양? 대량 발주된 재료… 아니, 그래선 이야기가 다시 스타트라인으로 되돌아간다. 재료가 너무 많다는 것이 쿄코 씨가 의문을 가진 발단으로….

와쿠이 씨가 준비한 재료 전체, 또는 대부분을 사용하려 했다고 한다면 역시 아틀리에장의 주민에게 발주한 회화, 그 전체가 선정된 것이었다는, 하쿠이 군에게 있어서는 허용하기 힘들었던 결론에 이른다.

"전체가 선정되진 않았어요."

하고 쿄코 씨는 강조하듯이 반복했다.

"하지만 전체로서는 선정됐어요."

"……? 잠깐만요, 무슨 말씀을 하시는지 잘 모르겠는데요…."

명탐정이 기껏 수수께끼를 풀어 주는데도 시원스런 반응을 보여 주지 못해 미안할 뿐이지만, 그게 솔직한 마음이었다.

"한마디로 와쿠이 씨는 재료를 다 사용할 생각이었다는 말씀이시죠? 발주한 대량의 회화에 맞는 대량의 액자를 만들려고 했기 때문에, 대량의 재료를 주문한 거니까요…."

"아니에요. 대량의 회화에 맞는 액자를 하나만 만들려고 했어요. 대량의 회화가 모두 들어가는 거대한 액자. 대량의 재료를 거의 다 사용해야 하는 거대한 액자를요."

"거, 거대한, 액자?"

"그러니까, 퍼즐이에요."

"쿄코 씨는 시선을 바닥으로 내리며 말했다. 그곳에는 쿄코 씨가 손수 화판을 사용해 만든 퍼즐의 피스가 흩어져 있었다.

"와쿠이 씨가 주민 모두에게 발주한 회화의 사이즈는 제각각이었지만, 탱그램*처럼 늘어놓으면 깔끔한 직사각형이 될 거예요. 그걸 한 장의 커다란 캠퍼스라 보고, 와쿠이 씨는 액자를 만들려고 한 거죠."

"……!"

그러니까, 전체'가' 선정된 것이 아니라, 전체'로서' 선정되었다. 대량의 그림이 모여 비로소 한 장의 그림으로서 완성된다….

아틀리에장 주민들의 공동제작… 같은 그림을 와쿠이 옹은 기획하고 있었던 것인가. 아틀리에장 자체가 와쿠이 옹의 한 작

※탱그램(tangram) : 칠교놀이. 큰 정사각형을 일곱 개의 조각으로 잘라, 자른 조각을 이용해 여러 모양을 만드는 놀이.

품이라고 생각한다면 최후의 일로서, 인생의 집대성으로서 그렇게 잘 어울리는 스케일은 없다.

인생 최후의 액자 작업에 왜 유명한 대가의 작품이 아닌 화가 지망생의 작품을 선정하려고 했는지, 그 수수께끼가 풀린 것 같기도 했다. 오히려 오직 그것을 위해 10년 전, 와쿠이 옹은 아틀리에장을 세운 것이 아닌가 하는 생각마저 들었다. 보답한다든가 봉사정신이라든가 취미라든가, 그런 여러 이유보다 훨씬 마음에 와 닿는 이유다.

발주한 그림을 다 늘어놓아 퍼즐처럼 회화를 만든다.

분명히 그렇게 하면 대량의 재료도 다 사용할 수 있고, 비밀이 새어 나갈 일도 없다. 분담 작업이라고 하는 건가…. 그리는 본인마저 완성될 그림의 어느 부분을 그리고 있는지 모르니까.

하지만 거대 액자라니…. 큰 일에 착수하려 한다고 말했는데, 설마 그게 말 그대로의 의미였을 줄이야.

그렇다면 와쿠이 옹이 나를 경호로 고용하려고 한 필연성도 이해가 된다. 그렇게 거대한 작품을 만들기 위해서는 이 지하실만으로는 불가능하다. 재료마저도 다 들어가지 않는다고 쿄코 씨는 어림짐작했다. 그렇다면 어딘가 다른 창고라도 빌려야 한다.

그러니까 와쿠이 옹이 나에게 진짜로 부탁하려고 했던 것은 아틀리에장 내에서의 경호가 아니라, 이동할 때의 경호—더 나아가서 겉보기에 체력이 강해 보이는 나에게 잡일이라도 돕게 할 생각이 아니었을까 한다.

"하, 하지만… 사이즈도 그렇고, 다들 그리는 그림의 종류도 제각각이었잖아요? 그런 것을 늘어놓는다고 해서 제대로 된 작품이 될까요? 뒤죽박죽이라고 해야 할지, 조화가 안 된다고 할지… 그냥 잡다한 전시가 되어 버릴 것도 같은데요."

"모자이크 아트라고 아시나요? 사진으로 하는 경우가 많지만… 대량의 그림을 색상별로 분류해 늘어놓아 완전히 다른 한 장의 그림을 그리는 기법인데요…. 와쿠이 씨는 그것과 같은 것을 하려고 했을 거라 생각해요."

"사진을 늘어놓아 다른 사진을…."

그런 말을 들어도 느낌이 오지는 않았지만, 듣고 보니 어딘가에서 본 적이 있었다. 사진이 아니라 애니메이션 영상을 사용해 만든 것이었던 듯한데… 한마디로 사진의 전체적인 색을 각각 도트처럼 사용해 의도적으로 늘어놓아 한 장의 그림을 만드는 것이다.

색상별—퍼즐.

아.

쿄코 씨는 나를 지하실에 못 박아 두기 위해 그냥 시간 벌기로 체크를 하도록 한 것이겠지만, 나는 저 랙 안에 들어 있던 잡지에서 와쿠이 옹이 일찍이 화가를 목표로 했다는 정보를 얻었다.

일찍이 화가의 길을 포기한 와쿠이 옹에게 있어 이건 최후의 도전이었을지도 모른다. 회화 그 자체를 화구畫具로 삼아 와쿠이 옹은 한 장의 큰 작품을 만들려고 했다.

그 발상과 스케일.

게다가 강한 집념에도 감탄이 나왔다. 감탄과 동시에 어이가 없기도 했다.

너무 천재라 도저히 쫓아갈 수 없겠다는 생각마저 들었다. 그런 일에 말려들었으니, 아틀리에장의 주민들은 솔직히 달갑지 않았겠지.

모두 알고 이해한 상태라면 몰라도, 아틀리에장의 주민에게는 비밀로 하고 그런 일을 꾸미다니, 별로 칭찬받을 만한 일은 아니다…. 물론 위장 그림을 그려야 했던 것보다는 퍼즐의 조각을 만들고 있었던 편이 그나마 낫긴 하다.

아틀리에장 주민의 공동제작.

그것으로 와쿠이 옹의 은퇴하는 길을 장식할 수 있다면 주민들도… 아니, 잠깐만? 그러면 하쿠이 군이 제외됐다는 사실 자체는 변함이 없는 거잖아. 하쿠이 군과 그 외 몇몇, 회화를 발주받지 못한 주민들.

오히려 그러면 더 굴욕적인 것 아닌가. 공동제작에 참가하지 못하고 외면을 받다니, 와쿠이 옹을 선생님이라고 우러러보는 하쿠이 군으로서는 역시… 어쩌면 더 용서하기 힘든 것이 아닐까?

와쿠이 옹의 진짜 의도를 가르쳐 주면 하쿠이 군은 더 오기를 부리게 되는 것이 아닌지….

"그런 일은 없었어요. 바로 이해해 주었답니다. 자신의 성급함을 부끄러워하는 것 같았어요."

"그, 그런가요? 열 살 정도면 동료들 사이에서 외면받는 것을 가장 싫어할 나이일 듯한데요…."

"열 살이든 뭐든, 화가이니까요."

쿄코 씨는 어깨를 으쓱 들어 올렸다.

"저를 모델로 그림을 그릴 때도 그랬지만, 하쿠이 군은 그림을 그릴 때 검은색밖에 사용하지 않잖아요."

"네, 그러네요…. 처음 만났을 때도 색이 기분 나쁘다든가, 더럽다든가, 그런 말을 했습니다…."

말을 하면서 나는 늦었지만 순간적으로 깨달았다. 그리고 쿄코 씨는 "네. 그런 거예요." 하고 고개를 끄덕였다.

"와쿠이 씨가 그리려고 한 그림에는 검은색을 쓸 예정이 없었던 거죠. 발주를 받지 않은 다른 주민들도, 사정은 대체로 비슷했던 것 같아요."

그림을 그릴 때 사용 빈도가 유난히 낮은 물감이나 전혀 사용하지 않는 물감이 있는 것과 같은 것으로, 그림 실력의 문제가 아니라 색의 문제였던 거예요.

그렇게 말하는 쿄코 씨를 슬쩍 보면서 나는 와쿠이 옹이 하쿠이 군에게 색색의 무늬가 있던 지구를 그리게 하려고 했던 것을 떠올렸다. 하쿠이 군은 그것마저도 흑백으로 그렸지만, 그 지시가 아슬아슬할 때까지 하쿠이 군에게 '다른 색'을 그리게 하기 위해서였다고 보는 것은 너무 깊이 생각한 것일까.

"확실히… 검은색은 그림을 그릴 때 많이 남는 색이에요. 다른 색을 죽여 버리기도 하고, 엄밀하게는 자연계에 존재하지 않는 색이라고 하기도 하고요…."

그렇다고 해서 물감에 맞춰 그림을 그릴 수는 없는 일이다. 억지로 사용하면 불량화소가 생긴 것처럼 되어 버리고 만다. 하쿠이 군이 화가를 지망한다면 이것은 그야말로 뭐라고 항변할 수도 없는 진상眞相이었다.

"그러네요. 그래서 어드바이스는 해 두었어요."

"어드바이스?"

"네. 하쿠이 군이 와쿠이 씨의 계략… 실례, 생각을 듣고 너무 놀라 풀이 죽어 버린 것 같아서 일부러 넘어지기 전에 조금만 탐정의 영역을 넘어 초심자 나름의 어드바이스를요. '그럼 선정되지 못한 다른 주민과 함께 마지막 부분에 한마디, '아틀리에장 일동'이라는 사인을 넣으면 되지 않을까요?' 하고요. 사인이라면 검은색이라도 상관없잖아요?"

"……."

그래, 그건 탐정의 영역을 넘어선 발언이었다. 하지만 하쿠이 군이 자수를 결의하도록 만든 것은 일의 진상이나 수수께끼 풀이가 아니라, 그런 초심자 나름의 어드바이스였을지도 모른다.

얼룩 같은 무늬를 기분 나쁘다고 말했던 그 소년도 그렇게 다양한 색에 뒤섞여 무언가가 변하게 되는 것일까.

그렇게 생각했을 때, 사이렌 소리가 들렸다.

경찰차의 사이렌, 그리고 타임 리밋이 되었다는 신호였다.

"자, 그럼."

하고 쿄코 씨가 말했다.

"하쿠이 군을 본받아 우리도 경찰에게 사과할까요? 신고도 하지 않고 멋대로 수사했지만, 아무런 도움이 되지 못해서 죄송하다고 말하죠. 엉엉 울 정도로 같이 혼나요."

"…네, 그렇게 하시죠."

사람들을 다 모아 놓고 탐정은 '자, 그럼' 하고 말한다. 하지만 이 탐정은 아무도 모아 놓지 않고, 그것도 수수께끼를 다 푼 뒤에야 겨우 '자, 그럼' 하고 말을 하는 모양이었다.

확실히 어른으로서는 지금부터가 정말 중요한 무대였다.

덧 붙 임

그리고 그 일이 있은 지 반년이 지났다.

망각 탐정이 아니더라도 많은 것을 잊어버릴 정도의 시간이 지난 것인데, 그 타이밍에 내 휴대전화의 벨이 울렸다. 내가 연락처에 저장해 놓은 번호로, 화면에는 '오키테가미 탐정 사무소'라고 표시되어 있었다.

이상한 이야기다.

쿄코 씨와는 그 이래로—경찰에게 따끔하게 혼이 난 이래로 만난 적이 없고, 말할 것도 없이 쿄코 씨는 나를 사건과 함께 완벽하게 잊어버렸을 테니까.

아니나 다를까, 쿄코 씨는,

[처음 뵙겠습니다, 오키테가미 쿄코라고 합니다.]

라고 말했다. 그리고 계속 말했다.

[괜찮으시면 지금 저희 사무소까지 와 주실 수 있을까요? 전화로는 다 말씀 드리기 어려운 중요한 이야기가 있어서요.]

"……?"

뭐지? 하고 의아했지만 어차피 결국 다음 직장이 결정되지 않은 나에게는 시간만이 많이 남아 있는 상황이라, 별로 깊이 생각하지 않고, 알겠습니다, 하고 승낙했다.

오랜만에 쿄코 씨를 만나는 것을 기쁘게 생각하지 않았다고 한다면 거짓말이 된다. 단지, 상대는 나를 잊어버렸기 때문에 이건 데이트 신청을 한다든가 그런 것은 아닐 게 분명하다.

만약 쿄코 씨가 아틀리에장에서의 사건을 기억하고 있다면 내가 예전에 일했던 그 미술관에서 시작된 특별 전시회, 액자장·와쿠이 카즈히사와 아틀리에장 주민 일동의 획기적인 대작을 보러 가자고 제안하는 전화를 했을 수도 있지만, 망각 탐정에 한해서 그럴 리는 없다. 다만, 하쿠이 군으로부터 초대장도 왔으니 나중에 혼자서 보러 가기로 하자. 솔직히 한 번 잘렸던 직장이라 혼자서는 매우 가기 껄끄럽지만… 아쉽게도 미술관에 같이 갈 만한 관계인 사람은 없다.

완성된 작품의 전시 장소로 그 미술관을 선택한 것은 소동을 일으킨 와쿠이 옹이 최소한의 사과를 하기 위한 것이었을까. 그 탓에 나에게는 문턱이 높아졌지만, 그 노인에게 그런 훌륭한 마음가짐이 있었다고 한다면, 참을 만하다고 할 수 있다.

퇴원 후 재활 겸 만든 액자는 그날 지팡이로 부수어 버렸던 회화의 작가를 위한 것이었다고 하니까.

…후유증도 없이 무사히 회복한 와쿠이 옹이긴 했지만, 발견이 조금만 늦었어도 위험했다는 듯했다. 그에 더해 쿄코 씨의 처치가 의료 종사자 수준으로 적절했다. 그렇기에 호되게 혼나

기만 하고 신고하지 않은 채 '탐정 놀이'를 했어도 아무런 문책도 받지 않은 것이지만.

호되게 혼난 것도 함께 모두 잊어버렸으니, 그런 점에 있어서 역시 쿄코 씨는 약았다는 생각이 든다.

당연히 와쿠이 옹을 찌른 하쿠이 군은 아무런 문책도 받지 않고 넘어갈 수는 없었지만, 자수한 점, 그리고 본인이 깊이 반성하고 있는 점, 피해자인 와쿠이 옹이 보호자였던 것 등을 감안해 아슬아슬하게 보호관찰 처분을 받는 것에서 그친 듯했다.

찌른 사람뿐만 아니라 찔린 사람도 반성을 한 것인지, 재활이 끝나고 다시 최후의 일에 들어가기 전에 와쿠이 옹은 아틀리에장의 주민 모두에게 이야기를 했다고 한다. 화가 난 주민도 있었겠지만, 작품이 완성에 다다른 걸 보면 최종적으로는 이야기가 정리된 것일 터.

와쿠이 옹과 아틀리에장에 대한 평가는, 그렇다면 그 작품을 보고 결정하기로 하자. 그 안에 예술가가 있었는지 어땠는지, 그 답이 전시되어 있을 게 틀림없다. 하쿠이 군의 악필로 대체 어떤 사인이 들어가 있을지도 포함해 흥미가 끊이질 않았다.

그런 생각을 하는 사이에 나는 오키테가미 탐정 사무소에 도착했다. 그곳을 보고 깜짝 놀랐다. 개인 사무소라고 해서 복합 빌딩의 한 사무실 정도의 입지조건이 아닐까 하고 상상했는데, 놀랍게도 자사 빌딩이었다.

3층짜리 신축 빌딩. 와쿠이 옹의 아틀리에장에는 역시 미치지 못했지만, 쿄코 씨는 이런 건물을 개인적으로 소유하고 있는 사람이었단 말인가.

엄청난 부유층이잖아.

그런데도 그렇게 돈에 집착했던 건가… 아니, 결국 아틀리에장 사건 때에는 보수를 받지 못했다는 듯하지만. 하지만 그것은 와쿠이 옹이 의식을 회복하기 전에 날짜가 바뀌어 버려서 그런거니, 망각 탐정으로서는 어쩔 수 없는 일이었겠지.

공짜로 일한 것에 대한 분함을 온몸에 드러내며 경찰에게 혼날 때보다 더 풀이 죽어 있던 쿄코 씨의 모습을 떠올리면서, 나는 키득거리며 웃었다. 그 정도의 욕심이 없으면 이런 빌딩은 세우지 못하는 건지도 모른다.

아무튼 이 빌딩, 오키테가미 빌딩이라고 하는 듯한 곳에 들어가 장착된 최신 보안시설에 일일이 감탄하면서, 나는 2층의 넓은 응접실을 지나 반년 만에 쿄코 씨와 재회했다.

나에게 있어서는 재회이지만, 쿄코 씨에게 있어서는 첫 만남이다.

큰 자수가 들어간 블라우스에 가죽 타이트스커트, 타이츠에 하이힐이라는 약간 화려한 패션이었지만, 쿄코 씨가 입으면 그래도 부드러워 보여 참 신기했다.

어딘가 여사장님 같아 건물에 딱 어울린다.

들었던 대로 다른 종업원은 없는 듯, 쿄코 씨는 친히 두 사람이 마실 커피를 타서 소파 테이블 위에 올려 두었다. 그리고 말했다.

"어서 오세요, 오야기리 씨. 와 달라고 말씀드린 것은 다른 것이 아니에요. 단도직입적으로 말씀드리겠습니다. 실은 오야기리 씨를 고용하고 싶어서요."

"네?"

단도직입도 너무 단도직입이라 무슨 말을 들은 건지 잘 이해가 되지 않았다. 그렇게 내가 동요하는 모습을 보고 쿄코 씨는 재미있다는 듯이 웃더니,

"실은 탐정 같은 일을 하다 보면 여러 사람에게 원한을 살 일이 많아요. 그래서 보안에는 신경을 쓰고 있지만요."

하고 말했다.

그냥 탐정이라면 몰라도 망각 탐정이다. 원한을 사고 있다고 해도 잊어버렸을 테니, 리스크는 보통보다도 배 이상 높다. 그래서 이 빌딩이 보안장치 덩어리처럼 되어 버린 듯하지만….

"네. 하지만 위험 관리를 기계에만 의지하면 아무래도 불안이 남아서요…. 신뢰할 수 있는 사람에게 맡기고 싶다고 매일 생각하고 있었답니다."

"매, 매일이요?"

생각하고 잊어버리고를 반복했다는 말일까…?

"실례인 줄은 알지만, 전체적으로 조사를 해 보았습니다. 오야기리 씨는 현재 경비 일을 찾고 있다고요?"

하고 말하는 쿄코 씨.

조사하는 것은, 탐정의 본업인가.

자신이 백수라는 사실이 알려졌다고 생각하니 조금 부끄러웠다. 변명을 하자면, 이전에 미술관을 어중간하게 그만두게 된 것이 아직도 영향을 미치고 있었다.

좁은 업계다.

와쿠이 옹의 액자 만들기 경호도 아틀리에장의 주민에게 비밀로 일을 진행할 필요가 없어지자 흐지부지되어 버렸고…. 그런 의미에서 쿄코 씨의 권유는 아주 좋은 타이밍을 넘어 물에 빠진 사람으로서 잡고 싶은 지푸라기, 하늘에서 내려온 거미줄 같은 것이었다.

"알고 계시리라 생각하지만, 저는 조금 특수한 캐릭터성을 지닌 탐정으로… 살짝 복잡한 고용 조건을 제시하게 되리라고는 생각하지만, 그만큼 임금은 더 올려 드리겠습니다."

임금에 대해서는 수전노가 하는 말이니 전혀 믿을 수가 없지만, 원하는 일을 얻을 수 있다는 점은 감사한 일이었다.

단….

"말씀은 기쁘지만, 쿄코 씨, 저에게는 어려운 일이라고 생각합니다."

"어머, 그런가요?"

"네…. 죄송하지만, 쿄코 씨를 철저하게 지킬 자신이 없습니다…. 잊으셨겠지만, 저는 이전에 쿄코 씨를 미처 지키지 못했던 적이 있거든요."

엄밀하게 말하면 그것은 쿄코 씨가 스스로 계단에서 떨어졌을 뿐이고, 그것도 기절한 척을 한 것이니 나에게 책임이 있다고 말하기는 어려웠지만… 그것을 감안하더라도 자신이 쿄코 씨를 경호할 자격이 있다고는 생각하기 힘들었다.

짐이 너무 무겁다.

또 이렇게 자유분방하고, 눈을 떼면 뭘 할지 알 수 없을 만큼 적극적이고 스피드가 빠른 사람을 지킬 수 있을 것이라고는 생각할 수 없다. 그리고 쿄코 씨는 지키지 못했다는 말로 끝낼 수 있는 재능이 아니다.

"흐음?"

하고 고개를 갸웃하는 쿄코 씨.

"하지만 저에게 오야기리 씨를 추천해 준 사람은 그렇게 생각하고 있지 않은 모양인데요?"

"……? 추천? 누군가가 저를 추천해 주신 건가요?"

그러고 보니 애초에 나를 잊어버렸을 쿄코 씨가 어떻게 내 휴대전화로 전화를 걸었는지, 그 계기를 아직 물어보지 못했다.

"대체 누가 저 같은 사람을 추천하신 거죠?"

"저인데요."

쿄코 씨는 종이 한 장을 꺼내 테이블에 올려놓았다. 그 종이에는 어디서 본 적이 있는 쿄코 씨의 글씨체로 이렇게 적혀 있었다.

「오키테가미 빌딩의 경호 주임으로서 오야기리 마모루 씨를 추천합니다.」

"……."

"경비하시는 분을 고용하려고 생각을 하고 보니, 이런 편지가 발견됐어요. 제가 그렇게 결심했을 때 발견할 수 있도록 넣어둔 모양이에요. 어떤 사건을 어떻게 같이 경험했는지는 모르겠고, 굳이 여쭤볼 생각도 없지만 꽤 신뢰를 얻으신 모양이네요."

그날의 저에게서.

하고 쿄코 씨가 말했다.

"오키테가미 쿄코의 추천문. 저에게 있어 이것 이상의 보증은 없답니다. 부디 한 번 더 생각해 주시면 안 될까요? 얼마든지 기다릴 테니까요."

할 말을 잃고, 나는 몸이 움츠러드는 느낌에 휩싸였다. 과찬의 말로 평가된 것도 그렇지만, 그렇게 평가해 주는 자신을 자신이 직접 깎아내렸다는 것이 부끄러웠다.

아틀리에장 사건이 있은 후, 망각 탐정이 기억이 리셋되기 전에 적어 둔 것으로 보이는 메시지. 그것을 받아들이지 않다니,

내가 과연 그럴 수 있을까. 내가 할 수 있는 일은 기껏해야 그 신뢰에 보답하는 것뿐이 아닐지.

도저히 배겨 낼 수가 없어서, 가만히 있기가 겸연쩍어서, 똑바로 나를 보는 시선에서 도망치듯이 나는 응접실의 내부를 돌아보았다. 그렇다고 해서 딱히 유별난 곳은 없지만, 그러면서도 쿄코 씨답다고 할 수 있는 흰색이 중심이 된 실내였는데, 문득 벽의 그림에 눈이 멈췄다.

액자도 없이 마스킹테이프로 붙여 놓은 스케치북의 한 페이지 같은 것으로, 연필을 이용한 검은 필치로 도려낸 것처럼 흰 고양이가 그려져 있었다.

"아, 저 그림 말인가요? 제가 어딘가에서 누군가에게 받은 것인 듯한데… 귀여운 그림이죠? 잊어버렸을 즈음에 가치가 올라가 있었으면 좋겠다~ 라고 생각하고 있답니다."

"…올라가지 않을까요?"

내일의 천재가 오늘의 천재를 그린 그림이니까, 틀림없이 과거에 남는 유산이 될 겁니다, 라고는 말하지 않았다. 쿄코 씨도 정말로 가치가 올라갈 거라 생각했다면, 마스킹테이프로 벽에 붙여 두지는 않았을 테니. 그래서 나는 대신에,

"저도, 좋은 그림이라고 생각합니다."

하고 짧게 동의했다.

"검고, 희고… 정체를 알 수 없는 점이 특히 좋군요."

"그렇죠?"

하고 쿄코 씨는 마치 자신이 칭찬을 받은 듯이 기쁘게 말했다.

아틀리에장 사건을 위해 그렇게 이리저리 움직였지만, 본의 아니게 공짜로 일하게 됐다는 사실을 진심으로 분하게 생각했던 망각 탐정이었지만, 이렇듯 얻어야 할 것은 철저히 얻어 왔다 그건가.

인생의 전기가 어디에 굴러다니는지는 모른다. 하지만 그런 가운데에서도 항상 열심히 움직이는 쿄코 씨 같은 사람은 날렵한 흰 고양이처럼, 어디로 굴러도 보답을 받게 되는 건지도 모른다.

"그건 그렇고, 오야기리 씨. 어떻게 하실 건가요? 고민되시면, 일단은 시험 삼아 일정 기간 일을 해 보셔도 괜찮아요. 그 사이의 임금은 딱 절반 정도가 되어 버리지만요."

얼마든지 기다린다고 말했으면서, 쿄코 씨는 그렇게 재촉하듯이 말했다. 물론 쿄코今日子 씨는 오늘今日밖에 없으니 결단을 내릴 때 당연히 스피드가 중요한 것이겠지만. 그리고 시험적으로 고용하는 기간 동안은 임금이 절반이라니, 너무 지독한 기업이다.

이것 참…. 이런 사람과 같은 직장에서 일하는 것은 보통 일이 아닐 것 같다.

하지만 지키지 못했다는 말로는 끝나지 않을 소중한 것은 자신이 직접 지킬 수밖에 없다.

"…한 가지, 조건을 제시해도 될까요?"

몸을 돌려 정면을 바라보면서 나는 말했다.

"어머. 하나만으로도 괜찮나요? 그렇다면 뭐든 말씀하세요. 가능한 한 받아들이겠습니다."

"그럼."

하고 나는 말을 꺼냈다.

"이제부터 저와 함께 미술관에 가 주십시오. 꼭 쿄코 씨가 봐 주셨으면 하는 그림이 있습니다."

액자장·와쿠이 옹의 최후의 대업.

쿄코 씨가 어떤 가격을 매길지가 기대된다.

오키테가미 쿄코의 추천문 끝

◈작가 후기◈

　선악의 구별이란, 어렴풋이 생각하고 있는 것만큼 명확하지 않아서, 누군가에게는 반드시 실현해야 하는 선이 누군가에게는 용서할 수 없는 악이며, 누군가에게는 용서할 수 없는 악이 누군가에게는 반드시 실현해야 하는 선인 경우는 흔한 일인 듯합니다. 절대적인 윤리가 있다고 생각하는 편이 더 무섭지만, 이건 매사에는 양면성이 있다는 호들갑스러운 이야기도 아니고, 선악이란 어떻게 받아들이는가에 따라 다르다는 감각적인 이야기도 아닌, 단순히 후천적인 교육에 의한 것이라는 생각입니다. 한마디로 인간은 선이라고 배운 것을 선이라고 생각하고, 악이라고 배운 것을 악이라고 생각한다, 라고 해야 할까요. 자신이 속한 집단과 조직, 문화권에서 한 발짝 밖으로 나가면 완전히 다른 가치관으로 세상은 움직이고 있고, 자신이 지금까지 상식이라고 생각했던 것은 재미있을 정도로 전혀 통하지 않기도 합니다. 어떤 때이든 신념을 관철하겠다거나, 영원히 의지를 꺾지 않겠다거나, 그런 말은 얼핏 들으면 훌륭하고 사람으로서 모범이 되는 모습이라고 생각되지만, 그 신념이 통하지 않는 장소에서 관철하거나 의지가 경멸의 대상이 되는 장소에서도 꺾지 않으면 역시 칭찬을 받지는 못하겠지요. 닫힌 공간 안으로 외부에서 들어오는 것은 어렵다고 생각했는데, 사실 닫혀 있는 곳은 외부일지도 모른다는 것이기도 하며, 선악이란 내부와 외부처럼 간단히 뒤집힐 수 있는 것일지도 모릅니다. 사람은 '틀렸다'는 말을 들으면, 아니, 틀린 사람은 상대가 아닐까 하고 생각하기 마련이지만, 한편으로는 틀렸다고 생각되는 상대에게 '너는 옳다'라는 말을 들을 경우, 기분은 계속 복잡해지기만 합니다. 그렇지만 교육받은 가치관을 자신의 마음속에서 뒤집는 것은 그렇게 쉬운 일이 아닙니다. 평소부터 매사의 이면을 보는 습관을 기르면 유사시에 혼란스럽지 않을 수 있으리라 생각하는데, 과연 어떨까요?

이 책은 망각 탐정 시리즈의 두 번째 책입니다. 오키테가미 탐정 사무소 소장·오키테가미 쿄코의 활약을 그리는 시리즈입니다. 그렇지만 한 권, 한 권, 쿄코 씨의 기억은 리셋되어 버리니, 이 책부터 안심하고 읽어 주십시오(라는 대사를 한 번 해 보고 싶었다). 쿄코 씨가 대체 어떤 사람인가, 어떤 탐정인가, 작가인

저도 아직 완전히 파악했다고는 말하기 어렵지만, 음~ 그런 점은 책을 쓰면서 해명할 수 있으면 좋겠다고 생각합니다. 하지만 캐릭터를 완전히 다 묘사하면 시리즈가 끝나 버리니, 계속 수수께끼 같은 사람으로 남아 주길 바랍니다. 이번에는 장편 느낌이었지만, 단편이든 중편이든, 쿄코 씨는 뭐든 가능한 형태로 해 나가고 싶습니다. 그런 느낌의 『오키테가미 쿄코의 추천문』이었습니다.

내용에 어울리는 멋진 표지를 그려 주신 VOFAN 씨, 감사합니다. 세 권째도 가장 빠르게 쓰고자 하니, 잘 부탁드립니다. 문예 제삼출판부의 여러분과도 부디 오래도록 함께하고자 하니 잘 부탁드립니다.

니시오 이신

망각 탐정 시리즈 제3탄

오키테가미
쿄코의
도전장

저는
독자에게
도전합니다
─기억하고
있을 때의
이야기
입니다만.

NISIOISIN
니시오 이신

Illustration/
VOFAN

저자 니시오 이신

1981년 출생. 『잘린머리 사이클』로 제23회 메피스토상을 수상하며 2002년 데뷔했다.
『잘린머리 사이클』로 시작되는 〈헛소리 시리즈〉, 처음으로 애니메이션화된 작품인
『괴물 이야기』로 시작되는 〈이야기 시리즈〉 등, 작품 다수.

일러스트 VOFAN

1980년 출생. 대만 거주. 대표작으로는 시(詩) 화집 『Colorful Dreams』 시리즈가 있다.
2006년부터 〈이야기 시리즈〉의 표지, 캐릭터 디자인을 담당.

오키테가미 쿄코의 추천문

2019년 9월 10일 초판 발행

저자	니시오 이신
일러스트	VOFAN
옮긴이	문기업
발행인	정동훈
편집 팀장	황정아
편집	노혜림
발행처	(주)학산문화사
등록	1995년 7월 1일
등록번호	제3-632호
주소	서울특별시 동작구 상도로 282 학산빌딩
편집부	02-828-8838
영업부	02-828-8986

ISBN 979-11-348-1588-2 03830

값 12,000원

※이 책에는 수량 한정 특별부록이 들어 있지 않습니다.